小説日蓮
［全一巻］決定版
童門冬二
Gakken

小説日蓮［全一巻］決定版

目次

装幀　芦澤泰偉＋明石すみれ
カバー『題目』は「大曼荼羅本尊」より（新潟・世尊寺蔵）

流罪赦免

一

「それで、蒙古はいつ日本を襲って来るのか？」

「経文にははっきり書いてございません」

「貴僧の予感では？」

　平頼綱はこの時日蓮を貴僧と呼んだ。三年前は、

「貴様」

と罵った。

　平頼綱は、日蓮を竜ノ口で斬ろうとした時は幕府の侍所所司だった。そのころから、北条得宗家の執事を務めていたが、むしろ侍所の仕事に熱を入れていた。ところが三年たった今、頼綱は、

「内管領あるいは御内人」

と呼ばれるほどの最大の実力者に伸し上がっていた。この春、流罪を赦免されて鎌倉に戻って来た日蓮が、道々聞いたところでは、

「平頼綱様は、幕府最高の秘密会議である寄合にも御出席なさる」

という。

「あの頼綱が」

日蓮はしみじみと天を仰(あお)いで深い吐息(といき)を漏らした。日蓮にとって最も好ましくない人物が、この三年の間にさらに力を加えていたからである。

「鎌倉に戻ったら、一体どういう扱いを受けるやら」

と気持ちが暗くなった。が、佐渡(さど)から出てそのままどこかに行くわけにはいかない。日蓮にすれば、かねてから、

「こちらにお出(い)でなさるように」

としきりに声を掛けてくれる甲斐(かい)（山梨県）波木井郷の領主波木井(はきい)（南部）実長(さねなが)のもとに行きたい。佐渡の流罪生活で、日蓮は自分なりにひとつの区切りをつけたつもりでいたからである。

区切りというのは、

「過去世(かこぜ)の罪は全て償(つぐな)った」

と思っていたからだ。過去世の罪というのは、日蓮が前世(ぜんせ)で、

「正法(しょうぼう)（法華経(ほけきょう)）を罵った」

という実感を持っていたからだ。これは今の言葉を使えば、

「過去を体感する」

ということだ。洒落(しゃれ)た言葉を使えば、既視感（デジャブ）のことだ。生まれてからは現実にそういう経験をしていないのに、過去のどこかにおいて確かに自分はそういう思いをしたという実

感だ。

流罪の赦免状が佐渡の島に届いたのは、今年文永十一年（一二七四）二月十四日のことだった。一カ月後の三月十三日に、日蓮は佐渡を出発した。赦免状は届いたが、それで自由行動を許されたわけではない。一旦は鎌倉に行って、幕府役人に到着したことを届け、改めてその後の身の振り方を指示される。手続きを済ませる必要があった。それで日蓮ははるばると鎌倉までやって来たのである。ところが鎌倉に着いた途端、北条得宗家の執事である平頼綱に呼び出された。

「至急、執事邸まで赴くように」

という達しである。平頼綱は熱心な念仏宗の信者で、それゆえに三年前にその念仏宗を攻撃していた日蓮を憎んだ。その頃の日蓮は今と同じことを繰り返し、告げていた。

「今のままだと、必ず国内に反乱が起こり、外敵に襲われる」

ということである。このことは今から十五年前の文応元年（一二六〇）の七月十六日に、当時執権職を退いて出家していた北条時頼のもとに意見書の中でも予告した。意見書は、

『立正安国論』

と銘打った。提出された意見書の論法があまりに過激なので、時頼はこれを握り潰した。しかし握り潰されても、日蓮にすれば、『立正安国論』に書いたことは、現在主張していることと全く変わらない。

「いつまでも法然の念仏宗の跳梁を放任しておけば、必ず国内には謀反と反乱が起こり、外敵

が日本を侵略する」

　というものである。しかも日蓮は、

「自分がこういう事をいうのは決して妄言（もうげん）ではなく確かな根拠がある。根拠というのは経文（きょうもん）だ」

として、その出典を明らかにした。『立正安国論』は、自分（日蓮）を訪ねて来たある旅の僧（暗に時頼を想定している。時頼は執権退職後に、出家して最明寺（さいみょうじ）入道と名乗った。そして時頼には、諸国廻国の噂が高かった）、そこで日蓮は、時頼が旅の途次、日蓮のところに立ち寄っていろいろと問答をする、という組み立てによって、自分の主張を旅の僧に話す形式をとったのである。

　しかし、日蓮の『立正安国論』を握り潰しはしたものの、北条時頼は決して日蓮の意見を無視黙殺したわけではない。胸の中は不安におののいていた。

（日蓮は、確かな予言者だ）

と思えた。承久（じょうきゅう）の変（へん）後、京都や鎌倉には天変地異（てんぺんちい）が続いた。疫病も流行（はや）った。火災、洪水もしきりに起こった。日蓮はこれらの現象をとらえて、

「すべて、正法を重んぜずに、邪法ばかりこの世にはびこらせるからだ」

と告げた。

　北条時頼は、歴代の執権の中でも特に、

「禅宗（ぜんしゅう）」

に帰依の度合いの深かった人物である。特にかれが尊崇したのが、蘭渓道隆、兀菴普寧、叡尊、忍性らの高僧だ。このうち道隆と普寧は、南宋から日本にやって来た僧である。時頼は、道隆と普寧をそれぞれ建長寺の開山住持としたり、道隆の後に普寧に住持を依頼したりした。

当時の日本最高の知識人は何といっても僧だ。同時に、

「国際情報」

にも明るかった。道隆や普寧たちの生まれた南宋は、その頃北方から侵入した蒙古の脅威に晒されていた。

「いつ故国が滅ぼされるかわからぬ」

という状況にあった。したがって蒙古の恐ろしさは、これら来朝した南宋の僧たちによって、事細かく語られた。さらに中国には古くから、

「中華思想」

というのがある。つまり、

「自分の国が最も文化の程度がすぐれていて、東西南北の他の国々は遅れている」

という考えである。そのために、中華の民をもって任ずる文化の保持者たちは東西南北のエビスたちをそれぞれ東夷、西戎、南蛮、北狄と呼んで卑しんだ。道隆や普寧たちに、この中華思想が全くなかったとはいえない。やはり、

「北方の蛮族にわが故国が侵されるのは、我慢できない」

という気持ちがあった。そうなると、侵入する蒙古に対して、悪し様にこれを罵るのは当然である。

二

日本にも、中国から儒教や仏教が伝えられて以来、日本人独特の、

「中華思想」

が育って行った。中国は、

「文化や儒教や仏教の本場」

として崇めていたが、日本国内においても、特に東国や東北地方の民に対して、この、

「蛮夷観」

を持ったことは確かである。そのために、

「征夷大将軍」

などという、現地に住む人々を蔑視するような役職まで設けられた。

モンゴルの草原に突如出現して、民族の統一を実現したチンギス・ハンの大国は、やがて孫のフビライの時になってさらに勢いを増し、遠くヨーロッパまで馬蹄に掛け、強大な帝国を造り上げた。フビライは、東ヨーロッパを征圧すると、今度は肝腎な南宋の攻略に掛かった。かれにす

れば、

「うまいものは最後に食う」

という考えだったのだろう。とっておきの美味しいものに、牙を剝いて襲いかかった。南宋は滅ぼされた。しかしフビライは、中国を征圧した後、伝統的な中国の古文化に魅せられた。国の経営の仕方や、いろいろな手続きは中国に伝わって来たやり方を重んじた。日本にも、

「朝貢」

を求めた。初めに寄越した国書には、

「蒙古皇帝、日本の国王に書を致す」

と書いてあった。初めから日本を属国とみなしたわけではない。ただ、

「蒙古はこの様に強大な帝国になったので、あなたの国も朝貢して礼を尽くされたい」

と告げたのである。日本はこれを蹴った。

このやり取りは、すでに時宗の父時頼の時代から始まっている。したがって、時頼にせよ現執権時宗にせよ、

「アジア情勢」

に対しては、人一倍詳しい知識を持っていた。それだけに、蒙古が中国を征服した後、国名を「元」と改めて、近隣諸国にしきりに朝貢を促していることは鎌倉幕府の首脳部はすべて知っていた。ところがここに書いたように、鎌倉幕府の首脳部や、あるいは来朝僧と、これに影響を受

けた日本の僧などの多くが、次第に、

「中華思想」

に染まって行った。はっきりいえば、

「漢民族の国、たとえば現実には南宋は尊敬するが、北狄である蒙古などは尊敬しない」

ということだ。だから、中国本土の南宋人が蒙古民族をないがしろにするように、鎌倉幕府首脳部やこれに関わりを持つ僧たちもまた、蒙古を、

「西戎あるいは北狄」

として軽んじていたのである。

こういう一種の差別観が、今でいう、

「グローバリズム」

に関心を薄くしてしまう。いってみれば、

「国際情報に暗い」

というのは、現在だけではない。古くからこういう伝統が続いていた。これもすべて、

「中華思想に基づく、外国に対する蔑視」

がその原因である。

現執権北条時宗は、そういう幕府の脆弱性をよく知っていた。つまり、

「国際情勢を収集する役所や役人がいない」

ということだ。北条執権政府は、

「北条家内部と、外様御家人武士をどう統制して行くか」

ということに血道をあげている。

「日本国はどうあるべきか」

ということに思いを致さない。だから、

「反鎌倉幕府的行動をとるもの」

をまず反逆者として粛清する。これがエスカレートして、現在では、

「北条得宗家に対し謀反を企てるもの」

を敵として片っ端から粛清している。代々の執権は必ず、

「敵を血によって粛清する」

という行為を繰り返してきた。北条時頼も同じだった。時宗も同じだ。さらに、

「北条得宗家の思いのままになる将軍」

を推し立てることを伝統として来た。したがって、

「北条家の意のままにならない将軍」

は、たちまち廃位し京都に追い返した。というのは、源氏の将軍が頼朝・頼家・実朝と続いて
絶えてしまうと、北条家では、自家を執権としつつも、

「皇族あるいは高級公卿」

から、将軍を求めたからである。天皇は初めは、

「皇族からは絶対に将軍など出さぬ」

と突っ張った。北条家ではやむをえず、藤原家から将軍をもらった。が、再び天皇に奏請して、やがて皇族から将軍をもらうまでに漕ぎつけた。しかしもらった将軍も、幕府の意のままにならなければすぐ廃位し、その子が幼年であっても将軍の位につけてしまう。北条家の意のままにならぬというのは、

「将軍職をお飾りでなく、実質的なものとして次第に勢力を培い、関東御家人を引き付けてしまう」

というような、現在の言葉のガバナビリティ（統御力）を持つような人物に出会った時である。現執権北条時宗にしても、自分の名付け親である将軍宗尊親王を、謀略によって追放し、京都へ追い返すというようなこともしている。

しかし時宗は、歴代の執権とは違った。

「武士の・武士による・武士のための政権」

が、源頼朝が創立した鎌倉幕府だ。それが次第に矮小化され、いまは、

「北条氏の・北条氏による・北条氏のための政権」

に変わってしまった。時宗は、

（これでいいのか）

と常に反省する。

それは父の時頼も同じだった。だからこそ、日蓮が突き付けた『立正安国論』に書かれたことは、いちいち胸にぐさりと来るものばかりだったのだ。日蓮が『立正安国論』で問うているのは、

「日本の国はどうあるべきか」

ということと、

「その国を管理する鎌倉幕府はどうあるべきか」

ということだ。しかしかれは僧だから、

「それもこれも、すべて念仏宗のはびこりにある」

と、一宗旨(しゅうし)のせいにしてはいるが、本心はそうではない。日蓮が根元的に問うているのは、

「武家政権のあり方」

なのだ。時頼はおそらく、

(日蓮のいうことに一理(いちり)はあっても、今これに真正面から取り組めるような状況にはない)

と考え、結局は『立正安国論』をお蔵入りにしてしまった。

時宗は、これを父から読まされたことがある。難解なところもあったが、日蓮のいわんとするところはよくわかった。時宗は父の時頼以上に、

「北条氏の・北条氏による・北条氏のための政権」

ということに思いを致すと頭が痛くなる。さらにこの、

「北条氏の・北条氏による・北条氏のための政権」

が、次第に極小化され、それが凝固して、

「北条得宗家の・北条得宗家による・北条得宗家のための政権」

に変わってしまった。だから時宗は始終何がしかの後ろめたさを感じている。つまりそれは、

「日本の国を、私物視しているのではないか」

という疑いが湧くからだ。

「日本の国民のために、あるいは日本国のために」

という立場から、自分たちは政治を執り行なっているのだろうかという疑問である。日蓮はそこをズバリと突いて来た。

いま執権時宗は、

「鎌倉幕府における、外国情報を収集する役所と役人の欠如」

だけに悩んでいるわけではない。そうさせているものが何であるかを知っているからだ。何であるかというのは、

「日本国内における中華思想の発達」

である。もしも『立正安国論』が南宋から来朝した蘭渓道隆や、兀菴普寧たちが提出した意見書だったらどうだろうか。

「おそらく父時頼も、自分もかなり熱心に耳を傾けたにちがいない」

と思っている。もちろん蘭渓道隆や兀菴普寧は日蓮のように、

「念仏宗や禅、真言を廃止して、日本の宗教は法華宗に統一すべきだ」

などとはいわない。

「他宗との共存共栄」

を唱えている。日蓮だけが、

「正法（法華経）以外はすべて間違いだ」

と叫んでいた。

しかし時宗は、柔軟な思考のできる人物だったから、ふっと、

（これも、中華思想ではないのか）

と思う事がある。それは、

「南宋から来朝した僧なら重んじ、日本の僧だとこれを重く見ない」

という考え方だ。確かに中国は仏教の本場だ。しかし、だからといって日本にも、すでに高僧は次々と育っている。にもかかわらず日本の仏教界では、

「中国の僧は重んずるが、国内の僧は必ずしもそうではない」

という傾向が強い。

だからこそ、真言も天台も、禅も、一遍の踊る念仏なども、あるいは日蓮もこぞってこの鎌倉にやって来て、辻に立っては説法をしている。それは、

「わが宗旨こそ、最もすぐれた宗教である」

という主張の競い合いなのだ。が、日蓮のように、

「真言や禅・律を国の賊」

などと罵るような宗教家はだれもいない。自己の宗旨が正しい事は主張するが、だからといって、

「他の宗旨はすべて誤りであり、邪教である」

とまではいわなかった。日蓮にいわせれば、

「自説に自信がないからだ」

ということになる。つまり、

「他の宗旨の一部に阿り、自説を認めてもらおうとする姑息な手段だ」

ということになる。日蓮は、

「オール・オア・ナッシング」

の主張者であった。

時宗が日蓮に腹を立てるのは、つまりかれが気にしている、

「鎌倉幕府の弱点」

を容赦なく、短刀でグリグリとえぐるからである。日蓮が問い掛けているのは、

「日本国のあり方」

と、

「その日本国を運営する鎌倉幕府のあり方、ひいては武士のあり方」

ということだ。これに対し今の時宗は適切な答えを持っていない。答えられない。最も答えにくいことを日蓮は面と向かって訊(き)いている。

日蓮を佐渡の島に流罪(るざい)にした頃は、ついに南宋を滅ぼした蒙古が国号を元と変えて、しきりに日本に使者を送ってきた頃である。たとえ形式的な礼を主体としての「朝貢(ちょうこう)」を求められたにしても、日本にとってはこんな国辱的な要求はない。国辱だと受け取るのは、意識の底に、

「蒙古は北狄(ほくてき)だ」

という軽侮(けいぶ)観があるからだ。南宋と同じ発想だ。鎌倉幕府は、元に対し回答を行なわなかった。黙殺したのである。

蒙古からやって来た使者趙良弼(ちょうりょうひつ)など、大宰府(だざいふ)に四年間近くも滞在したまま、

「今日か、明日か」

と、幕府からの返書を待ち続けた。ところが幕府側では京都朝廷と相談した結果、

「回答の必要無し」

という決定をしていたから、使者に対しては何の伝言もしなかった。趙はむなしく海を渡り、高麗（朝鮮）を経て元に戻って行った。

現在でも、

「大陸的な」

という言葉がある。これは大陸の面積が広大なので、そこに住む人々も日本のような小さな島国に住む人間の意識とはひと味ちがうものになるということだ。いってみれば、

「大雑把で細かいことをいちいち気にすることなく、鷹揚に構えてものごとに対処する」

ということだろう。フビライがそうだった。かれは四年近くの間日本から何の返事もないことに対し、大宰府にいる使者趙に、

「一体、おまえは何をやっているのだ？」

と尋ねることもしなかったし、また四年後に小僧の使いよろしく空手で帰って来た趙に対し、

「ばかめ、使者の役を全く果たしていない」

と叱りもしなかった。フビライは趙に、

「もう一度日本に行け」

といって、自分の国書を託した。このへんのフビライは、非常に度量が広く、また懐が深い。

趙は再度日本にやって来た。が、時宗を執権とする鎌倉幕府は、朝廷と心を合わせ、次第に、

「蒙古討つべし」

という態度を強めていた。

南宋からやって来た僧たちも、しきりに蒙古の凶暴さを告げ、

「断固討つべし」

と主張した。天皇や上皇も日本全国の社寺に命じて、

「敵国降伏」

の祈禱をあげることを決定した。日本国民すべてというわけではなかったが、かなりの層にまで、いわゆる、

「挙国一致」

の体制が固まりつつあった。

三

そんな時期に、時宗は執事の平頼綱に命じて、

「日蓮を赦免せよ」

と命じた。頼綱は、

「は」

と眉を寄せて時宗を見返した。

「日蓮を赦免致しますと、またいろいろと問題が起こりますぞ」

「承知の上だ。しかし、日蓮に聞き質したいことがある」

「どういうことでございますか？」

「直接には、蒙古がいつ来るか知りたい」

「それは何も日蓮のような坊主に尋ねなくても、九州には守護もおりますし、鎮西奉行もおります。また対馬には、宗が守護代として頑張っております。かれらを通じて高麗（朝鮮）その他からの情報は、どんどん収集できるではありませんか」

「それはそうだが、わたしは日蓮の予見力に関心がある。佐渡から戻してやれ」

「かしこまりました」

　念仏宗の熱心な信者である頼綱は不満だった。心の中ではずっと、

（日蓮など、佐渡の島で飢え死にしてしまえばいい）

と思っていたから、時宗の日蓮に対する寛容な態度が気に食わなかった。

　しかし同時に頼綱自身も三年前とは変わっていた。あの頃はとにかく、

「あらゆる問題に首を突っ込んで、この頼綱の存在を知らしめてやる」

という意気軒昂たるものがあった。だからかれは執事の仕事よりもむしろ対外的な仕事に熱中した。侍所所司として、日蓮を逮捕し、時宗が、

「流罪にせよ」

と命じたにもかかわらず、ひそかに、

「竜ノ口で首を斬ってやる」

と心を決めたのもそのためである。

しかしその後も繰り返された、

「北条得宗家と全国の御家人や地頭あるいは、国有地の役人、荘園という私有地を管理する役人との争い」

や、近頃さらに激しくなった、

「北条得宗家と、北条一門との争い」

の渦中に投げ出された頼綱は、持ち前の謀略性と政治力をもって、次々と襲いかかって来る難事件を見事に解決した。しばしば、血による粛清も行なった。粛清を行なう度に、かれは次第に畏れられる存在に変わって行った。

「平頼綱は単なる執事ではない。実際に得宗家を動かしているのは頼綱だ」

と見られるまでになった。人間は、自分がやったことがうまく行くと、必ず自信が湧く。これが度重なると、次第に自分で自分に対する認識も高まって来る。現在の頼綱は、

「今の俺は、北条得宗家きっての実力者だ」

という自覚を持っていた。人間が自信を持つと、他者に対し寛容になる。それは、あの大嫌いな日蓮に対しても同じだった。

だから、足掛け三年に亙る佐渡での流罪生活を終わって、鎌倉に戻って来た日蓮が見ても、平頼綱は前の頼綱とは違った。相当に自信を持ち、貫禄も備わっていた。頼綱の場合は、

「方円の器が水を変えた」

といってよかった。頼綱の置かれた環境が完全にかれに大きな自信を与えていた。

頼綱は策謀家ではあったが、では何のためにその策謀を駆使するかといえば、帰着するところは、

「北条得宗家のさらなる勢力の拡大とその安定化」

に他ならない。かれ自身が、

「やがては北条得宗家にとって代わろう」

などという野心は全然持っていない。あくまでも、

「北条家の忠実な家臣である」

というわきまえはあった。それがわかるから、時宗も時に頼綱が眉を顰(ひそ)めるような行動をとっても、何もいわずにじっと我慢しているのだ。

時宗は、

「日蓮が鎌倉に来たら、わたしが直接会う」

といった。頼綱は眉を寄せて大きく首を横に振った。

「それはいけません」

「なぜだ?」

「物事は、すべて大将がお出ましになる時は下話が完全に出来上がった暁です。いきなり日蓮にお会いになるのはまずいと思います。下話はわたしが致します」

「下話とは?」

「日蓮が、二度と念仏の悪口をいわず、また法華経を日本の国教にせよなどといわぬように、約定を取り付けます。これはあくまでも下話で、約定を取り付け公にする時は、あなたがお出ましになればいいでしょう。そうすれば一挙に執権の名が上がります」

「……………」

時宗はちょっと考えた。やがて頷いた。頼綱のいう事が尤もだと思ったからである。確かに、頼綱がいうように、もしも日蓮が、

「二度と念仏の悪口は申しません」

といい、

「他宗との共存共栄を期します」

といえば、これは幕府にとって大変な得点だ。

四

平頼綱は単刀直入に日蓮にきいた。

「蒙古はいつ来るのですか」

敬語になった。日蓮も、

（四年前の頼綱殿とはだいぶ違うな）

と感じている。それは貫禄が付いたというだけではない。頼綱の眼の底に、

（一応は相手のいうことを聞こう）

という遜（ゆず）りの色が感じ取れた。

（頼綱殿もお変わりになった）

と思う。

（しかしそれはいい変わり方だ）

日蓮はいった。

「わたくしが蒙古来襲を予測したのは、すべて経文に書かれていたからでございます。しかし、経文にはいつ来るとは書いてございません」

「では貴僧のお考えはどうか」

ズバリと聞く頼綱に、日蓮もズバリと答えた。

「今年です」

「なに！」

頼綱は思わず目を瞠（みは）り、そしてすぐ苦笑した。しかし眼の底は輝き出していた。

「誠か」

「はい」

「うーむ」

頼綱は思わず目を宙に上げて腕を組んだ。胸の中で激しく鼓動が太鼓のように鳴りはじめている。頼綱は興奮しはじめた。

やがて腕をパラリと解くと日蓮を見返した。

「やはり今年か?」

「はい」

日蓮もそう思いますとはいわなかった。曖昧な冗語を一切廃して、要点だけを告げた。頼綱はもう一度、

「うむ」

と唸った。急に表情に媚びるような色を浮かべるとこんな事を言い出した。

「このまま、鎌倉に滞在して、貴僧も蒙古調伏の祈禱に参加してはくださらぬか」

「蒙古調伏の祈禱指導はどなたがなさいますか?」

「極楽寺良観房忍性禅師だ」

「ではお断り致します」

日蓮はにべもなくいった。頼綱は、目で、

(なぜだ?)

ときく。日蓮は、

「わたくしが佐渡へ流される寸前の出来事は、頼綱様もご存じでいらっしゃいましょう」

「覚えている。確か、雨降らしの祈禱だった」

「そのとおりでございます。あの時幕府は、良観殿に雨降らしの祈禱をお命じになりました。ところが、約束の期限はおろか、日にちを伸ばしてもついに雨は降りませんでした。あの時わたくしは、もし雨が降れば、良観殿のもとにわたくしが平伏(ひれふ)し、法華経を捨てるとまで約束をいたしました。逆に、雨が降らない時は良観殿が自分の宗旨を捨ててわたくしの法華宗に加わるべきだと申しました。にも拘(かかわ)らず雨は降らず、しかも良観殿は暴徒を煽動してわたくしを襲わせました。そういう僧にあるまじき方とは、共に蒙古調伏の祈禱をする事はできません」

「相変わらずだな」

頼綱は四年前の表情に戻って行った。眼の底に怒りの色が浮き始めている。日蓮は落胆した。せっかくいいところまで盛り上がって来たのに、やはりこの男はだめだと思ったからである。

頼綱はいった、

「貴僧が鎌倉にとどまるためには、やはり他宗を一切廃し、法華経だけを国教にせねばだめか?」

「はい、左様(さよう)でございます」

「そんなことはできぬ。しかし貴僧も、伊豆に流され、佐渡に流されても、結局は自説を変えぬとみえるな」

「それは違います」

日蓮は宙に手を上げた。

「違うとは？」

「この日蓮に自説などございませぬ。日蓮はただ古の経文に書かれた事を丹念に精査し、法華経のみが釈迦の唯一の教えだという事を悟っただけでございます。そのことを告げているだけで、わたくし自身の考えなど微塵も加えてはおりません」

「そうかな」

頼綱はからかうように日蓮の顔を見返した。薄笑いを浮かべているが、眼の底にはありありと疑惑の色が浮いていた。しかし今日蓮がいったことは本当だ。日蓮自身に、正しく自説はない。二十年以上も前に、日蓮は駿河国岩本の実相寺の経蔵に籠って、二年近くを過ごし、徹底的に経文を読み漁った。

結果、

「真に仏の教えを伝えるのは、法華経だけだ」

ということを発見したのである。日蓮は鎌倉の辻に立って説教をした。しかしそれは、自分が発見した、

「法華経こそが、仏の真の教えだ。したがって、迷える我々は、南無妙法蓮華経の七文字を、口ずさむことによって成仏できる」

と主張した。日蓮にすれば、

「そのどこが自説なのか？」

と思う。つまり、だれもが経蔵に入って、日蓮と同じように古い経文を片っ端から読み漁り、

「仏の真の教えはどこに書かれているのか」

という観点から経文を読み抜けば、当然同じ結論に達するはずだと思っている。したがって、
日蓮にすれば、

「自説を唱えるのではないから、わたしは強いのだ」

ということになる。一種のアイロニーだが、日蓮はそう信じていた。そして、

「自分の考えを他人に告げるなどという不遜（ふそん）なことはわたしにはできない。他の者はそれをやっている。とくに法然（ほうねん）の念仏がそうだ」

と感じていた。

「やはりだめか」

頼綱が薄笑いを消さぬままにそう呟（つぶや）いた。顔に浮いた薄笑いとは別に、眼の底には真剣な色があった。頼綱は自分の役割が失敗したことを知った。つまり、時宗に、

「日蓮が、他宗攻撃を止（や）めると約束を致しました」

という言質（げんち）が取れなかったのである。日蓮は、佐渡の足掛け三年の流罪生活にも、自分の考えを変えなかった。いや、見たところ前よりもよけい強くなった気がする。

（いま幕府は内憂外患（ないゆうがいかん）に襲われている。そんな時に、また日蓮に一悶着（ひともんちゃく）起こされると、よけい

な心配をしなければならない）

　頼綱は即座にそう判断した。日蓮と話す前から、

「あるいは？」

　と考えていたことの一つが、この日蓮による、

「他宗とくに念仏宗の峻拒」

　である。そのとおりになった。日蓮は承知しない。あくまでも、

「法華経を国教にしなければ、国難は去らない」

　と言い張る。『立正安国論』を前執権北条時頼に提出したのは、今から十四年前の文応元年（一二六〇）のことだったが、その時と何も変わっていないのだ。頼綱は、半ば呆れた。

「それで、これからどうなさる？」

　頼綱は話題を変えた。日蓮は、

「左様でございますな」

　と頷いた後、

「甲斐の身延へ参ろうと思います」

　といった。

「身延へ？」

「はい。山中に籠ります」

「惜しいな。貴僧にしても残念ではないのか」

「残念でございます。しかし、三度諫言（かんげん）を申し上げましたが、ご国主はお聞き入れくださいませ
ん。これ以上は無駄でございます。山中に入って、静かに法華経を唱えるつもりでございます」

「ほう」

頼綱は信じられないような表情になって日蓮を見返した。日蓮がいうとおり、ご国主といって
いい執権政府に、日蓮は三度、

「外敵襲来と国内反乱」

を予告した。そして、

「法華経を国教にしなければ、この国難は去りませぬ。日本を見限った神や神仏も二度と戻って
は参りませぬ」

と告げた。頼綱にすれば、佐渡から戻った日蓮は、今のやり取りした頑固さを保つならば、た
とえ鎌倉でなくても、他国に行って自説を撒き散らすだろうと考えていた。ところが日蓮は、

「一切を捨てて、甲斐の山中に籠る」

というのだ。信じられなかった。まじまじと自分の顔を見詰める頼綱に、日蓮は微笑んだ。

「お疑いでございますな」

「左様。今までの貴僧の振舞いからすれば、信じられないからだ」

「ごもっともでございます。しかしわたくしは、たまたま甲斐の南部（なんぶ）殿（波木井実長（はきいさねなが））が、身延

に参られよとしきりに誘ってくださいます。お言葉に従おうと思っております」

「身延の山中か」

頼綱はまた宙に目を上げて呟いた。やがて、視線を日蓮に戻すと大きく頷いた。

「貴僧のお考えはよくわかった。この旨執権殿に申し上げる」

「よしなに」

日蓮は一礼した。そして部屋から出た。

さて、筆者はここで、日蓮の一生を決めることになった時代を少し振り返ってみることにしたい。

出生から修行・立宗までの三十二年間である。この時代の日蓮自身による記録はほとんどない。多くは伝説によるところが多いが、先達の著述や研究成果などを参考にさせていただきながら、宗教家日蓮の若き日を物語にして語ってみよう。そうすることによって、法華経の行者日蓮の志が見えてくるのではないかと思うからである。

立願・修行

五

日蓮は承久四年（一二二二）の春のまだ浅い二月十六日、安房の長狭郡東条郷の小湊の漁夫の子として生まれた。小湊は現在の千葉県安房郡天津小湊町にあたる。生誕の旧跡とされる誕生寺は、明応と元禄の二つの大地震のあと、宝永年間（一七〇四〜一七一一）に現在の地に再建されたものである。

日蓮誕生の日は産屋の庭先から、にわかに清水が湧き出て海にそそぎ、海中には青蓮華が咲きほこり、近くの妙ノ浦には、日蓮の誕生を祝うように鯛が泳いだという。もちろんこれは後に創作された伝説である。

日蓮の幼名は善日麿といった。

善日麿の父は貫名重忠といい、母は梅菊といった。父重忠は元は遠州（静岡県）山名郡貫名郷の小領主だったが、領地争いの訴訟に破れてこの安房の国に流され漁夫となった。母は本姓清原といい、歴とした名家の出であると伝えられる。

日蓮は自身を「東条郷の片海の海人の子である」とか、「安房の国海辺の旃陀羅の子なり」などと述べているが、家系や出自について詳しく書き残していない。

中世の身分社会では漁夫は賤民とされた。日蓮は自分が漁業を生業にした貧しい家の生まれであることに少しも拘泥していない。
「仏の前では、俗世間の身分や階層などいっさい関係がないのだ」
「素性の賤しいことは少しも恥ずかしいことではない」
といって、むしろそのことを後に誇りを持って宣言している。

善日はこの片海の入り江に臨んだ小さな漁村で、貧しい最下位の生活ではあったが、父母の慈愛にひたって、平安な幼児期を過ごした。

太平洋に面した波静かな入り江の海原はどこまでも深く蒼く澄んでいる。水中の魚影や水底の藻は手に取るようだ。漁夫の子善日は、父に伴われて船で沖に漕ぎ出て魚をとり、岩場では貝をとり、磯では藻をひろった。夏となれば父母の手助けが終わるのを待ちかねて、浜辺を駆け岩場を伝い海中に身を躍らせた。

善日は燦々と海にそそぐ陽光を全身に浴びて、汐焼けた健康そのものの少年にすくすくと成長していった。後年の気宇壮大にして剛毅闊達な日蓮の精神は、この外房州の大海原の自然環境が育んだものであろう。

漁民たちは文字も読めないが、善日の父も母も書を読み、文字も書く。今は漁夫に身を落としているが、元は歴とした武士である。高い教養を身につけた父親から、幼少の頃より文を読み、書を学ぶ学問の手ほどきを受けていた。母の梅菊も昔話や物語を語って聞かせ、多くの教訓を幼心に植えつけた。

「父母の御恩は今始めて事新たに申すべきには候はねど、母の御恩の事、殊に心肝に染みて貴く覚え候」

と、日蓮後年の刑部女房への消息（手紙）にある。幼少時の家庭の教育が厚かったことが窺える。

また当時一般世間の信仰に従って、七、八歳の頃より父母に従い「南無阿弥陀仏」の念仏を朝夕に唱えた。

その念仏に十二歳に近づいた善日が、「何か聊かのことに疑いを持って」願を立てたと伝えられている。どんな疑いを持ったかは明らかではないが、父母の元にあって成長した十二年の歳月の間に起こった世相の混乱や、相ついで起こる天災や飢饉の報が、中央の文化とはほど遠い山陰に隔離された漁村の人々の口にのぼる。そうした噂話が、感じやすい聡敏な少年の耳にも聞こえて、心のなかに世の中の矛盾を問う疑念を芽生えさせていたのであろう。

「母さまは承久の戦の話を知っていますか」

ある日、善日が母の梅菊に問うた。

承久の変（一二二一）は、日蓮が生まれる前の年に起こっている。

「それは善日、そなたが生まれる前の年、今から十三年前の出来事です。都の帝後鳥羽上皇が鎌倉の執権北条義時殿と戦って破れた戦です」

「帝はどうしてそんな戦を起こされたのですか」

「上皇は鎌倉執権の力を押さえて、武士を思うままに支配する天皇親政の御代に戻そうとされたのです。そこで北条執権義時殿と息子泰時殿は総勢十九万の幕府軍を率いて京に攻め上ったのです。帝方は六万の軍勢で迎え討ったが破れ、戦は僅か一カ月で幕府側が勝利しました。後鳥羽上皇は隠岐の島へ、土御門上皇は土佐へ、順徳上皇は佐渡島へ流罪になったのです」

母の梅菊は承久の戦の後、執権北条義時は三上皇を流刑に処し、討幕派の主な公家、武家は斬首に処し、三千余所の皇室領の荘園を没収し、それを御家人に分かち与えたことも、善日に話してきかせた。

「帝は日本第一のお方。鎌倉の北条は帝の臣下ではないのですか」

(家来が主人を罪に落としてよいものか)

(仏法も天子様をお救いできぬのか)

と、善日の不信感はつのるばかりだ。

「力の強い者だけが上に立ち人を支配する。帝とてそうした力には抗えない。それが下剋上の今の世の姿なのです。この安房の国に流されなさった善日の父上とて同じこと」

この母の諦めに似た言葉にも、

「弱い者は黙って諦めろというのでしょうか」

と、なおのこと善日は合点が行かなかった。

六

天福元年（一二三三）五月、十二歳の夏、善日は父重忠に伴われて、小湊の北に聳える清澄山の清澄寺に登った。

清澄山はＪＲ外房線の安房天津駅から北へ約六キロ、標高三百八十三メートル、高山のない房総では第二に高い山である。その山頂に清澄寺はある。山腹には杉や樟、柏や樅などの古木が林立し、雑木の枝葉が鬱蒼と生い茂っている。境内は紫陽花の名所でもある。

清澄寺の起源は、光仁天皇の宝亀二年（七七一）、不思議法師という僧が清澄山に登ったとき、一本の老柏樹を伐って虚空蔵菩薩の像を彫り、小堂を建立して安置したことに始まると伝えられている。

この清澄寺は最澄の弟子慈覚大師（円仁）の流れを汲む天台密教の寺院であった。鎌倉時代には北条政子より宝塔や経蔵の寄進を受けるなど、房総第一の名刹である。善日が登った頃は、台密（天台密教）の加持祈禱のほか念仏往生の修行も盛んに行なわれていた。

寺主の道善房は、父重忠の尊敬する聖僧であった。

遠州からの流罪人として小湊村に着いた時以来、夫婦の淋しさを慰めてくれたのはこの道善房ただ一人だった。

かねて善日の利発な少年ぶりを伝え聞いていた道善房は、

「清澄寺で学問をしたい」

と、善日が父重忠に熱心に願い出たことを知り、

「あのような英才の子を漁夫とするは惜しいことです。本人が自ら望むことならなおのこと。私の寺へお預けくだされば必ずや名僧智識にしてみせましょう」

と、重忠に再々懇請した。

「善日は仏の子に生まれついているのかもしれません。ここは道善房さまのお言葉に従い、善日をお預けして学問をさせましょう」

ゆくゆくは善日を武士にして家の再興をと、一縷(いちる)の期待をかけていた父の重忠を説き伏せたのは母の梅菊だった。

父母の許しを得ることができた善日は、母との別れは辛かったが希望に燃えて清澄寺の道善房のもとに入門した。

道善房の喜びはひとしおだった。さっそく童名を薬王丸(やくおうまる)と授け、年長の浄顕(じょうけん)や義浄(ぎじょう)に薬王丸の修学の世話をさせた。

薬王丸は寺の小童である。山中を駆けめぐって薪を拾い、境内を浄め、本堂の清掃や、食膳の手伝い、師の身の回りの世話などくるくると立ち働く。その寸暇をぬって浄顕や義浄先輩から習字、読書や仏典の一文一句について手ほどきを受けた。

日蓮が後にこの先輩の二人に与えた『報恩抄』に、

「各各・二人は日蓮が幼少の師匠におはします」

と感謝の言葉を書いている。もちろん師の道善からも厳しく教えを受けつつ仏道修行に励んだことが察せられる。

入門して間もないある日、道善房は座右の一書を取り出して、

「これが読めるか」

と聞いた。薬王丸は坐を正して読み始めたが、初めは外典（一般漢籍）、次は教書（真言書）をとどこおるところなく読んだという。その時そばにいた天津二間寺の長老道義房（道善房の兄）は、それを見て驚き、

「大法器なり、他日我が門を起さん者は是の児か」

と感嘆したと伝えられている。

それよりの日々の薬王丸の学業は、先輩弟子の浄円房や浄顕坊や義浄房らの目を瞠らせるほどめざましいものだった。

そもそも善日麿が清澄寺を志したのは、仏道修行のためではない。まして、本山大寺の長老になろうなどというものではなかった。

入山後間もない十二歳の薬王丸は、寺の虚空蔵堂に参籠し本尊虚空蔵菩薩の宝前で、

「日本第一の智者となし給え」

と、大願をかけた。虚空蔵菩薩は智恵の御仏(みほとけ)である。

薬王丸の目標はただ一つ「日本第一の智者」になること、そのために学問に励むということなのである。

薬王丸には、入山前から心にわだかまっていた疑問が二つあった。

一つは、

「日本国は仏法が盛んで、神々までも鎮座(ちんざ)している。しかるに安徳(あんとく)天皇は源頼朝(みなもとのよりとも)に攻められて壇ノ浦の藻屑と消え、承久の戦では上皇方は天台真言などの座主(ざす)や高僧が大法・秘法を尽くした調伏祈禱(ちょうぶくきとう)にあたったにもかかわらず破れて、三上皇が流罪の悲運に見舞われたのはなぜなのか」

ということ。このことは母の梅菊にも問うたことであった。

もう一つは、

「日本の仏道が多くの宗派に分かれているのはなぜなのか。釈尊を祖とする仏道は一つではないのか」

ということ。まとめていうと、

「この世の中は混乱を極めている。天皇から庶民に至るまで、その苦悩はただごとではない。では、なぜこのようなことが起こるのか」

という深い疑問が、若き薬王丸の頭を捉えてはなさない。この疑問を解明したい一心であった。

もう一つつけ加えるなら、

「流罪人で苦労してきた父母を救ってあげたい。そのために智者になるのだ」

ということであった。

薬王丸は清澄寺の経蔵にある典籍をむさぼるように読んでいった。


入山後四年の歳月が流れた。

薬王丸は十六歳となった。薬王丸は師の道善房の許しを得て、出家の決心を両親に伝えるため山を下った。十二歳で山に登って以来、四年振りの帰郷である。

思えば入山後しばらくして、母の梅菊は一度だけ薬王丸を訪ねて清澄山を登ってきたことがあった。息子の安否は道善房の言づてで聞いてはいても、我が子逢いたさは母の情である。だがこの山は女人禁制の浄地である。山門の内に足を踏み入れることはかなわない。それでも女人止めの制札のところまで逢いに来たのである。薬王丸はそこで母に面会を許された。

「薬王を愛おしいとお思いなら、どうか今日限りお山には来ないでください。修行の妨げになりますから」

と、涙ながらに母の手を取って頼んだことが、まるで昨日のことのように思い出される。

母とはそれ以来一度も会っていない。父とて同じこと。父母に逢える懐かしさと嬉しさに足元は自然に速くなる。夕闇の迫る小湊の家路へ続く山道を駆け下った。

懐かしい父母の前に立った。父重忠は漁から帰ったばかりだ。

四年間の清澄山頂での道場で鍛えられ、すっかり背丈も伸びて逞しく成人した我が子は見違えるほどである。

「立派になった」

と父の重忠も母の梅菊も思わず落涙した。

久方ぶりの親子揃ってのくつろいだ夕餉の後で、父が問うた。

「何ぞ用事があっての下山か」

薬王丸は居ずまいを正した。

「今宵下山いたしましたのは、父上母上にご相談があってのことです。私も十六になりましたから、俗体での修行は許されません。剃髪出家いたしとう存じます。出家得度の後は俗縁を切らなければなりません。親でも子でもなくなります。このことお許しいただきとう存じます」

瞳を両親に据えて凛とした声で言い放った。

「異存はない。四年前にその覚悟はできている」

と、父の重忠はきっぱりいった。

母の梅菊は、とうとうその時が来たと覚悟はしていても、「肉親の縁を切る」という言葉にはさすがにうろたえて涙が出る。

「出家した後は何とする」

と言葉を返すのが精一杯だ。

「日本一の智者となり、名僧となりまする。そのためには清澄寺だけの勉学では不足です。道善師のお許しを得られるならば諸国を遊学して歩きたく思います。近くは鎌倉で、かないますれば比叡山に参り仏法の奥義を摑みとう存じます」

四年間の清澄での勉学の跡が窺えるような自信に満ちた言葉だ。父重忠にはどこまでも頼もしい息子の言葉である。

母の梅菊は、成人したとはいえまだ十六の子どもではないかと、母親らしく我が子の行く末が案じられてならない。

「諸国遊学というが病気などになったら何とする」

と、先々のことまで心配できりがない。

その夜、親子は枕を並べて寝た。

「母上は薬王の出家に反対ですか」

そっと床の中から母に尋ねた。

「そんなことはありません。母が父上を説得してそなたを道善師にお預けしたのですから。ほんとうは、よくぞここまで成人してくれたと嬉しいのです。でも女親とは弱いものですね。いざとなるとやはり我が子を離したくないのです。恥ずかしいことです。許してください」

と、子の手をとって泣いてしまう。

薬王丸も泣いた。

嘉禎三年（一二三七）十月、十六歳の薬王丸は出家した。

道善房を師として得度し、名も是聖房蓮長と改まった。

蓮長の目標は「日本一の智者」になる以外の雑念はなく、得度を受けたその日もいつもと同じように大堂にまいり、

「我に智恵を授け、力を与え給え」

と、虚空蔵菩薩を伏し拝んだ。

ある日何事か思い立った蓮長は、三十五日間の願をかけて虚空蔵堂に籠った。満願の日祈り続けているうちに蓮長の祈念は、いつしか意識朦朧として夢心地の三昧境に落ちていた。蓮長は朦朧とした意識の中で一筋の光明を見た。すると一人の高僧が目の前に立ち現れた。そのお姿はなんと御本尊の虚空蔵菩薩だ。菩薩は掌にキラキラと輝く明星のような宝珠を持っていらっしゃる。掌が一瞬動いたと思う次の瞬間、光り輝く宝珠が落ちて、蓮長の衣の袖に入った。

ハッとして我に返った時には、高僧の姿は消えて、御本尊はいつに変わらず微笑んでいらっしゃる。

「虚空蔵菩薩さまが、蓮長の願いをお聞きとどけくだされ智恵の宝珠を賜った」

これは夢ではないと、蓮長は喜びで全身が震えた。

この話は、日蓮の遺文の中に記されている。実際にあったかどうかはわからない。

これより蓮長の修学の方向は定まった。

「仏教諸宗いずれの宗なりとも、ありのままに諸経・各宗の教えを学ぶ」

ということだった。仏教修学の研鑽に日夜励む毎日となった。

得度後一年もすると、蓮長は清澄寺の所蔵する経典・典籍はことごとく読破した。

「清澄寺では仏書経典の数は少なく、これ以上学ぶべき修学の人もない。この上は諸国遊学して、仏教の道を深める以外にない」

という思いを強くした。しかし、

「父と母には、一年前の下山の折にその気持ちは伝えてある。道善師はお聞き入れくださるだろうか」

と、今日までの師道善の御恩を思うとにわかには言い出しかねていた。

蓮長は、意を決して師の道善房に鎌倉遊学を願い出た。

「この清澄寺では不足か。わけを話してみよ」

道善は蓮長の向学に篤い志は見抜いている。それを確認しているのだ。

「清澄寺の所蔵する経典・典籍もほとんど勉強いたしましたが、私の疑問は解けません」

「疑問とは何か」

「今世に行なわれている仏法は、古くは倶舎、成実、三論、法相、華厳、律があり、新宗には伝教大師の天台、弘法大師の真言がある。近くは法然の浄土教があり、栄西の禅宗と、合わせて八宗・十宗があります。それぞれの立場から各自の教理を固く守っています。釈尊の根本は一つしかないはずなのに、なぜこのように分かれ、それぞれが自宗を主張して対立しているのかわかりません。師はいずれが正法かおわかりですか」

ズバリ蓮長は核心を突いてきた。が、道善にも上手な答えが出てこない。

師が沈黙するのを見て、

「そのわけを知りたくて、私は当山で学ぶべきは学んで来ましたが、その疑いを解くことはできませんでした。それを究めるためには書物も人も不足しています」

と、遠慮なくいう。道善は苦笑した。

「その解明を得るためには、さらに八宗・十宗の教義を学び、各宗諸寺を訪ね、学匠の教えを請わねば、叶うものではないと知りました。本当は比叡のお山に登って、天台密教の根本を学びたいのですが、ここからは遙かに遠く、とても若年の一人旅はかないません。鎌倉は政令の出る幕府のあるところ、諸宗の名僧智識も少なからずと聞いています。幸い鎌倉はここから近く私一人でも行くことができます。どうか遊学をお許しください」

道善は蓮長の決意の堅さを見て取った。

「鎌倉で学んで来るがよい」

と、反対するどころか喜んで許可した。その上、

「戻りたくなったらいつでも戻って来い」

と、師は慈愛深く付け加えた。

この時、蓮長十八歳。浄円らの法兄にも別れを告げて清澄寺を出た。

七

勇躍、安房の国を出た蓮長は陸路上総（かずさ）、下総（しもうさ）を経て武蔵の国に入り隅田川を渡った。茫々と広がる武蔵野で道に迷い、その上低湿地に足を捕られて歩くうちにやっと夕刻遅く帷子（かたびら）の里（今の保土ヶ谷）に出た。

その夜は、若き修行僧に好意を寄せた旅人の知る民家で世話になり、翌日四日目にして漸（ようや）く鎌倉に辿（たど）り着いた。

その頃の鎌倉は幕府が開かれてから半世紀の新都であった。鎌倉では武士の帰依（きえ）を受け禅宗が興隆し、一方庶民の間には法然の専修（せんじゅ）念仏が盛んに信仰されていた。

鎌倉に入った蓮長はまず、

「浄土宗と禅宗を聞こう」

と、最寄りの寺を訪ねることにした。

禅宗ならば、

「亀ヶ谷（かめがやつ）の寿福寺（じゅふくじ）へお出でなされ」

とすすめられて門を叩いた。

寿福寺は北条政子が建立して栄西が開山した臨済(りんざい)禅の寺である。今は、栄西の高弟行勇(ぎょうゆう)禅師が跡を継いでいた。

山門は見上げるようで、境内も広く、仏殿法堂(はっとう)の立ち並ぶ大伽藍(がらん)はさすがに田舎の清澄寺とは比ぶべくもなく豪壮である。ちなみにこの時は、後年隆盛を誇った建長、極楽の両寺はまだ建立されていない。

壮大な伽藍に圧倒されそうになる気持ちを立て直して、蓮長は入門を願い出た。

数日して入門を許された蓮長は、寿福寺で行勇の弟子について禅宗を学んだと伝えられる。

しかし、禅宗には満足できなかったようである。

禅の門は身心を整える規律としての戒(かい)、身心の集中と平静を保つ禅定(ぜんじょう)、仏の教えを体得する智慧(ちえ)の三つを学び行ずるのを必要不可欠としている。この三つの学を行じて参禅をすすめ、一切(いっさい)経(きょう)の悟りを得よと教えるのはいいとして、その一方で禅僧たちが「教外別伝(きょうげべつでん)・不立文字(ふりゅうもんじ)」といって憚(はばか)らないのは合点が行かない。それでは、釈尊の教えの外に真実の教えがあり、経文より離れたところに悟りがあるといっているようなものだ。これでは一切経を軽んずるも甚(はなは)だしいではないか。

しかも、寿福寺は禅とともに密教の加持祈禱(かじきとう)も行なっている。

こうした形式禅に蓮長は飽き足らなかったのであろう。

蓮長は一切経、つまり釈尊の教えがすべてだと思っているから、一日も早く一切経のすべてを見てみたいと思っていた。

「一切経を蔵しているのは鶴岡八幡宮だけだ」

と寿福寺の僧に教えられて、蓮長は伝を頼りに八幡宮に一切経の閲読を願い出た。

一切経は釈尊の教えの集大成で、その冊数は数千部、五千巻をはるかに超える膨大な書籍といわれるものである。今日でいうなら仏道の大百科辞典である。これだけの大著を蔵する寺は数えるほどしかなかった。

閲読を許されて八幡宮の輪蔵に保管された一切経の全貌を初めて目の前にして、蓮長は膨大な書籍に目を剝くと同時に、感激で胸が熱くなった。これだけの大冊に全部目を通すとしたら何年かかるだろう。

「たとえ何年かかろうと読破してみせる」

恐ろしい執念で蓮長は連日輪蔵に通い詰めた。

鎌倉在留四年間で全巻読破したという説もあるが、漢文で書かれた大冊をその期間で読破などできなかったと思う。読めたとしても不完全なものであったに違いない。それが証拠には後年駿河の実相寺が所蔵する一切経を、改めて二年近い歳月をかけて読み直している。

もう一つ、蓮長の鎌倉遊学の目的は、浄土宗の修学である。

蓮長は蓮華寺（光明寺）で法然の孫弟子に当たる然阿らに念仏の教えを尋ねたという。

然阿は名を良忠というが、大阿弥陀仏の名で呼ばれ、鎌倉庶民からは生き仏様と尊崇されていた。然阿信者の数は禅宗の比ではなく、念仏信仰者は巷に溢れていた。

蓮華寺では浄土宗の経文をことごとく読んだ。浄土三部経の大無量寿経、観無量寿経、阿弥陀経をはじめとして、法然の著した『選択本願念仏集』に及んだ。

法然が「只称名念仏の一行に帰せよ」と主張した専修念仏は、浄土三部経以外の諸経は捨てよ、閉じよ、さしおけ、放り投げよといい、念仏のみが正行で、その他は雑行、雑行を修行しても千人中一人も往生できないというものである。

『選択集』は何万といわれる仏教の教えの中から、ただ一つ称名念仏だけを選び取り、他はすべて捨て去ってしまうのがよいということを説いた書である。つまり、

「南無阿弥陀仏」

と唱えさえすれば、だれでも極楽に往生ができるということなのである。

この平易さが末法の世の人々の心を捉え、天台や真言などの教えを捨ててまで、法然の念仏に救いを求めて帰依する者が武士の間にも一般の民衆の間にも続出していた。

蓮長もまた子どものころから出家した後も、念仏を唱えて来た。

しかし一方で、こうした熱心な念仏者が、念仏を唱えて救われるどころか、原因不明の悪病にかかって、血を吐いて狂い死にするという者が沢山出たのである。

折しも鎌倉に留学中に、蓮長の心を震撼させる異変が相ついで起こった。

後鳥羽上皇が隠岐の島で崩御され、その知らせを聞いた執権北条泰時は身心騒乱の病に罹った。上皇方に背き幕府方に就いた三浦義村は脳溢血で頓死し、泰時とともに幕軍の大将だった北条時房は、早朝に発病し夜半に息が絶えた。その二年後に北条泰時も病没した。

このように承久の変に連座する人々が、上皇の崩御に続いて相ついで世を去ったことから、

「帝を流刑にした北条幕府に、天罰が下ったのだ」

と、蓮長はひそかに思った。

鎌倉では地震が頻発し、疫病が流行していた。そんな時に念仏者の変死が相ついだのである。蓮長はそうした人々を鎌倉の巷で実際に見聞きすることが多かった。

「なぜ念仏者がかくも狂乱死するのか。御仏の教えによって生死の苦より離れ、心安らかになるはずなのに、ならないのは念仏の教えに間違いがあるのではないか。間違いがあるとすればそれはどこにあるのか」

という疑問が蓮長の頭の中をよぎった。

鎌倉での留学の期間が四年近く経っていた。師の道善には三年を目処に清澄寺に帰ってくると言い置いて出てきたのである。もう一年近く延びている。

蓮長は蓮華寺での勉学を切り上げて、残された月日を南御堂の勝長寿院や二階堂の永福寺を巡って天台宗と真言宗の修学に努めた。

そんなある日、

「蓮華寺の大阿弥陀仏が熱病で焼死なされた」

という知らせが蓮長に届いた。

「大阿上人は臨終に臨んで極楽往生を唱えて死なれたが、お顔は地獄に堕ちた死形であられた」

という噂話がたちまち鎌倉の巷に流れ出た。

「あさましい限りだ」

蓮長は心の中で、念仏宗に対する信頼感が急に失せて行くのを感じていた。と同時に、鎌倉での四年に亙る留学で摑んだものは何だったのだろうという思いが、足下から這い上がってきた。

「結果は、禅の教義には満足できず、浄土経の教えにも疑問だらけだ。収穫といえば一切経の全貌を、この目で確かめることができたことだろうか。まだまだ釈尊教義のほんの一端を摑んだに過ぎない」

と、忸怩たる思いだった。

蓮長が鎌倉での遊学を切り上げて清澄寺に戻ったのは、二十一歳の春であった。

行きは陸路を辿ったが、帰路は相模から安房へは船路で海を渡った。

三浦半島米ヶ浜（今の横須賀）からの船の中で、蓮長は一人の武人と乗り合わせた。武人の名は富木五郎常忍（のち出家して日常）といい、後年日蓮に帰依して生涯の後援者となる人物である。常忍は下総国八幡庄若宮に住み、守護千葉氏に仕える有力な被官（事務官僚）であった。常忍は鎌倉と下総を往来しており、このとき蓮長と出会ったと伝えられている。

船中、蓮長は常忍に問われるままに鎌倉修学のいきさつから、鎌倉諸寺に対する失望感などを話した。

「お話を伺っていて、ご坊の並々ならぬ仏道探求心に打たれました。よろしかったら中山の拙宅にお寄りくださり、もう少しお話を聞かせてくださらぬか。拙者も念仏に疑問を覚えることがござる」

と蓮長に興味を抱いた富木常忍の招きに応じて下総の中山に寄った。

一夜手厚い持てなしを受けて、再会を約した蓮長は富木家をあとにして、中山から古里小湊へ向かった。真っ直ぐに清澄寺に戻って、師の道善に帰山の報告をすべきところであるが、古里小湊の漁村を通れば、やはり父母に会わずに立ち去ることなどできない蓮長であった。

ひと晩鎌倉での生活を語り尽くして、翌朝四年振りに道善師の待つ清澄寺に帰山した。

清澄寺に戻った蓮長は、庫裡の一部屋の文机に向かい、鎌倉遊学の集大成ともいえる『戒体即身成仏義』を書き上げた。四百字詰め原稿用紙にしてわずか十六枚ほどの小論文である。現存する日蓮の著述の第一作だという。

その要旨は、浄土宗を批判し、
・法華経以前の諸経は虚妄方便の説で、念仏によって一人として成仏し往生した者はいない。
・法華経だけが真実の経であり、この教えを信仰すれば、この身そのままで往生できる。

・しかし、最終的には法華経よりも真言密教の方が勝れている。
と結論づけている。

これは法華経以前の諸経は虚妄方便の説と論ずるのと矛盾しているが、この頃の蓮長の思想は清澄寺の学風（天台密教の信仰）をそのまま受け継いでいたからだとする説が多い。

とはいえ、ここに後年の法華至上主義者・日蓮の端緒が見えている。

蓮長は書き上げた『戒体即身成仏義』を師の道善に献じ、兼ねてからの叡山修学を願い出た。

「鎌倉から帰山したばかりで、お願いするのも心苦しいことですが、鎌倉では学び得なかったこと多々あり、未だこの身の浅学を恥じています。この上は叡山に登って学匠を求め、さらに多くの典籍を閲読し、仏法の肝要、法華経の真髄を研鑽いたしたく、何卒叡山修学をお許しくださいますようにお願い申します」

と、ひれ伏さんばかりの懇請である。

「わかりました。許しましょう」

師道善は鎌倉の時と同様に多くをいわず一言で許可した。

道善阿闍梨は蓮長がまだ善日麿と呼ばれていた十二歳の時に、その将来を見込んで父重忠と母梅菊に頼み込んで寺に貰い受けて育ててきたのだ。道善の見込んだ以上に蓮長はその英才ぶりをめきめき発揮して、今は一山に並ぶべくもない学僧として成長している。この先どこまで伸びていくのか想像もつかないほどの逸材を、最高学府の叡山に送り込むことに異存のあるはずはなかった。

「叡山のある志賀の里までは二百里近いと聞いている。心して行かれよ」

と、路銀を渡して蓮長の一人旅を気遣った。ちなみに叡山留学の費用は道善師が用意したほかに、下総中山の富木常忍が出資したと伝えられている。

八

仁治三年（一二四二）、蓮長は師道善をはじめ一山の僧に別れを告げて、再び清澄山を下り、意気揚々と近江国の比叡山へ旅立った。

蓮長は立ち寄った鎌倉でたまたま叡山無動寺谷の学僧尊海と知り合った。尊海もちょうど叡山に帰山するところだった。蓮長は尊海を先導役にした二人旅で東海道を上り無事に近江坂本より叡山に登った、と伝承にあるが、尊海なる人物の詳細は定かではない。

比叡山延暦寺は天台宗の総本山である。

延暦七年（七八八）に伝教大師最澄が十九歳のときに比叡山に登り、草庵を結んで、手ずから彫った薬師如来を安置し、修行を始めたのが比叡山延暦寺の起こりとされている。

その後一乗止観院（根本中堂）を建立し、国家鎮護の道場として、最盛期の平安時代末期には、八部院、文殊堂などの堂塔伽藍や、東塔・西塔・横川の三塔が十六に及ぶ谷に建てられ、その数合わせて三千房に及んだといわれている。

比叡山延暦寺は仏道修行の根本道場であるばかりでなく、今流にいえば仏教研究のメッカであり、日本仏教の最高学府であった。鎌倉仏教を代表する浄土宗の法然も、真宗の親鸞も、禅宗の栄西、道元もこの叡山で修行し巣立っていった。

蓮長遊学当時も、叡山遊学は天下の青年僧の憧れの的であり、それは明治時代の外国留学に匹敵するといっていい。

延暦寺入山の資格審査はかなり厳しいとされたが、蓮長は天台僧でもあり、安房清澄寺は叡山の末寺であったから、たやすく入山を許された。

蓮長は最初無動寺谷の大乗院に入れられた。この無動寺谷は東塔に属する五つの谷の一つであるが、明王堂、法曼院、弁財天社などの簡素な建物が谷のそちこちに散在し、延暦寺修行場の中心地であった。この谷に行衣姿の青年僧が多数集まっていた。その大半は京都周辺の寺の子弟で、遠国や関東からの修行僧は幾人もいない。蓮長も無動寺谷の一員として、天台の行に従った。

若い僧たちの集まりだけに宗論の研究も盛んで、何かというと議論が始まる。特に一日の作務が終わった後の就眠前の自由時間になると、車座になって論戦が始まる。

最初のうちは遠慮がちだった蓮長も、議論が熱を帯びてくると仲間に入って口出しするが、負けてはいない。

「秀才と聞くが、たかが東国辺土安房の田舎坊主だ」

と、初めは新入りの若僧と見下し馬鹿にしていた先輩僧たちも、ひとたび教義を談ずればその学識の深さが窺える才気溢れる弁舌に、

「蓮長坊の学才は侮れないぞ」

と、舌を巻き出した。

同宿の青年僧たちは、これまで天台一宗だけの学徒である。蓮長は真言天台をはじめ浄土も禅も一通り学んでいる。一切経も含む鎌倉での四年の修学も積み重なっている。学才の豊かさは、都育ちの坊ちゃん青年僧の比ではなかった。

やがて、

「蓮長坊は、無動寺谷一番の英才」

と、無動寺谷の修学僧の尊敬を集めるほどになった。

その噂が、叡山三塔の総学頭であった南勝房俊範の耳に届いた。

総学頭とは、叡山の学事を総括する重要な役職で、山門第一の碩学が当たった。俊範は『愚管抄』の著者で天台座主に三度までなった慈円大僧正から、若いときから叡山のホープとして期待された学匠であった。

俊範は天台法華の宗風を厳格に保持し、真言・禅・念仏には批判的な立場にあったという。かれは蓮長に興味を持った。

「どんな若僧か、一度人物を見てみよう」

俊範の呼び出しを受けて、南勝房に参入した蓮長は、叡山を代表する総学頭の前でさすがに全身が緊張した。

目の前の俊範は齢五十過ぎとは思えぬ若々しく品格のある風貌である。

泰然とした姿には、威圧感はなかった。

「鎌倉で禅を学んだと聞くが、禅宗を何と思う」

「釈尊の教えの外に、真実の教えがある。経文より離れたところに悟りがあるといって憚（はばか）らないのが、合点がいきません」

「法然の念仏をどう思うか」

「選択本願念仏集を拝読いたしましたが、念仏を唱えて往生できない宗徒をこの目で見て参りました。真の釈尊の本願を伝えるものとは思えません」

「天台真言をどう思うか」

「天台真言と法華経とどちらが釈尊の教えに叶うのか、未だその本義が摑（つか）めずにおります。これから勉強したいと思います」

蓮長の明朗率直な人柄がにじみ出た返答に、俊範は満足した。

「南勝房の入門を許そう」

その日から、蓮長は俊範師の居住する南勝房に止（とど）められて、三年に亙（わた）って天台の教理をみっちりと学んだ。

三年の修行が終わると、蓮長は師の俊範が直轄する無動寺谷の円頓房という一院を与えられた。この時、蓮長二十四歳である。叡山に登ってまだ二年半だ。住職として一院が与えられるまで短くても五年はかかるというから、異例の出世である。俊範が蓮長の才能をいかに高く評価していたかがわかる。

だが蓮長の志すところは叡山での位階の昇進や出世ではない。

あくまでも出家時の初心に立ち返って、

「日本第一の智者になる」

ことであり、修学の方向は清澄寺虚空蔵菩薩の前で誓った、

「仏教諸宗いずれの宗なりとも、ありのままの諸経・各宗を学ぶ」

であり、

(釈尊の本義に叶う経を得るために、ひたすら諸経の研鑽を積む)

ところであった。

そもそも叡山の学系には伝教大師最澄が打ち立てた天台法華宗の正統を受け継ぐ者と、最澄の弟子であるが、真言密教に力を注いだ慈覚大師(円仁)の天台密教を継ぐ者と二つの流れがあった。今の叡山は慈覚大師派が主流を占めていた。蓮長が育った清澄寺も、慈覚大師の流れを汲む

天台密教の寺であったから、蓮長も台密にはずっと慣れ親しんできたのである。
蓮長が鎌倉四年の修学で、禅宗を学び、浄土宗を学び、真言、天台を学ぶうちに得た結論は、

（法華経以前の諸経は、虚妄方便の説）

と、法華経を第一番の経とする考えに相当傾きながら、

（最終的には真言密教の方が勝れている）

ということだった。叡山に登る前に書いた論文『戒体即身成仏義』にはそう書いた。
しかし、そう結論付けたものの、

（ほんとうにそうなのだろうか）

という疑問が蓮長の頭の中でずっと解けずに残っていた。だから叡山遊学の目的も、

「仏法の肝要と、法華経の真髄の解明」

であった。
蓮長は入山以来、叡山三塔の学問に励むうちに、叡山開祖の伝教大師に次第に惹きつけられて来ていた。師の俊範は最澄の天台法華の流れを継ぐ人であったから、蓮長が師の学灯を継承するのは自然であったろう。ここ円頓房での三年に亙る天台の教理修学で明らかになってきたことは、伝教大師最澄が「法華一乗、釈尊一仏こそ根本であるとして、法華経こそすべてを仏にする唯一の教えである」と述べていることへの強い共感であった。

「それにつけても……」

と、蓮長は思う。それは、

「一山の僧たちは、祖師最澄の法華経を守るどころか、真言密教の大日経を信奉しているのは、心得違いも甚だしいことではないのか」

ということである。

その腹立たしい思いを、先輩の学僧にぶっつけた。

「蓮長ともあろうものが、いまさら何をいうのか」

と、あきれ顔である。

「それは、はるかに昔のことだ。今は、真言の修法と念仏三昧に励むのがよいのだ」

と、とり合わない。

なかには、

「そんなことを、声高にいわないほうがいいよ。出世の妨げになる」

と眉をひそめて、そっと忠告してくれる学生もいた。

蓮長が入山するよりはるか昔から、叡山の僧侶・一山の大衆は、京都周辺の出身者が大部分であった。なかでも公家の出身者が尊ばれ、特に藤原氏などの公家出身の僧が高位を占めていた。そのため、門閥家系が重視され、名利名聞ばかりを養うことに腐心するなどの俗権がはびこるようになった。やがて仏教が祈禱仏教に成り下がり、つとめて権門と自家の富貴と繁栄だけを祈る修法が行われ、念仏が唱えられるというようになった。

その上叡山には、事あれば僧兵に変わる荒法師が跋扈し、たびたび宗徒らと御輿をかついで山を下り強訴に及んで暴れまくっていた。

このように一面神聖な学苑にも、別の面で俗界顔負けの腐敗乱脈が浸潤していたのである。

こうした叡山のもう一つの姿が、日を経るに従い蓮長の眼にも映り、耳にも聞こえる。

「嘆かわしいことだ。誰も異を唱える者はいないのか」

と、腹が立つ。しかし蓮長はこの清濁両面を冷静に見極めていた。

「叡山を、伝教大師の昔の正しさに帰さなければいけない」

という思いが蓮長の心の中でますます強くなった。

俊範師にそのことを質問してみた。

師は少し考えるようにして間を置いてから、

「いずれ大講堂の宗論会で意見を述べる機会を与えよう。しばらくは法華経と大日経の研究にさらに精進されよ」

とだけ答えた。

宗論会というのは、叡山の各学灯から選ばれた代表が教理宗論を闘わせる場である。蓮長も、南勝房俊範の学灯を受け継ぐ者として、一度宗論会の末席に連なったことがあった。

（師はいずれといわれた。まだまだ自分には学力が不足しているのだ）

蓮長はその日以来、昼は叡山三塔の経蔵を巡り、法華経と大日経の研究書を読みあさり、夕方には、杉の大樹に囲まれた草深い小堂に戻り、夜更けまで法華経の解明に打ち込んだ。

さらに三年が経った。

「お勉強か」

と、珍しく俊範（しゅんぱん）師が蓮長の円頓房（えんとんぼう）に訪ねてきた。

蓮長は経机に向かって、脇に積み上げた伝教大師の著述を読んでいるところだった。

「相変わらず精が出ますな」

と、微笑しながら俊範は経机の向こうに座っていった。

「三年前になろうか。いずれ大講堂の宗論会で意見を述べる機会を与えようと、蓮長にいったことがあった。近く大講座が開かれるが、出題を『大日経と法華経の優劣如何（いかん）』にしてみようと、わしは思っているのだ。そこで蓮長、我が学灯の代表として、これまでの研究の成果を発表してみてはどうかと思うが、どうだろう」

師の俊範は、この三年間で蓮長の学問研究が相当に熟して来ていることを知っていた。

「お許しくださいますか」

待ちに待った師の言葉に、蓮長の声が感激でうわずった。

「思い切り、やってみなされ」

俊範師はそういって立ち上がった。

宝治（ほうじ）二年、蓮長二十七歳。叡山に登って足かけ六年になる。

その日、比叡山の大講堂には東・西・横川三塔の学灯の秀才たちが、講主南勝房俊範の前に粛然として並んでいた。講座には大僧正聖覚はじめ、実報房範承、正観院経海、行泉房静明、華林房俊承、実乗房経深などの叡山を代表する学僧が出席していた。

司会役の俊範講主が立ち、

「本日の出題は、天台の主経二種『大日経と法華経の優劣如何』である。これまでも比較優劣の論議は幾度か繰り返された。未だ結論を得るまでには至らないが、これまでは大日経支持の意見が大勢である。改めて問う。いずれが主経なるか。異論のある者も遠慮なく披瀝されよ」

と口火を切った。

「うかつな発言はできないぞ」

というように、みな口を閉ざしている。大講堂に水を打ったような静けさが流れた。

「誰ぞ」

と並み居る学僧の発言を促す講主俊範の視線が、蓮長のところでぴたりと止まった。

すると、誘われるように、蓮長が立ち上がった。

みんなの視線が一斉に蓮長一人にそそがれた。

「大日経と法華経の優劣を申し述べる前に、ただ今の叡山天台が祖師伝教大師の正統を正しく受け継いでいるかどうかを、省みる必要があるのではないかと存じます」

と、おもむろに口を開いたが、思い起こせばこれは三年前最初に抱いた疑問であった。

「そもそも叡山仏教の中心は、天台大師の学、つまり天台学に遡るのはご承知のことと存じます。開祖天台大師は、真実の仏意は法華経であるとして、この法華一乗思想を天台三大部と称する著述の中で書き著しました。一部目の『法華玄義』では法華経の経題の意味を説き、二部目の『法華文句』は法華経の経文の内容を解説し、三部目の『摩訶止観』では仏道実践の方法を提示したものであります。

　唐に留学された伝教大師は、この天台三大部を持ち帰られて、わが国に伝え、天台の精神は法華経の実践であることを宣言されたのです。

　さように法華経を奉じ、法華経こそ釈尊の本願なりといわれて、わが国の天台を始めたのは伝教大師であります。しかるに、大日経は法華経の上位だといい、真言密教の修法に傾いて行ったのは、伝教大師のお弟子の第三代天台座主慈覚大師なのです。そのため天台の顕教、つまり、すべて経文を師とせよという精神が失われ、仏陀の教えは内密に示されているという真言密教の大日経が尊ばれています。その結果世の仏教がいたずらに加持祈禱に成り下がっているのは、慨嘆に堪えません。釈尊の教えを冒瀆する結果になりはすまいかと、恐れます。それでは、祖師の掲げた法華一乗の真理とはかけ離れたものでありましょう。いま一度叡山を伝教大師の昔の正しさに帰さなければいけないのではないでしょうか。

　さてそこで本日の出題に対する私の結論を申しましょう」

と、蓮長は一段と声を張り上げて言い放った。

「法華経は味わいつくせない釈尊極致のお心であり、大日経はそこに至るまでの道程で説かれた一面の真理にすぎません。言い換えれば極説（ごくせつ）と権説（ごんせつ）。どうして比較などできましょうや」

講堂内がにわかに騒然となった。

「蓮長どのは叡山中興の祖、慈覚大師の学説を否定されるのか」

と、一人の学僧がたまりかねて叫んだ。

「なんで私ごときがそのような説が立てられましょう。これは釈尊ご自身のお言葉です」

と、蓮長はあくまで冷静に、毅然として続けた。

「私がこの山に登りました目的は、仏法の肝要を求めんがため、釈尊の本願はいずれの経の中にあるのかを確かめんがため、でございます。

私は、その答えを法華経の法師品（ほっしほん）の中に得ております。

曰（いわ）く『今汝（なんじ）に告げん。我が説く所の諸経中に於いて、法華最も第一なり』とあります。

また曰く『我が説く所の経典、無量千万億にして、すでに説き、今説き、まさに説くべき』とあります。過去に説き、今説き、将来も説かんとは、なんと深い真理ではありませんか。

また続けて曰く『釈尊の正意のある所、法華経こそ至貴、至重の聖経なり。当今諸説、無量千万億に及ぶと雖（いえど）も、いずれかこの法華経の右に出るものあらん』と述べられ、さらに、『四十年間に述べた諸経は方便の説で、真実の仏意は法華経にとどめた』とあります。これすべて釈尊のお言葉。当山開基の伝教大師も、このことを認めておられるのです。お疑いなら延暦寺史をご覧になるとよいでしょう」

　と、堂内の一座を見渡して言葉を切り、

「最後に繰り返し申す。当山の宗風を、開祖伝教大師の教旨に戻すことが第一義であり、ついで法華経を主経とする。これよりほかに、天台の正常化はありません」

　と、大僧正はじめ高僧、衆徒に向かって、大音声でいい放った。

　これまでも伝教に戻れの声はあったが、ここまで明解に論じたのは蓮長一人である。

　この蓮長の堂々たる弁論に、大講堂の聴衆は度肝を抜かれたようにしばらく押し黙っていた。

　やがて、蓮長の主張に対する賛否両論の声がとびかって、大講堂は喧噪に変わった。

「静まれ」

　講主俊範が立ち上がってその喧噪を制し、

「蓮長の提言に聞くべきところ多し。さりながら大日経に対する意見必ずしも正しからず。次回の研究を待つ」

　と、総学頭としての当たりさわりのない講評をして聴聞の終わりを告げた。

　しかし、講堂を出る蓮長に、師俊範が、

「立派な論であった」

　と、ねぎらいの声をかけた。

　慈覚派の僧たちも、蓮長に非は鳴らしても迫害に及ぶようなことはしない。

叡山は元来八宗兼学の道場である。多様な主義主張があって当然である。一度論戦が終われば互いの主張を容認する度量を持っていた。

蓮長のその日の勇姿は一山に知れ渡って、名望は一段と高まった。

日ならずして蓮長は俊範から、円頓房のほかに横川華芳谷の華光房（のちの定光院）を与えられた。二院の住職となったのである。

華光房は無動寺谷の円頓房より、細い峰道を行くこと一里半の距離にある。谷底の小堂を囲んで老杉が鬱蒼として、昼なお暗い。夜は物音一つしない漆黒の闇に沈む。

天台・真言の大要を修得した蓮長は、この小堂で一切経を開いて、諸宗の注釈書や解説書を読みふけった。


籠山六年目。蓮長は八宗・十宗の教えをその本拠に入って見聞するために一旦、山を下りた。

「洛中の諸寺を訪ねて諸宗を学び、南都六大寺の古経も修めよ」

との俊範師のすすめもあったからである。

蓮長は初め叡山別院の三井の園城寺を訪ね、開祖智証大師（円珍）の著述を閲読した。ついで京都の泉涌寺を訪ねた。ちょうど宋の高僧蘭渓道隆の来朝と重なって、泉涌寺来迎院にて道隆の法話を聞くことができた。

同じ頃京で臨済宗の弁円、曹洞宗の道元に出会い、親交を結んだという。

ちなみに道隆は後に鎌倉で日蓮に攻撃される人物である。ただし道元と出会ったかどうか定かではない。この頃親鸞も京にいたが、日蓮との交渉はなかったようだ。

続けて蓮長は南都諸寺に足を延ばした。元興寺、興福寺、東大寺、薬師寺、唐招提寺、法隆寺などの寺々を順々に巡り、三論・法相・倶舎・華厳・成実・律の六宗を学んだ。薬師寺では、同寺経蔵に入れてもらって一切経を通覧した。

この時代これらの宗派は、かつて日本仏教の首長として隆盛を誇った面影も失せて、今や過去の宗教として衰微しつつあった。

奈良で二年間過ごした後、蓮長は紀伊の国へ転じて弘法大使開基の高野山に登った。真言密教の霊場金剛峰寺にて同寺所蔵の唐国伝来の多数の経巻を閲読した。高野山の一心院谷の寂静院に居住して、一年間真言密教の教義を改めて検討したと伝えられる。しかしこれまで学んだ以上の発見もなく、山を下りた。帰途天王寺のほか河内磯長の聖徳太子の廟に参籠して、京へ戻った。

京では、五条油小路に書籍商を営む天王寺屋浄本と偶然知り合いになった。天王寺屋は古くからの書店として京洛中にその名が知られており、そのため浄本は文化人を多く知っていた。

蓮長は浄本の家に寄宿して、しばらく京に滞在した。

浄本の紹介で、京の儒学者として高名な大学三郎能本の元に通い、儒学・国学を学んだ。大学三郎能本とは、後年鎌倉で再会することになる。

和歌、書道は五条歌人の冷泉為家のもとでも習学した。

日蓮は後年、この時の歴遊を、

「随分に走りまはり、十二（清澄登山）、十六（受戒）より三十二に至るまで、二十余年が間、鎌倉、京、叡山、園城寺、高野、天王寺等の国々、寺々、あらあら習い回はり候程に」

と、書き残している。


蓮長は四年間の諸寺歴遊を終わって叡山に戻った。

この歴遊の間に蓮長は、八宗・十宗の肝要を修学し、いずれの宗が真の仏教であるかの目安もおおよそつけてきた。

帰山の報告をしに南勝房に行った蓮長に、

「南都六大寺の歴遊は満足がいったか」

と、帰りを待ちかねていたように、俊範師は顔を綻ばせて尋ねた。

「八宗・十宗のうち、いずれか真の仏教か、諸寺に学んで参りましたが、意に叶うものはありませんでした」

と、きっぱりいった。

「やはり、そうか」

と頷いたまま俊範師はそれ以上何も聞かなかった。

師には、大講堂の宗論以来、蓮長の心は手に取るようにわかっていた。

「叡山に登って何年になるかのう」

と、師が静かに聞いた。

「やがて十一年になります」

と、弟子が答えた。

「釈尊の本願は法華経にありという、天台大師のお言葉が真であることを確認するための旅でした。これからは今日までの私の仏教研究をもう一度整理・検証して、その確信を得たく思います。その上で私の進むべき道を決めたいと思います。どうかもうしばらくお側に置いてくださることをお許しください」

と、蓮長は俊範師に向かって深々と頭を下げた。

蓮長は不動寺谷の円頓房を離れて、比叡山での最後の一年を谷底の老杉に囲まれた横川(よかわ)の華光房に独居して、釈尊の真意究明に没頭した。

思えばそれは、十二歳の薬王丸が安房(あわ)清澄寺の虚空蔵菩薩(こくうぞうぼさつ)の前で、

「日本第一の智者になし給え」

と、大願をかけ、十六歳で出家した蓮長が、虚空蔵菩薩から智恵の宝珠を賜り、

「仏教諸宗いずれの宗なりとも、ありのままに諸経・各宗の教えを学ぶ」

と誓いを立てた。

誓いの目的はただ一つ、

「真に釈尊（仏）の教えに叶う経」

は何か、をひたすら追い求めての修行・修学の歳月であった。

そして叡山での十一年に及ぶ修学と思索の結果、

「『法華経』こそが、この末法におけるただ一つの正しい仏教である」

という確信に蓮長はついに到達したのである。その思想を支えたものは、

「法に依りて人に依らざれ。義によりて語に依らざれ。智に依りて識に依らざれ。了義経に依りて不了義経に依らざれ」

という『涅槃経』の言葉であった。

・仏法をよりどころにして、人の考えをよりどころにすべきでない。
・仏説の内容によるべきであり、人の語った言葉によるべきではない。
・仏の智恵によるべきであり、人の知識によるべきではない。
・仏の教えを完全に説き明かした経によるべきであり、一面的で不完全な経によるべきではない。

この経説に出会って蓮長は目から鱗が落ちる思いであった。

蓮長はこの啓示に従って、改めて諸経を読み直していったのである。

華光房での蓮長の思索は、天台大師の法華一乗思想、とりわけ仏道実践の方法を説いた「摩訶止観」の教理に戻っていった。天台大師の法華一乗思想を日本で実践されたのは、叡山開祖の伝

教大師であった。

「伝教大師の昔に戻るべし」

このことは過日、大講堂で訴えたことであった。

「しかるに今の叡山は慈覚大師の色に染まって、伝教大師の正統に戻る意志などさらさらない」

「ならば、釈尊の本願を唯一体した『法華経』を、末法の世に伝え実践する者はだれか」

「さらにその実践の方法はいかにあるべきか」

蓮長は思索に行き詰まると、沐浴して法華経を口の中で唱える毎日となった。

法華経は「妙法蓮華経」の略称である。この経の題名は、釈尊の説いた真実で白い蓮華のような、清らかで最高の教えという意味である。この「妙法蓮華経」に身も心も命も捧げていくという誓いの祈りが「南無」という言葉で表現される。「南無」とは帰命と同義で、釈尊の真実の仏心を明かす妙法蓮華経に帰命することが、「南無妙法蓮華経」ということなのだといわれる。

蓮長は、伝教大師最澄の正統を継ぐのは自分であり、『法華経』を末法の今の世の中に伝え、広めるのには、「南無妙法蓮華経」の、五字・七字の題目でなければならないという、強固な信念を得るに至った。

これが華光房最後の一年の思索で得た結論であった。

幼少の時から抱いてきた疑問が、霧が晴れるように消えていくのを蓮長は感じていた。

蓮長は俊範師に下山の許可を願いに華光房から南勝房に向かった。

「いよいよ山を下りられるか」

俊範師は覚悟していたように寂しげな笑顔を向けていった。

「安房の国を出てから十二年。私も三十を越えました。お上人様にお教え頂いたことは限りがなく、お礼の申しようもありません。ほんとうに有り難うございました。この上は、お教え頂いたことの万分の一なりとも世に伝えて、ご恩に報いたい所存です」

と、師を前にしての別れの言葉が胸に詰まって、目頭が熱くなった。

早朝、夜明けとともに無動寺谷を出て、故郷安房の国へ向かった。

立教開宗

九

建長五年（一二五三）春四月、蓮長は三十二歳で故郷安房の国に戻ってきた。

山々の緑も、海の青も、十二年前のままに、美しくやさしく蓮長を迎えてくれている。叡山で修行中にも、瞼の裏に故郷の山や海の色を、そして年を召された父と母の顔を思い浮かべたことも一再ではなかった。今清澄山の中腹に立つ蓮長の眼下に、その風景が夢ではなく現実の姿で広がっていた。

「美しい」

蓮長は、谷々の樹海を見渡して感動してつぶやいた。樹海の切れる向こうは海である。

「そこは日輪の昇る海だ。この安房の国こそ、日本の一番の東の果てにあって最初に朝日を受けるところ。その上、天照大神の御厨の土地である。蓮長がこの土地で生まれたのも偶然ではない。尊いこの地で、自分が法華経弘通の第一歩を踏み出すことになるとは、深い因縁があってのこと。釈尊が私にお命じになったことに違いない」

という熱い思いが体中にたぎってきた。

清澄寺は十二年前とほとんど変わりはなかった。

蓮長は真っ先に、深い木立に包まれた大堂に向かい、虚空蔵菩薩の前にひれ伏して、無事帰参の謝辞を述べるとともに、身命を捧げて法華経を弘通することを誓った。

御本尊への祈りが終わると、道善房の部屋に行った。

兄弟子の浄顕房や義浄房も健在で、蓮長が帰ったと聞いて、喜んで走り出てきた。

道善師は、蓮長の顔を見るや、

「よくぞ無事に、戻られた」

と、はらはらと涙を流す。

（しばらく見ぬまに、お年を召されたなあ）

蓮長はすっかり眉も顎鬚も白くなり、深いしわがたたまれた道善師の顔を見てそう思った。

蓮長の遊学中の話を聞かせてもらおうと道善師の部屋に先輩僧が集まってきた。蓮長は問われるままに、清澄山から京へ上る道中話や、叡山での修行生活の話や、奈良や高野の寺々の話や、京の都の話など語って聞かせた。

それはちょうど、明治の頃のまだ珍しかった洋行帰りから、海外の事情を興味深く聞くといった趣であったに違いない。しばらく談笑が続いた。

蓮長の話が一区切りつくと、

「して、目的の仏法の肝要は摑めたか」

と道善師は改まって蓮長に聞いた。

「はい。八宗・十宗の諸宗ことごとく修学いたしましたが、ただ一つ、法華経を除いていずれの宗も釈尊の本願を満たすものではないことを知りました」

と、師に向き直って答えた蓮長の言葉に、道善師は一瞬耳を疑った。

「異な事をいわれるものじゃ。ならば真言も念仏も偽りの教えといわれるか」

といって、蓮長の顔を穴のあくほど見つめた。

「そうです」

と、蓮長は強く頷いた。

先ほどまでの和やかな部屋の空気が、急に険悪になった。

蓮長の話を道善師と一緒に聞いていた浄顕や義浄ら先輩僧たちも、蓮長が何を言い出したのか量りかねた面持ちで、二人の話のやり取りを見守っていた。

「何となれば」

と、蓮長がそのわけを説明しようとするのを止めて、

「仔細は、あとであらためて聞こう。その前に蓮長に伝えたいことがある」

といって、道善師はひとまずその話を収めて、みんなが部屋から出ていくのを待った。

蓮長と二人だけになると、

「帰って早々で何だが、わしはお前の帰りを待ちわびていたのじゃ」

と、道善師は前置きして話を切り出した。

「見てのとおりわしもすっかり年をとりました。実を申すとこの先、清澄寺の住職として天台の

仏灯を安房の国に広めていくことに草臥れもうした。わしはかつて名のある武者であった貫名重忠殿の子であるお前を小僧として貰い受けた時から、この由緒ある寺の跡取りにとひそかに思ってきました。幸いお前は私が望む以上の立派な学僧になって戻ってくれました。お前がわしの跡を継いでくれれば、思い残すことなく楽隠居ができるというもの。蓮長、わしはお前にこの寺を継いでほしいのです。このわしの気持ちは何度かお前のご両親には伝えてある」

積年の思いを打ち明けてほっと一息ついた。

「異存はあるまいな」

と、念を押すようにいって微笑んだ。師は当然蓮長が継いでくれるものと信じている。

「………」

蓮長は沈黙した。答えに窮したのである。もとより道善師の気持ちは痛いほどわかる。わかるだけに答えが難しいのだ。

「もったいないお言葉です。ですが、私はまだ修行中の身にて到底ご期待に叶いません。お許しください」

と、答えるので精一杯であった。

「何と、まだ修行が足らぬというか」

承諾の即答あるのみと信じていた蓮長の返答に、さすがに師の道善も気色ばんだ。

「先ほどの話じゃが、法華経を弘通せんとするお前の決心はわからぬではないが、この寺を継いでくれというわしの願いがなぜ聞けぬのじゃ。蓮長、身勝手が過ぎようぞ。わしが無理を申しているかどうか、ご両親に尋ねて確かめて参れ。それまで返答を待とう」

と、怒りを鎮めていった。

「早うご両親にお前の元気な姿を見せて参れ。お前の帰りを待ちわびておいでじゃ」

と、付け足していった。怒ってはいても師の弟子に対する愛情が勝る言葉であった。

十

蓮長は清澄山の深い山道を下りて行く。

山の新緑がやわらかい春の午後の日差しを受けて輝いて見える。谷底を鶯が鳴いて渡る。蓮長は崖道を下りながら考えている。

「それにつけても、自分がこれから身命を賭して法華経の教えを世の中に実現しようとすることで、人を悲しませたり、人の心を傷つけたり、人の恩に背くことになったり、人の恨みを買うようなことになったりなどしないか。それが道善師であり、父母や兄弟という肉親であったりしたらどうであろうか。そんなとき自分はほんとうに耐えられるだろうか」

「耐えられないでなんとしよう。そういう一番身近な人たちを法華経に帰依させることができないで、なんで法華経の行者といえるのか。しかしそれは決して生易しいことではない」

などと自問自答して歩くうちに、小湊村の我が家の前に着いた。


「蓮長、ただいま戻りました」

門口から大きな声をかけた。

土間になっている入り口の暗がんだ奥から、髪の白い老女が出てきた。

戸口に網代笠を外した大男が一礼して立っている。

「蓮長にござります」

「おお！」

と、老女は驚きの声を発したきり絶句した。

母の梅菊は、夢を見ている人のようにそう繰り返した。

「蓮長じゃ、そなたはほんに蓮長じゃ」

この声を聞いて、炉端から痩せた白髪の老人が立ってきた。

「父上、お久しゅうござります」

蓮長は、上がり端に手をついて、深々と頭を垂れた。

「帰って来たか」

父重忠は皺の深くなった厳格な顔を綻ばせ、目をしばたたいた。

鎌倉遊学の帰途に立ち寄ってくれたときは、まだ少年の面影の残る青年僧であった。

その時から十二年経ったのである。今、目の前の蓮長は、男盛りの恰幅のよい威厳も備わった逞しい壮年の僧侶であった。

「立派になって。よく無事に戻られた」

と、父母は嬉し涙を目に浮かべて、三十二になった我が子の顔をしみじみと見つめた。

「蓮長、法印様には伺って来たか」

昔と少しも変わらない父のもの堅い言葉に、

「帰山のご挨拶をしてからこちらに参りました」

と、微笑んだ。

親と子には、十二年間の積もる話は山ほどあった。

親子揃ってくつろいだ夕餉の後も、話は弾む。蓮長の子ども時代の話が中心だ。滅多に口にしない武者時代の父の思い出話も出た。一家団欒の幸せとはこのことだと蓮長はつくづく思うのであった。

(父上も母上もお年を召された。こうして親子揃って食事をしたり、話をしたりするのも今夜が最後となろう)

そう思うと蓮長は胸が熱くなった。

話題が叡山での修行生活に及んで夜も更けた頃、父重忠が思いついたようにいった。

「法印様は、叡山からお前が無事に帰ったら清澄寺を相続させて、ご自分はご隠居なさりたいと、お目にかかるたびに私どもに話されてのう。法印様はほかのお弟子の誰よりもお前に目を掛けてくださっていた。清澄寺は房州一のお寺じゃ。そのような立派なお寺の住持にお前を推してくださっている。もったいないことではないか」

父は我が子の出世がよほど嬉しいのであろう。悦びが自然に声に出ていた。

「ほんに有り難いことです」

と、母の梅菊はもう涙で、声が潤んでいる。

蓮長はこの話がいつ出るかと恐れていた。

「蓮長、法印様からそのお話は出なかったのか」

と、父が聞いた。

「先刻お話がございました」

「ならばなぜ、その話をもっと早くいわぬ。して、お前は何と返事をなされた」

と、父が聞き、

「お受けしましたか」

と、今度は母の梅菊が聞いた。父も母も蓮長が当然二つ返事で承諾したものと思っている。

「私はいまだ修行中の身と、ご辞退申し上げました」

と、蓮長は覚悟を決めて答えた。

「なぜに？」

全く意外な答えに、父も母も唖然として声が出ない。

「して法印様は何といわれた」

父重忠が激する感情を押し殺して、やっと言葉を継いだ。

「お怒りのご様子でした。『父上、母上と相談して返事をせよ』との仰せにございました」

「さもあろう。お気の毒なことをしてしもうた」

道善法印の気持ちを気遣って、父の声が怒りに震えている。

「お前が法印様にお断りしたのには、よほどのわけがあってのことと思います。さあ蓮長、父上に理由を説明なされ」

母の梅菊は冷静である。夫の怒りを鎮めるようにして息子にいった。

話はいよいよ根本問題に触れてきたのであった。

「いずれ父上、母上にはお話しして、ご理解を頂きたく思っておりました。その時がまいりました。お話しいたします」

と、蓮長は緊張して顔を上げた。

「師の御坊の思し召しをお受けし、また父上、母上のお望みにお応えすべきことは、ご恩をいただいた弟子として、子としての当然の道と心得まする。その道に背くことで、ご立腹はごもっともと存じ、誠に申し訳なく思います。とは申しながら、母上が仰せのとおり、私には御意に添えない仔細がございます。その事情お聞きください」

今日まで一度たりとも、親の言に逆らったことのない従順な子どもであったから、今威儀を正して話す蓮長の顔には、これまで両親が見たことのない威厳のようなものが感じられた。

蓮長は、子どもの頃、母から聞いた承久の変の戦の結末に衝撃を受けたことに始まり、出家の動機や、ご本尊虚空蔵菩薩に「日本一の智者になし給え」と祈って智恵の宝珠を授かったことなどから話していった。そしてその目的はただ一つ、仏教の中でそのいずれが一番正しい教えなのかを知るために、今日まで二十年以上もの年を重ねて勉強してきたことをかいつまんで説明した。

「鎌倉や叡山に、そして奈良や高野にも勉学に行かせて頂いたのもそのためでございました」

と、両親に頭を下げた。

「お前がどれだけの知識を得て戻って来たのか、深いことはわしにはわからない。一口に仏教と申してもいろいろな宗派があると聞く。それでお前のいう一番正しい教えとやらは見つかったのか」

と、父が問うた。

「仰せのとおり、真言(しんごん)宗があり、天台(てんだい)宗があり、浄土(じょうど)宗があり、禅宗がありというように、今世に行なわれている仏法は合わせて八宗・十宗あるのです。それぞれが本尊を決め、経を立てて、自宗が正しいと主張し、反目して争っています。本来正しい仏法は一つのものではありませんか。それなのにこのようにいくつもの宗派に分かれているのは、どこかに間違いがあるのに決まっているのです。誰もそのことに気づかないのはどうしたことでしょう」

と、逆に問うように父の顔を見た。

父は無言で、じっと息子の顔を見返した。

「私が尋ねあてた正しい宗旨は、法華経です。法華経が今の世に一番正しい教えなのです」

と、蓮長が得た結論をきっぱりと父に告げた。

「ならば聞くが、法華経以外は偽りの教えということか」

「そのとおりです。蓮長にとっては、真言も、念仏も、禅もみな偽りの仏法。方便の教えとしか見えません」

「蓮長、それならばわしらが法印様の教えを受けて、朝夕南無阿弥陀仏と唱えて信仰している念仏宗も、嘘の教えといわれるか」

「申すまでもありません」

「清澄のお寺の宗旨まで間違っているといわれるのだな」

「天台の正統を離れたお寺にございます。今や偽りの念仏を宗旨にする寺に堕ちてしまっています」

「仏弟子のお前は、正気でそのような大それた口をきいているのか」

と、父は思わず声を荒立てた。

「お言葉ではございますが、仏弟子でございます故、仏法が大切と心得まする。法華経が真実の経、諸法が方便の経と確信いたしましたからには、法華経の教えをこの世に広めていかねばなりません。これはいかなる苦難がありましょうと、蓮長が身命を賭して歩まねばならない道なのです。なぜなら、法華経を世に広め行なえという使命は、私が仏から授かったものなのです。釈尊は滅後、末法という悪業に充ちた恐ろしい世の中になると申された。このような末法の世で、法華経を説こうとする者は、もろもろの迫害や苦難に遭うことを覚悟しなければならない。増上慢の人が現れて、悪口を罵り浴びせ、石を投げつけ、杖でなぐり、時には刀で斬りつけ命を奪おうとしたりするなどの大難を与えるかも知れない。しかし、どのような危難に遭おうとも、勇気を持って堪え忍び、へこたれてはならない。大難に遭うことが、法華経を弘通する者の証と受け止め、仏を敬い、法華経を信じ広めよ、と、申されているのです。

ただ今の世の中は、仏のいわれる末法の世なのです。人々は正法を忘れ、邪法がはびこっています。それなればこそ、私は法華経を世に広め、人々の苦難を救い、過ちを正したいと思います。さもなくばこの国はたちゆきません。私はこの国の柱とならなければなりませぬ。

どうか、父上もこれを信じてくださりませ。お願いでござります」

蓮長は両手をついて頭を下げた。

「埒もないこと。わしがそのようなことを聞けると思うてか」

と、一喝すると、

「親不孝者め。法印様には何と申し開きをしようぞ」

と、父親は言い残して次の間に立って行った。

蓮長は少し腰の曲がった父親の後ろ姿を見送っていた。

「母上、お許しください。蓮長は父上を怒らせてしまいました」

と、思わず涙ぐんで母を見た。

「悪くおとりでないよ。みんなお前のことを心配なさってのことです」

と、母は優しく子にいうのであった。

父はそれっきり戻って来なかった。

もうだいぶ夜も更けていた。

母の梅菊と子は炉端に座ったまましばらく黙っていた。

「蓮長」

と、梅菊は不意にいった。

「母は、お前を信じましょう」

蓮長はハッとして、母の顔を見つめた。

「母には難しいことはわかりませんが、お前の話を聞いていて、お前さまが正しいように思いました。このことは私がお前さまを生みましたその日から決まっていたように思います」

何という慈愛に満ちたお言葉だろう。

「母さま」

蓮長は、幼い日の善日に戻ったかのように母の手を取って嬉し泣きに泣いた。

「有り難いことだ。父上のお怒りは解けなかったが、母上はお許しくだされた」

「南無妙法蓮華経」

と胸の中で誦(じゅ)して手を合わせた。

十一

翌朝、蓮長は清澄山へ戻ると、誰にも告げず三昧堂(さんまいどう)で七日間の禅定(ぜんじょう)（瞑想）に入った。

「蓮長どのが三昧堂で行を修しておられます」

と、少年僧が、道善法印に伝えた。

「両親に会いに行ったまま戻らぬと思っていたが、何時の間に帰ったのか」

と、道善師は清澄山頂に近い森影を見やってつぶやいた。

三昧堂の行とは、堂内に籠(こも)って七日間一切の食物を絶って、昼夜を分かたず行を続けて涅槃(ねはん)（煩悩(ぼんのう)を滅却して絶対自由となった状態）に入る修行をすることだという。

叡山で十二年の学修を終えて、帰ったばかりの蓮長がこの荒行に入ったと聞いて、清澄寺の僧侶たちは一様に驚いた。

どの世界も噂というのは早いもので、

「法印さまは蓮長を後継者に立てていなさる」

と、寺内に知れわたっていた。

「当の蓮長どのは、法印さまの希望が迷惑なそうな」

などと、嫉妬まじりの会話が寺僧の間で密やかに交わされていた。

同じ頃、領内の地頭東条景信から、

「叡山から帰った蓮長なる学僧の法話を聴聞仕りたく、近く登山いたしたし」

と、家来の一人を使者にたてて道善法印に口上を伝えてきた。

叡山帰りの学僧蓮長の名声は、すでに景信にも知れていた。清澄山は東条郷の領内で地頭の東条左衛門景信は清澄寺檀徒の代表であり、熱心な念仏者であった。

「ただ今、行の最中、二十八日には結定致しますので、その日にご参詣お待ち申し上げます」

と、道善法印は丁重に使者に答えて帰した。


蓮長は堂内に趺坐してひたすら経文を読誦し、瞑想し続けた。

二日、三日と座り続けていくうちに、もろもろの雑念が消えて心が澄んできて肉体感覚がなくなり、精神感覚だけになる。完全に自己滅却の無我の境地に至るという。これは筆者が叡山の高僧に伺ったことである。蓮長もそのようであったに違いない。

満願の日が近づくと、蓮長の体は独り無辺の宇宙の中に溶け込んで、釈迦仏の御心に合体するような世界に到達した。

禅定に入って七日目の朝。

時は建長五年（一二五三）四月二十八日の早暁である。蓮長は三昧堂を出て、清澄山の山頂に向かった。尊い光に抱き取られて導かれるように頂の岩の上によじのぼった。

ここは後に旭の森と呼ばれ、その頂に立つと、森深い山々の彼方に海が見渡される。一月一日には海から昇る初日の出を拝みに、今日も多くの人々が訪れる名所である。

蓮長が岩の上に立って東を望むと、紺色の大海原が明けかけた視界いっぱいに入ってきた。東の空に朱色の雲がたなびいて、安房の日の出が近づいていた。

蓮長は胸を張って姿勢を正し、手を合わせ、眼は東方海上の一点を睨んで微動もしない。

真紅に燃えたぎった日輪が水平線に現れ出た一瞬、

「南無妙法蓮華経」

と、蓮長の第一声が唇をついて迸り出た
その声は曙の静けさを破って清澄の山々、森や谷々に響いていった。

「南無妙法蓮華経」

「南無妙法蓮華経」

と、第二声、第三声と蓮長は数珠を揉み、法華経の題目を朗々と唱えた。

声に応ずるように旭日は金色の環の中に半顔を顕し、全顔を顕して、蓮長の顔を正面より照らす。やがて蓮長の全身が旭日を浴びて溶け込むように輝いた。

「南無妙法蓮華経、南無妙……」

と、蓮長は十回唱えたという。

日本の僧侶の中で『南無妙法蓮華経』の七字題目を唱えたのはもとより蓮長が最初であった。

蓮長は同時に、後に日蓮の三大誓願といわれた、

「われは日本の柱とならん
われは日本の眼目とならん
われは日本の大船とならん」

を心に期して、七字題目を自分の一生の杖にして生きていこうと誓ったといわれる。

これが、日蓮の旭の森の唱題開宗（しょうだいかいしゅう）の有名な伝説となったものである。この唱題について「仏の御心の我らが身に入らせ給わずば唱へがたきかな」と日蓮の書簡にある。伝説の真偽については昔から諸説はあるが、この日が日蓮の法華経の行者として生きていく第一歩となった。


この日蓮長には、もう一つ大きな試練が待ち受けていた。

道善法印が地頭の東条景信（とうじょうかげのぶ）の申し入れを受け入れて、この日に蓮長の説法を行なうことに予定していたのである。この旨は領内に触れも出されて、一般に知れていた。

三昧堂から戻った蓮長は七日間で伸びた頭髪と髭を剃り、粥（かゆ）を喫した。そこへ、道善師から東条景信からの申し入れの報告を受けた。

「ちょうどよい機会でござります。七日間の行で得ましたこと、お師匠さまはじめ、信徒の方々にもお話し申したく、東条様がご出席くだされば誠に幸いなことに存じます」

と、気力が一段と充実してきた。

昼前になると、地頭の東条景信が家の子を四、五人連れて登ってきた。道善法印が客殿の玄関に出迎えて、用意してあった広間に案内した。

すでに会場となる本堂の方には、信徒たちが大勢つめかけていた。その中には土着の武士もいたし、近隣からの坊さんや尼さんもいた。

道善法印に呼ばれて挨拶に出た蓮長に、景信は鷹揚に笑って答えた。

「噂に違わず、なかなかの偉丈夫だ」

と、景信は初対面の蓮長を見て思った。

正午過ぎ、景信が道善法印に案内されて、本堂の正面の座についた。道善も高座の側に座った。円智房、実城房、兄弟子の義浄房、浄顕房、浄円房ほか一山の僧たちも居並んでいた。

太鼓の合図で、墨染めの質素な法衣に無文の袈裟をかけた蓮長が本堂に入り、法座の壇上に立った。衆徒たちは初めて見る大きな坊さんに目を瞠った。

蓮長は大勢の聴衆の後ろの方に、父親の重忠の姿があるのを見た。

「今日はわたくし如き者のために、ようこそお出でくださいました。東条様のご出席も頂いて、光栄に存じまする」

と、落ち着いた声で、開口の挨拶をした。

「私の今日のお話は、正しい仏法は何かということであります。私は師の道善法印さまの元で出家して以来、今日までひたすらそのことを探求することで、二十年以上もかかってしまいました。私が鎌倉に勉学に行き、さらに叡山、南都、高野と修学に参りましたのもそのためでございます。ご承知のように仏法にはいろいろな宗派があって、どれも自分の宗派が正しいと主張して争っている。ところが、もともと仏法は一つのものであり、釈尊の教えも一つであります。にもかかわらず、宗派が八宗にも十宗にも分かれている今の姿は、決して正しいあり方ではありません。何かその間に間違いがあるものに違いない。このことをはっきりさせて、真の成仏とは何か、そのことをお話ししたい」

と、ちょっと言葉を切って続けた。

「方々、私は多年の研鑽により、漸く無上の大法を感得した。その大法とは何か。正しくそれは、一万三千、如来秘密の南無妙法蓮華経でござる。即ち法華経だけが正法なのである」

蓮長は凛とした声で聴衆に言い放った。聴衆は思わず顔を見合わせた。

「方々、ご存知のように釈尊一代が説かれた教えは数限りがない。されど釈尊は法華三部経の無量義経で『四十二年真実を明かさず』といわれたのです。ということは釈迦は、法華経以前の経典において、真実の教えを説いておられないということなのでござる。

しからば法華経はどうか。法華経は釈迦が晩年の八年間の間に説かれた教えなのであります。

これぞ真の正法なのである。よってそれ以前に説かれた諸々の経は、方便であり、真の教えではないのであります。釈迦は滅後二千年の今日のことを末法の世と予言しておられるが、そのお言葉の当たっていることは恐ろしいほどである。そのことを少しお話し申そう」

堂内は水を打ったようにしーんとなった。

「このことは大集経に書かれていることでありますが、釈迦が滅して五百年を解脱の時、次の五百年を禅定の時と解かれ、これを正法千年と申されたのです。解脱の時は、仏の教えが広がり、よく教えを守って成仏する人が多い。禅定の時は、座禅によって心のやすらぎを得る。この千年が過ぎると、次の五百年は読誦の時といって経典をよく読む者だけが利益を受ける。次の五百年は造塔の時といって、寺院堂塔を数多く建立し、その徳によって利益を受ける。この読誦の五百年と、造塔の五百年と合わせて像法の千年というのであります。

さて方々、この正法と像法の時代を経た二千年以後の時代こそ末法の世。今がちょうどその時世にあたるのでありますぞ」

蓮長の声が堂内の天井に響いた。

「末法に入った最初の五百年を白法隠没の時といって、戒律や禅定や智恵が失われ、ついに仏法そのものが、衰滅の危機に瀕し、正法は隠れてしまう。あらゆる悪が横行し、世は絶えざる争いの中に投げ込まれると、釈迦は予言された。

像法時代後期の五百年間を思い起こされよ。南都の七大寺、比叡、高野の大伽藍が続々建立されたにもかかわらず、末法初めに入って寺院相互の衝突や寺院内の抗争止まず、興福寺の衆徒らが春日の神木を奉じて都を騒がし、これに対抗して叡山の衆徒らが日吉神社の神輿をかついで強訴に及ぶ有様。聖武天皇が王法仏法の固めとして、天下の富を尽くして建立せられた東大寺、興福寺の二大寺院も平家と戦って焼失し、園城寺は二度の火災に見舞われた。まことに『仏法王法共に尽きぬぞあさましき』世の中ではござる。

近くは承久の戦にて、顕密の高僧による数々の修法にもかかわらず、三人の上皇が遠島におなりになるという悲しい世の中が来てしまいました。これが末法の世、まさしく釈迦の予言どおりではありますまいか」

この時蓮長は、上座の景信の顔色が一瞬変わるのを見た。三上皇を遠流に処したのは鎌倉幕府である。地頭東条景信はその家人だからだ。

「方々、聞かれよ。白法隠没すれば妙法蓮華経が広まるべしと釈迦は法華経の中に説かれている。釈迦はまた十万億仏土の中には一乗の法のみありて、二もなく三も無く、仏法の根元はただ一つ妙法蓮華経あるのみと説いていらっしゃるのです。法華経が唯一無二の大法とおっしゃっておられるのです。ならばなぜこのような末法の世が招来したのでありましょうか」

日蓮は一段と声をはげました。

「それは世の人々が間違った仏法、嘘の仏法、方便の仏法に迷わされて、真実本源の仏法のあることを忘れてきたからである。真の仏弟子であるならば、真実の仏法を見出して世の人々に知らせるのが仏徒の役目なのです。それをして来なかったのは、真実を知ろうとする意欲に乏しく、怠慢だったからである。世間が正邪を考えなくなったらどうなるだろう。人々が地獄に堕(お)ちることは必定(ひつじょう)である。

よろしいか。今の仏法はみな間違っているのです。念仏も、禅も、真言も律も、どの宗旨もみな世を欺(あざむ)く偽物(にせもの)なのである。

叡山開祖の伝教大師によって天台法華は日本一州に弘通(ぐつう)せられたにもかかわらず、慈覚大師の天台末学の徒は、この正義理想を混乱して、大日経(だいにちきょう)を法華経の上に置き、真言宗に惑わされてかれらの奴隷となった。釈尊に背き、祖師伝教大師を侮(あなど)る罪は重い」

蓮長の声は独特の美声であったという。広い堂内の隅々まで届く音吐朗々(おんとろうろう)と響いたに相違ない。先ほどまで静かに蓮長の弁舌に聞き惚れていた聴衆の間から、ざわめきが起こりだした。

蓮長は裂帛(れっぱく)の気迫で続けた。

「浄土念仏の法然は法華経をさして、無益の法だといい、捨てよ、閉じよ、抛(なげう)てよと説いた。仏徒としてこれは何事であるか。あまつさえ、法華、真言を捨てるならば、百人は百人ながら、千人は千人ながら往生すると述べている。正法を誹謗(ひぼう)するも甚(はなは)だしいではないか。なんという増上慢か。そのようなものが、いかに極楽を願うとて地獄に堕ちるは火を見るより明らかである。禅宗もまた、法華経を閑文字(かんもんじ)と罵っている。教外別伝(きょうげべつでん)と称して、経文より離れたところに悟りがあるというは、仏土に仇(あだ)する天魔(てんま)ではござらぬか。

真言は亡国の宗義でござる。世に二仏はなく、もし国に二人の君主が現れたら、その国は必ず滅ぶ。弘法大師は、十住心論(じゅうじゅうしんろん)を著して、法華経を第三位に置き、大日経に比べれば、他愛のない戯論(けろん)だと称している。悪逆である。無道の沙汰(さた)ではござらぬか」

「やめい」

突然、満座の中から声が上がった。聴衆が何事かとその方を見た。

地頭の東条景信が、興奮して叫んでいるのだ。

熱心な念仏者である景信は初めのうちは感心して聴いていたが、説法が進むにつれて疑いの目を向けていた。法然上人の念仏誹謗(ひぼう)に至って、ついに我慢が爆発した。

「坊主を壇上から引き下ろせ」

と、刀の柄に手をかけて立ち上がった。

道善法印と寺僧が駆け寄って景信にとりすがり、懸命になだめている。

「売僧(まいす)！」

「やめろ！　やめろ！」

と、景信に応じて怒鳴る声が、壇上の蓮長に向けて飛んだ。中には血相を変えて壇上の蓮長に襲いかかろうとする寺僧も出る。堂内は騒然となった。

「お静かになさい」

と、蓮長は壇を打って叫んだ。

「よくお聞きなさい。蓮長は真の仏弟子である。一乗法華経の行者なのである。蓮長が口をつぐめばこの国は滅び、人は生きながらに地獄に堕ちるのだ」

聴衆を睨んで獅子吼した。

「黙れ！　黙れ！」

「黙りませぬ」

蓮長は少しも動ずることなくなお叫び続けた。

「方々、蓮長は今日只今から、法華経の妙宗を開立する。信じて今日から口に南無妙法蓮華経と唱えよ！　心にこの法を奉ずる者は、成仏疑いない」

「南無妙法蓮華経　南無妙法蓮華経　南無妙法蓮華経」

と、法華経の題目を繰り返し唱えた。

「叩き殺せ！」

僧侶や衆徒の罵声が飛び交い、壇上の蓮長目がけて香炉など物を投げる者も出て堂内は混乱の絶頂となった。

騒ぎの中から、地頭景信は道善法印に促されてすでに座を立っていた。

騒然とした渦の中に、蓮長がこのままいることは危険になっていた。

蓮長の身の危険を察知した兄弟子の義浄、浄顕が近寄って、

「この場からはやく逃れられよ」

と、耳打ちした。

蓮長は騒ぎの渦の中からはずれて、独りこちらを見て凝然として立ち尽くしている父親の姿を認めた。

蓮長は聴衆に一礼すると、騒ぎ立てる人々を後ろに悠然として堂内を出た。

蓮長の法話が終わったのだった。

「恐ろしいことだ。念仏無間と吐かしおった」

「あんな狂人のいうことを許してなるものか」

「地頭どのも、大変なご立腹の様子であった。これはただでは済まぬぞ」

怒りの興奮が収まらない人々が、堂内に残って叫んでいた。

一番怒り心頭に発していたのは地頭の景信だった。

道善法印に宥められながら広間に戻ると、畳にひれ伏して詫びる道善を睨み見下ろして、罵った。

「私が念仏の帰依者だと知っての暴言か。祖師への悪口雑言は許し難し。念仏を無間の業だとほざきおった。地頭の私をなんと心得るか。直ちにここへ引き出されよ。成敗してくれる」

「まずまずお鎮まりくださりませ。ご立腹はごもっともなれど、あの子はただのうつけ者とは違います。蓮長には私から段々と申し聞かせ改心させますが故に、なにとぞ、なにとぞ……」

と、法印は頭を畳に擦りつけて詫びた。

「許せぬ！　それでは地頭のしめしがつかぬ。庭に引き出せ。即刻首を打ち落としてくれる」

と、刀の柄に手を掛けて顔を火のように真っ赤にしている。

「どうぞ、それだけはお許しくださいませ。十二歳の時から我が子同然に育てました弟子にございます。私も当山を預かる身でございます。どうぞこのお山を血で汚すことだけはご容赦くださりませ。なにとぞ愚僧に免じてお許しくださりませ」

日頃から道善法印の徳を受けている景信は、身を屈してひたすら許しを乞う法印に、

「ご坊に免じてここは引き下がるが、このままでは捨て置かぬぞ。鎌倉への聞こえもある」

と、やっと刀の柄から手を離した。

鎌倉の幕府の有力な高官には念仏や禅の信仰者が多い。景信の領内で念仏や禅を誹る者を出して放置したと幕府に知れたら、自分の地位も危ない。

「蓮長を、この山に一時も置くことはなりませぬぞ」

そう言い残して、景信は荒々しく廊下を出ていった。家来たちもその後を追った。

景信は玄関のところで追いついて来た家来の一人に、

「山で蓮長を待ち伏せて、斬れ」

と、命じた。

蓮長の非を訴えてしばらく立ち騒いでいた人々が境内から去ってしまうと、寺にはいつもの夕

暮れの静けさが降りていた。

「景信に見つかってはならない」

との道善師の計らいで一時経蔵に隠れていた蓮長が、師の部屋に呼ばれた。

師弟は灯りをへだてて向かい合った。

「わしにはどうしても今日のことは、正気とは思えん」

と、老師は目に涙を浮かべていった。

「いえ、蓮長は正気でございます」

蓮長は伏せていた顔を上げた。

「私が申したことがご理解いただけず残念にございます」

と、蓮長も声が潤んだ。

「不埒(ふらち)者め！　お前はこの年寄りに泥を塗りつけおったのだぞ。わしは最愛の子どもに裏切られた気持ちじゃ。どうしても改心ならぬか」

と、師は泣いて叫んだ。

「できません。私はもう法華経の行者なのです」

蓮長は涙を拭って、毅然(きぜん)としていった。

「恩知らずめ。当山を継いでもらうつもりでいたが、やむを得ん。只今限り師弟の縁を切る。破門じゃ。どこへなりと行くがいい」

道善師もさすがに諦めてきっぱりといった。

「蓮長、師のご恩は生涯忘れません。私のことはいずれおわかり頂けるものと信じます」

と、深々と頭を下げた。

道善の坊を出ると、あたりに夕闇が迫っている。

そのとき二人の僧が山門の陰から走り出てきた。兄弟子の義浄と浄顕である。

「ここからでは危ない。地頭の家臣たちがお前さまの命を狙って待ちかまえていますぞ。闇に隠れて裏山伝いに落ち延びよとの師のご坊からのお達しだ。私たちが山道を案内しましょう」

と、先に立って歩き出した。

裏山に出た三人は、谷伝いの険しい道を小湊の方へめざして下り始めた。しばらく下りて行くと、不意に道ばたの藪の中から、ぬっと人が立ち上がった。三人はハッとして足を止めた。

「蓮長か」

闇に瞳をこらしてみると、その声の主は紛れもなく父親だった。ちなみに、ここで蓮長が父親に出会う筋立ては先達のお知恵に拠(よ)らしていただいた。

地頭の家臣とおぼしきあやしい人間たちが、手分けして蓮長を探し回っていると聞いて、急いで裏山の道を先回りして待っていたのだった。

「どこへ向かうつもりだ」

と、父が問うた。

「父上、ひとまず小湊の家に戻ろうかと存じます」

「やはりそうか。危ないところだった。小湊の家にも地頭の手が回っていると聞いてきた。ここから先の道を行っては危ない」

と、ほっとしたように息をついた。

「父上はそれを私にお知らせくださろうと、ここでお待ちになっていたのですか」

「そんなことはどうでもよい。それより行き先をどこにするかだ」

「ならば、我らが懇意にしている西条(さいじょう)村華房(かぼう)の蓮華寺(れんげじ)がよいぞ。どうだ浄顕房」

と、義浄が浄顕にいった。

「おお、良いところに気がつかれた。あそこなら、東条殿の威勢も届かないだろう」

「お二人にはいろいろご迷惑をおかけします。蓮華寺への抜け道は、私がよく知っています。ここからは私がご案内いたします。さあ、急ぎましょう」

と、今度は父が先に立った。

（師のご坊、義浄、浄顕の兄弟子、そして父上。みんなが私の身を案じてくださっている。蓮長はほんとうに幸せ者だ）

そう思うと蓮長は全身が熱くなった。涙が両の目から溢れてくるのだった。幾重にも曲がりくねって麓に続く山道を、父について下りた。義浄も浄顕も二人の後に続いた。

途中、はるか谷間の方で追っ手のものらしい灯りが点々と揺れて動いているのが見えたが、それもう闇の中に消えていた。

「ここまで来れば大丈夫だ。後はお二人にお願いするとして、ここで別れよう」

蓮華寺への分かれ道に着いて父が蓮長にいった。

「日を改めて小湊の家に必ず戻ります」

父重忠と別れて、蓮長、義浄、浄顕の三人は蓮華寺への坂道を下った。

蓮長は二人の兄弟子の計らいで、幸い討手を逃れてしばらく蓮華寺に匿(かくま)われて過ごした。

後年、日蓮はこの時を回想して、

「貴辺(きへん)（浄顕房）は地頭のいかりし時、義浄房とともに清澄山を出でておはせし人なれば、何となくともこれを法華経のご奉公とおぼしめして、生死(しょうじ)をはなれさせ給うべし」

と、二人の兄弟子に厚く感謝している。


蓮長が西条の蓮華寺を出て、小湊の実家に向かったのは十日ほど経ってからだった。

地頭の東条景信はその後も蓮長の行方を捜索させていたが、他領へ落ち延びたらしいと知らされてから、捜索を一旦打ち切ったという情報が、義浄から届いていた。

蓮長はどんなに危険を犯してでも、もう一度父母に会ってどうしても説得しなければならないことがあった。そのことがずっと蓮長の頭から片時も離れないのであった。

それは、父母から、

「妙宗に改宗していただく」

ということだった。

（他の誰でもない。自分を生んでくれた肉親の父母を改宗させることができなくて、他人を改宗できようか）

「ほかの人間はそれから後のことだ」

これは、蓮長の信念だった。

警護の目を抜けて、小湊の漁村に入ってくると、自ずと足が速くなる。

夕闇が迫って暗くなりはじめた父母の家の回りには、見張りの人影もなかった。

「さ、早く上がられよ」

素早く周囲に目を走らせてから、父は急いで戸口を堅く閉ざした。

蓮長は炉端の父母の側に座った。

「よくここまで無事に来られたものだ。しかし、これからどうされる」

と、父が尋ねた。

父の顔には蓮長が意外に思うほど、この間までの険しい表情はなかった。

「鎌倉へ参ろうと存じます。今日はそのお暇乞(いとまご)いにまいりました」

「鎌倉へのう」

と、母の梅菊がはやくも涙を浮かべた。

「父上さまにも母上さまにもお願いがございます」

と、改まって蓮長は法華経への熱い思いを説いた。

「どうか念仏を捨てて、妙法に帰依してください」

と、手をついて頭を下げた。

少し沈黙した父が、

「そこまで覚悟を決めているのなら、父も母も何もいうまい。お前の気の済むようにされるがよい。父も母も法華経信者になる。実は父も母もこの間からそう決心していたのだ」

といって、優しく微笑んだ。

「蓮長は日本一幸せ者にございます」

どっと涙が溢れ出した。

蓮長は合掌して、

「南無妙法蓮華経」

と、唱えた。

するとどうだろう。

父と母が合掌して蓮長の声に和して、

「南無妙法蓮華経」

と、題目を唱え出されたではないか。

「南無妙法蓮華経」

蓮長も我を忘れて、父母に和した。

三人の心が融け合って一つになった。

至福の時が流れた。

蓮長が我に返っていった。

「これ以上長居をして、ご両親さまに迷惑がかかってはいけません。お名残り惜しゅうございますが、お暇いたします」

蓮長の目がまた潤んできた。

「蓮長」

と、父の重忠がいった。

「私たち夫婦は、今日より法号を定め、父が妙日、母を妙蓮と呼ぼうと思うがどうであろう」

蓮長はにっこり笑って答えた。

「真によいお名です。釈尊のお言葉に、本化の徳を称して日月の光明の如く、能く諸々の幽冥を除かんと仰せられ、また、弥勒菩薩は、蓮華の水に在る如く、地より湧き出るが如しと仰せられています。父上のお言葉は、よくそれにかなっています。それでは私はお二方から一字ずつお名前を頂戴して日蓮と申すことにいたしましょう」

「日蓮。よい名じゃ、よい名じゃ」

と、父と母は手を合わせて日蓮を拝んだ。

この場面も伝説として有名であるが、ちなみに、父と母の法号を授けたのも日蓮自身だとする説の方が多い。

名も改まった日蓮は、小湊村を出た。

日蓮は正法宣布の大志を抱いて、鎌倉に向かった。蓮長三十二歳の初夏であった。

途中、鎌倉遊学の時に知遇を得た下総(しもうさ)中山の富木常忍(ときつねのぶ)を訪ね、叡山修学の礼も述べ、併せて法華経の真髄を説いて信徒になってもらったと、伝えられる。日蓮の最初の檀越(だんのつ)として終生変わらぬ後援者となる。

鎌倉に出た日蓮は東部山麓にある名越(なごえ)の松葉ヶ谷(まつばがやつ)に小さな草庵を結んだ。この草庵は以後文永八年(一二七一)の竜ノ口(たつのくち)の法難に至るまでの約十八年間の日蓮布教活動の拠点となったところである。

ここから、話は最初の佐渡配流(はいる)後の日蓮に戻らせていただこう。

正法護持

十二

執権の北条時宗は、鎌倉の小町上町に邸を構えていた。現在の宝戒寺あたりだったという。父以来の質実さがかれの生活の基調である。質素な居室で、時宗は机に向かっていた。読んでいるのは、日蓮の『立正安国論』だ。そしてもうひとつは、後に日蓮の『十一通御書』と呼ばれるようになる諫書であった。この諫書は、文永五年（一二六八）の十月十一日に送られて来たものだ。

時宗は、時折『立正安国論』から目を放し、

（だいぶ長いが、まだか）

と、日蓮と平頼綱の会見の情景を思い浮かべていた。やがて、廊下を力強い踏み鳴らし方をしながら、平頼綱がやって来た。

「入ります」

「どうぞ」

中に入った頼綱は、どっかと胡座をかいた。時宗は頼綱を見た。

「済みましたか？」

「済みました。相変わらずです」

「では？」

「はい。やはり、法華経を国教としない限りは、協力はできぬと申しました」

「変わりませんな。佐渡でいよいよその気持ちが強くなったのでしょう」

「そのようです。しかし蒙古は、今年やって来ると申しておりました」

「今年？　経文にそう書いてあるのですか？」

「いえ、経文には書いてないそうです。自分の勘だと申しました」

「ほう」

時宗はじっと頼綱を見返した。頼綱も無言で時宗を見返す。時宗がいった。

「やはり今年ですか」

「そのようです」

「で、日蓮は？」

「鎌倉には残らず、甲斐の身延の山中に入るそうです」

「甲斐の山中に？　なぜですか？」

「御執権を三度お諫め申しても、何のお取り上げもないので最早これまで、と申しておりました」

「三度？」

時宗は、三度とはいつといつのことだろうと頭を巡らせた。頼綱がいった。

「その机の上にお置きになっていらっしゃる『立正安国論』と十一通の諫書（『十一通御書』）と、

今回の私に対する諫言をいうのでございましょう」

「なるほど。そうですか、日蓮はついに甲斐の山へ去るのですか」

「左様。当面は、この鎌倉にいてくれない方が悶着が起こらないで済みます。日蓮が、法華経を国教にせよなどと申せば、内憂外患のこの時期に、面倒が起こります。わたくしはほっとしております」

「そうですか、甲斐の山中に」

時宗は頼綱の言葉を聞かずに、日蓮が残していった、身延へ去る、という言葉が引っ掛かっているようであった。頼綱はいった。

「とりあえず、蒙古は今年来るという日蓮のいうことを念頭に置きながら、応戦の諸準備を進めましょう。どうか、御執権もお心を強くお持ちください」

「わかりました」

「この度の内憂外患を見事に退ければ、北条得宗家の力は盤石のごとく不動のものとなりますぞ」

「承知しております」

頼綱が去ると時宗は再び日蓮の書いた『立正安国論』に目を落とした。『立正安国論』は、自分を訪ねて来た客と家の主人との問答によって組み立てられている。客は、主人の一方的な断定に反感を覚え、

「その根拠はどこか」

としきりに主人の言葉の典拠を尋ねる。それに対し主人は、いちいち、

「なになに経にこう書いてある」

といって、仏の教えを書いた経文を例にとる。『立正安国論』の二大主張である、

「内憂」と「外患」

もすべて古い経文に根拠を求めていた。

日蓮は無責任な予言者ではない。自分を訪ねて来た客が世を憂い、その原因が何かと尋ねた時に、

「それは正法（法華経）がこの世に行なわれずに、念仏衆などがはびこっているためだ」

と答えながらも、それを他の宗旨を憎悪するあまり、口から出任せのことをいっているわけではない。

「あなたのいうことの証拠はどこにあるのだ？」

と客が聞けば、主人（すなわち日蓮）は、

「こういう経文に書いてある」

といって、金光明経、仁王経、薬師経、大集経の四経文をあげた。読んでみれば、これらの四つの経文に書かれていることはほとんど大同小異だ。すべて、

「善神や聖人が日本を見捨ててどこかへ去ってしまった。二度と戻って来ない。そこで隙を狙っ

て、悪魔や鬼がやって来て、しきりにこの国に害を与えている。
・天には、奇星がしばしば現れ、太陽は二つになり、突然日蝕になったり月蝕になったりする。
また、不吉な黒白二つの虹が現れ、星は流れ、地は動く。地底では妙な音がする。
・暴風雨は、季節でもないのにしばしば襲い、国はつねに飢饉で、苗も実らない。
・外敵は、しばしば日本を侵略する。
・これに対して、国王はじめ政治の任に当たる者は、的確な対応ができない。結局は、その政権は長続きせず、国王は命を絶つ。その死んだ後は、無限の大地獄に落ち込んで行く。国王だけではない。その妻、子、従っていた大臣、大名、将兵、地方官などもすべて同じ運命をたどる」

という内容だ。これは四つの経文とも共通していた。そのために、他の人間がどうか知らないが時宗に対してはかなり説得力があった。

時宗が、佐渡へ流罪にした日蓮を鎌倉に呼び戻したのは、信奉している無学祖元（むがくそげん）や良観房忍性（りょうかんぼうにんしょう）たちから得られない何かを、日蓮なら与えてくれるかもしれないと思ったからだ。正直にいって、時宗は日蓮と膝を交えた話がしたかった。『立正安国論』を何度も読み返しているうちに、日蓮が、

「法華経を国教にしてください。念仏宗その他を禁じてください」

ということは、単に自宗の拡張を狙っているわけではない。日蓮は心の底からそう信じている

のだ。つまり、

「法華経だけが、真に仏の教えを告げるものであって、これを流布することが自分の役目なのだ。しかし今現在日本の国に起こっている内憂外患のすべては、念仏宗その他の邪宗がはびこっているためなので、まずこれを払拭していただきたい」

ということも、日蓮の立場に立てば当然だ。というふうに、この頃の時宗は理解するようになっていた。

幕府内部でも、

「日蓮の予言は正しい。かれは、自派の拡張のために念仏宗などを禁止してくれといっているわけではなかろう。もっとかれの話を聞くべきではないか」

という良識的な論がどんどん起こっている。この度の赦免も、そういう幕府内世論に従った面もある。日蓮に対する印象を改めたのは、何も時宗一人ではなかった。

平頼綱でさえ、

「日蓮坊主のいうことはよく当たります。手元に置いて、活用した方がいいでしょう」

と言い出したのだ。しかし頼綱は熱心な念仏宗信者だから、

「あいつ（日蓮のこと）のいう、法華宗を国教にして、念仏宗その他を禁止するなどということはとうていできません」

とこの点は頑固だ。

時宗が日蓮に本当に聞きたかったのは、

「わたしが執権を務める鎌倉幕府は、日本国並びに国民のために本当に正しい存在なのか」

ということだ。基盤ともいうべきこの点がはっきりすれば、

「北条得宗家の正当性」

などは微塵に飛んでしまう。時宗は、

「しかし、それでもいい」

と思っていた。それほどかれの、

「現政権に対する不安と疑惑」

は強まっていたのである。そして、そうさせたのはやはり日蓮の『立正安国論』であった。

十三

鎌倉は、東・西・北の三方を山に囲まれ、南側が海に面した地域である。攻めるに難く、守るに易い。しかし、山といってもせいぜい高いところで百五十メートル程度だ。北東の天台山が百四十一メートル、大平山が一五九メートル、鷲峰山が一二七メートルぐらいである。現在の鎌倉の人々は、これらの山々を鎌倉アルプスと呼んでいる。微笑ましい。そして、北側の尾根伝いの道を天園コースと呼んでいる。しかし天園に立つと、武蔵・相模・上総・下総・駿河・伊豆の

国々が見渡せる。そこでこの天園の西方の峠を、

「六国見山」

といい、今も季節折々のハイキングコースになっている。

このように、三方を山に囲まれた鎌倉は、源頼朝が幕府をつくった頃から、

「守り」

を重視した。そして、鎌倉外との交通には有名な、鎌倉街道が設けられた。鎌倉街道というのは一本ではない。

「鎌倉へ行く道」

のすべてを鎌倉街道という。そして、鎌倉との出入りにはこれも鎌倉独特の切通しと呼ばれる掘削路が設けられた。場所によっては、ようやく馬一頭が通れるほどの狭隘な道である。明らかに、敵に攻められた時に防ぐのに易いような出入路を造ったのだ。それが七つあり、鎌倉七口と呼ばれる。

鶴岡八幡宮を鎌倉の中心とすれば、その西南にあたる極楽寺近くに造られたのが極楽寺坂切通しであり、その北方の鎌倉大仏のやや西に造られたのが大仏坂切通しだ。さらに鎌倉八幡宮の西方扇ケ谷、現在の源氏山上方の北にあるのが化粧坂切通し、そして鶴岡八幡宮のすぐ西側が巨福呂切通しであり、さらにその西方長寿寺脇にあるのが亀ケ谷切通しである。

また、現在の横浜市金沢区との境にあるのが朝比奈切通しになる。そして、行政的には逗子市

に入る東南にあるのが名越（なごえ）切通しである。そしてこの名越の切通しの東方に存在するのが、市長選などで有名になった逗子市の池子（いけご）米軍家族住宅だ。

　鎌倉地域では谷のことをやつあるいは谷戸（やと）といった。それほど広い地帯ではないから、鎌倉幕府がつくられた時代から、土地の有効利用が望まれた。

　南東の浜には、和賀江島（わかえじま）が築造され、ここが鎌倉に運び込まれる物資の貿易港になった。それほど深い海ではないが、当時はやはり何百艘（そう）もの船が出入りしたという。材木座（ざいもくざ）の地名はいうまでもなく、木材業者の座が置かれていた木材の集散地に由来する。

　谷（やつ）あるいは谷戸（やと）の奥には、たいてい寺が造られた。そこへ至る道が参道になる。

　しかし鎌倉に造られた寺のほとんどが、武士や富者のためのものであって、一般庶民の寺はそれほどない。だから、安房（あわ）（千葉県）に生まれた日蓮が、鎌倉にやって来たのも、

「当時、日本一賑（にぎ）わう都」

　だったからである。

　日蓮が最初小さな草庵（そうあん）を結んだのは、名越（なごえ）の松葉ヶ谷（まつばがやつ）だといわれる。

「ここがその庵の跡だ」

　という寺が三つある。北から妙法寺（みょうほうじ）、安国論寺（あんこくろんじ）、長勝寺（ちょうしょうじ）だ。妙法寺と安国論寺は大町（おおまち）にあるが、長勝寺はＪＲの横須賀線のすぐ南、材木座二丁目にある。

　多くの研究者がこの三寺を比較して、

「ここではないか」

と推論を行なっているが、結論は出ていないようだ。

無理に、

「この寺だ」

と定める必要もないのではなかろうか。日蓮にすれば、おそらく鎌倉にやってきた時に、

「鎌倉には、庶民の寺が一つもない。しかし、だからといって武士の寺に対抗して大きな寺を建てることなどしない。辻に立って庶民にお題目の有り難さを説ければ、それで足りる」

と考えていたのだろう。だからかれにすれば、

「辻説法が終わったあと、寝泊まりできる小さな小屋があればそれでいい」

と考えていた。つまり日蓮は、

「打って出る僧」

であって、

「寺で信者を待ち構える僧」

ではない。この点は、かれが生涯を通して憎み、罵り、その教えを打ち砕こうとした念仏宗の僧法然の弟子親鸞の行状に似ている。親鸞も『歎異抄』の記述によれば、

「寺一つ、弟子一人持たず候」

といっている。ということは、やはり、

「仏の教えを説くのには、辻説法が最も適切である」

と考えていたのだ。日蓮が鎌倉で説法を始めた頃は、次第に帰依者が増えていたから、中には、

「今宵はわが家でおくつろぎください」

と宿を勧める者もかなりいたはずだ。長勝寺は、松葉ヶ谷一帯の領主だった石井長勝という人物が、伊豆（伊東）の流罪から戻って来た日蓮を迎えて、

「わが家を寺の代わりにお使いください」

と告げて自邸を寄進したものがその発祥だという。


日蓮が、平頼綱が所司を務める侍所の役所を出ると、門前に弟子の日昭と日朗の二人が待っていた。日昭は、日蓮が比叡山で修行していたときに出会った。意気投合し日蓮が故郷の安房清澄山で有名な、

「立宗宣言」

を行なったときたちまち帰依した。そして再び鎌倉にやって来た日蓮を訪ねて門人第一号になった。もとは天台宗の僧である。父は下総能手の武士で印東祐昭といった。母は工藤祐経の長女である。なかなかの実力者であった。

そしてその甥が日朗になる。日朗は日昭の妹の子だ。父は平賀有国といい、日朗が生まれてから間もなく死んだ。母は再婚して、日像と日輪を生んだ。法号を妙朗尼といった。

日朗は日昭の勧めで松葉ヶ谷で日蓮の弟子になった。

その後、日蓮が伊豆の伊東に流されたときも、上総に戻って東条郷松原で地元の武士たちに襲われたときも、また日蓮が竜ノ口で首を斬られようとしたときも、常に日蓮の供をしていた。そのために、

「日蓮の行く所、必ず日朗あり」

といわれていた。

「いかがでございましたか?」

日昭より先に日朗が師に聞いた。日蓮は、チラと日朗を見、さらに日昭に視線を移したがやがて力なく首を横に振った。

「だめだった。三度諫言しても、ついに頼綱殿はお聞き届けにならなかった」

「左様でございましたか」

日朗は日昭の顔を見た。日昭は、

「お疲れでございましょう。みんなが待っておりますので、新しい庵にご案内致します」

といった。

「新しい庵?」

「はい。松葉ヶ谷の庵は、再建もかなわず、草ぼうぼうでございます。なんとも申し訳ございません。そのかわり、夷堂橋のほとりにございます八角堂を用意しておきました」

といった。日蓮は眉を寄せて日昭を見返した。日昭はかつての同輩といってもいい仲だったが、鎌倉に来て以来日昭は日蓮に対し、

「師弟の礼」

を守っている。

夷堂橋というのは、滑川（なめりがわ）に架かった橋だ。その西のたもとに八角堂が建っている。この八角堂は、源頼朝が守護神の一つとして、夷神のお堂を建てたものだ。幕府にとっては、丁度（ちょうど）裏の鬼門（きもん）にあたったので堂を建てたのである。したがって祀（まつ）られた夷（えびす）は人が武器を持った姿をしていて、後の「金持ちになる商業の守り神」としての恵比寿様（えびすさま）とは違う姿をしていた。

「それはお手数をかけた」

日蓮は丁寧（ていねい）に頭を下げて日昭に礼をいった。日昭は恐縮し、

「佐渡へお出でになる前に、お使いになっておられました松葉ヶ谷の庵のあとをご覧になりますか？」

ときいた。日蓮の胸の底も顧慮せず、勝手に夷堂を新しい宿所にしたことに、やや後ろめたさを感じたのだ。日蓮にすれば、佐渡島へ流される前に住んでいた、松葉ヶ谷の庵に愛着の念が当然あるはずだ。しかし、今日昭が告げたように、あの松葉ヶ谷の旧庵は完全に影も形も失い、いまは雑草が生えているだけだ。日昭にすれば、

「そんな旧庵の跡をお見せするのは申し訳ない。お上人もさぞかし落胆なさるだろう」

と考えたので、できれば日蓮には見せたくなかった。そんな日昭の気持ちが伝わったのかどうか日蓮は首を横に振った。

「いや結構だ。わたしは一所不住で、辻が寺なのだから」

そういった。微笑んで日昭を見返し、

「ご懸念は、有り難く存ずる」

といった。日昭はほっとした。

鎌倉幕府跡は、現在の西御門という地名が残っているように、これが御所と呼ばれた幕府の役所の門だったので、鎌倉八幡宮のすぐ東側にあたる清泉小学校あたりがその跡だろうと推測されている。

そして、北条得宗家の当主が住んでいたのが現在の宝戒寺だといわれる。すぐ脇を滑川が南に向かって流れていた。日蓮たち一行はこの流れに沿って歩いた。やがて日蓮は、

「ちょっと寄りたいところがある」

といった。日昭と日朗は顔を見合わせた。すぐぴんと来た。

「ご説法をなさったところでございますな」

日昭がいった。日蓮は振り向いてちょっとはにかんだような笑みを浮かべ、黙って頷いた。

日蓮が積極的に辻説法を行なったのは、滑川と若宮大路との間にある道の傍らだった。すぐ南に蛭子神社がある。若宮大路から見れば、鶴岡八幡宮の二の鳥居の東方になる。

小町大路といわれた。

日蓮がかつて熱弁を振るったその辻に立つと、たちまち気がついた町の人々が走り寄って来た。中には武士もいる。

「日蓮お上人様だ」

と口々に声を上げた。そして辻に立った日蓮を見ると、

「お上人様、よくお戻りでございました」

と、手を合わせて拝んだ。中には跪いて、

「ありがたや、ありがたや」

と伏し拝む老婆もいた。日蓮はにこやかにそれらの人々に対し、

「日蓮、ただいま戻って参りました。皆様も、お健やかでなによりです」

と告げた。

「どうかご説法を、ご説法を」

と一斉に声が上がった。日蓮はそれらの人々を見渡すと、

「日蓮の申し上げることは、かつてと同じくただ一言、南無妙法蓮華経の七文字でございます」

そういった。手を合わせ、もう一度、

「南無妙法蓮華経」

と唱えた。前に集まった人々の間から一斉に、

「南無妙法蓮華経、南無妙法蓮華経」

という唱題の声が起こった。足掛け三年に亙る佐渡での厳しい風雪は、日蓮の健康を甚だしく蝕んでいた。まず、その衰えを発見したのは、強引に願って、赦免使とともに佐渡へ渡った日朗であり、さらにその日朗もやつれ果てて、衰えた師の供をして、赦免の旅を辿って来た姿を鎌倉で見たのが日昭である。日昭は愕然とした。思わず、

（おいたわしや）

という声が喉まで突き上げた。

しかし、今かつての辻に立って、ただひたすらに、

「南無妙法蓮華経」

と法華経の題目を唱える日蓮の姿には、凛然としたものがあり、それは武士にたとえれば勇者のそれであった。日蓮の肉体に潜む底力が、一遍に輝いたのである。日昭は思わず、その場に崩折れそうになった。日蓮の発する一種の気（オーラ）に打たれたのである。

平頼綱に、

「日蓮がどこに行き、どんな連中がかれのもとに集まるか見てこい」

と命ぜられて、こっそり日蓮の後を付けていた侍所の役人は思わず戦慄した。自分も一緒になって、

「南無妙法蓮華経」

と唱えそうになった。

久し振りに会った信者たちに別れを告げて日蓮は再び滑川の畔を歩きはじめた。

小町大路をそのまま辿って夷堂の前に着いた。堂の前にすでに懐かしい顔が沢山集まっていた。

十四

執権北条時宗が、

「佐渡の日蓮を赦免せよ」

と命じたのがこの年（文永十一年、一二七四年）二月十四日のことである。流罪赦免状を持った使者は三月十日前後に佐渡に着いた。三月十三日に佐渡を出発した日蓮一行が鎌倉に入ったのは、二十六日のことである。そして侍所所司であり、北条得宗家の執事である平頼綱と面会したのが今日四月八日だ。だから日蓮が鎌倉に着く前から、多くの門人や檀越たちがいた。檀越というのは、サンスクリット語でダーナパティという。ダーナというのは、日本語で檀那のことだ。

日蓮は、この檀越と檀那を併用し、

「檀那や檀越が施しをするのは、かれらがその教えを信仰し、その教えを説く者に帰依しているからである」

と告げていた。

信者分布は、すでにかれの生まれた安房国だけではなく、上総、下総、相模、武蔵、甲斐、伊豆、佐渡などの広範な地域に及んでいた。いきなり日蓮に帰依した者は少なく、多くが、

「他宗を排斥する日蓮を折伏してやろう」

と勢い込んで来たのが、逆に日蓮に説教されると、

「おそれいりました。門人にしてください」

と入門したものが多かった。そして自ら、

「日蓮上人の檀越」

と名乗る者の中には、地域の支配者である土豪や地侍が多い。その中には、鎌倉幕府の御家人もいた。


迎えた直接の弟子は、日向、日興、日頂、日持などである。先に侍所の門前に立っていた日昭と日朗を加えて、この六人は日蓮が死ぬ時に、

「おまえたちを六老僧とする」

として選ばれた者である。


檀越武士として出迎えたのが、四条金吾、池上宗仲・宗長兄弟、日常の法名を持つ富木（土木）常忍、宿屋最信、比企能本、石井長勝などであった。

日蓮にはこの他にも、南条時光、南部（波木井）実長、曽谷教信、大田乗明、金原法橋などの檀越がいた。

しかし、下総方面に在住している曽谷・大田・金原などの姿は見えなかった。

堂内に案内された日蓮は、改めて自分を出迎えてくれた連中の顔を見た。そして、鎌倉以外の土地からやって来た連中には、一人ひとりに、

「わざわざお出でをいただいてかたじけない」

と礼をいった。集まった連中は、

「お上人様がご赦免になる」

という情報が流れた二月十四日から、今日までの間に次々と報を得て集まって来た者で、鎌倉到着の日にちにはばらつきがあった。一斉に集まったわけではない。しかし、門弟と檀越のほとんどが堂に参集していた。

駿河の強力な檀越である南条兵衛七郎は、伊豆・駿河・相模・丹波などに所領を持つ武士だったが、日蓮に帰依してから間もなく病死した。子に七郎次郎（時光）という武士がいたが、今日は姿が見えない。日蓮の頭の中にチラと、

（時光殿はどうなさったかな）

という疑念が走った。

四条金吾頼基（しじょうきんごよりもと）は、北条一門の江馬光時（えまみつとき）とその子親時（ちかとき）の家臣で、日蓮が伊豆に流される前に辻に立って行なった説法を聞いて感動した。この時、四条金吾の脇には池上宗仲・宗長の兄弟がいた。池上兄弟も感動し、四条金吾と共に揃ってその日のうちに日蓮に入信した。池上兄弟は、武

蔵国池上郷の地頭である。宗仲は右衛門大夫志という官名を持ち、弟の宗長も兵衛志に任ぜられていた。歴とした鎌倉幕府役人である。

しかし、四条金吾も池上兄弟も、そういう立場を超えて、日蓮に帰依し強力な檀越となったのである。懐旧の談に暫く時を過ごした後、日蓮が突然、

「皆の衆」

と声をあげた。座はしんとした。一斉に日蓮に視線を集めた。それを受け止めながら日蓮はこう告げた。

「わたしは今日侍所に呼ばれて、所司平頼綱殿と種々意見交換に及びました。所司殿は、執権殿のおことばとして、蒙古はいつ日本を襲うのかとお聞きになりました。わたしは、経文には明記されていないけれども、今年であろうと答えました。そして、今までどおり日本が内憂外患に苦しんでいるのは、すべて念仏宗をはじめとする邪宗がはびこっているからだと告げました。内憂外患の一切を解決するためには、何といっても法華経を国教として重んずる以外ないと申し上げました。しかしお聞き届けにはなりませんでした。そこで」

日蓮は顔をあげた。

「お上人」

四条金吾が声をあげた。

「はい」

日蓮は静かに金吾を見返す。金吾はいった。

「蒙古は、誠に今年日本に襲来いたしますか？」

「いたします」

日蓮は自信を持って答えた。金吾は周りの人々と顔を見合わせた。武士の池上宗仲・宗長兄弟は、ピタと日蓮に視点を据（す）えた。一座に言い様のない緊張感が走った。日蓮は驚く門弟や檀越たちを見渡しながら、さらに言葉を続けた。

「そして、蒙古国が日本に乱れ入る時は、この国の朝廷や幕府は必ず滅亡いたします」

この発言には、さらにどよめきが大きくなった。

「それは！」

金吾ほか、檀越や門人たちも声を失った。大変な発言だ。日蓮はさらに続ける。

「蒙古の軍が近付き、わが国が滅びることはまことに浅ましい次第です。しかし、蒙古の軍を、法華経を迫害した幕府や、念仏（ねんぶつ）・禅（ぜん）・律（りつ）、真言（しんごん）などの僧を罰するために、わが国を見限った善神が遣わした正法（しょうぼう）の軍である、と考えればまた救われましょう。つまり、蒙古は隣国の聖人であります」

こういった。呆気（あっけ）にとられた門人や檀越たちは言葉もない。日蓮は、自分の言葉の反応を確かめるように、集まった人々を静かに見渡していた。しんと静まり返った一座の人々の中から、また四条金吾がきいた。

「今のようなお話を、侍所でなさったのでございますか?」

「致しません」

日蓮は首を横に振った。そして眼の底に悲しみを湛えながらこういった。

「所司の平頼綱殿には、今までもたびたびお目にかかっております。頼綱殿は、自分は執権の代理だと仰せられますが、果たしてそうなのかどうか確かめようもありません。しかしかつてわたくしは、前執権であった北条時頼殿に『立正安国論』を提出し、また侍所所司であり北条得宗家の執事である頼綱殿には、二度諫言を申し上げました。内容は少しも変わらず、蒙古が日本を襲うこと、同時に国内にしばしば謀反反乱が起こることを予言いたしました。この予言は悉く的中しております。しかし、頼綱殿はわたくしが申し上げる法華経を国教とし、念仏宗その他の邪宗をこの日本から退けてほしい、という諫言には耳をお傾けにはなりません。蒙古のこの度の襲来によって、この国は滅びます。しかし今申し上げたように、それはこの国に正法を取り戻すために、善神が遣わした懲らしめの軍だと思えば、また考え方も違うでしょう」

一息入れた日蓮は続けた。

「国恩を報ぜんがためには、三度まで諫暁すべしという言葉があります。そして三度の諫めが用いられずば去れ、ともいいます。わたしは、この上古の本文に従って、山中に身を隠すつもりです」

「それは!」

一座にまた驚きの声が走った。

しかし、『立正安国論』を前執権北条時頼に提出したときから、日蓮はこの、

「三度諫言しても用いられない時は、鎌倉を去り山中に身を置く」

ということはしばしば告げていた。これは日蓮の信念であって、理屈ではない。日蓮は行動を重んずる人物であった。そしてその行動には必ず目的があった。行ない続けても目的が達せられない時は、

「諦めてその場を去る」

という処し方である。

門弟や檀越たちは言葉を失った。ただ顔を見合わせるのみだ。日蓮はいった。

「もしこの国の朝廷・幕府が滅びるようなことがあったときは、わたしを山中に訪ねておいでなさい」

「お上人、その山中とはいずこでございますか?」

池上宗仲がきいた。日蓮は池上を静かに見返してこう答えた。

「佐渡にいた時から、南部実長殿がしきりに自領内においであれ、と声を掛けてくださいました。とりあえずは、南部殿の御領地に参ろうかと考えております」

「南部殿の?」

南部実長というのは新羅三郎義光（源義光）の子孫光行が、甲斐国南部地方に住んで地名を姓

とした。実長の先祖光行は陸奥糠部(ぬかのぶ)五郡を領し、盛岡南部氏の祖になった。

日蓮の門人で、甲州鰍沢(かじかざわ)に生まれ岩本実相寺(じっそうじ)に入った日興をたまたま知った、南部（波木井）実長の息子実継(さねつぐ)から、法華経のことをきいた実長が、日興の師日蓮の存在を知って帰依したものである。実長は日蓮に完全に心服し、折があるごとに、

「佐渡での流罪赦免の暁には、ぜひご当地においであれ。一庵を寄進致します」

と告げていた。日蓮は南部実長の好意に頼って、実長の領地である身延(みのぶ)の地に赴くと告げた。

日蓮が使った諫暁(かんぎょう)という言葉は、日蓮によれば、

「法華経見宝塔品(けんほうとうほん)に三箇の勅宣に加え、悪人や女人の成仏という二箇の諫暁」

というものだ。釈迦が、菩薩や天などに「法華経を信奉するように」と諫暁をなされたのだ、という。そして『上古の本文』といったのは、儒教の『礼記(らいき)』や『孝経(こうきょう)』の中に、

「三度諫(いさ)めて聴(き)かれずんば、すなわちこれを逝(さ)る」

という言葉を引いたものだ。

健康状態は衰えていたが、日蓮の言葉は例によって火を吐くように熱が籠(こも)っている。一語一語の炎に焼かれて、門弟や檀越(だんのつ)たちは圧倒された。反論などとてもできない。異議を唱えることもできない。ただ黙って日蓮の言葉を聴くのみだ。

完全に一座を圧倒した日蓮はさらにいった。

「日蓮が、このように心を固めて山中に入った上は、それぞれのご進退はお心に任せます。ただ

し、日蓮の名を出して法華経の教えを他に告げる時には、今後一切、日蓮の予言が的中して蒙古がこの国を攻める、あるいは、国中に謀反や反乱が起こるなどということは、口にしないでいただきたい」

またどよめきが起こった。座に連なった人々にすれば、

（お上人様は、いままでなさってこられたことを全部ご自身で否定なさっておられる）

と思えたからである。

「蒙古が日本を襲う」

ということや、

「国内に、謀反や反乱が起こる」

という内憂外患の予言は、日蓮が法華宗を弘通・広宣する上で、大きな武器として活用して来たものである。つまり日蓮にすれば、

「やがて日本国内にはこういう事が起こる」

として、蒙古の襲来と国内における謀反反乱の続発を予告した。そして、

「そういうことが起こるのも、すべて国王（鎌倉幕府）が、念仏宗などの邪宗を容認し、法華宗を弾圧するからだ」

と主張して来た。ところがいまの日蓮の言葉を聴くと、

「自分が今まで唱えて来た予言的中は、一切口にしてはならない」

ということだ。怪訝（けげん）な表情で一同は日蓮を注視した。日蓮は弟子や檀越たちの次第に複雑になった視線をしっかりと受け止めながら、

「ひたすらに、南無妙法蓮華経の七文字を唱えることに徹していただきたい。わたしもそうするので」

といった。座にいたものの中には明らかに失望と落胆を感ずる者もいた。不安の念を持つ者もいた。失望・落胆・不安のいずれかの感情を持ったとしても、共通するのは、

（この先一体どうなるのか？）

ということであった。

四条金吾は剛直な武士で、主人の江馬光時やその子親時からしばしば、

「法華宗を捨てて、念仏に帰依するように」

と求められた。

「念仏が嫌なら、禅か律にせよ」

ともいわれた。しかし金吾は妥協しなかった。

日蓮が、二度目の諫言で平頼綱の怒りを買い、執権時宗からは、

「佐渡へ流せ」

と命ぜられたにもかかわらず、鎌倉竜ノ口で斬首しようと企てた時にも、四条金吾は役人たちの前に立ちはだかり、

「法華経のために、われはお上人に殉死する」

といって、刀を抜き放ち立ちはだかった。また、日蓮が佐渡に流された後も、金吾はしばしば差し入れの品物を贈っただけでなく、自ら渡海して流罪中の師を労(ねぎら)った。それほど熱心な日蓮の信奉者である。しかし金吾は武士だから、日蓮の強靭(きょうじん)な信仰心の根底にあるものが、

「不屈な闘志」

だということに深い感動と共感の意を示していたのである。つまり、

「日蓮上人の持つ精神こそ、鎌倉武士が持たなければならぬ心構えなのだ」

と考えていた。

しかし、今夜の夷堂(えびすどう)草庵における日蓮の宣言は、四条金吾たちがこれまで抱いて来た日蓮への影像をガラガラに崩してしまった。日蓮は、
・三度諫暁(かんぎょう)したが、国主（執権）が受け入れないので、鎌倉を去って山中に籠(こも)る。
・残った弟子や檀越(だんのつ)たちは、日蓮がこれまで主張して来た「日蓮の予言は悉(ことごと)く的中した」ということを絶対に口にしてはならない。
という。これは日蓮にとって大きな敗北ではないのか。いや日蓮だけでなく、日蓮の信念を信じて後からついて来たものすべての敗北になるのではなかろうか。暗澹(あんたん)たる空気が草庵の中に漲(みなぎ)りはじめた。日蓮を信ずるものが一様に感じたのは、

「お上人様は、一体なぜこうも変わってしまわれたのだろうか？」

という疑問である。

日蓮が、

「われは法華経の行者である」

という認識を持って以来、

「われは、地涌の上行菩薩である」

という自覚を持ち、これを弟子や檀越たちに告げるまでに実に二十年の年月が流れている。すなわち、

「われは法華経の行者である」

という自覚を持って、生まれ故郷の安房清澄山の山上で、

「南無妙法連華経」

と高らかに唱題し、法華宗の立教開宗したのが、建長五年（一二五三）で日蓮は三十二歳だった。この大胆な宣言によって、土地の狂信的な念仏信者の地頭東条景信らに厳しく非難された。東条景信は伝えられるところによれば、執権北条時頼の連署を務める重時の信頼が厚かったという。重時は熱心な念仏信者だった。

その翌年から、大変な天変地異が起こった――。

建長六年（一二五四）

一月十日　西の風が烈しく吹き、浜から名越近辺まで人家数百軒が焼亡

六月十六日　月蝕

七月一日　大暴風雨になった。これは二十年来のものといわれる

九月四日　連日来の雨のために、被害が甚だしく、止雨のための祈禱が行なわれた

建長八・康元元年（一二五六）

二月二十九日　大雨・洪水・そして雷電が起こった

三月六日　大火事

六月七日　大雨

六月十四日　巳刻（午前十時ごろ）に不気味な光りものが空に出現した

六月二十六日　雷雨

七月二十六日　度々の変異に、幕府、諸僧に祈禱を命ずる

八月六日　大風・洪水・山崩れが続き、死者多数。作物も被害甚大

九月一日　天然痘が大流行し、将軍も罹病する。諸堂で祈禱がしきりに行なわれる。幕府の高官も次々と罹病

十月五日　康元と改元

十一月二十二日　北条時頼執権職を同族の長時に譲る。長時は連署重時の息子である

十一月二十三日　前執権北条時頼、最明寺で出家、この時三十歳

十二月十一日　烈しい北風が吹き、勝長寿院（しょうちょうじゅいん）や弥勒堂（みろくどう）そして五仏堂が焼失

康元二・正嘉（しょうか）元年（一二五七）

三月十四日　正嘉と改元

五月十八日　午前零時に大地震

八月二十三日　午後八時また大地震。神社仏閣のほとんどが倒壊する。山崩れも続き、地が裂けて地下水が湧出（ゆうしゅつ）する。さらに地中から炎が噴き立ち、火災起こる

八月二十五日　再び地震

九月四日　午後四時ごろまた地震、八月二十三日以来ずっと小振動続く

十月十三日　夜になってから雷電が起こり、終夜止まず

十月十五日　夕刻に大雷雨、さらに午前二時ごろ大地震

十一月二十二日　若宮大路に火災発生

正嘉二年（一二五八）

一月十七日　安達泰盛（あだちやすもり）（秋田城介（じょうのすけ））の甘縄（あまなわ）の邸宅が焼失、火は南風に煽（あお）られて薬師堂後山を越え、寿福寺（じゅふくじ）を焼き尽くす。付近の民家もすべて焼失

八月一日　暴風雨。諸国の田畠に甚大（じんだい）な被害

八月二十八日　夜空に約十二メートルの大流星が現われる

九月二日　一日中暴風雨

十月十六日　大雨とそれによる洪水
正元二・文応元年（一二六〇）
三月十四日　日輪異常に赤し
三月十五日　同じ
三月二十五日　午前六時ごろ大地震
四月十三日　文応と改元
四月二十九日　午前二時ごろ鎌倉中大火災。長楽寺から亀ヶ谷に至るまで、人家悉く焼失
六月一日　疾風、大雨、洪水。川辺の人家のほとんどが流失し、山崩れのため死者多数
六月五日　雨。止雨のための祈禱行なわれる
八月五日　大雨、大風。人家の損傷多数。風が止むとしかし地震起こる
八月七日　将軍赤痢病に罹る

この引き続く自然災害現象に日蓮は疑問を持った。

「なぜこういう災害が起こるのか」

ということだ。そこでかれは、正嘉二年（一二五八）から正元元年（一二五九）までの足掛け二年間、駿河国岩本の実相寺にある経蔵に籠って、

「一切経のどこかにその理由が書いてあるはずだ」

と考え、経典の探索に熱中した。そして、この時の探索によって発見した『法華経』の存在を中心に、『立正安国論』を書いて、文応元年七月十六日、前執権北条時頼に提出したのである。その頃執権職には一族の北条長時がいたが、日蓮はあえて現執権に提出せず、前執権の時頼に差し出したのだった。引退したとはいえ、時頼はまだ隠然たる政治力を発揮していたからだった。

しかし、提出の直後の八月二十七日には、念仏宗徒を核とする暴徒が、日蓮の松葉ヶ谷の草庵を焼き討ちした。日蓮はかろうじて難を逃れて、裏山伝いに切岸を越えて下総へ逃れた。これが世にいう「松葉ヶ谷の法難」である。

十五

下総の檀越富木五郎常忍のところに避難した日蓮は、やがて落ち着きを取り戻した鎌倉に再び戻って来る。そして、

「法華経を国教とし、これを謗る邪宗をすべて退けるべきだ」

と前以上に果敢に辻説法を始めた。つまり日蓮にすれば、

「引き続いた災害の原因は、すべて邪宗、法然の唱える念仏がはびこっているためだ。一日も早く、これを退け、法華経を唯一の正法として、国教にすべきである。そうすればたちどころに、これらの災害は消えるはずだ」

と、人々の信心を求めたのである。しかし、この極端な「他宗折伏」に怒りを抱いた念仏宗や禅の僧たちが、幕府に、

「性懲りもない日蓮を何とかしてほしい」

と訴え出た。幕府ではいろいろ検討した結果、

「御成敗式目の第十二条に違反する」

ということで日蓮を処罰する方針を立てた。御成敗式目第十二条というのは、

「闘殺の基は悪口より起こる。その重きものは流罪に処せられ、軽きものは召し籠められるべきなり」

とある。この条文を適用して、

「日蓮は、他宗の悪口ばかりいっているので、やがて闘殺の不祥事を起こしかねない。そこで流罪に処す」

ということになった。これが日蓮の「伊豆法難」だ。しかしこの時の日蓮は意気軒昂としていて、法華経の中にある、

「仏の滅度の後、恐怖の悪世の中において、われらはまさに広く説くべし。諸々の無知のひとの、悪口、罵詈などし、及び刀杖を加うるものあらんも、われら、みな、当に忍ぶべし」

という言葉を胸の中で唱え続けていた。日蓮にすれば、

「自分が他宗を悪口しているのではない。無知な人間が、正しい自分の悪口をいったり罵ったり

し、さらに暴力を振るったりしているのだ。自分は耐えるだけである」

ということである。この時は伊豆の伊東に流された。日蓮は小舟で相模灘を護送され、伊豆の川奈の津に引き降ろされたとされる。海上の岩の上（俎岩）に降ろしたという伝説もある。

つまりこの頃の日蓮は、

「自分は法華経の持経者ゆえに災難を被るのだ。しかしこの受難は自分が正法を護持している証拠だ」

という強い自信を持っていた。伊豆流罪は弘長元年（一二六一）五月十二日に行われ、弘長三年（一二六三）二月二十二日に赦免された。日蓮が四十歳から四十二歳のときのことだ。伊豆の伊東で、日蓮は『四恩鈔』や『教機時国鈔』などを書いた。

鎌倉幕府からあらかじめ言い含められていたのだろう。伊東地域の地頭は伊東八郎左衛門尉朝高といった。伊東は、地域住民に、

「日蓮という坊主が流されて来るが、絶対に匿ってはならない」

と告げた。これは、日蓮をこの地方のどこにも住まわせてはならないということだ。いってみれば、

「飢え死にしろ」

ということだ。しかし、漁民の弥三郎という人物がいて、日蓮が川奈の津で、所も知らず途方に暮れていた日蓮を救って妻と共に匿った。弥三郎夫婦は食事を与え、我が身の危険を顧みず、

三十日間も面倒を見たとされる。日蓮は、

「船よりあがりくるしみ候いきところに・ねんごろにあたらせ給い候し事は・いかなる宿習なるらん、過去に法華経の行者にて・わたらせ給へるが今末法にふなもりの弥三郎と生れかわりて日蓮をあわれみ給うか、たとひ男は・さもあるべきに女房の身として食をあたへ洗足てうづ其の外さも事ねんごろなる事・日蓮はしらず不思議とも申すばかりなし（中略）ことに五月のころなれば米もとぼしかるらんに日蓮を内内にて・はぐくみ給いしことは日蓮が父母の伊豆の伊東かわなと云うところに生れかわり給うか」

と書いて、その恩を謝している。

このことが伊東の耳に入った。しかし伊東地頭は病気に罹っていた。やむをえず、弥三郎のところに使いをやって、

「日蓮に、俺の病気が治るように祈らせろ」

と命じた。日蓮は祈った。しかしこの時の条件に、

「祈りはするが、法華経に帰依しなさい」

と交換条件を告げた。やむをえず伊東はこれに従った。病気が治った伊東は喜んだ。そこで、

「誠に有り難い。これはわたしが伊豆の海中から得た釈迦の像だ。お礼に差し上げる」

といって、自分の持仏像を差し出した。日蓮は快く受けた。そして日蓮は生涯この釈迦像を自分の護身仏にした。すっかり心を入れ替えた地頭の伊東は、

「わたしの邸(やかた)の傍らに毘沙門堂(びしゃもんどう)があるから、ここに住みなさい」

といって住居を提供してくれた。

この伊豆流罪中に日蓮は、

「この流罪中に大事なことが二つある」

といって、

「二つの大事というのは、大いなる喜びと大いなる悲しみのことをいう」

と告げた。

日蓮が、

「この世における正法(しょうぼう)は法華経以外にない。しかし、この法華経の護持に努力すると、必ず法難に遭う」

として、

「いかなる迫害を受けようと、それは正法である法華経を自分が堅く守っているからだ」

とこれを、

「大いなる喜び」

と告げたのである。一方の、

「大いなる悲しみ」

というのは、

「自分が生まれて、正法である法華経の護持に努めてはいるが、しかしそのために多くの人に法華経を謗るような罪をつくらせた事が悲しい」

というのである。

しかしそうはいうものの、こういう言い方の底にはやはり、

「この日蓮こそが、正法の護持者なのだ」

という強い自信が溢れている。

この時の流罪から許された日蓮は、文永元年（一二六四）八月頃に帰郷した。老母の病篤しといわれたからである。日蓮が到着すると同時に、老母は息を引き取った。ところが日蓮の祈りによって、再び息を吹き返しその後四年間の生命を得た。

老母の看病も兼ねて、地域に布教を始めた。ところが、十一月十一日に、かねてからかれを憎んでいた地頭の東条景信が部下を連れて、突然日蓮を松原大路に襲った。日蓮は怪我をし弟子の鏡忍房と、檀越だった工藤吉隆が闘死した。工藤は急を聞いて日蓮救出のために駆け付けたのだが、東条側の部下の数が多く、ついに戦死してしまった。これが「小松原の法難」である。日蓮はこの事件によって、

「日本国で正法を維持する者は、日蓮一人しかいない」

と自覚した。かれはこの時、

「われは身命を愛せずして、ただ無上道のみを惜しむなり」

と叫び、

「日蓮は日本第一の法華経の行者なり」

と宣言した。つまり日蓮の、

「正法は法華経以外ない。そしてその唯一の正法を護持しこれを行なう者は自分以外ない」

という自覚を深めて行った。いってみれば、

「艱難に遭えば遭うほど、自分が正法の護持者であるという自覚を強める」

という結果を生んで行った。日蓮の精神は、いよいよ強化拡充され、その信念は堅いものになって行った。

そして、やがて文永八年（一二七一）のいわゆる竜ノ口法難がやって来る。

憂国

十六

文永五年（一二六八）閏一月一日に、蒙古王フビライは、国書を持った遣いを九州の大宰府に送った。フビライはチンギス・ハンの孫で、すでにアジアからヨーロッパにかけて広大な地域を支配していた。そして、間もなく中国南部の南宋を滅亡させるべく、着々と兵を進めていた。鎌倉に来た蘭渓道隆や兀菴普寧などの禅僧は、その動乱を避けて日本にいわば亡命して来ていたのである。したがってかれらは蒙古軍の勇猛さを身にしみて知っていた。勢い、鎌倉幕府の枢要部に対し、

「蒙古いかに恐るべきか」

ということを、口を酸っぱくして吹き込んでいた。したがって、蒙古に対する知識は、鎌倉幕府の上層部のほとんどが知っていたといっていい。ということは、

「蒙古襲来」

に関することは、すべて執権北条時宗の時代に起こったと解釈されているが、決してそうではない。時宗の前任者政村、その前の長時、そして時宗の父である時頼の時代にも、

「蒙古襲来」

の警報は、亡命して来た南宋の禅僧によってもたらされていたはずだ。特に、蘭渓道隆を呼

んだのは時頼なのだから、時頼の時代にも道隆は、

「蒙古の脅威」

を語り、

「国防に十分力を尽くされよ」

という助言をしていたはずだ。

フビライの国書を受け取った大宰少弐武藤資能は、すぐ国書を鎌倉幕府に急送した。受理したのは、執権北条政村と連署北条時宗である。国書には、

「高麗は朕の東藩なり、日本は高麗に密邇し、開国以来、また時に中国に通ずるも、朕が躬に至って一乗の使をもって和好を通ずることなし」

という一文があり、そのまま読めば、

「朝鮮の高麗もすでに蒙古に属した。日本は、かねてから高麗や中国と親しみを交わしつつも、一度もわが蒙古には使いを出したことがない」

そこで、

「蒙古も日本との間に友好関係を結びたい」

という申し出が書かれている。しかし、

「(もしこの申し出に従わないならば)兵を用うるに至る、それ孰んぞ好むところならん」

と脅しを掛けていた。幕府首脳部はこの一文に腹を立てた。

「これは蒙古の属国となれ、もしいうことをきかなければ、武力侵略も辞さないという意味だ。無礼きわまる」

と痛憤した。南宋から亡命して来た蘭渓道隆や兀菴普寧らの亡命僧の強硬な意見もあって、幕府首脳部は、

「無礼な蒙古には返書を送らない」

と決定した。そこで、得宗北条時宗はただちに朝廷に使者を送り、

「幕府はこの様に決定いたしました。どうか朝廷もご同意いただきたい」

と奏上した。これを受けて後嵯峨(ごさが)上皇は、

「蒙古の国書に対しては、朝廷も黙殺する。諸寺・諸社は異敵調伏(ちょうぶく)の祈願を行なうように」

と命じた。公武(こうぶ)一致の確信を得た幕府は、最高首脳部の人事異動を行なった。すなわち、連署北条時宗が執権に変わり、執権北条政村はその職を退いた。しかし政村は連署に再任された。こんな例はない。しかし政村は、

「わたしはすでに六十四歳の老齢だ。このような国難を対処するには心身共に力が及ばぬ」

と謙虚に辞任を申し出(い)で、時宗の補佐役に回ったのである。

「蒙古の使者来る」

の報は、日本全国に広まった。特に、鎌倉や京都の大都市では、

「異国人が、日本に攻め入って来る」

と恐れおののいた。こういう状況を見た日蓮は、

「自分の予言が的中した。北条一門をわが法門に改宗させ、法華経を日本の国教として広める時期が到来した」

と確信した。そこでこの年の四月日蓮は、平頼綱の父で入道し法鑑房と名乗っていた平盛時に面会を申し込んだ。日蓮が提出したのは、『安国論御勘由来』という意見書である。これは、

「わたしがなぜ『立正安国論』を提出したのか」

ということを説明した文書である。冒頭にこうある。

「正嘉元年太歳丁巳八月二十三日戌亥の時（午後九時ごろ）、前代に超えたる大地振（震）。同二年戊午八月一日、大風。同三年己未大飢饉。正元元年己未大疫病。同二年庚申四季に亙って大疫やまず。万民すでに大半に超えて死を招き了んぬ。しかる間、国主これに驚き、内外典に仰せ付けて、種種の御祈禱あり。しかりといえども、一分の験もなく、還って飢疫等を増長す。日蓮、世間の体を見て、ほぼ一切経を勘うるに、御祈請験なく、還って凶悪を増長するの由、道理・文証これを得了んぬ。終に止むことなく。勘文一通を作り作し、その名を立正安国論と号す。文応元年庚申七月十六日辰時（午前八時ごろ）、屋戸野（宿屋）入道に付し、古最明寺入道殿に奏進し了んぬ、これ偏に国土の恩を報ぜんがためなり」

この時法鑑房は日蓮と会った。おそらく息子の頼綱から、

「日蓮には不思議な予見力があります。実際に蒙古がいつ日本に襲来するのか、父上から聞きた

だしてください」

　とでもいわれたのだろうか。が、日蓮が法鑑房に告げたのは、

「蒙古はいつ来る」

　というようなことではない。例によって持論を展開した。いうまでもなく、

「正法である法華経以外の宗旨を唱える高僧たちは、仏教怨敵の謗法者である。したがってかれらに異敵調伏の祈禱をさせれば、仏神はますます怒り、この国を見限る。それでなくても、仏神はすでにこの国を去っているのだから、異経の僧たちが異敵調伏を行なえば、逆に異敵を仏神の使者とするかも知れない。この際異敵を退け日本を安泰にする方法を知っているのは、叡山を除いてこの国では日蓮のみである。これがもし妄言ならば、自分は法華経守護の十羅刹女の罰をこうむるはずだ」

　というようなことをいった。しかしこれに対し、法鑑房はじっと黙って日蓮を見返すだけだったという。失望していた。

（わしが聞きたいのはそんな話ではない。蒙古が実際にいつ日本を襲うかということを知りたいのだ）

　という目で日蓮を見返した。

　日蓮も失望した。そこでかれは、

「新執権時宗殿に、自分の考えを伝えよう」

と考えた。そこでかつて、時宗の父最明寺入道時頼に『立正安国論』を届ける仲介に立ってくれた、得宗家の執事宿屋入道最信に書状を送った。宿屋入道は、現在行時山光則寺という寺が残っているので、多く、

「宿屋入道光則」

といわれている。が、先学の研究結果によれば、

「宿屋入道は、本名を行時といい、光則というのはその息子の名のようだ。入道した後に行時は、最信と号した」

という説が定着しはじめている。これに従いたい。この頃は極楽寺良観（忍性）の熱心な帰依者で、良観から念仏と律の教えを受けていた。したがって日蓮とは全く宗教的には対立する立場に立っていた。かれが行時山光則寺を建てるのは、日蓮が佐渡へ流罪になった後のことである。この時、宿屋入道は日蓮の弟子日朗を幕命によって預かった。入道は日朗を邸の裏にある土牢に入れた。

全体に、地形上鎌倉の土地では、人間が死んだ後も、墓所を広い地域に亙って確保することが難しかった。そのために、鎌倉独特の知恵で周囲を囲む山の麓に横穴を掘った。これを鎌倉地域では、

「やぐら」

といった。鎌倉でやぐらといえば、そのころの墓場のことである。したがって、宿屋入道が

邸の裏に土牢を作っていたというのも、あるいは、やぐらのひとつを、土牢に当てたのかもしれない。

前執権北条時頼に提出した『立正安国論』の中で日蓮は、

「この国を仏神に見限らせた責任は、すべて念仏にある」

と、法然の念仏宗だけを攻撃の標的にしていた。ところが今度は、

「後鳥羽院の御宇、建仁年中に法然・大日とて、二人の増上慢の者あり。悪鬼その身に入って、国中の上下を誑惑し、代を挙げて念仏者と成り、人毎に禅宗に趣く」

と、新しく禅宗も加えている。大日というのは、禅の高僧大日能忍のことである。よく日蓮の他宗折伏を、

「念仏無間、禅天魔、真言亡国、律国賊」

といって、いきなり四つの宗教を法敵としたように考える向きもあるが、そうではない。日蓮は最初に法然の念仏、次に禅、そして律、最後に真言という順序で、これらの法敵を設定している。宿屋入道最信も日蓮が法鑑房に面会を強要し、自論を展開したことを知っている。だから、

「新執権時宗殿にお取次ぎ願いたい」

といわれても、そのまま取次がなかった。黙殺したのである。日蓮は、

「かつて宿屋入道殿は自分の『立正安国論』を最明寺入道殿に取次いでくれたのだから、今度もそうしてくれるに違いない」

と期待した。ところが宿屋入道からは梨（なし）の礫（つぶて）だけが戻って来た。得宗北条時宗は以前から父時頼が崇敬していた蘭渓道隆（らんけいどうりゅう）に帰依している。蒙古からの国書が着いてからは、いよいよ尊信の念を深めている。

「道隆殿は南宋に居られた時から蒙古の脅威を身をもってお感じになっておられた。いわば臨場感溢（あふ）れる教えである」

と受け止めている。だから、

「蒙古の国書に対しては返書を送らない。黙殺する」

という幕議決定も、道隆の意見が大きく影響を与えた。日蓮にはもちろんそういうことがよくわかる。それだけにいよいよ腹が立つ。トップがトップだから、連署の北条政村をはじめ、北条一門の多くも、ほとんどが西大寺流の律宗の高僧で社会事業にも多々の功績を残し、

「生き仏様」

の名の高い良観房忍性（にんしょう）の崇拝者だった。一カ月後に日蓮は、

「先般の願いに対し、ご返事をまだいただいていないが」

と宿屋入道に催促した。しかし宿屋入道は押し黙ったまま何もいって来ない。日蓮は、

「こうなった以上は、自分が頼みとする幕府首脳部や、法敵とする大寺に対し、直接諫言（かんげん）しよう」

と考え、十一通の諫言状を書いて送りつけた。

送ったのは、幕府首脳部、北条時宗、平頼綱、宿屋入道最信、北条弥源太、建長寺・道隆、極楽寺・良観（忍性）、大仏殿別当、寿福寺、浄光明寺、多宝寺、長楽寺である。

これを後に、

『日蓮の十一通御書』あるいは、『十一通書状』

と称した。

新執権北条時宗への書状の書き出しは次のようなものだ。

「謹んで言上いたす。正月十八日、西のえびす大蒙古国より国書が到来した、ときく。日蓮は、先年諸経の肝要の文を集め、このことについて考えたことを『立正安国論』にまとめて提出した。蒙古から国書が到来したのはこの『立正安国論』に書いた事と全く違わない。的中した。このうえは、急ぎ建長寺、寿福寺、極楽寺、多宝寺、浄光明寺、大仏殿等に帰依することを中止なされよ。そうしなければ蒙古は重ねて攻め来ることになるだろう。すみやかに仏に祈って蒙古を降伏させ、わが国に安泰ならしめなければならない。しかし、この仏に祈って蒙古を降伏させることは、日蓮でなくては不可能だ。君を諫める臣が国にあれば、その国は正しく、また義のために親と争う子が家にあれば、その家はまっすぐとなる。国家の安危は政道が正しいか否かにかかっている。そして仏教の邪正は経文の明鏡による」

さらに、

「日蓮が申すことをお用いにならなければ、必ず後悔なさるだろう。日蓮は法華経の御使なのだ。

経にいう。『すなわち、如来のお使、如来の遣わすところとして、如来のことを行ず』と。三世諸仏のこととは法華経のことである。このことはすでに十一人の方々に申し、耳を驚かし申した。どうか、これらの方々を一所に集め、御評議のうえ御報告ありたい。すべての祈禱をすみやかに中止して、諸宗の者たちを御前に召し、仏法の邪正を決定していただきたい。谷間の水底の長松を、いまだ切らぬのは良き工匠のあやまりであり、闇の中の錦の衣をいまだ見ないのは、愚人の失である」

　論じているところは変わりなく、

「『立正安国論』の予言が当たったのだから、すみやかに諸宗への帰依をやめて、国教を法華経に統一してもらいたい。そのうえでの異敵調伏でなければ、その効果はない。逆に日本は滅ぼされる」

　と告げている。そしてこのとき建長寺の住持道隆に送った書状には、

「念仏は無間地獄の業、禅宗は天魔の所為、真言は亡国の悪法、律宗は国賊の妄説」

　と、はっきり四箇格言と呼ばれる、

「四宗を法敵とみなす」

　という態度が示されている。極楽寺の良観（忍性）に出した文書はさらに激越だった。

「西えびす大蒙古国から来た国書のことについては、新執権時宗殿その他に書状をさしあげた。日蓮がさる文応元年（一二六〇）に考え、書いた『立正安国論』といささかの相違もないことが

起こっている。このことをどう思われるか。長老忍性すみやかに嘲哢の心をひるがえし、一日も早く日蓮房に帰依なされよ」

「あなたは三学に似た矯賊ともいうべき聖人だ。僭聖増上慢であって、今生では国賊、来世は那落に堕ちることは必定だ。少しでも先非を悔いるなら、ただちに日蓮に帰依されよ」

と激しい口調で罵り、

「日蓮は日本第一の法華経の行者であり、蒙古国退治の大将である」

と告げている。この中に「長老」を「ばかにする嘲哢」にひっかけたオチがあるので、

「こんな品のない文章を日蓮は書かない。偽書である」

という説がかなりある。真偽はともかくとして、ただこの時点において日蓮が、もっとも憎む良観（忍性）に対し、

「日蓮は日本第一の法華経の行者であり、蒙古国退治の大将である」

という気持ちを持っていたことは確かだろう。すなわち、

「自分（日蓮）が異敵調伏の祈禱を行なえば、蒙古は必ず降伏する」

と信じていたに違いない。それほど日蓮の意気は高かった。弟子や檀越のすべてが、そのことを知っていた。このとき日蓮は、幕府の要人や諸大寺の長老に対し意見書を出しただけではない。このことを、自分の弟子や檀越たちにも告げている。

「大蒙古国の国書到来について、わたしは十一通の書状を要路の方々へ送った。そうなると、日

蓮の弟子や檀那（信徒）は、必ず流罪や死罪になるだろう。しかし少しも驚くことはない。要路の方々への強言は申すに及ばず、このことは経に『而強毒之』とあることのゆえであり、これはかねがね日蓮が願ってきたところだ。どうかおのおのも心にとどめてもらいたい。少しも妻子や眷属のことを思わず、権威を恐れず、この際生死の絆を断ち切って、仏果をとげてもらいたい。鎌倉殿（執権時宗のこと）、宿屋入道殿など十一箇所に、十一通の書状を書いて諫言上訴した。これはさだめて仔細のあることなので、どうか日蓮のところに来たって出した書状の写しをごらんになるといい」

「つまり自分の出した十一通の書状によって、権力による報復があるかもしれないが、それは日蓮一人にとどまるだけでなく、おまえたち弟子や檀越たちにも及ぶことは必定だ。その際決して慌てふためくことなく、今から妻子や親戚と縁を切って、静かに待ってほしい」

ということだ。そして、

「どういうことを書いたか知りたければ、日蓮のところに来て文書の写しを見るがいい」

と意気軒昂だ。この激越な調子は、いってみれば日蓮は大きな激流であり、またつむじ風だった。すべてを、その流れの中に巻き込まなければ止まない。

「黙って、おれについて来い」

という指導力の発揮だ。そして、その時、弟子や檀越や信徒たちは、日蓮のこの勢いに巻き込まれた。

「お上人様のおっしゃることに間違いはない」

と固く信じていたからである。


今、佐渡島から帰った日蓮を迎えた弟子や檀越たちは、あの時の日蓮の姿を知り尽くしている。

（あのときの自分たちは、何があろうとお上人様に従おうと心を決めていた）

とみんな思っていた。ところがどうだろう。今日の日蓮はあの時とはまったく違う。かつてなかった、過去への振り返りを行なった後に、

「三度諫言を行なってもお聞き入れがないので、自分は山中に入る」

という。信じて来た弟子や檀越たちにすれば、これは、

（お上人様は弱気になられた）

と思わざるを得ない。

（あの時の獅子に立ち向かうような勇ましいお姿を、一体どこへお忘れになったのか）

と暗澹たる気持ちになってくる。

自宗に固執し、他説を否定すれば、否定された他宗は当然敵になる。黙っている敵ばかりではない。牙を剝いて反撃して来る敵もいる。しかし、日蓮の弟子や檀越たちはそんなことは百も承知だ。心を定めていた。定めるだけの理由があった。それは個人差はあったが、当時の世の中との関わりにおいて自ら選んだ道だった。しかしその道の選び方はすべて日蓮が指導してくれた。

肝腎の日蓮がいまぐらついている、夷堂橋の小庵に集まった弟子や檀越たちはこもごもそう思った。もともと迫害と殉教心の高まりとは相乗関係にある。迫害が強まれば強まるほど、殉教心もいよいよつのる。それは、あることを信じる者たちにとって、迫害とは逆に自分の信念の強さを示すことになるからだ。

「自分の信念がこれ程強いために、相手側が迫害の手をいよいよ強めるのだ」

と考える。日蓮は正しくそうだった。

日蓮が激越かつ露骨に、相手の顔の皮をひん剝くような調子で叩き付けた『十一通御書』に対しては、だれも答えなかった。いずれもが黙殺した。おそらく相談し合って、

「こんなばかな文書には返書を与える必要はない」

と合議したのだろう。合議に達した時、集まった連中の顔には恐らく日蓮に対する冷笑が浮かんでいたに違いない。

十七

この頃（文永五年）の暮に、元のフビライは高麗を通じて再び、

「元への従属」

を促す使者を日本に送った。しかしこの使者団は、実に百名近い人数であったが、対馬に到着

した時に、国主の宗氏の執拗な抵抗にあった。宗氏は、日本に赴くことの航海上の難しさや、また日本側の強い考え方などを話して、その非を説いた。高麗側の使者ももともとは、元のいいなりになることを好まない。そこで、対馬で藤次郎と弥次郎という二人の島民を捕らえ、これを人質として帰国した。しかしフビライは承知しなかった。フビライはフビライなりに、日本への航海のコースや、日本の実態をそれなりにとらえていた。特にイタリア人マルコ・ポーロのいう、

「ヂパング（日本）は黄金の国だ」

という説に大きな魅力を感じていた。

その意味では、フビライは高麗の高官も信じていなかった。

フビライは再度高麗に日本への使者を命じた。そして、

「その時は、先に捕らえられた日本人二名の人質も同行するがよい」

と命じた。やむをえず高麗は再び日本にやって来た。これが、文永六年（一二六九）の九月十七日のことである。しかしすでに執権になっていた時宗は、

「何度来ようとも、日本は元に返書は送らない。黙殺する」

という態度を貫いた。

しかし、

「蒙古の国書が来た」

という報は鎌倉中に知れ渡った。当然このことを耳にした日蓮は、いよいよ、

「自分の予言が当たった」

と自信を深めた。そして、

「国主（この場合は執権北条時宗のこと）も、自分の意見を求めるに違いない」

と思った。事実鎌倉幕府の中には、

「日蓮の意見を聞くべきだ」

と、日蓮の予見力に超人間的なものを感じた幹部もかなりいたようだ。しかし時宗は、父時頼でさえ、『立正安国論』を黙殺したのだから、いまさら日蓮を呼んでその意見を聴くなどということはできない。

「執権の面目に関わる」

と思っていた。かれはあくまでも、禅宗の僧たちを信じ切っていたからである。日蓮はいよいよ自分の信念を強め、ついに、

「日本国内ではだれ一人として正法（しょうぼう）を信ずる者がいない。一人残らず謗法（ほうぼう）を信じているために、よき神仏はすべてこの国を去った。それだけでなく、神仏は隣国の聖人に命じて、この国の謗法を試そうとなさっているのではなかろうか」

と親しい者に告げている。この日蓮の考え方には、日本を侵略しようとする蒙古軍に対し、

「敵」

という考えはない。むしろ、

「日本を懲らしめるために神仏が遣わした神兵」

という考えがある。この考えを推し進めれば、

「日本はその神兵に滅ぼされた方がいい」

ということになる。

第二次世界大戦中、主として太平洋で戦った日本人の一部には、

「戦争に勝つと、軍部がいよいよ跳梁跋扈する。むしろ、アメリカに負けた方がいい。そうすれば軍部も目を覚ますだろう」

と主張した人々がいた。日蓮の発想もこれに似ているという評がある。しかしそうではなかろう。日蓮が考えた蒙古軍は必ずしも、

「日本の解放軍」

ではない。日蓮の発想は、

「日本人が、正法（法華経）を無視して、念仏などの邪教にうつつを抜かしているから、善き神仏が日本を見限ってどこかへ去ってしまったのだ。そして、過ちを懲らしめる神兵を遣わされようとしている。蒙古が日本を攻めて来るのは、日本側に原因がある」

という認識においては、確かに第二次世界大戦中における一部の日本人と同じだ。しかし日蓮は、そこで、

「日本はその神兵に滅ぼされた方がいいのだ」

と考えていたわけではない。逆だ。

「日本が過ちを知って、直ちに正法（法華経）を信ずるようになれば、神兵はそのまま引き揚げるだろう。もし引き揚げなければ、それは善き神仏の意思とは違った邪悪な敵国になる。その際は、日本国は法華経を正宗として、全員が一人残らず南無妙法蓮華経という題目を唱えれば、敵国も必ず調伏される」

と考えていた。だから日蓮にすれば、

「法華経を日本の正法とするかどうか」

によって、蒙古軍も神兵になるか、あるいは敵国になるかただちにその性格を変えるのだ。日蓮は信じていた。

「いま神兵であるはずの蒙古軍が、日本が法華経を唱えて、正法に統一された時にもなお去らなければ、その時は自分が率先して敵国調伏の祈禱を捧げる。蒙古軍も直ちに逃げ帰るにちがいない」

と思っていた。この信念は強い。しかし執権北条時宗にすれば、この日蓮のいうことに筋が通っていても、採用するわけにはいかない。時宗の信ずる禅宗その他の高僧たちが、揃って日蓮を憎んでいたからだ。特に、極楽寺の長老良観房忍性はその気持ちが強い。

その良観房忍性は、鎌倉の市民だけでなく、良観を知る日本人のかなりの層から、

「生き仏様」

といわれていた。良観が今でいう社会事業に非常に力を尽くしていたからである。しかし日蓮からいわせれば、良観は、

「明らかな偽善者だ」

ということになる。そこまで口には出さないが胸の中では、

「忍性は、信者を増やすために社会事業に名を借りているのだ」

という厳しい見方をしていた。

文永九年（一二七二）に、良観は、

「十種の大願」

を立てて発表している。

一、三宝（仏宝・法宝・僧宝のいわゆる仏法僧の三つの宝）を紹隆する

二、勤行などを怠らない

三、三衣一鉢をもって遊行にのぞむ

四、病気でない限り輿や馬には乗らない

五、特定の檀那の保護は受けない

六、孤独者・貧窮者・物乞い・病人・視覚障害者、家族に路頭に捨てられたものたちに憐れみをかける

七、庶民のために道を造り橋を架ける

八、自分を怨み、謗るものへも善友の思いを為す
九、贅沢な食べ物を断ち、間食はしない
十、功徳は一身にとどめず十方世界の衆生へ分け与える
この十種大願の中で良観は特に六番目の弱者救済と七番目の都市基盤整備に力を尽くした。

日蓮から露骨に罵倒されても、良観は相手にしなかった。というよりもできなかった。それはかれ自身が、

「十種の大願」

として立てた願いの中に、

「自分を怨み謗るものにも善友の思いを為す」

と宣言してしまっていたからだ。キリストのいう、

「一方の頬を叩かれたら、もう一方の頬を差し出せ」

というのと同じだ。

「敵も善友である」

という、いわば負け惜しみの強い対応をしなければならない。

日蓮が良観に腹を立てていたのは、もう一つ理由があった。それは良観が、

「鎌倉への貿易港の管理を行ない、関税を徴収していた」

ということだ。

鎌倉は地形的に、三方を山に囲まれているから、

「物は水の道」

という不文律を守る大きな河川がない。滑川が一本あるだけだ。したがって、鎌倉に運び込まれる物資は、海の道を辿って来る。これを扱うのが人工の和賀江島である。和賀江島は貞永元年（一二三二）に、すでに九州で防波堤築上の経験のある往阿弥陀仏という念仏僧が、幕府に願い出て築島した人工の港である。これが、いつの間にか極楽寺の住持である良観の管理に委ねられるようになった。


良観は、升米（米一石について一升の関税を取るためにこう呼ばれた）の徴収や、浜における鳥・獣・魚などの狩猟を禁ずる殺生禁断の権利を与えられた。殺生禁断といっても、猟師が鳥や獣を捕らずには生活できないし、また漁民も魚を捕らずには生活できない。したがって、

「鳥や獣を捕ってもよろしゅうございますか」

とか、

「魚を捕ってもよろしゅうございますか」

という許可を貰うために、極楽寺へ嘆願に行かざるを得ない。この許可を得るためには、極楽寺側もおそらく、勧進を行なったにちがいない。勧進というのは、寺院を新しく建てる費用や、古い寺院の修理や、さらに維持管理のための費用を信者から寄進してもらうことである。

極楽寺の長老良観房は、この、

「関税徴収権と殺生禁断の許可権」

の二つを持っていた。勢い、極楽寺は裕福になる。ほかの寺は羨む。こういう状況を見ていた日蓮は、

「極楽寺の在り方は、宗教家のやることではない。今の振舞いを見ると、贅沢な衣類や財宝を沢山蓄えて、また金を庶民に貸して多額の利子を得ている。宗教家ではない。こんな人間の告げる教えを、一体誰が信ずるだろうか」

と非難した。

日蓮が生まれ故郷安房の小湊から鎌倉にやって来たのは、もちろん、

「鎌倉こそ、新しい宗教を布教するに最も適した土地」

と考えたからだ。比叡山に登って修行したことのある日蓮は、比叡山に依然として残る、

「身分差別」

や、

「エリートと非エリート」

の区別が厳として存在していることを知った。比叡山で修行する僧の多くが、ここから高僧の道を歩いて行った幾多の先輩に見られるが如く、多くは貴族や高級武士の出身である。日蓮のように、自らを、

「卑しい家（旃陀羅）の出身」

と自認する者たちから見れば、やはり鼻持ちならぬ空気が充満していた。

「だれは、どこどこの出身だ」

とか、

「だれだれの背後には、こういう実力者がいる」

という、俗人丸出しの噂話には鼻をつまみたくなるような気がした。日蓮は、キャリアではなくノンキャリアの立場にいたからだ。

その意味でも、かれは次第に、

「上方（かみがた）における宗教には、偽の匂いがぷんぷんする」

と思うようになった。そう思うと、

「やはり東国の人間の方が純朴だ」

ということになる。特に、鎌倉幕府はその東国の武士によってつくられた。

「武士の・武士による・武士のための政権」

である。日蓮はこの鎌倉幕府の初心・原点に期待した。いってみれば、

「鎌倉幕府こそ、贅沢（ぜいたく）な暮らしに爛（ただ）れた上方政権よりも、はるかに庶民を大切にする政治をするにちがいない」

と考えたのである。これは日蓮だけではない。多くの宗教家がそう考えた。いわゆる、

「鎌倉仏教」

と呼ばれる新興仏教は、ほとんど日蓮と同時代に鎌倉で興っている。ところが実際にやって来てみると、日蓮の期待とはちがった。鎌倉は、

「大寺の都」

だった。

十八

鎌倉幕府がそう定めたのか、あるいは北条得宗家が定めたのかわからないが、鎌倉の寺にはランク付けが行なわれていた。

「鎌倉五山」

である。

建長寺、円覚寺、寿福寺、浄智寺、浄妙寺の五寺が、その順にランク付けされていた。

建長寺は、蘭渓道隆が建長五年（一二五三）に北条時頼の後ろ盾によって造った寺だ。円覚寺は、執権北条時宗が招いた宋の僧無学祖元によって、弘安五年（一二八二）に造られる寺である（したがって、今書いている段階ではまだ存在しない）。寿福寺は、正治二年（一二〇〇）に北条政子が亡夫頼朝の菩提を弔うために、入宋僧栄西を招いて建てた寺である。浄智寺は、北条時頼が死んだ息子宗政の菩提を弔うために宋僧大休正念と兀菴普寧それに入宋僧南洲宏海の

三僧を開山として建てた寺だ。したがって、今書いている時点ではこの寺も存在しない。浄妙寺は文治四年（一一八八）に退耕行勇を開山として建てた寺である。

いずれにしても、開山・創建の裏には、北条家という大パトロンがいる。そうなると、日蓮の考えでは、

「これらの寺は、一体庶民の救済のために建てた寺なのか、それとも北条得宗家の救済を目的に建てられた寺なのか」

という疑いが生じる。同時に、

「宗教家が、権力者の庇護によって存在することは、果たして是か非か」

と考える。かれは真っ向からこういう在り方を否定した。

「宗教はあくまでも庶民のためのものだ」

と考えていたからだ。そうなると、かれが上方で、

「東国の鎌倉こそ、布教に最も適した地だ。鎌倉幕府は、そういう考えを認めるはずだ」

と思ってやって来た期待は、見事に裏切られたことになる。

「鎌倉も、結局は権力者の都でしかない」

という結論になる。そして権力者たちが、

「自己権力の増大」

を図って、血眼になって争い続けている様を見ながらも、その権力者によって保護されてい

る大寺の高僧たちも、それに対し異議申し立ては行なわない。日蓮から見れば、

「鎌倉幕府の高官も、大寺の住職もすべて、私の論理によって行動し、庶民のためという公の論理を忘れ果てている」

と思えた。

日蓮の弟子になった僧たちは、すべて日蓮のこの、

「公の論理」

に共感し、賛同した者ばかりだ。かれらはかれらなりに真に弱者的立場にある庶民の救済に心を燃やしていた。だから、

「日蓮上人こそ、庶民を救い、同時にこの国を救う唯一の聖人だ」

と思った。日蓮に私心は全くない。他宗を誹謗するのも、

「庶民を救おうという公の論理」

を信ずるからだ。

日蓮にしても、比叡山を降りて経巡った京都・奈良などの畿内の寺々の実態から、

「東国に戻ろう」

と決意させた動機が、鎌倉幕府やその幕府が経営する鎌倉という都市にあったことは確かだ。

「鎌倉にはまだ日本人の初心・原点が残っている」

と思ったからである。

したがって、その発想が、

「武士の・武士による・武士のための政府」

としての鎌倉幕府が、その初心・原点を、さらに一歩進めて、

「京に続いた政権が、結局は庶民を忘れ、公家の・公家による・公家のための政治しか行なわなかった。武家政権はその轍は踏まない」

ということであれば、大いにこれを支援したはずだ。ところが鎌倉にやって来てみると、肝心な幕府そのものが、庶民の存在を忘れ、

「武士の利権の保持」

にうつつを抜かし、もっと悪いことに、

「北条得宗家の利権死守」

に狂奔している実態をまざまざと見せ付けられた。そしてこれに反抗する者は、次々と粛清される。北条氏執権政府は、すでに、

「血にまみれ、呪われた政権」

に成り果てていた。しかも、北条得宗家が企て、

「あの氏族を排除したい」

と言い出した時に、その排除の合戦に進んで身を挺した者が、今度は自分が滅ぼされるという繰り返しが何度も行なわれて来た。

正治二年（一二〇〇）の梶原景時の排除、建仁三年（一二〇三）の比企能員の排除、元久二年（一二〇五）の畠山重忠排除、建保元年（一二一三）の和田義盛排除、宝治元年（一二四七）の三浦泰村排除などは、これらの血なまぐさい歴史をどす黒い血で彩っていた。梶原景時は、源頼朝が伊豆の流人から蜂起して、

「平氏打倒」

の兵を挙げた時からの功臣だ。が、鎌倉幕府樹立の後に次第に勢力を伸ばしはじめたのを警戒した北条氏が、理由をつけて滅ぼしてしまった。比企能員は、源頼家と深い関係があり、その子一幡を擁立して、北条執権政府を打倒しようとした。これが憎まれて滅ぼされた。畠山重忠も源頼朝の幕府樹立の頃からの功臣である。しかし、あまりにも清廉潔白すぎて、権謀術策に満ちた北条一族にとっては実に煙たい存在であった。そのために滅ぼされた。和田義盛は、幕府草創期からの功臣で、侍所別当を務めていた。北鎌倉から大船方面に掛けての実力者で、鶴岡八幡宮を核とする鎌倉幕府には、無言の圧迫を加えていた。その圧力に耐えかねた北条得宗家は、ついに和田義盛を滅ぼした。この時、積極的に和田討伐に参加したのが三浦半島に拠点を構える三浦義村である。しかしその義村の子泰村も、北条時頼とこれに与する安達泰盛の謀計によって、宝治元年（一二四七）に滅ぼされてしまった。これを宝治合戦と呼んでいる。この時、三浦泰村は、

「事実無根だ。自分に謀反の企てなどない」

と悲痛な叫びをあげたが、それを無視して無理やり挑発し、泰村が兵を挙げるように仕向けた

のが安達泰盛だった。このように、

「他家を滅ぼす時に功績をあげた者が、今度は自分が滅ぼされる」

という繰り返しが行なわれている。だから今幕府最大の実力者に収まり返っている安達泰盛も、

「やがては、おれも滅ぼされる」

と嘯いている。

日蓮に帰依している武士たちは、こういう北条得宗家の執権政治に、心の中で不満を持ち、異議申し立ての気持ちを持っている者が多かった。かれらは純粋だ。したがって、

「鎌倉幕府は、たとえ武士の・武士による・武士のための政府であったとしても、その行なうところは当然庶民を救う政治でなければならない」

と考えていた。いってみれば、かれらが日蓮に帰依したのは、

「われわれ鎌倉幕府の御家人は、庶民を救うために誠実な政治を行なう。日蓮上人は、これを宗教の上から行なっている。その根源においては一致している」

と思っている。だから彼らの考えの底には、

「庶民救済という公の論理をあくまでも貫くべきであって、自己権力の増大や、利益の拡大を図るような私の論理は持つべきではない」

というわば、

「東国武士の初心と原点」

を純粋に保っていた。しかしこういう武士はいまの鎌倉幕府内から見れば、

「融通の利かない頑固武士」

と見られる。しかし日蓮に帰依する檀越たちは、

「そう見られることは構わない。しかし日蓮上人への信心を通じて、鎌倉幕府を正しい形に直したい」

と、いわば、

「幕府を初心・原点に戻す改革者」

をもって任じていた。

こういう流れから行くと、鎌倉幕府も二つの大きな層に分かれていた。
・北条得宗家派
・御家人派
である。北条得宗家は鎌倉幕府を代表するものだが、御家人武士たちが考える、

「御恩と奉公」

は、必ずしもそうは言い切れないものがあった。つまり関東一円の御家人と呼ばれる武士たちが考えるのは、

「自分たちの土地保有を安堵してくれる権力者」

としての鎌倉幕府である。だからこそ、

「その御恩を感じて、いざ鎌倉という場合には必ず駆け付ける」

という奉公の念を持ち続けていた。しかし東国武士は純朴だ。

「われらが御恩を感じ、奉公を厭わない幕府は、まず潔癖でなければならない。私利私欲を前面に出すような政権であってはならない」

という潔癖感を持っていた。しかし最近は全く違う。北条家は、執権の代を重ねる度に、次第に、

「北条一族の権勢を増大させる」

という方針をとり続けた。それがさらに絞られて、今度は、

「北条得宗家の権益をさらに増大させる」

という形に絞られはじめた。

「蒙古が日本を襲って来るから」

ということを口実に、西国諸国の守護の人事異動が行なわれている。地頭の異動も行なわれる。しかし新しく任命されるのはすべて、北条得宗家の息の掛かった武士ばかりだ。これには、更迭された武士だけでなく、周囲で見ている御家人たちも呆れた。

「北条得宗家は、日本国の守護・地頭人事を私している」

と見た。日蓮とその一派からいわせれば、

「すべて、北条得宗家の私の論理の悪用である」

ということになる。

そして、純粋に日蓮の教える、

「法華経こそ、日本における正教である」

という考えを信奉し、身を以てそれを実現している弟子たちと、また、

「民の暮らしをよくするための努力を行なうのが、鎌倉武士の務めである」

と考える御家人たちとの依拠するところは、共に、

「公の論理」

である。しかし、その論理をあまりにもはっきり表明し、これに違(たが)う宗旨をすべて、邪教として退けた日蓮は、そのために何度も法難(ほうなん)に遭わなければならなかった。しかし法難が重なれば重なるほどに日蓮は、

「これこそ、わが唱えが正しい証拠である」

として、むしろ喜んでその法難の渦の中に身を投げ込んで行った。そういう日蓮を見ていたから、弟子や檀越(だんのつ)たちも、

「お上人の生き方こそ、われわれの模範である」

として、今度は弟子として、あるいは檀越として世間から投げ掛けられる非難や、言葉の礫(つぶて)も甘んじて受けて来た。弟子や檀越たちも共に、日蓮と同じような、

「法難を受けることこそ、われわれの信仰が正しい証拠なのだ」

と思っている。

そして、日蓮が佐渡島へ流されたあと、鎌倉をはじめ各地に残った弟子や檀越・信徒たちが自分を支えて来たのは、

「日蓮上人の予告がすべて的中している」

という事実であった。蒙古のフビライからの国書の到来もそうだったし、鎌倉幕府内に起こる、

「政権争い」

もそうだった。つまり日蓮のいう、

「内憂外患」

が、予告どおり起こっていた。だからこそ、どんなに誹謗されようとも、残っていた信者は、

「お上人様のおっしゃったことが的中している。お上人様は正しい」

と言い返すことによって、身を保って来た。

その日蓮が、

「日蓮が予告したことがすべて的中したということは、わたし自身も今後口をつぐむが、おまえたちもいってはならない」

と告げる。

(一体これはどういうことなのだろうか？)

夷堂橋ほとりの小庵に集まった人々には、全く見当がつかなかった。むしろ困惑し、当惑し

ていた。佐渡島から戻ってきた日蓮が、一挙に弟子や檀越らが自分の心の支えとしてきた支柱を倒し、奪い去ってしまったからである。

十九

良観房忍性と、日蓮が激烈な衝突をしたのは、有名な、

「鎌倉の雨乞い事件」

であった。

文永八年（一二七一）は、春三月から夏の六月に至るまで、ずっと旱魃が続いていた。鎌倉の土地もからからに乾いた。前年、蒙古からの国書に対し、執権北条時宗は、

「返書を与えず」

と決定し、そのとおり実行した。しかしだからといってこの問題がそれで終わったわけではない。時宗は、

「蒙古はもう一度使者を送って来る」

と予知していた。事実、蒙古はこの年に国号を蒙古から元と変えた。中国風に国名を変えたのは、いよいよ本気で南宋を滅ぼそうという意図を明らかにしたのと同じであった。すでに鎌倉に根を据えた蘭渓道隆は、南宋にいた時の経験から、この事実を的確にとらえ、時宗に進言した。

「蒙古が元と国名を変えたのは、おそらく宋を滅ぼし、元に統合する意図を持ったためでありましょう。宋を滅ぼせば、その次は本気で日本を攻めて参ります。その時は、おそらく宋の軍勢も蒙古に使われることになりましょう。宋の軍勢の数は、蒙古軍の比ではなく、何十万とおります。容易ならぬ事態に立ち至りましょう」

といった。時宗はうなずき、

「おっしゃるとおりだと思います。鎮西（ちんぜい）の固めをより厳しく致しましょう」

といった。こういう背景があるから、時宗には春から夏にかけての日照りが、別な意味で気に掛かった。別な意味というのは、つまり日蓮のいう、

「正法が行なわれないから、この国は祟（たた）りを受けているのだ。善き神仏にも見放されたのだ。懲（こ）らしめのための神兵がやって来る」

という言葉だ。どうにも気に掛かって仕方がない。忌々（いまいま）しいが、日蓮のいうことは確かに当たっていた。

『立正安国論』において、日蓮はすでに、

「次々と襲う天災・地災は、すべて正法（しょうぼう）が行なわれずに、邪法が行なわれているためだ」

と言い切っている。時宗はその説には賛成しない。しかし現実に起こっているこの災害をどう切り抜ければいいかということは、やはり政府の責任だ。

そこで時宗は、極楽寺の長老良観房忍性に、

「雨乞いをお願いしたい」

と頼んだ。良観は喜んだ。というのは、良観もまた日蓮のいうことが一々癇に障っていた。しかし、かれ自身十種の大願を立てた時に、

「自分を怨み謗る者へも善友の思いを為す」

と、自分を叩く者に対しても叩き返さないという、平和的なヒューマニズムを表明している。自分でそれを破るわけにはいかない。が、忍性の心の底には、日蓮への憎しみが溢れんばかりにあった。

良観は宣言した。

「六月十八日から七日の間に、必ず雨を降らす」

生き仏様の良観が宣言したのだから、鎌倉の善男善女は大きな話題にした。良観の社会事業の恩恵を受けて、良観を生き仏様と尊敬する民衆も多い。そういう連中は、

「必ず生き仏様が雨を降らせてくださる」

と期待した。良観の雨乞いは今度が初めてではない。二年前の文永六年（一二六九）の時にも日照りが続いた。この時良観は、江ノ島に行って天に祈った。それが通じて雨が降った。したがって良観は、

「この度も、必ず雨を降らせてみせる」

と勢い込んでいた。こういう有様を見て、日蓮の弟子たちが日蓮にいった。

「巷の噂では、良観房の祈禱によって、必ず雨が降ると申しておりますが」

これに対して日蓮はニコリと笑うと強く首を振っていった。

「いや、雨は降らぬ。良観房は必ず恥を搔く」

「は？」

あまりにもはっきり言い切る師僧の言葉に、弟子たちは顔を見合わせた。予知力の優れた師僧ではあったが、良観房の祈禱によっても雨が降らないということを、なぜ見抜けるのだろうかと不思議だったからである。日蓮はいった。

「おまえたちも知っているように、わたしは安房の海辺の生まれだ。親は漁師だ。だから、小さい時からいつも天候には他人にはない注意を払って来た。そのように教えられた。だから、この鎌倉の海や空の様子を見ていれば、大体何時頃に雨が降りだすのか見当がつくのだ。六月十八日から七日の間に雨は絶対に降らぬ」

なるほどそういうことか、と弟子たちは微笑んで顔を見合わせた。

（お上人様のおっしゃることには、根拠があるのだ）

と感じた。こういう事件が起こると、日蓮はただ拱手傍観してはいない。積極的に挑発する。日蓮は、良観の弟子の周防房と入沢入道の二人を自分の草庵に招いた。

「何でしょう？」

普段から師の良観房忍性を悪し様にいわれていたから、周防房と入沢入道は露骨に挑戦的な表情できいた。

「あなたがたの師である良観房にお伝え願いたい」

「何をですか」

「雨乞いのことです」

「雨乞いの何を伝えるのですか?」

周防房と入沢入道はあくまでも喧嘩腰だ。

日蓮は根気強くいった。

「あなた方が私を憎むのは故ないことではなく、確かにわたしは前々から法華教を正法とし、律宗を国賊といってきました。そのためにおそらくあなた方も、この日蓮を悪僧と思っておられましょう。しかしこれは、どちらが正しいのでしょうか。その正しさを証明するのが、今度の良観御房の雨乞いだと思います。もしも、良観御房の祈禱が成功して、六月十八日から七日以内に雨が降った場合には、日蓮は自分が信じてきた法華経を捨てて、良観御房の弟子にしていただきます。そして、もちろん律を国賊と罵ったり、念仏を無間(むけん)地獄などといったことを悔い、これを取り消します。天下にお詫びを申します。しかし、もし六月十八日から七日の間に雨が降らなかった場合は、これは明らかに良観御房の負けです。良観御房が、わたしが告げてきたような偽善者でありまやかし者であることを天下に表明することになります。その時は、良観御房はもちろんのこと、あなた方お弟子や檀越に至るまで、すべて日蓮の弟子となって、法華経に帰依(きえ)していただきたい」

　そういった後、日蓮は、

「今回のことは、良観御房の西大寺流律(りつ)と、日蓮の天台法華(てんだいほっけ)の教えのいずれが正しいかを、天下に問う絶好の機会です」

　そう告げた。

　周防房と入沢入道は思わず顔を見合わせた。呼び出された用がそんなことだったからである。しかしこれは、良観側にすれば当然予想されたことだ。良観も、

「六月十八日から七日の間に必ず雨を降らす」

と宣言したことは、半分は日蓮に聞かせたつもりだ。自信があった。ところが日蓮は、生家の生業(なりわい)が漁民であったために、漁民としての感覚から、天候の状況をつぶさに知っていた。

　日蓮の頭の中にはすでに、

「雨が降るのはこの頃だ」

と月日の予測が立っていた。だから、

「その前は絶対に雨など降らぬ」

と言い切ったのである。

　この頃、鎌倉における日蓮の弟子は二百人を超えていたという。その大部分が、幕府御家人でありその家来であった。これは一大勢力だ。だから侍所所司平頼綱(たいらのよりつな)などは密偵を放って、

「だれとだれが日蓮の信者になったのか」

ということと、

「日蓮の草庵には、武器を隠匿していないか」

などということをしきりに探らせていた。二百人を超えるような武士団が、もし事を構えるようなことがあれば、これは大勢力になる。幕府としても放ってはおけない。平頼綱にすれば、

「日蓮とその信徒による謀反」

を事前に察知し、未然に防ごうと考えた。これはかれの職務柄当然のことであった。したがって、今日草庵に呼ばれた周防房も入沢入道も、日蓮の話を聞きながらも半分は、そういう面に意識を集中させていた。日蓮の草庵を出る時は、わざとぐずぐずして庭先や緑の下に、武器が隠されていないかどうかをしきりに探った。日蓮の弟子たちが気にした。が日蓮は、

「放っておきなさい」

という目をした。

去り際に、周防房も入沢入道も、

「良観御房が絶対に雨を降らせて見せる」

ということを信じていたので、日蓮の申し出でに対し、

「わかった。約束しよう」

と大きくうなずいた。日蓮に言質を与えてしまったのである。極楽寺に戻って良観にこのこと

を報告した。良観は二人が勝手に日蓮と約束したことを咎めなかった。というのは良観自身も、

「六月十八日から七日以内に、必ず雨を降らせてみせる」

と自信を持ち、また自分の法力を信じていたからである。だから咎めるどころではなく、良観は二人に、

「よき約束をしてきた。今度こそ、良観の法力を見せ付けて、日蓮の自慢の鼻を叩き折り、わが法力の下に跪かせてやる」

と言い切った。

六月十八日に良観は極楽寺の境内に総勢百二十四人の僧と共に、祈禱を始めた。しかし、この日も翌日も雨は降らない。良観と弟子たちは真夏のことなので汗だくになりながら、諸々の経を一心不乱に読み続けた。が、空は晴れ渡り、浜の砂はかんかん照りに焼けたままで一向に雨の降る気配はない。こうして、三日経ち、四日経ち五日経った。ついに良観は、業を煮やして同系の寺から二百人の僧の応援を頼んだ。合わせて三百数十人の僧が一心不乱に読経を続けたのである。しかし、七日目の朝が来ても雨は一向に降る気配は見せなかった。日蓮は良観の元に弟子を使いに出した。そして、

「雨乞いの祈禱を直ちにお止めなされ。約束どおり速やかに日蓮の門に下って、弟子となられよ。そうすれば、この日蓮がたちまち雨を降らす方法と仏になる道を教えてさしあげる」

と申し出た。良観は、

「何をいうか」

と相手にしない。しかし心の中は躍起になっていた。やむをえず良観は約束なので弟子を日蓮の所に行かせた。そうして、

「日延べをして貰いたい」

と頼んだ。日蓮は、

「どうぞ」

と頷いた。日蓮にすれば、

「いくら日延べをしようと、邪宗の僧が天に祈ったからとて雨が降るはずがない」

と思っていたからである。日蓮はこの機会を利用して、

「法華経が正しいのか、それとも他宗が正しいのか」

という公開討論を行なおうと思っていた。良観が日延べをした期間は祈りを始めてから二週間であった。約束の日、日蓮は何人かの弟子を供に連れて極楽寺へ行った。伝えによれば、この日、日蓮の一行の出で立ちは、高下駄を履き雨傘を持っていたという。つまり、

「雨が降った時の用意」

をして行ったのだ。しかしその雨は、良観たちが降らせるわけではない。日蓮が良観たちの代わりに祈って降らせるという触れ込みである。

日蓮一行は、現在の鎌倉市七里ヶ浜にある田辺ヶ池の岸辺に行った。そして、大空に向かって

大声で、

「南無妙法蓮華経」

と唱え出した。驚いたことに、暫く経つと天が動き出した。黒雲が湧き、一面に広がりはじめた。鎌倉の市民たちはびっくりした。空を仰いで、

「黒い雲が出た、雨が降るぞ！」

と騒ぎはじめた。そのとおりになった。日蓮はすっくと立ち上がりさらに声を張り上げて、

「南無妙法蓮華経」

と叫んだ。その叫びに応ずるかのように、天から音を立てて大粒の雨が降りはじめた。田辺ヶ池は落ちて来る雨の針に刺され、水面が一斉に泡立った。

鎌倉の人々は今更ながら、日蓮の超能力に目を瞠った。代わりに無残な敗北を喫したのが良観一味であった。

しかし、従来伝えられてきたこの話は、

「そんなことはあり得ない」

という否定説もかなり根強い。というのは、良観は当時の鎌倉だけでなく、かれを知る多くの日本人から、

「生き仏様」

と崇められる高僧である。その社会事業や、弱者救済の数々は、他に比類がないほど知れ亙っ

ている。

「そんな高僧が、当時新進の一介の僧でしかない日蓮に対抗して、雨乞い競争などするはずがない」

というものだ。おそらくそのとおりに違いない。良観は、自分が立てた、

「十種の大願」

の中で、

「われに怨害をなし毀謗を致す人にも善友の思いをなし、済度の方便とすること」

と自ら誓っている。済度というのは、人間を苦悩の大海から掬い上げることであり、方便というのは、衆生を仏の教えに導く仮の手段をいう。良観自身は、自分の信ずる宗旨が当然他宗から攻撃されたり批判されたりすることを承知していた。しかし、

「そういうことが起こった際も、非難する相手をよき友と思って、衆生を救済する手段に加えたい」

と大乗的な気持ちを持っていた。このとおりだろう。

ただ、だからといって良観の祈雨の失敗を、日蓮がそのまま見過ごしたとは思えない。当時のかれは、最初の攻撃目標を念仏に置き、次に禅を槍玉にあげ、最近では律も含めていた。当然、

「祈雨に失敗した良観御坊は、自ら邪法を悔いて山林に隠棲すべきだ。今までのように平然と権門に出入りしているのはおかしい」

という批判を公言したことは確かだろう。これが、良観ほかの僧たちに、

「日蓮憎し」

の気持ちをいよいよ奮い立たせた。火に油を注いだのである。

二十

鎌倉扇ヶ谷に浄光明寺という寺がある。この寺は、執権北条長時が創建したもので、この頃、真言・律・禅・浄土（念仏）四宗兼学の道場とされていた。住職が行敏という僧である。当時鎌倉における浄土宗の長老は、良忠と道光だった。行敏は良忠の弟子だった。念仏・禅・律と攻撃目標の範囲を大きく広げた日蓮は、行敏にとっては自分が経営している道場を全面的に否定されたに等しい。良観の祈雨が失敗した直後、行敏は日蓮憎しの思いを具体的な手段によって報復しようと考えた。この報復には、行敏の師良忠や、もうひとりの浄土宗の長老道教、さらに良観も暗黙のうちに了解を与えていたかもしれない。行敏は七月八日に日蓮のところに詰問状を出した。今風に文章を砕くと次のようになる。

「いま世間で噂しているとおりなら、貴僧のいうことは納得できない。法華の前で説く一切の諸教は、すべてこれ妄語だというがこの件。また、大小の戒律は世間を騙して、悪道に堕さしめるというがこの件。また念仏は無間地獄の業なりというがこの件。さらに禅宗は天魔の説だという

がこの件。ほんとうにそうなのかどうか、対面して黒白を明らかにしたい」

日蓮は喜んだ。かれが長年求めて来たものを、行敏の方から申し込んで来たからである。しかし、行敏の申し込みはいってみれば、

「私的な討論」

だ。そこで日蓮は返書を送った。それには、

「いろいろご不審のことについてお尋ねのご書状は確かに頂戴した。しかし、このことは非常に重大な問題なので、あなたと二人だけで討論をしても始まらない。幕府に申し出て、公開討論の場を設けて貰ってはいかがだろうか。そうすればわたくしは喜んで法論に応じます」

行敏は弱った。かれにすれば、日蓮と密（ひそ）かに討論をして、日蓮の鼻を叩き折り、事後そのことを大いに吹聴しようと企んでいたからである。行敏はやむをえず、師の良忠や道教、良観の三長老に相談した。幕府へ上申するということには合意したが、しかしそれは公開討論を行なうということではなかった。

「この際、他宗の非難をやめない日蓮を告訴しよう」

ということになった。しかしまさか長老たちが名を連ねる訳にはいかないので訴状は行敏の名によって提出することにした。訴状内容を解りやすく今風に改めると、次のようなものだった。
一、仏の教えは八万四千もあるのに、日蓮は法華経だけを正法（しょうぼう）とし、他をすべて邪法といっているがこの件。

二、日蓮は、念仏を無間地獄、禅を天魔の説、律を世間を騙す法だと批判しているがこの件。
三、日蓮の教えを信ずる無知の信徒たちは、今までの本尊である阿弥陀仏や観音像を焼き払い
　水に流すという大悪行を行なっているがこの件。
四、日蓮はその庵に凶徒を集め、武器を携(たずさ)えているがこの件。
訴状を受け取って喜んだのが幕府の侍所所司平頼綱だ。頼綱は熱心な念仏宗徒だったから、良忠や道教を尊敬していた。また、良観にも数々の社会事業に対して尊敬の念を払っていた。いってみれば、鎌倉における、

「最大の高級名士」

をまとめて日蓮が誹謗(ひぼう)していたのだから、前々から、

「おのれ日蓮め、機会があれば懲(こ)らしめてやる」

と狙いをつけていた。そこへ、良観の祈雨失敗事件の直後に、その息の掛かった行敏から訴状が出たので頼綱は目を輝かせた。他宗誹謗の罪は、頼綱たちが所管する「御成敗式目(ごせいばいしきもく)」には当てはまらない。単に、

「悪口をいってはならない」

という項目に該当するだけだ。それは前にもあって、伊豆流罪などによって処理済みだ。もっと他に罪状がいる。頼綱が特に眼を着けたのが、

「日蓮は庵に凶徒を集め、武器を蓄えている」

という項目であった。これは正しく御成敗式目にいう「反乱の罪」に相当する。

「しめた」

頼綱は喜んだ。この時代幕府の裁判は、

「訴えがあった時は、まず訴えられた者に反論を述べさせる」

という手続きを重んじていた。かなり民主的だった。そこで頼綱は日蓮に、行敏からの訴状を示し、

「申し述べることがあったら書き出すように」

と命じた。日蓮は、直ちに反論の弁（陳状という）を書き上げて幕府評定所へ提出した。内容は次のとおりである。

一について――釈迦の真の教えは法華経以外ない。したがって、法華経を正法とするのはこの世における真理である。法然の浄土念仏こそ、専従念仏といって他の経を否定しているのではないのか
二について――念仏・禅・律などの教えは、すべて釈迦の教えに背くものだ。このことは、諸々の経文によって明らかである。

三について――わたしの信徒が、阿弥陀仏や観音の像を焼いて水に流した事実は全くない。わたしを陥れようとする者の妄言である。事実だという確かな証人を出していただきたい。対決しよう。

四について——わたしが庵に凶徒を集めているというが、凶徒も仏の前では平等であり、必ず救われる。そのために、わたしは世に凶徒といわれるような人々にも法華経を唱えることを勧めている。武器を保管しているのは、法華経を守護するものであって、わたしもいつだれに襲われるかわからないために置いてあるものだ。これは、仏法も認めていることであって、国王が国を治めるのに武器を保つのと全く同様である。

こういうように日蓮は堂々と反論した。

読んだ頼綱はよけい腹を立てた。どこかいいくるめられたような気がしたのである。そこで頼綱は、執権北条時宗の所に行って、

「こういう訴えが出ており、評定衆の前で尋問したいと思いますがよろしゅうございますか」

と許可を求めた。時宗は、頼綱の話を聞いていたが、

「一度、日蓮のいうように公開の場で討論させたらどうだろう」

と言い出した。頼綱はびっくりした。呆れて時宗を見返し、

「何をおっしゃいますか。あなたの父上最明寺入道様も、極楽寺入道様も、共に禅や律に帰依なさっておられましたのに。そのようなことをおっしゃるものではござりませぬ」

と強硬に反対した。時宗は胸の中で、

（日蓮の自信の裏には何か根拠がある。それを確かめたい）

とかねがね思っていた。時宗が日蓮に関心を持つのは、

「日蓮がいっていることは、単に私的な動機からではない。国を思う憂国の情が溢れている。かれには、この国に対するいろいろな思いがあるはずだ。それを聞いて、役立つならば国政運営の参考にしたい」

と思っていたのである。しかし、日蓮を呼んでそんなことをすれば、幕府中が沸騰してしまう。行敏の訴えを機会に、日蓮のいうように、

「公開の場で討論を行なおう」

ということにすれば、黒白がはっきりする。同時にまた日蓮が何を考えているかも知ることができる。時宗はそう思っていた。その点、父の最明寺入道時頼とは少し考えが違った。頼綱にすればそんなことをされてはたまったものではない。場合によっては日蓮の方が口が達者だから、法論に勝つ場合がある。そんな結果になったら、やぶへびだ。何が何でも、評定所で日蓮に罪をなすり付け、できれば極刑に処したい。頼綱は今度の訴訟で、

「必ず日蓮の首を斬ってやる」

という日蓮処刑を企んでいた。

時宗は頼綱の猛烈な反対にあって、渋い顔をした。そこで、

「わかった。評定を開くがよい」

と裁判を許可した。

九月十日、日蓮の裁判が開かれた。日蓮は現場に行って驚いた。自分が被告扱いを受けていた

からである。日蓮は、

「行敏の訴えに対し陳状を提出しておいたのだから、訴えが正しいのか、自分の陳状が正しいのか黒白を付けるための公開討論が認められた」

と思っていた。つまり訴えた行敏との討論を、評定衆が聞いた上で、

「どちらが正しいか」

という判断をすると思っていたのである。

ところが評定所に呼び出されたのは日蓮一人だった。日蓮は怪訝(けげん)な表情になった。正面に侍所所司の平頼綱が裁判長のような立場で座っている。右手には評定衆筆頭の安達泰盛(あだちやすもり)がいた。左側には寺社奉行の宿屋最信(やどやさいしん)がじっとこっちを見つめている。脇にずらりと評定衆が並んでいた。しかし、日蓮はとっさに、

(こういうこともあるのだ)

と腹を括(くく)った。そして、

(今日は、自分の思うことを存分に評定衆に話そう)

と心を決めた。現執権時宗の父時頼に、

『立正安国論』

を提出して黙殺されて以来、こんな機会は一度もなかった。日蓮にすれば、絶好の機会なのだ。

日蓮にはこういうように、

「追い詰められた土壇場からの逆襲」

を行なう得意技があった。かれは腹を据えた。

平頼綱が尋問を始めた。行敏の訴状を順に読み上げ、それに対する日蓮の陳状を読み上げた。評定衆たちが、両者を比較して判断できるようにしたのである。こういう点は、先入観や固定観念が頼綱の頭の中に凝り固まっていたとしても、かなり裁きは公平だといっていいだろう。

　余談になるが、現在、

「日蓮の真筆」

といわれる文書類が沢山保存されている。いわゆる、

「御書」

と呼ばれるものだ。これらの文書の中には、日蓮が佐渡に流されていた時に信者から送られた手紙に対する返書や、それ以前の伊豆流罪中の日蓮が書き送ったものも沢山ある。

このことは、鎌倉幕府が日蓮の出した手紙の検閲をしたり、あるいは検閲の結果、

「こんなけしからん手紙は相手に届けるわけにはいかない」

と、途中で引き裂いたり焼却してしまうようなことに全くならなかったということだ。日本では、戦争中に、いわゆる、

「検閲制度」

が行き渡り、特に兵舎内にいる兵士と家族のやり取りでも、その手紙の内容に一部不穏当な箇

所があれば、墨で塗り潰されたり、あるいは手紙そのものが途中で破却されたりした。そういうことを考えると、鎌倉幕府のやり方はかなり民主的だったといえる。日蓮の書いた手紙の中には、それでなくてもかなり不穏当な文言が多い。日蓮の主張は常に首尾一貫していたからだ。にもかかわらず、鎌倉幕府側の役人がそのまま相手に届けたということは、

「日蓮は相変わらず同じことをいっている」

と思ったことがあるだろうが、しかし全体に、

「検閲制度」

が、後世のように神経質なまでにぴりぴりしていなかったことを物語る。こういう点は、いろいろと非難される幕府政治だが、

「言論の自由」

という角度から見ると、相当器量が大きかったと考えた方がいいだろう。だからこそ、日蓮が書いた激越な文言のある手紙類も、今日そのまま保存されるような結果を生んだ。

頼綱の居丈高(いたけだか)な問い掛けに、日蓮は落ち着いて自分の所信を述べた。頼綱は、行敏の訴状の一、二の項目に関し、突然こんなことをきいた。

「日蓮、その方は常々、法華経だけを正法(しょうぼう)とし、念仏無間(むけん)地獄、禅天魔(てんま)などと申しているが、それでは尋ねる。禅や律などを信仰しておられた、故最明寺入道時頼様も、極楽寺入道重時様も、いま地獄に落ちていると申すのか？」

この質問に、評定衆はピッと緊張した。頼綱が思い切ったことを尋ねたからだ。寺社奉行の宿屋最信も、頼綱の言葉ににわかに肩を固くし、日蓮を睨み付けるように見た。宿屋最信自身が、念仏と律に帰依していたからである。宿屋最信は、日蓮が、『立正安国論』を、いま頼綱が口にした故最明寺入道時頼に提出した時、その仲介の労をとった人物である。かれの思想は複雑で、いってみれば、

「表面は念仏と律に帰依し、心情的には日蓮の説に傾いている」

という、微妙な日蓮シンパといっていい。

(頼綱殿の問い掛けに、日蓮はどう答えるか)

と興味津々であった。日蓮は誰の目にもはっきりわかるほど、大きくうなずいた。

「釈尊の正しい教えである法華経を謗る者は、誰であれ地獄に落ちることは経文に記されたとおりでございます。この際申し上げますが、わたくしは何も自分の宗旨を広め、おのが暮らしを贅沢にしたいからといって、このようなことを申し上げているわけではございません。法華経を国教とし、この日蓮を国司として、大きな寺を建て、柔らかい絹に身を包まれたいなどとは微塵も考えておりません。日蓮が、法華経こそ唯一の釈迦の正しい教えだと申し上げるのは、そのことによってこの日本国を正しい姿に戻したいからであります。念仏・禅・律などを説く僧は、表面は迷える衆生を導くかのごとく見えますが、実はその体内に悪鬼が潜んでおり、いよいよこの国を誤った方向に導いております。もしも、この日蓮の申す事をお用いなく、理不尽にもこの

日蓮を罰することがあれば、きっとこの国に後悔すべきことが起こります。なぜなら、日蓮は仏の使いであり、この国唯一の正法護持の人間だからであります」

そう言い切った。頼綱は真っ赤になった。そして、

「たわけたことを申すな！」

と声を上げた。そして、

「その方を罰した時に起こる、後悔すべきこととはどのようなことか？」

と迫った。日蓮は静かに頼綱を見返してこう答えた。

「おそらく、諸神仏の罰が次々と現れます。もしもわたくしを流罪か死罪にするようなことがあれば、その直後から必ず自界叛逆（じかいほんぎゃく）と、他国侵逼（たこくしんぴつ）の二難が現れましょう」

「自界叛逆とは何か？」

「いうまでもなく、北条ご一門の間に、内乱が起こるということでございます。北条ご一門同士が、殺し合うということでございます」

これを聞くと、頼綱は一瞬沈黙した。こめかみに、ヒクヒクと青い静脈が浮いた。脇にいた安達泰盛が、周囲にわかるように小さな笑い声を立てた。そして、

「なかなか面白いことをいう」

と一人うなずいた。安達泰盛は今鎌倉幕府内で、御家人代表としての最大の実力者だ。最近は、

「得宗北条家と北条家代表の平頼綱と、御家人代表の安達泰盛との間に険悪な空気が漂っている。

両者の衝突は間近だ」

といわれていた。平頼綱ももちろんその噂を聞いていたから、日蓮の露骨な言い方に思わずたじろいだのである。頼綱自身、

（いつか安達泰盛一味を討ち滅ぼさなければ、得宗北条家の立場が危うくなる）

と思っていた。それをこの席で、はからずも日蓮に指摘されたように思えた。だからかっとした。しかし怒りを日蓮に叩きつける訳にはいかない。そこで、

「もうひとつの他国侵逼の難とは何のことか？」

と尋ねた。日蓮は落ち着いて答えた。

「いうまでもなく蒙古国の日本侵略のことでございます」

この答えにも、評定衆たちはどよめいた。思わず顔を見合わせた。これも幕府の幹部たちが一番気にしている緊急課題だったからだ。かれらは日蓮がここにいる宿屋最信を通じて、死んだ最明寺入道時頼に『立正安国論』を提出したことを知っていた。時頼は日蓮の数度の催促にもかかわらず、この意見書を握り潰した。しかし身近な人間たちには、

「日蓮という僧が、こういう事を書いてきた」

という内容は漏(も)らした。したがって、日蓮が『立正安国論』の中に書き込んだ事は、かなりの人々が知っていた。だからこそ、日蓮は念仏や禅を信ずる暴徒たちに、松葉ヶ谷(まつばがやつ)の庵を襲われ、やがては伊豆に流罪になったのだ。

二十一

あの頃から、一部の人々の間には、

「日蓮のいっていることは的中するのではないか」

と囁かれていた。評定衆の中にも、日蓮をそういう意味で恐れている武士が何人もいた。

幕府の儒官に比企大学三郎能本という学者がいる。伝えられるところによれば、

「比企一族」

といわれる。比企一族の棟梁だった能員は、かつて、

「幕府に謀反の企てあり」

ということで誅殺されていた。もし能本がその一族だとすれば、

「北条一族によって滅ぼされた有力外様武士」

の流れを引くことになる。そういう人物を幕府の高官にするのは、普通なら頷けない話だが、
北条一族はよくこういうことをやる。つまり、

「自分を怨んでいるであろう人物を、抱き込んで重要なポストに就ける」

という抱き込み人事を行なう。大学三郎能本もその一人だった。しかし大学三郎能本は、かつて儒官として京都在住中、叡山留学中の日蓮に、儒学や国学を教えたことがあった。そんな縁も

あって、かねてから日蓮を尊敬していた。日蓮が書いた『立正安国論』も実をいえば、この大学三郎能本が校閲をしている。日蓮は、

「わたくしは経文には明るくても、武士の文章には暗うございます。申し述べたいことを文章に致しましたが、適切でない表現がありましたら遠慮なくお直しください」

と頼んだ。大学三郎は快く校閲を引き受けた。仲介に当たったた時頼側近の宿屋最信は、このことを正確に平頼綱に報告している。したがって頼綱も、普段から、

「大学三郎のやつは、日蓮の同調者であって油断がならない」

と警戒している。ところが大学三郎は、安達泰盛の大のお気に入りだった。泰盛は大学三郎から、

「日蓮の主張は、単に自分の宗旨を拡張したいがためではありません。憂国の情にかられて、この国のあり方、鎌倉幕府のあり方を憂慮して、ああいう極端な説を唱えているのです。確かに日蓮に比べれば、他の宗派の代表は権力にとり入り、大寺を構え、本当に庶民を済度(さいど)するつもりがあるのかどうか、疑わしい面も多々ございます。日蓮の主張は必ずしも退けるべきではありません」

と進言していた。安達泰盛は政治家だ。思惑がある。それは、

「得宗北条家を押さえて、御家人武士の言い分がもっと通るような幕府にしたい」

ということである。だからかれは、北条一族があまり行きたがらない九州のたとえば肥後(ひご)(熊

本県）の守護にも、自分が進んでその任に就くということをやっていた。これはすべて、

「北条家は頼りにならないが、安達殿だけはわれわれの味方だ」

という、御家人武士の気持ちを一身に引き付けようとする策であった。したがって、比企家の血筋を引くという大学三郎能本が接近して来たことを大いに喜んだ。世間から見れば、

「北条得宗家に怨みを持つ比企家の子孫が、御家人代表の安達泰盛に接近している」

と思うだろう。普通の人間だったらそんなことをすれば、

「北条得宗家から疑われる」

として、必死になってそういう噂をもみ消し、火のないところに立った煙りを払い除けようとするに違いない。泰盛は逆だった。

「世間にそう思わせた方が、得宗家も警戒の念を怠るまい。それによって、おれの実力を示すいい機会ができる」

と思っていた。安達泰盛は御家人の代表として、

「北条得宗家の利益よりも、御家人全体の利益をはかる」

ことを考えていた。その意味では、

「あくまでも北条得宗家の力を拡充強化したい」

と考える忠実な執事の平頼綱とは、真っ向から対立する。

平頼綱は、自分の性急な問い掛けが、評定衆の間にわだかまっている、

「北条得宗家代表と御家人代表の対立」

を、こんな場にまで引き出してしまったことを後悔した。しまったと思ったが、取り返しはつかない。そこで、評定の内容を別な方向に引っ張ろうとした。頼綱はこうきいた。

「行敏の訴えによれば、その方の庵に凶徒の群れが多く集まっているそうだが」

「凶徒と申していいかどうかわかりませぬが、ただこの世に生きるためにやむをえず悪事を犯した者たちでございます。しかしたちまちそのことを悔いて、この日蓮に救済を願い出た者でございます。現在は仏も、正法を念ずるこの者たちの心根を哀れに思われ、必ず救われると信じております」

「屁理屈を申すな」

頼綱は怒鳴った。また顔を鬼のように真っ赤にしてきいた。

「その方の庵には、槍・長刀などの武器が保管されているというが？」

「これもすでに陳状に書いたとおりでございます。正法を守るための武器は、仏法の認めているところでございます」

「詭弁を弄するな。幕法によれば、武士以外が武器を携えることは禁止されている。承知か？」

「存じております。しかし」

日蓮は顔を上げていった。

「幕法が直接執り行なわれておりますこの鎌倉においても、日蓮を憎み徒党を組んで襲おうとする輩が絶えませぬ。すでに、日蓮は何度かこの群れに襲われております。もしも、お役人の方で、これらの暴挙をお取り締まりいただければ、日蓮は別に武器を携える必要はございません」

「その方が暴徒に襲われるのは自業自得だ。あまりにも、他宗を非難攻撃するからだ」

平頼綱は冷笑を浮かべそう言い捨てた。しかし、これは頼綱が語るに落ちたといっていい。本音が出たのである。日蓮は黙した。頼綱は告げた。

「ひとまず去れ。その方をどう処分するかは、われわれ評定衆において協議する」

「………」

日蓮は何もいわずに一礼して、その場から去った。

残った評定衆はほっと肩を落として息をついた。やはりかれらにとっての日蓮の答弁は、度肝を抜くようなものが多かった。評定衆は緊張の連続だった。

頼綱は安達泰盛を見ずにこういった。

「行敏が訴えたように、日蓮が自宗に固執するあまり、他宗を一切認めずに誹謗していることは方々もお聴きになったとおりだ。ましてや、念仏無間、禅天魔、律国賊などと不埒なことを申しておる。さらに、亡くなられた最明寺入道殿（時頼）、極楽寺入道殿（重時）が地獄に堕ちたなどと申す。不埒な発言にとどめがない。しかも、行敏の訴えどおり庵に凶徒を匿い、しかも武器を夥しく保管していると本人も否定はしなかった。この一事だけでも許せぬ。極刑に処すべきであると思うが、いかがか」

そういった。

安達泰盛がきいた。

「極刑とは？」

平頼綱は初めて安達泰盛の方へ向き直り、こう答えた。

「いうまでもなく、斬罪に処するということでございます」

安達泰盛は御家人代表だけではない。時宗の妻の実兄であり、また養父でもあった。兄妹の父が早く死んだので、泰盛が父親代わりに妹を育てたのである。その時宗の妻になった妹は、いま妊娠していた。

「赤子が生まれた時は、わしの妻が乳母（うば）になろう」

といっていた。同族思いの発言だが、世間ではそうは受け取らない。

「妹を執権の妻にしただけでなく、その産む子の面倒まで見ようとしている」

と、泰盛の勢力拡張の野心を正確に見抜いていた。それだけに、

「内管領（うちかんれい）」

と呼ばれるようになった執事の平頼綱も、いきおい敬語を使わざるを得なかった。

「日蓮を斬罪に処したい」

という頼綱に、安達泰盛は大声をあげて笑い、

「そんな大袈裟（おおげさ）な」

といった。

「大袈裟ではございませぬ。日蓮の罪は許し難いものがあります」

「大寺に住むことなく、辻説法に終始している一介の僧だ。それ程大袈裟なことを考えなくてもよい。流罪でよい」

泰盛はそう告げた。実をいえば頼綱も、執権の時宗からクギを刺されていた。

「どんなことがあっても、日蓮を斬罪に処すようなことをしてはならない。そんなことをすれば、騒ぎが大きくなる」

といった。時宗にすれば、そういう言い方をした方が頼綱は理解がし易いと思ったからである。

時宗は、まだ心の一部に、

「日蓮のいっている事は正しいのではないか」

と思っている。特に大学三郎能本がいう、

「日蓮は憂国の僧だ。この国のあり方、幕府のあり方を心配して、あのような極端な論を告げているのだ」

ということに、かなりの関心を持っていた。頼綱は言い返した。

「日蓮は最後に、もしも自分を流罪や死罪にするような事があれば、北条家内部に内乱が起こり、しかも蒙古国が時を移さずにこの日本に攻めて来るなどと妄言を申しました。あの一言だけでも許せません」

「それはわからんぞ。案外に日蓮のいっていることが的中するかも知れぬ」

安達泰盛は笑みを失わずにそういった。しかし眼の底は冷たく冷え、鋭く光を放っていた。頼綱は背筋を寒くした。しかし、臆せずに見返した。その眼は、

（いずれは、あなたも北条得宗家に謀反（むほん）を起こすおつもりですか？）

ときいていた。

評定衆の中にも、日蓮に同情的な見方をする者がいる。この日の評定は結論が出なかった。結局、

「日蓮を逮捕し、再度吟味する」

というところで折り合った。しかし、平頼綱にすれば、こういう決定を得ただけでも鬼の首でも取ったような気になった。かれはすでに、

（安達泰盛殿や、評定衆の目に見えぬところで日蓮を処刑する）

と心を決めた。

二日後の九月十二日の昼間、侍所所司平頼綱は、百人ほどの武装した兵を率いて、名越（なごえ）の日蓮の庵に向かった。日蓮は、

「数百人の兵が押し寄せて来た」

と書いているが、これは日蓮一流の誇張した言い方で、実際には百人に満たぬ人数だったろう。

日蓮の方は、九月十日の尋問が終わった直後から、

「自分は逮捕され、何らかの罰を受ける」

と覚悟していた。そこで、心配して集まって来た弟子や檀越たちに、改めて『立正安国論』の趣旨を語り、

「各々方にもあるいは累が及ぶかもしれぬが、決して心を乱さぬように」

と説いていた。そこへ頼綱一行が踏み込んで来た。中には、

「お上人様に無礼を働くな！」

といきり立って、抵抗する者もいたが、日蓮は止めた。

「静かに。静かになされ」

そういって自分から縛に就いた。この時、頼綱の部下の一人が、庵の中の調度類をひっくり返し、法華経の一巻で、いきなり、

「売僧！」

と叫び、したたかに日蓮の顔面を打った。この部下は、かつて日蓮の弟子だったが、考えを変えて頼綱に擦り寄っていたといわれる。真偽の程はわからない。

日蓮を逮捕した頼綱は、意気揚々と馬に乗り、わざと鎌倉の大路を引き回すように日蓮を引っ張って歩いた。やがて評定所へ連行した。そして、

「日蓮、罪を認めるか」

と居丈高に怒鳴った。日蓮はぐいと顔を上げ頼綱を見返した。そして、

「ご承知のとおり、日蓮は日本国の棟梁（とうりょう）である。このわたしを罰することは日本国の柱を倒すことになる。そのようなことを行なえば必ず先日も申したような、自界叛逆（じかいほんぎゃく）と他国侵逼（たこくしんぴつ）の二難が起こる。場合によっては、日本国民は、蒙古国人に打ち殺され生け捕りにされる。この際、思い切って建長寺、寿福寺、極楽寺、大仏殿、長楽寺などの寺を焼き払い、念仏者や、禅僧などの首を斬（き）られたい。そして、日蓮が申すように法華経を国教とされたい」

といった。頼綱は猛（たけ）り狂った。

「まだそのようなことを申すのか！」

と日蓮を睨（にら）み付けた。しかし日蓮は悪びれたところは全くない。静かに頼綱を見返すだけである。

頼綱は日蓮に告げた。

「御成敗式目の第十二条違反により、その方を佐渡島流罪とする」

といった。日蓮は、何もいわなかった。しかし心の中では、

（わたしを流罪にすれば、必ず自界叛逆と他国侵逼の二難が起こる）

と固く信じていた。佐渡島は、守護が北条一門の大仏宣時（おさらぎのぶとき）である。しかし大仏宣時は、常に鎌倉に居住していたので、地頭として本間重連（ほんましげつら）が現地の管理に当たっていた。そこで日蓮はまず、地頭の本間重連の屋敷がある依智（えち）に連行されることになった。ここから佐渡へ送られるのである。

二十二

　こうして有名な、

「竜ノ口の法難」

が起こる。平頼綱にすれば、

「佐渡島へ流罪とする」

というのは表向きだけであって、実際には、

「竜ノ口の刑場で、日蓮の首を斬る」

と心を決めていた。この時の有様は、いろいろな書物に書き残されている。いざ日蓮の首を斬る段になった時に、突然空に異様な光り物が飛び、頼綱以下役人たちの目をくらましたという話である。頼綱の部下たちは恐れた。それは、常々、

「日蓮上人はただモノではない。超能力を持っている」

という噂があったし、事実光り物が空を流星のように飛び走ったことに、かれらは、

「やはり噂は本物だ」

と信じ込んだ。太刀を振り上げた役人は、あまりの眩しさに思わず刀を取り落とし、恐れおののいた。ほかの役人たちは、一斉に逃げ去ってしまった。頼綱が、

「戻れ、恐れるな！」

といきり立っても、いうことを聞かない。取り残された日蓮は、

「なにをなさっておられる。早くこの日蓮の首を斬られよ」

と叱咤したが、恐れて近寄る者はだれもいなかった。

この直前、鶴岡の八幡宮社前を通過する時に、日蓮が突然馬を降りて、

「八幡大菩薩に物申す！」

と、今回の法難の理不尽なことを八幡大菩薩に向かって抗議したことも有名だ。しかし、猛り狂っている頼綱たちは、

「日蓮め、首を斬られる段になったら八幡大菩薩に助けを求めている」

と冷笑した。極楽寺坂の切通しを通るときに、日蓮は連れていた弟子の少年を使いに出した。この近所に、かれの有力な檀越である四条金吾頼基が住んでいたからである。頼基は北条一門の江馬氏に仕え、早くから日蓮に帰依してきた。使いを受けた頼基は驚いて飛び出して来た。そして、事態を正確に見抜いた。頼基は日蓮が乗せられた馬の首に摑まり、

「このうえは、この金吾が、お上人が赴かれる霊山浄土への先導をつとめます」

といって、いきなり刀を抜いて立腹を切ろうとした。日蓮は止めた。

「金吾殿、お志は有り難いが、それはなりませぬ。この国始まって以来、法華経のために命を捨てた者はだれもおりませぬ。日蓮が初めてその例になります。したがって、このことは悲しむべ

きことではなく、逆に喜ぶべきことです。日蓮は、日本唯一の法華経の行者です。どうかその最期をしっかりと見届けたうえで、今後正法の弘通につとめていただきたい」

そう告げた。頼基は、溢れる涙を押さえることもなく、刀を抜いたまま日蓮の乗った馬の脇に寄り添った。目は爛々と輝き、

「へたなことをしたら、この頼基が承知せぬぞ」

という気迫を示した。役人たちは頼基を恐れた。しかし頼綱は、

「頼基、そこをどけ。あくまでも日蓮を守るとあれば、幕府に対する反逆の罪に問うぞ」

と脅した。しかし頼基はびくともしない。

「どうぞ、思うようになされよ。この頼基の生命は、兼ねてからすでにお上人様に捧げている」

と言い返した。

しかし、伝えられるこれらの話にかなり疑問を持つ評者が多い。つまり、こういう法難話というのは、すぐれた宗教家に伴う一種の奇譚なのだ。信者たちが、

「そうあってほしい」

ということが、そのまま事実であるかの如き話に変わる。それは日蓮にしても、すべてかれが語り残したことが事実だとは限らない。日蓮自身が、

「そうありたい」

と願うことが、そのまま事実となって語り伝えられたこともあるだろう。いってみれば、宗教

家やその信者たちには、

「宗教的真実あるいは信仰的真実」

というのがある。全然別な世界だが、たとえば元禄年間に奥の細道を辿った俳聖芭蕉が、日本海側で、
荒海や　佐渡に横たふ　天の河
という句を詠んだ。しかし供をした曽良の随行日記によれば、この日は雨で、空の星など見えなかったという。同時にまた、地理学者たちがみても、

「佐渡島に、天の河（銀河）が横たうようなことはない」

と、芭蕉に詠み込まれた光景を否定する。しかし、これは普通の人間にはわからない次元のできごとであって、芭蕉にすれば、

「芸術的現実」

というのがある。だから芭蕉の心に則って、佐渡島を見れば、

「天の河が横たわっているように見える」

ということもあり得るのだ。いわば、

「現実にはなくても、芸術的次元においては起こり得る光景」

のひとつなのである。日蓮にまつわる数々の奇跡も、この類だろう。

おそらく事実は、急を知った執権北条時宗が、

「頼綱よ、ばかなことはやめろ」

ということで、

「処刑中止」

の命令を急ぎ発したにちがいない。もともと時宗は、頼綱に、

「日蓮の首を斬れ」

などとは命じていない。逆に、

「そんなことをすれば騒ぎになるから、せめて流罪に止めよ」

と告げたはずだ。それを頼綱の方が勝手に、私意によって、

「日蓮を竜ノ口で処刑する」

と触れてしまっていたのだ。真実は、執権時宗の、

「処刑中止の命令」

が、頼綱のところに届けられたと見るのが自然だろう。これが九月十三日の午前一時ごろから三時ごろの出来事だったという。

翌日昼ごろに、日蓮は相模国依智の本間邸に入った。そして、ここから佐渡に流された。

「日蓮に与する不埒な者」

として、名を書き出された者が二百六十余人いたという。かれらには、人によって、

「放火・強盗・殺人」

という罪名が着せられた。しかし、現実にそういう罪名で処分された者はいなかった。やはり、そんなことをすれば、

「高僧忍性上人たちも、そこまで卑劣なことをなさるのか」

という鎌倉市民の世論が起こるのを恐れたためだ。

弟子の中では、日蓮が最も信頼していた日朗ほか四人が逮捕された。そして寺社奉行宿屋最信の屋敷の後ろにある土牢に監禁された。この土牢は、最信の屋敷跡だといわれる行時山光則寺内に、現在も霊窟として保存されている。この時、宿屋最信は日朗のあまりにも師を思う心根に打たれて、ついに、

「法華宗に帰依する」

と、従来の念仏や律を捨てて、日朗の門人になったという。そうして建てたのが、日蓮宗の行時山光則寺だと伝えられる。この宿屋最信については、よく、

「宿屋光則」

と書かれているが、実際には光則というのはかれの息子の名で、行時というのがかれの名であったということは前に書いた。

しかし、平頼綱の弾圧は、日蓮宗徒にとってやはり大打撃になった。後に、佐渡から日蓮が送った手紙の中には、

「弟子や信徒たちの多くが、日蓮を見捨てた。千人のうち九百九十九人は堕ちた」

と表現している。日蓮にすれば、当然予想されたことであった。しかし実際には日蓮がいうように、

「千人のうち九百九十九人が教えを捨てた」

という事態は起こっていない。かれが佐渡に流された後も相変わらず、日蓮を慕い、その教えを受けたいと願い続ける信徒・檀越は多かった。中には、自ら、佐渡の島を訪ねて、日蓮に差し入れをしたり、改めてその教えを請うた者も沢山いた。

身延入山

二十三

佐渡島からの流罪を赦免され、評定所に呼び出された日蓮は、平頼綱との面談を終えた後に、夷堂の草庵で、次々と弟子や檀越にとって、意外といわざるを得ない悲壮な決意を語った。弟子や檀越たちは途方に暮れた。思わず顔を見合った。

日蓮は文永十一年（一二七四）五月十二日に、鎌倉を出発して甲斐国身延山に向かった。四、五人の弟子を供に連れていた。この日の夜は、酒匂に泊まり、翌十三日に竹ノ下に着いた。十四日に車返を経て、十五日に大宮を通り、十六日に目的地の南部に着いた。そして、十七日に日蓮を招いてくれた南部実長の邸に入った。

南部実長は、波木井郷を支配していたので、別に波木井実長とも呼ばれていた。家は八幡太郎義家の弟新羅三郎義光の曾孫である加賀美次郎遠光の三男光行を先祖としている。後世盛岡に拠点を置いた南部氏はこの流れである。

身延山は富士川の西岸にある身延山地の峰の一つだ。海抜一一五三メートルといわれる。実長が支配していた地域は、身延山地や天子山地、そしてその中央を流れる富士川の支流である波木井川沿いに狭い平地があったが、これらを含めて領地としていた。日蓮が入山する前は、身延は「蓑夫」と書いていたという。山の形が、蓑を着た農夫がうずくまっている姿に似ていたことからこんな名が付いたのだという。

　波木井実長は、日蓮が佐渡にいた頃から、

「もう鎌倉などに行かずに、わたしの領地である身延においでください」

と何度も誘っていた。しかし、佐渡を出た日蓮には、もう一度鎌倉に行って、やらなければならないことがあったので、この招待を棚上げにしたまま、日蓮のいう、

「最後の諫暁（かんぎょう）」

に出掛けたのである。そしてこの諫暁は失敗した。日蓮は、

「三度諫暁しても用いられなかったのだから、鎌倉を去る」

と決意した。

　さて、ここで問題がある。それは日蓮が連れた、

「四、五人の弟子」

というのは一体誰と誰なのかということだ。常識的に考えれば、日蓮が入寂（にゅうじゃく）した時に、いわゆる「六老僧（ろくろうそう）」に指名した――日昭（にっしょう）、日朗（にちろう）、日興（にっこう）、日向（にこう）、日頂（にっちょう）、日持（にちじ）の六人である。失意の念を抱いた偉大な思想家や宗教家が、

「ここにいたのでは、自分の志が遂げられない」

として、別な土地に移る時に、弟子を連れて行くとすれば、

「自分の志をよく理解し、やがてはそれを自分に代わって広めてくれる者」

という考えを持つだろう。移った土地でさらにその志を強化拡充し、たとえばその指導者が亡くなった後に、弟子たちがそれぞれの地方に分散して、

「師の志」

を広めるという形である。

ところが日蓮の場合は、どうもそうは思えない。かれの場合には、

「すでに自分の志を理解し、十分に独立して教えを広める能力のある者」

と判定した弟子に対しては、

「鎌倉に残るか、あるいはそれぞれの拠点に行って、自分の教えを広めてほしい」

と告げたのではないかと思われる。したがって、後に六老僧に指名される六人の弟子が、そのまま身延への供をしたとは思えない。

「まだ修行が十分でなく、もう少し鍛えなければだめだ」

と思われるような若い僧を連れて行ったのではなかろうか。そうなると、その後の布教活動を見ていると、日昭と日朗は鎌倉に残って布教を続け、日持と日興はそれぞれ拠点とする駿河方面において教宣（きょうせん）の拡大をはかったのではないかと思われる。となると、身延へ供をした弟子というのは、日高（にっこう）、日頂、そして日向あたりが考えられる。四、五人の弟子とあるから、他にもまだいたのだろうが、これら史実に残らない弟子だったのだろうか。

松葉ヶ谷（まつばがやつ）の小庵にしても、現在でも、

「ここがそれだ」

といわれる寺（地域）が三カ所もある。おそらく三カ所とも正しいのではなかろうか。時に応じて日蓮が拠点を移すということが十分に考えられる。また、平頼綱が、

「庵に武器を置いているではないか」

と詰問（きつもん）した時に日蓮が、

「置いている」

と答えたのは、何も鎌倉幕府に反抗しようとしたり、あるいは自分を襲う他宗の信徒たちを防ぐという意味だけではなかろう。当時の鎌倉はやはり日本有数の都市だ。当然富も集まる。そうなれば、その富を盗もうとする盗賊の類（たぐい）が跳梁跋扈（ちょうりょうばっこ）することも十分にある。事実、そういう事が行なわれていた。そこで自己の生命や財産を守るために、日蓮だけでなく一般の庶民までも、刀や槍を持っていたことは十分に考えられる。別に不思議なことではない。それを、

「武士以外、武器を保持してはならない」

などと規制すること自体がおかしいのだ。それならば、鎌倉幕府の責任において、

「鎌倉市民が安心して暮らせるような治安の維持」

をまず行なってから、そういうことをいうべきだ。したがって、近世の江戸時代におけるような、日本国内の治安状況をそのまま鎌倉時代に当てはめても無理だ。日蓮の生きていた時代は、もっと殺伐として荒々しい時代だったからである。

そこで身延へ供をした四、五人の弟子の中で、日蓮に最も接近していた弟子を、ここでは仮に日高・日頂・日向の三人を軸にしておきたい。この四、五人の弟子がだれであるかということについては、筆者も可能な限り先学のご著書をいろいろと勉強させていただいたが、ついに実名を発見することはできなかった。あるいはご存じの先学がおられた時は、ぜひご叱責をお願いしたい。

日高は大田乗明（おおたじょうみょう）の子だ。後に中山法華寺の最高指導者になる。大田乗明は下総（しもうさ）中山に在住する武士であった。しかし御家人かどうかははっきりしない。越中にも領地を持っていたという。漢学に詳しく、当時としては識字能力が非常に高かったという。いまでいえば最高のインテリといっていい。日高はその子だ。中山法華寺は日蓮に早くから帰依（きえ）していた富木常忍（ときつねのぶ）が自分の屋敷を寺にしたものだが、常忍が死んだ後は日高が引き継いだ。

日頂は駿河の生まれだが、富木常忍の養子になった。幼い時から日蓮の弟子となり、佐渡にも供をして細かい生活の面倒を見た。したがって、日蓮の気質はよく知り抜いていたし、また日蓮の方も日頂のことを重宝していた。日蓮は日頂のことを、

「学生（がくしょう）、器量の者」

と呼んでいた。学才があっただけでなく、日常生活の面倒見も非常に細（こま）かく気がつく才覚を持っていたということだろう。

二人に関わりのある富木常忍は、富木五郎常忍といい、法名を日常（にちじょう）といった。下総国の守護

千葉氏の有力被官（ひかん）だった。しかし、武官としてよりも文官として仕えていたという。下総八幡の庄若宮（千葉県市川市）に住んでいた。仕事の関係で、よく鎌倉と往来した。そして鎌倉に行った時に日蓮を知り、たちまちその教えに魅せられて帰依した。これが建長五年（一二五三）の頃だったという。

日向は、安房男金（東金）の生まれで、十三歳の時に日蓮に帰依した。日蓮が入寂した後には、藻原（もばら）（茂原）を中心に布教に努力する。

日蓮に、無私の気持ちを持って献身的な尽くし方をするという意味では、日朗がその最たるものだ。

「日蓮の赴くところ、常に陰に日朗あり」

といわれたほど、日蓮と日朗はいわば、一心同体的な師弟関係があった。しかし、身延へ供をする日高・日頂・日向の三人も、日蓮に対する気持ちの注ぎ方は、兄弟子日朗にも劣らない。純粋無垢（むく）に日蓮に尽くしていた。しかし三人とも、今度の身延行きには多少不満だった。日蓮がたとえ、

「三度諫暁（かんぎょう）しても、これが用いられない時は山中に去る」

といっても、どうもその宣言が、

「敗北を認めた負け犬の論理」

に思えたからである。したがって鎌倉を出る時から、三人はこもごもこのことを日蓮に問い質（ただ）

した。問い質したというよりも、愚痴をぶつけたといった方がいい。ところが日蓮は、夷堂橋脇の小庵で示した沈痛な面持ちとは違って、若い弟子たちには柔和な微笑みを見せてこう答えた。

「いずれわかる」

これを聞いた三人は思わず顔を見合わせた。いずれわかるといっても、三人にとっては若気の気負いで、

「お上人様には、ぜひともこの鎌倉に止まってほしい」

という希望があったから、身延山中へ去るということは、そのまま、

「鎌倉から逃亡する」

と思えた。そのために、身延へ行くという宣言を聞いたのちも、何度も止めた。

「このまま鎌倉で、今までのようにお教えを衆生にお示しください」

と頼んだ。しかし日蓮は聞かなかった。

「わたしはもともと自分の説を立てて布教をしてきたわけではない。読みに読んで、読み抜いたお経の中から一つの考えを引き出しただけだ。そして、古語に三度諫言しても用いられない時は去るという言葉がある。これに従うまでだ。したがって、わたしがお経を読み抜いて考えたことと、この三度諫言しても用いられない時は去るということとは同じことなのだ」

といった。しかし、三人はもちろんのことほかの高弟たちにとっても、まだ釈然としないものがあった。それは弟子だけではない。日蓮を支持する鎌倉武士の四条金吾、池上宗仲・宗長兄弟、

富木常忍、南条時光、宿屋最信、あるいは幕府内の儒官である比企能本などにも、必ずしも納得できることではなかった。共通して感じたのは、

「お上人は、あまりにも過酷だった佐渡島の暮らしにお疲れになったのではなかろうか」

ということである。肉体的疲労だけではなく、精神面においても弱さが出たのではないかということだ。そうであれば、それもやむを得まいと思った。しかし弟子やこれら武士たちが考えたのは、

「しばらくお休みになって、心身共に健康がご回復になった時は、またかつてのようなあの荒々しくも、頼り甲斐のある布教を続けていただきたい」

ということであった。しかし日蓮はそれを放棄した。

「あくまでも、鎌倉を去る」

といって聞かない。どこか、消化不良的な曖昧な雰囲気が、そのまま鎌倉に残った人々の間に残された。日蓮はそれを振り切って旅立った。

二十四

日蓮を迎えた波木井(南部)実長は、相好を崩して喜んだ。そして、

「直ちに、十間四方の堂をお建て申します。それまではこの屋敷でゆるゆるとお過ごしくださ

い」

といった。日蓮は首を横に振った。

「いや、十間四方というのは大き過ぎます。せいぜい三間四方の小庵をお願い申します」

「しかし、身延の山中は冬になれば寒気が厳しく、われわれでも過ごしにくい厳しいところです。お上人の徳を慕って、おいおい訪ねる人も増えるでしょうから、初めから大きくしておいた方がいいと思いますが」

「いえ、ぜひ三間四方の小庵をお願い申します」

日蓮は譲らなかった。実長は苦笑し、

「わかりました。思し召しのとおりに致します」

とすぐ三間四方の小庵の建築に取り掛かってくれた。日蓮は毎日、工事現場に出掛けて行って小庵がつくられる過程を見た。大工が、

「お上人様、なにかご注文が？」

ときくと、日蓮はにこやかに笑って首を横に振った。

「いえ、どうか思いのままにお造りください。有り難いことです」

そういって、両手を合わせ、大工たちに、

「南無妙法蓮華経」

と唱題した。実長も暇を見ては工事現場にやって来た。実長の方は黙っていない。

「こら、そんなに手を抜くな。そこは風が厳しく入るところだ。もう少ししっかりと造れ」

と次々と注文を出した。実長はこの頃五十三歳である。

この身延山一帯は、到着した日蓮にどのような印象を与えていたのだろうか。

日蓮が佐渡へ流されると決まった時に、日蓮自身が、

「帰依した信者のうち、千人のうち九百九十九人が去った」

とやや誇張したことを書いている。つまり、弟子たちが恐れを成して四散してしまったということだろう。その中に、東条郷（とうじょう）の領家の大尼と呼ばれる女性がいた。日蓮が身延山に入ると、再び日蓮を慕い、

「御本尊を賜り（たまわ）たい」

といって来た。この時大尼は、嫁の新尼と共に、東条で採れたあま海苔（のり）を送って来た。日蓮は、例によって丁寧な返書を書いた。海苔の礼をいい、しかし本尊を賜りたいという要求に対しては、

「新尼には与えるが、大尼には与えない」

と言い切った。日蓮にとって、自分自身は、

「千人のうち九百九十九人は去った」

と観念はしていても、その背信行為は絶対に許せなかったのである。したがって、一旦去った大尼に対しては御本尊は授けない。新しく帰依（きえ）した嫁の新尼には授けるということだ。この時、この新尼に対して書いた返書の中で、

「身延という所はこういう所だ」

と説明している。

「この所をば身延の嶽と申す。駿河の国は南にあたりたり。かの国は浮島がはらの海がは（際）より、この甲斐の国波木井の郷身延の嶺へは百余里に及ぶ。余の道千里よりもわづらわし。富士河と申し日本第一のはやき河、北より南へ流れたり。この河は東西は高山なり。谷深く、左右は大石にして高き屏風を立て並べたるがごとくなり。河の水は筒の中に強兵が矢を射出したるがごとし。この河の左右の岸をつたい、或は河を渡り、或る時は河はやく石多ければ、舟破れて微塵となる。かかる所をすぎゆきて、身延の嶺と申す大山あり。東は天子の嶺、南は鷹取の嶺、西は七面の嶺、北は身延の嶺なり。高き屏風を四つついたて（衝立）たるがごとし。峯に上りてみれば草木森森たり。谷に下りてたづぬれば大石連連たり。大狼の音山に充満し、猨（猿）のなき（声）谷にひびき、鹿のつま（妻）をこ（恋）うる音あはれしく、蟬のひびきかまびすし（やかましい）。春の花は夏にさき、秋の菓（実）は冬になる」

そして、

「たまたま見掛ける人は樵であり、あるいは時々この小庵を訪ねて来るのは、昔ながらの知人だ。中国の古い時代に、竹林の七賢が跡を隠した山もこうではなかっただろうか。たまに嶺に上って、若芽が生えたのかと思えばそうではなく、蕨が生えていた。谷に下って今度送ってくださったようなあま海苔が生えたのかとみれば、そうではなく芹が茂っていたのを見誤った」

さらに、

「故郷のことははるかに思い忘れていたのに、今送ってくださったあま海苔を見て、いろいろなことが思い出されます。故郷では、片海、市川、小湊の磯のほとりで昔見た海苔だ。色も形も味わいも変わらないのに、どうしてわたしの父母だけが変わってしまったのだろうかと思うと、方角違いの恨めしさに涙も押さえ難い」

などと書いている。情感に溢れた美しい文章だ。

身延山の自然の光景は、このとおりだったのだろうが、日蓮のこれら自然に対する認識は、その後次第に変わって行く。

「天竺の霊山、この処に来れり。唐土の天台山、親りここに見る。……昼夜に法華経をよみ、朝暮に摩訶止観を談ずれば、霊山浄土にも相似たり、天台山にも異ならず」

これは、松野殿女房に書いた手紙の一節だ。日蓮にとって、ここに住み着いているうちに次第に、身延山が、

「天竺の霊山」

に思えてきた。ということは、日蓮自身の存在もまた、

「仏にさらに一歩近付いた」

ということではなかっただろうか。

しかし、身延に着いた時点における日蓮の認識は、必ずしもそうではなかった。日蓮が身延に

着いたのは、五月十七日のことだったが、この日すぐ日蓮は有力な檀越である常忍に、到着の手紙を書いている。

けかち（飢渇）申ばかりなし。米一合もうらず。がし（餓死）しぬべし。此御房たち（鎌倉から供をして来た弟子たち）もみなかへして但一人候べし。このよしを御房たちにもかたらせ給。十二日さかわ、十三日たけのした、十四日くるまがへし、十五日をゝみや、十六日なんぶ、十七日このところ。いまださだまらずといえども、たいし（大旨）はこの山中心中に叶て候へば、しばらくは候はんずらむ。結句は一人にな（り）て日本国に流浪すべきみにて候。又たちとゞまるみならば、げざん（見参）に入候べし。恐々謹言。

日蓮（花押）

とき（富木）どの

この文章を見ると、米一合もなく、すぐ飢え死にするような状況なので、いつまでもここにいるかどうかわからない。結局は、

「たった一人で、日本中を流浪するようになるだろう」

と、甚だ心細いことを書いている。ただ、

「この地が気に入って、長く逗留するようなことになれば、お目にかかることもあろう」

と一抹の希望を残している。しかしこの手紙には気になるところが一カ所ある。それは冒頭の、

「此御房たちもみなかへして但一人候べし」

という箇所だ。つまり、

「鎌倉からついて来た弟子も全部返して、たった一人になった」

という意味だ。そうなると、筆者が書いた、

「鎌倉を出て身延へ向かった日蓮は六老僧になる弟子を全部連れていたわけではなく、推測されるのは、日高、日頂、日向の三人ぐらいではなかったろうか」

という言い方も、修正せざるを得なくなる。つまり、日蓮が、

「身延に着いたときは、弟子も全部戻す」

ということであれば、何も鎌倉を出る時に弟子に対し、

「誰とだれが供をせよ」

と選別する必要はなくなる。

「来たい者は全部来てよい。しかし、身延に着いたらすぐ戻れよ」

といえば足りる。話を進めるにはどうもこの方が都合がいいような気もする。そこで、前説を改めて、やがて六老僧となる弟子たちが一応全部供をして行ったと考えてみよう。

波木井実長の好意で、一応身延山中に三間四方の小庵ができた。ここに入った日蓮は、改めて弟子たちと別離の集いを開いた。日蓮はよく、

「異体同心」

という言葉を使う。弟子の中で、日昭はかつて成弁と称し日蓮と比叡山に学んだこともあり、そこで日蓮と出会った。年齢も同じだ。したがって日蓮にすれば、

「心の通いあえる同志」

的な存在だった。そこへ行くと、

「日蓮の行くところ、必ず日朗あり」

といわれた日朗は、日蓮の教義に対しては、微塵も疑いを持たない。教えられたことをすべて衆生に広めようとする。したがって、鎌倉を出た時から最も疑問を持っていた。そこで日蓮が、身延山中の小庵で、

「ご苦労であった。ここからそれぞれ鎌倉などへ戻られるように」

と告げたときは、不満を込めてくって掛かるような口調になった。

二十五

「お上人様に、この際改めて伺いたいことがございます」

「何だね?」

どうせそういう問い掛けが飛んで来ると思っていたので、日蓮は静かに日朗を見返した。この

時の後の六老僧の年齢を書けば、日朗二十九歳、日昭五十三歳、日興二十八歳、日向二十一歳、日頂二十八歳、日持二十四歳である。もちろん日蓮は五十三歳であった。日昭と同年だ。

日朗はきいた。

「佐渡からお帰りになったお上人様は、侍所所司平頼綱殿とご会見の折に、蒙古国襲来は今年中であろうと予言されました。わたくしどもは今までの経緯から見ても、必ずこの予言が的中すると信じております。にもかかわらず、侍所からお帰りになったお上人様は、夷堂の庵でわたくしどもに、二度と蒙古国襲来の予言的中を口にしてはならぬと仰せられました。あれは、いかがな理由によるものでございましょうか？」

「うむ」

日蓮はやや疲れたように目を伏せた。佐渡島の流罪生活が、著しく健康を損なっていたので、この身延へ来る時も相当に苦しそうだった。

「ここで、しばらくお休みになって、お体が元にお戻りになってからご出発になった方がよろしいのではございませぬか」

供をして来た弟子たちはこもごもそう勧めた。しかし日蓮は、

「いや、身延へ急ごう。波木井殿を待たせるわけにはいかぬ」

といって無理を重ねて来たのである。したがって、疲労がかなり募っていた。弟子たちにしても、

「ここまでお疲れになっているお上人様に、無理をお尋ねすることは心苦しい」

とは思っている。しかし日蓮から、

「急いでここから戻りなさい」

といわれてしまったので、

「このことだけは是非聞いておかなければ戻るにも戻れない」

というのが弟子たちに共通した気持ちであった。日蓮はやがて目を上げた。そしてポツリとこういった。

「蒙古国は、まだ日本を襲ってはいない」

「は？」

意外な答えに日朗は思わず周りにいた他の弟子の顔を見た。他の弟子たちも一斉に日朗を見返す。日朗は再び日蓮の方へ向き直った。そしてきいた。

「しかし、今年中には必ず来るというのがお上人様のご予想でございましょう」

「そうだ。だからそれを待っている」

「？」

日朗はいよいよ理解できない顔をした。日蓮が今までにこんなことをいったことはない。もっと自信に満ちて、断定的に何でも話してくれた。ところが今目の前にいる日蓮には、気のせいかためらいがある。考えたことを、必ずしもそのまま言葉にはしていない。距離を置いている。

（なぜだろう？）

日朗は疑問に思った。そこでさらにきいた。

「お伺い辛うございますが、お上人様はもしや、蒙古国は日本を襲わないともお考えなのでございますか」

「ちがう。蒙古国は必ず襲って来る」

「夷堂の庵では、蒙古国が日本を襲うのは、日本を去ったよき神々や仏たちが、日本を懲らしめるために神兵を遣わすというようなことをおっしゃいましたが」

「そのとおりだ。法華経を国の教えとしない鎌倉執権政府が治めるこの国を、懲らしめるために蒙古国が神兵としてやって来る」

「そこまでおっしゃるのであれば、なぜ鎌倉にお残りになって、今のお言葉を人々にお告げにはならないのでございますか」

「だから、先程申したように蒙古国が来るのを待っている。来なければ話にならぬ」

「もし、蒙古国が日本を襲わぬ場合は？」

周りのものがはっとするようなことを日朗はあえて口にした。思わず先輩の日昭が、

「日朗、それは少しいい過ぎだぞ」

と制止した。日朗は日昭の妹の子だ。甥になる。だから、覇気溢れる日朗に、歯向かうことはなかなか他の弟子にはできないのだが、日昭の場合は平気だ。が、日朗は光る目を伯父に向けて

言い返した。

「いや、これは大切なことでございます。わたくしはぜひともこの点をお伺いして、お教えをいただかなければ鎌倉に戻ることができません。ぜひ、この際お上人様のお教えをいただきたいのです」

火を吐くような日朗の言葉に、日昭は黙った。そして日蓮を見返した。そんな日昭と日朗のやり取りを静かな目で見ていた日蓮は、やがてこういった。

「もし、蒙古国が日本に来ぬようならば、この日蓮が誤っていたことになる」

「予想がでございますか」

「違う」

日蓮はゆるく首を横に振った。

「では何が違うとおっしゃるのでございますか」

性急に畳み込むような日朗に、日蓮は静かに微笑した。深い光りを湛(たた)えた目で日朗を見返し、こういった。

「日蓮の犯した罪がまだ許されていないということだ」

「お上人様が何の罪を?」

日朗はびっくりして聞き返した。日朗にすれば、

「師のお上人様は、罪のかけらも犯してはおられない」

という思いがあったからである。この発言も日蓮にしては初めてである。日朗以外の弟子たちもびっくりして日蓮を見返した。日蓮は静かに弟子たちを見渡しながらこういった。

「わたしの罪というのは謗法のことだ」

「なにを仰せられますか」

弟子たちの思いを代表して日昭がいった。聞き捨てならぬといった面持ちだ。

「謗法を犯したのは、念仏、禅、律、それに真言の徒でございましょう。法華経を唯一の仏の教えとなさるお上人様が、謗法を犯したなどということはいかなることでございますか」

「日昭よ」

日蓮は微笑んだ。

「今生のわたしは謗法の罪など犯してはおらぬ。むしろ、法華経を唯一の仏の教えとするわたしだけが正しい。わたしが罪を犯したのは、過去世だ」

「過去世？」

日昭以下の門人が思わず日蓮が口にした言葉を復誦した。過去世というのは前世以前のことである。したがって日蓮は、

「現世においては全く罪は犯していない。しかし、過去世においてはわからない」

ということだ。意外な言葉に弟子たちはまた顔を見合わせた。いぶかしげな表情を浮かべている弟子たちに日蓮は静かにいった。

「過去世のことはわたし自身にも記憶はない。しかしあるいは過去世において、わたしも謗法の罪を犯したのかも知れぬ。となれば、わたしが伊豆に流され、刀刃の難に遭い、また竜ノ口で首を斬られようとしたのもそのためだ。佐渡に流されたのもそのためである。つまり過去世における謗法の罪の罰を、今生において受けたということだ」

「そのようなことはございますまい」

日昭が弟子たちを代表していった。

「まあさかお上人様が、たとえ過去世においても謗法の罪を犯すなどは考えもつきませぬ」

「わからん。いいか」

日蓮は改めて告げた。さっき見せた心身の疲れはどこかへ吹き飛んだ。弟子たちが今まで何度も見た、目が光り、体のあらゆる小さな穴から、強い気（オーラ）が発するような元の日蓮に戻っていた。

「もし、わたしが過去世において謗法の罪を犯していたとすれば、その罪の償いはすでに佐渡流罪で済んでいる。したがって、今の日蓮はもはや罪人ではない。仏の招きに応じて地涌の菩薩代表としての上行菩薩である。改めて、仏がこの日本において法華経の大切さを説けとお命じになったものだ。その自信は今も変わってはいない」

「では、なぜ鎌倉を捨ててこの身延のような侘しい山中にお住まいになるのでございますか」

また日朗が悲痛な声をあげた。日蓮は日朗を見返した。

「さっきも告げたように、日蓮の日蓮たる所以（ゆえん）を示すのは、蒙古国が日本を襲うこと以外ないからだ。それを待ちたい。もし蒙古国が今年中にでも襲うようなことがあれば、その時から日蓮はもう一度自分の教えを全国に説きまくる」

そういった。火を吐（は）くような言葉だった。弟子たちは圧倒された。しかし日蓮がなぜ、

「蒙古国の日本来襲を待つ」

といっているのかは正確には摑（つか）めない。弟子たちは口には出さなかったが、その疑問を目に浮かべて一斉に日蓮を凝視（ぎょうし）した。日蓮にも弟子たちの疑問がどこにあるかは正確にわかった。そこでこういった。

「実をいえば、わたしは迷っている。わたし自身は、たとえ過去世において謗法の罪を犯したとしても、それは佐渡流罪においてすでに償い得たと信じている。しかし、そうであるかどうかは蒙古国がこの国を襲うかどうかによって定まる。もし蒙古国が日本を襲わなければ、日蓮の罪はまだ償われていないのだ。しかし、鎌倉幕府はすでに日蓮を赦免した。となれば、残る罪は日蓮が自ら償わなければならぬ。したがって、蒙古国がもし来なければ、日蓮が自分で自分を罰する行ないをこの身延の山中で行ないたい。それが身延入山の理由の一つである」

力を込めた発言をすると、やはり体力の消耗が甚（はなは）だしいのだろう。終（しま）いの方の日蓮の語尾は多少かすれた。そこで深い吐息をつくと、気力を整えた。日蓮は続けた。

「もうひとつ改めておまえたちに告げておきたいことがある。それは竜ノ口の難に遭った時に、

不思議なる光が海を走り渡ったので、日蓮はかろうじて命を長らえた。つまり首を斬られずに済んだ。しかし日蓮自身は、あの時に首を斬られたと思っている。つまりあの夜日蓮は死んだのだ」

「………」

弟子たちは揃って理解できない目を日蓮に向けた。若い日高や日頂たちは、次第に理解できなくなった表情を浮かべている。日蓮はいった。

「いまおまえたちが見ている日蓮は、日蓮の魂魄である。肉体ではない」

弟子たちの間に軽いどよめきの声が起こった。お上人様は何ということをおっしゃるのだと思ったからだ。

「そんな！」

日朗が泣くような呻き声を立てた。

「お上人様！　そのようなことを仰せられては、わたくしどもはどのように生きて行けばよいのでございましょうか」

泣くような声であった。しかし日蓮は微笑んだ。

「日朗よ、何をうろたえるのだ。たとえ魂魄であろうと、日蓮はおまえたちと共にある。共に語り、共に法華経の教えを世に伝える。何の差し障りもない。ただ、日蓮はあの夜、竜ノ口で死んだのだ。魂魄だけがこの世にとどまっている。そう理解してもらいたい」

「…………」

二十六

弟子たちは次第に不思議な気分になって行った。日蓮のいうことが少しずつわかりはじめたからである。弟子たちが理解しはじめたことを察した日蓮は、さらに調子を落とした語調になってこう告げた。

「したがって、蒙古国が日本を襲うことがあれば、それは日本を去ったよき仏神の遣わした神兵であるという考えは今も変わらない。おそらく神仏の意が正しければ、この国は一旦は滅ぼされる。そしてその時こそ、この日蓮が唱える法華経こそ唯一の仏の教えであるということを、この国の人々、特に鎌倉の執権殿はじめ平頼綱殿たちも含めて、すべての武士に伝えることになるのだ。その期を、日蓮はこの身延山中で待ちたい」

「……！」

弟子たちは顔を見合わせた。しかしさっきとは違っていた。完全に日蓮の志を理解した表情である。

(そういうことだったのか)

弟子たちの目は、互いにそう語り合った。弟子たちの心の一部には、

（お上人様は、佐渡流罪中に心身共にお疲れになって、その締め括りを侍所所司の平頼綱殿にされてしまった。つまり、とどめを刺されたのだ。お上人様は落胆失望し、ついに鎌倉を去って身延の山中に逃避なされるのか）

　というような情けない思いが湧いていたことは確かである。が、そうではなかった。弟子たちの思いに追い討ちをかけるように日蓮はこういった。

「この日蓮が、法華経こそ仏の正しい教えであるという考えはいささかも変えてはおらぬ。しかし、今まで何度も説き続け、同時に鎌倉幕府にもその様に申しても一向にお取り上げにならぬ。『立正安国論』以来、日蓮が自界叛逆と他国侵逼の二大難を主張して来たことはおまえたちも良く知るとおりだ。が、幕府は本気にせぬ。この様な争いをいつまで続けていても、無駄な労力を費やすばかりだ。そこで日蓮は、佐渡から戻る時に、もう一度だけ幕府に諫暁を行なおう。しかし聞き入れぬ時は、別な手立てを講じようと心を決めた。別の手立てというのは、この日蓮のいうことが的中するかしないかを、蒙古国が日本を襲うか襲わないかによって確かめようとしたのだ。したがって、身延山中に身を置くのは、その推移をしかと見届けるためである。日蓮は一歩も引いてはおらぬ。むしろ、これから前に出て行くために、しばしこの身延山中で心身を鍛えるのだ。わかるか？」

　弟子たちは一斉に、

「わかります」

と声を立てた。日蓮はにっこり笑った。

「それでよい。したがって、おまえたちに鎌倉はじめそれぞれの地域に戻れというのも、この日蓮と心を一つにして、その日の来るのを待てということだ。しかし待つといっても、ただ拱手傍観していてはならぬ。変わらずに、法華経こそ仏の唯一の教えであるということは説き続けよ。その時に今までのように、他国侵逼の予告が的中する、などとは一切申してはならぬ。沈黙せよ。自界叛逆は、すでに北条一族の醜い争いの連続によってだれもが知っておる。まだまだこれは続く。そうすれば、蒙古国来襲と共に、自界叛逆を予告したこの日蓮の考えが改めて正しいと認識されるだろう。いいな？」

「はい」

弟子たちは納得した。新しい希望が湧いた。

（お上人様は、さらに一歩高い所へお出でになったのだ）

と感じ取れた。日蓮はさらに続けた。

「蒙古国がこの国を襲った時は、まさしく日蓮は地涌の上行菩薩になる。しかし蒙古国が襲わぬ時は、日蓮が過去世において犯した謗法の罪が許されておらぬということだ。その時は改めて、この身延山中で日蓮が己の身を責め抜く」

日蓮は自分の頭の中を整理するかのように、同じことを繰り返した。

暫く間を置いて、日朗がぽつんとこんなことをきいた。

「お上人様、蒙古国がこの日本を攻めた時に、もしも九州の武士たちが結束して蒙古国を撃退するような時はいかがなりましょうか」

「その時は、蒙古国は良き仏神の遣わされた神兵ではないことになる。あるいは、神兵だとしても、この国を支配している悪鬼や悪魔の力の方が強いということになる」

「それを防ぐためには、いかような策がございましょうか」

「日蓮とおまえたちによる、法華経をこの国の正しい教えとする以外ない。敵国調伏の祈りを、この日蓮に祈念させることだけが、日本を救うことになる」

「心強いお言葉を承って、わたくしども一同、明日からの希望が湧きました」

「希望が湧いたというのは、今までは落胆していたのか？」

日蓮がからかった。日朗は頷いた。

「左様でございます。あまりにもお疲れになったお上人様のお姿を見、また鎌倉の夷堂脇の庵における話を承った時は、一同全く心を失い、闇夜の中に投げ出されたような思いでございました。なあ」

日朗は、若い日高や日頂に顔を向けた。日高と日頂は、ちらと日蓮を見て顔を赤くしながらも頷いた。日蓮は笑った。そして堂の中から外を見ながらこういった。

「日蓮にとって、この地は天竺の霊山である。唐土の天台山が目の当たりこの山に再現されたのだ。昼夜法華経を読み続ければ、必ず蒙古国が日本を襲って来るであろう。そのときこそ、この日蓮が先頭に立って敵国調伏の祈りをあげる。この身延は正しく霊山である」

「はい」

日蓮の言葉に、集うた弟子たちのいずれもが、

「身延の山は霊山だ」

と認識した。日朗がきいた。

「お諭しによって、わたくしどもは一旦は山を下ります。しかし、どうしても迷いが生じた時は、この山をお訪ねしてもよろしゅうございましょうか？」

「よい。遠慮なく訪ねて来てほしい」

「ありがとうございます」

日蓮と日朗とのやり取りに、他の弟子たちもほっと胸をなで下ろした。

日蓮が、波木井（南部）実長が造ってくれた小庵に移ったのは六月十七日のことである。そして、この年の十月五日、ついに蒙古が従属した高麗の軍と連合して、対馬、壱岐を侵略した。日蓮が平頼綱に告げた、

「蒙古は今年やって来る」

という予言が匡に的中したのである。

二十七

文永十一年（一二七四）の正月、元（文永八年に蒙古は国名をこう改めていた）は、高麗（朝鮮）に対し、

「日本攻略のための大船を建造せよ」

と命じた。高麗側は、一月十五日から造船を始めた。造船所は、全州道の辺山と羅州道の天冠山という海辺の山が選ばれた。これは、背後がすぐ山で船の材料にする木が沢山あったからである。工事人として実に三万五千人が集められた。この糧食もすべて、高麗側の負担とされた。建造船は、

・大船三百艘
・軽疾舟（高速船）三百艘
・給水用の小舟三百艘
　計九百艘

であった。船の形態は、

「南中国式でなく、高麗式にせよ」

と指定された。ところが、この南中国式でなく高麗式というのは、かなり簡便化されたもので、

近海を航海するのには適しているが、荒海を乗り越える遠洋航海には適さない。これもまた、後に元・高麗連合軍が、九州で起こった大風のために大きな損害を受ける一つの原因になった。

三月になると、世祖フビライは忻都(きんと)や洪茶丘(こうちゃきゅう)らの将軍に、

「日本を征伐せよ」

と命令し、

「七月に出発せよ」

と命じた。五月中旬には、世祖が派遣した征討兵一万五千人が高麗に到着した。六月十六日に、突貫工事を行なった高麗側の造船が完成し、九百艘が出来上がった。元の日本遠征軍は、次のような編成になる。

・忻都指揮　四千五百人
・洪茶丘指揮　五百人
・新しく派遣された元軍　一万五千人
計　元軍約二万人
　　高麗軍約六千人
合計二万五千人から六千人
船を操る水夫たち高麗負担分　六千七百人

全体の統率には忻都があたり、都元帥（総司令官）と称した。忻都はモンゴル人である。右副

元帥には洪茶丘が任命された。洪は高麗人である。しかし、祖父の代からモンゴル王朝に仕えていたという。左副元帥は劉復亨（りゅうふくこう）、中国山東省の出身で、メンゲ・ハーンの西域遠征にも従軍し、功績を上げたという。都督使（ととくし）は金方慶（きんほうけい）、高麗の将軍である。

この頃、高麗では苦労の多かった元宗が薨（こう）じた。そこで、元宗の息子諶（たん）が、元から高麗に戻り即位した。忠烈王（ちゅうれつおう）になる。かれは、元にいたとき世祖の女（むすめ）クツルガイミシを妻にしていた。

しかし、元宗の死去によって、その葬儀などの儀式があって、日本侵略軍の出発は数カ月遅れた。十月三日になってようやく合浦（がっぽ）を出港し、いよいよ日本に向かった。

この頃、日本側は果たしてどの様な防備体制を取っていたのだろうか。

最近良く使われる言葉に、

「危機管理」

というのがある。字引を引くと「危機」というのは、

「生命が脅かされ、そのものの存立基盤が危うくなると思われる、絶対絶命の事態、ピンチ（危機）をいう」

とある。しかしこの「危機」は、襲われる側の属する層によって違う。つまり国家レベル、地方レベル、地域レベル、あるいは個人レベルによってもその内容が違う。国家的な危機というのは、

「大規模な地震、大停電、全国的な通信情報網の断絶、テロ、あるいは国際紛争などによって、

その国自体の存立が危ぶまれる状況」

をいう。そう考えると、この時の元・高麗連合軍の日本侵略は、まさに、

「日本の国家的危機」

といっていい。これに対応するのは当然、鎌倉幕府である。

この時執権北条時宗が取った措置は、わずかに、

「異国警固番役」

の設置である。そして、それまで諸国の御家人に命じていた、

「大番役」

を免ずると同時に、

「大番役を免ずるから、九州に行って異国警固番役を務めよ」

と命じた。大番役というのは、地方の御家人が鎌倉や京都に出仕して、顎足自分持ちで警護の任にあたることをいう。交替勤務だ。これを廃止してしまったのだから、鎌倉の方は関東近辺から武士を動員することができたとしても、京都の方はすっかりがらがらになってしまった。当然皇族や公家が文句をいう。しかし、時宗は突っ撥ねた。

「それどころではありません」

ということだ。

九州地方の御家人は、すべて元・高麗軍が押し寄せて来ると予想される北九州一帯に集結させ

られた。総指揮は、北九州の有力守護である少弐(しように)氏が執(と)ることになった。このころ御家人代表で幕府最大の実力者である安達泰盛(あだちやすもり)の息子盛宗(もりむね)が、たまたま父が肥後(熊本県)守護であったので、

「守護代」

として、九州に派遣されていた。少弐氏の指揮下に入って、盛宗も方面司令官になった。しかし、前に書いた、

「国家の危機」

がこれほどはっきり訪れているにもかかわらず、なぜ執権北条時宗は、自ら九州に出掛けて行って、

「日本防衛軍の総司令官」

にならなかったのだろうか。時宗自身は、親族の御家人代表安達泰盛が自分の息子を国土防衛の一方の大将に派遣するくらいだから、当然その総大将として赴きたかったにちがいない。が、身動きできない事情があった。それは、たまたま「二月騒動」が起こったからである。

時宗は、後に、

「果断の人」

とか、

「胆、甕(かめ)のごとし」(頼山陽(らいさんよう))

などといわれた。つまり、豪胆で、日本の微弱な国力を考える事なく、勇敢に元・高麗の侵略軍に立ち向かったということだ。しかし、実態はかなり違った。

この頃の時宗は、北条家内部の内輪もめに疲れ果てていた。そして、元・高麗連合軍が日本を襲う直前に、

「二月騒動」

を起こしたばかりだった。二月騒動というのは、時宗の異母兄である北条時輔と、その一味を、

「幕府に対する謀反の疑いあり」

という理由で、誅罰した事件である。

北条家では、いつの頃からか、相続人を定めるのに、

「長幼の序」

から、

「嫡庶の別」

に基準を変えていた。長幼の序というのは、単純に、

「先に生まれた者を重んずる」

ということだ。したがって、母親がどういう身分の者であろうと構わない。しかし「嫡庶の別」になると、必ずしもそうは行かなくなった。北条時宗が、兄時輔を越えて北条家の相続人になったのは、この新しい基準を適用したためである。

先に生まれたにもかかわらず、兄の時輔はことごとに弟の時宗と差別された。官位の上り方も時宗に先を越されたし、また時の将軍の供をする時の順番や、諸々の行事における席次もはっきり区別された。時宗の次席に置かれる場合はまだよかったが、甚だしい時は三つも四つも後方の席に追いやられた。こんな扱いを受けている時輔の胸に、次第に弟に対する悪感情が育ったのは無理もない。そして、役職の面でも時宗は、

「まだ年が若いので、いきなり執権にはできない」

ということで、連署のポストを与えられた。しかし連署というのは、

「副執権」

という意味である。また、北条一族はよく、京都から迎えた公卿や皇族の将軍を自分たちの私意によって取り替えた。そういう密議を凝らす時も、少年の時宗の屋敷が使われた。これは明らかに、

「時宗殿こそ次の執権である」

ということを天下に告げると同時に、

「この謀議には、少年時宗殿も参加している」

ということをも示すことであった。いずれにしても、それが謀議であろうと公のものであろうと、時宗の地位をいやが上にも高めようとする周囲の配慮である。時輔は疎外された。やがて時輔に与えられたのは、

「南六波羅探題」

というものである。承久の乱以後、鎌倉幕府は特に京都の天皇・上皇の動向を警戒した。またこれに与する公卿や武士の動きも監視した。この監視役が六波羅探題である。この頃は、その六波羅探題も南と北の二カ所に役所が設けられていた。北六波羅探題は、一族の北条義宗である。そして、北条義宗から突然密書が来た。それには、

「南六波羅探題の北条時輔が、謀反を企て、鎌倉にも名越教時、仙波盛直、名越時章の三人が荷担している」

というものであった。密書を受けた時宗は時を移さず、これらの謀反人に対し誅罰の命令を下した。敏速に動いたのはいうまでもなく、時宗の家令である平頼綱である。鎌倉では、時宗の命を受けた大蔵頼季が、名越教時・仙波盛直・名越時章の三人を討ち果たした。時章は、教時の兄だ。そして京都では、北六波羅探題の北条義宗が軍勢を率いて、南六波羅探題の北条時輔を討ち果たした。名越時章は、討手に対して、

「無実だ。覚えはない！」

と悲痛な叫びを上げた。ところが、五人の鎌倉武士が寄ってたかって、時章を切り刻んでしまった。これが二月騒動である。文永九年（一二七二）二月十一日に行なわれた惨劇だったからである。しかし、後遺症が残った。それは、

「自分は無実だ」

と悲痛な叫びをあげた時章が、後で調べてみると実際に謀反とは関わりがないことが判明した。

時宗は怒った。つまり、自分が、

「いい加減な情報に振り回されて、一族の時章を殺してしまった」

という悔いが胸を嚙んだからだ。時宗は、

「過ちは過ちとしてそれを天下に示そう」

として、時章を殺した五人の武士を処刑してしまった。これには、周囲の者が眉を顰めた。

「時宗殿は一体何をお考えになっておられるのか」

と思ったからである。たとえ無実だとしても、周囲の武士たちにすれば、

「一旦事を行なった以上は、それが正しかったということを貫かなければ、執権の勢威が損なわれる」

と思っていたからだ。

しかし、潔癖な時宗はそういうことはできなかった。というよりも、かれは京都から来た北条義宗の報告の、

「北条時輔に謀反の企てあり」

ということさえも疑っていたからである。

（ほんとうにそうなのか）

と、この誅罰にはためらいを持っていた。

それは、兄時輔に対し、子どもの頃から立場上仕方ないとはいえ、

「常に自分を優位に置き、兄を劣位に置いて来た」

という後ろめたさがあったからである。時宗にしても、

「自分がもし兄の立場に立っていたら、何を行なったかわからない」

という気持ちがある。したがって長年屈辱にまみれて我慢に我慢を重ねて来た兄の時輔が、

「今までのことは一応我慢しても、弟が自分を差し置いて執権職に就くことは我慢できない」

と思うのは当然だと思っていた。

こういう場合、

「相手の気持ちがわかり過ぎる」

ということは、得てして行動を鈍くする。考えが先に出て、行動が後回しになってしまうからだ。この時の時宗がそうだった。

北条一族のごたごたは、何も二月騒動だけではない。この前にも起こったし、この後も起こる。

これは、つまり、

「権力の移動」

に、相当無理があったからである。権力の移動というのは、当初源頼朝が、

「武士の・武士による・武士のための政府」

を標榜する鎌倉幕府を創立した時は、すべての権限が征夷大将軍である頼朝にあった。とこ

ろが、二代目頼家、三代目実朝と代を重ねると、権力は次第に源家の家令（執事）であった、北条時政の手に移って行った。そしてこれを助長したのが、頼朝の妻政子である。北条政子もまた、父の北条時政に与し、実子である頼家・実朝の滅亡に力を貸した。それは、頼家・実朝の生活が次第に貴族化し、

「果たして、東国武士の代表としての位置を保てるのか」

という大きな疑問が湧いて来たからである。頼朝が京都に幕府を開かなかったのは、

「武士が京都に行くと、必ず京都の魔術に災いされて、骨抜きになってしまう」

と警戒したからだ。平氏一門がそうだったし、木曽義仲がそうだった。また、頼朝の弟源義経もそうだった。容器としての京都の町がそうさせるだけではなく、徒手空拳で、知恵のあらん限りを絞る法皇や天皇の術策に結局は振り回されてしまう。術策に掛かって身を滅ぼした武士は多い。頼朝はそれを警戒した。そして、頼朝の意思は頼家や実朝という実子に伝わらずに、妻を通じて北条一族に通じた。したがって北条時政以下北条一門が、その後も京都から公卿や皇族を征夷大将軍として迎えながらも実権を握り続けたのは、鎌倉幕府は、あくまでも、

「武士の・武士による・武士のための政府である」

という、いわば頼朝が鎌倉幕府を創設した時の、

「初心あるいは原点」

を守り抜こうとしたからに他ならない。

北条時政・政子父娘の時代はいってみれば、

「次第に貴族化した源家と、武士の初心を守ろうとする東国武士の代表である北条一族との確執」

という形をとっていた。そして、実権は源家から北条家に移った。しかしこの時の争いは、

「将軍家対執事家」

の争いである。ところがやがて代を重ねて来ると、この、

「将軍家対執事家の争い」

が、将軍家がどこかへ行ってしまい、

「北条惣領家対北条一族の確執」

に変わってしまった。つまり、京都から迎えた公卿や皇族の将軍は、全く名ばかりのものとなって、権限が全然なくなってしまったからである。

蒙古襲来

二十八

文永十一年（一二七四）十月五日の夜明け、対馬の国府厳原にあった八幡宮に、突然不思議な火が燃えあがった。

「八幡宮が焼けるぞ！」

驚いた島民が次々と駆け付けて来た。が、火は幻だった。島民たちは顔を見合わせた。しかしすぐ、

「これは何か異変の前兆だ」

と顔を見合った。異変が起こった。

その日の午後、対馬は西の海を覆うように進んで来た、元の大船団にうめつくされた。

「あれは何だ？」

「ムクリ（モンゴルのこと）だ。ムクリだ！」

島の人々は叫んだ。目が恐怖に引きつった。対馬は日本と朝鮮との間にあるために、朝鮮側からの情報が届くのは一番早い。

「ムクリが攻め寄せて来る」

という噂は、すでに噂ではなく事実として島の人々の合い言葉になっていた。そのムクリが本

当にやって来たのだ。

対馬の防衛の任に当たっていたのは、地頭である宗助国である。かれの率いる軍勢は、百騎足らずだ。かれは、島民から、

「ムクリの船は、佐須浦（いまの小茂田）に接岸しはじめている」

ということを聞くと、馬に乗って、

「続け！」

とまっしぐらに佐須浦に走り出した。

そして、真継という通訳を使って、

「どういう仔細か？」

と来島の目的を尋ねさせた。ところが元軍は嘲笑い、軍船の上からたちまち矢を射掛けてきた。当時日本側の弓の射程距離は約百メートルだったという。それに対し、元軍の放つ矢は二百メートル、二百五十メートル先にまで達する。矢戦になったが、宗助国勢は、その数の少なさと、敵の矢勢に押されて、次第に劣勢になった。それでも、二、三時間戦い抜いた。しかし、助国、息子の右馬次郎、養子の弥次郎、ほかに庄の太郎入道、肥後国の御家人で田井藤三郎などが相次いで討死にした。

「とてもかなわぬ。退こう」

残った武士たちは頷きあって、後方へ退いた。この時、小太郎と兵衛次郎という二人の者が、

「大宰府へ急を知らせよ」

と命ぜられ、岩陰から船を漕ぎ出して急遽博多に向かった。

元軍は、佐須浦を焼き払った。そして、なぜそんなに間を置いたのかわからないが、この日から約十日後の十四日に、壱岐に現れた。それが午後四時ごろのことで、壱岐の西岸に接岸した。そして、四百人ばかりの兵士が島に上陸した。壱岐では、守護代の平景隆が御家人百余騎を率いて防衛していた。そして、上陸した元軍と合戦に入った。ところが、前に書いたように蒙古軍の矢の射程距離が非常に長いので、こっちの矢が届かない代わりに、向こうの矢は次々と味方を倒した。島には、防塁が造られていたが、景隆たちはここに籠った。が、間もなく続々と上陸して来る雲霞のような元軍の姿を見て、景隆は、

「最早これまでである」

と、先に立って腹を切った。防衛軍のすべてが自殺した。この時も、宗三郎という景隆の家来が、

「急ぎ博多へ行って、少弐殿にことの顛末を伝えよ」

と命ぜられ、船を漕ぎ出した。この時の元軍の残虐な振舞いが伝えられている。つまり、

「男はすべて殺し、女は手に穴を開けて綱を通し、船べりに吊した」

という言い伝えである。後世、

「元軍は、確かに残虐な民族だったが、そこまでのことはしなかっただろう」

という否定説もある。が、

「東ヨーロッパまで侵略した時の元軍の行動を見ていれば、それもあり得る」

という肯定説もある。いずれにしても、対馬・壱岐の島民たちのかなりの人数が殺された。

蒙古・高麗連合軍は、そのまま南へ向かい、今度は松浦半島の沿岸を次々と襲いはじめた。やり方は同じだった。松浦半島には、松浦党と呼ばれる水軍の武士たちがいる。

「ムクリ来たる」

の報は、すでに知れ渡っていたので、これらの武士は結束して戦った。しかし、たちまち数百人の死傷者を出した。

十月十九日の朝、元の軍船九百艘はいよいよ博多湾に迫って来た。東は箱崎から西は今津に及ぶ沖合に犇く軍船の姿は、陸地の人々を驚嘆させた。

「まるで、海が船で埋まっている」

という感じがした。日本軍の総指揮を執ったのは、少弐景資である。生年はわからない。元・高麗・南宋の連合軍が襲った弘安の役の時にも、九州防衛の大将軍を命ぜられた。勇猛な大将だった。通称豊前三郎という。この時は、九州の守護や地頭を北九州に集め、防戦に努力した。かれは、安達泰盛派である。北条得宗家派ではない。

「北条得宗家よりも、安達泰盛殿の方がよほど地方武士の利益を考えていてくれる」

と認識していた。第一、安達泰盛は、今度の、

「ムクリ軍来たる」

の報を聞くと、ただちに息子の盛宗を守護代として派遣してきている。

「気の入れ方がちがう」

少弐景資は、周りの武将たちにそう告げた。かれは、鎌倉幕府など当てにしていない。

「九州は、われわれ九州武士で守り抜くのだ」

と気概に燃えていた。現在でいえば、地方庁の職員たちが結束して、中央政府を当てにしないでこの国土を防衛し抜こうと結束したのである。その意気は高かった。少弐景資は、このように鎌倉の北条得宗家を当てにせずに、安達泰盛こそ自分たちが仰ぐべき盟主だと思っていたから、弘安八年（一二八五）に起こる霜月騒動では、敢然と安達泰盛に味方する。そのために、北条得宗家側に味方する少弐の分家や、御家人たちによって追い詰められ、結局は自殺する。つまり、安達泰盛に殉じてしまう。

文永の役では、かれは敵陣の副大将を討ち取る。その功績は大だ。しかし、鎌倉幕府は九州で活躍した武士たちに、ろくな恩賞も与えなかった。少弐景資は、それに不満を持っただろうが、少弐景資は、共に戦った九州の御家人武士たちのために何度も、

「武士たちに恩賞を与えていただきたい」

と頼む。が、執権北条時宗側では、これに応えなかった。というよりも、応えることができなかった。つまり日本の土地は、寸土まですでに武士たちに細分されていたからである。

にもかかわらず、その後の弘安の役の時も少弐景資は日本防衛の大将軍として活躍する。文永・弘安両役におけるかれの活躍ぶりは、まさに、

「日本武士の鑑(かがみ)」

といってよく、その功績は大きく称(たた)えられるべきだ。つまり、文永・弘安両役における日本国土防衛軍の実際の指揮は、少弐景資が執ったからである。それほどかれは勇猛な武士だった。

そういうかれだけに人望があった。武士だけでなく、諸方面から神社、仏寺の祠官・僧侶まで、われもわれもと馳せ集まって来た。

「その数実に数千万騎」

と記録にある。これは誇張にすぎる。第一、日本の当時の人口がそんなにあるわけがない。しかし、

「われわれの手で、この国を守り抜こう。鎌倉幕府は当てにならない」

という気持ちは一致していた。だから、

「こんなに味方が集まったのでは、敵がいくら多くても物の数ではない。敵を捕虜にしようにも、その人数が足りないのではないか」

と言い合って大きく笑い合った。それだけ集結した日本軍の戦意は高かったのである。しかし、この戦意の高い日本軍も、豪古軍が上陸しはじめると、たちまち苦戦に陥った。というのは、

「合戦の方法」

が、蒙古軍と日本軍とでは全く違ったからだ。

合戦の方法が違うというのは、日本軍のやり方はいってみれば、

「個人による一騎討ち」

が主体だ。また合戦が始まる前に一種のセレモニーがある。最初は鏑矢（かぶらや）を射る。そして相手も射る。これを、

「矢合（やあわ）せ」

という。これがすむと次に、騎馬武者の代表が進み出て名乗りをあげる。ここで初めて、両軍が激突する。しかしいずれにしても当時の日本の戦法は、

「騎馬武者による一騎討ち」

で、首の取り合いをする。

ところが襲って来た蒙古軍は違った。集団戦法だ。つまり、

「合戦は組織で行なう」

という方法をとった。この戦法は、織田信長が長篠（ながしの）の合戦で発案するまで日本ではとられていない。またその集団戦法も、蒙古軍の場合は歩兵が主体だった。まるでローマ軍団のように、武器を持った歩兵が隊を組んでじりじりと攻めて来る。少しぐらい矢が当たってもびくともしない。隊形を崩さずに圧倒的な量で迫って来る。また戦意を高めるために楽器を使った。太鼓を叩き、銅鑼（どら）を鳴らして一斉に声をあげる。この音響には迫力があった。また、てつはう（鉄炮）という

新式武器を使ってきた。これは銃ではない。円筒形の筒から発射される、鉄の塊のようなものだ。鉄の塊の中には火薬が入っている。落下すると破裂する。そのために、死傷者が出ただけではない。馬が驚く。前立ちになる。日本側の騎馬武者は落馬する。こういう混乱が所々で起こった。戦意の高かった日本軍も、こういう蒙古軍の新しい戦法によって、混乱の極みに陥った。しかし少弐景資はそういう状況を見据えながら、

「退くな、退くな！」

と、自ら勇猛に戦った。日本軍の本拠はいうまでもなく大宰府である。大宰府には、水城が築かれていた。

二十九

大宰府は、もとは博多湾岸に在った。六世紀の前半朝鮮半島や中国大陸への日本側の拠点として設けられた。もともとは、大陸との交流のためにつくられた宮家（屯倉）である。非常に備えてのいわば、

「穀物の保管庫」

である。当時この宮家がつくられたのは那津だった。五六二年、新羅が半島の南岸にあった日本の任那宮家を滅ぼした。任那は、日本の朝鮮経営の半島側における拠点であった。

已(や)むを得ず、日本側では那津宮家に任那宮家の役人と資材を収容した。

推古十七年（六〇九）、那津宮家は「筑紫大宰(つくしのおおみこともち)」と名称を改めた。やがて百年後に、新羅に侵略されて滅亡寸前にあった百済(くだら)を救済するために、日本は水軍を派遣した。ところが、新羅を応援する唐(とう)の水軍と白村江(はくすきのえ)で戦って大敗した。敗れた日本水軍と、亡命する百済軍とが共に日本に戻って来た。そうなると、

「新羅と唐の大軍が、日本を襲って来る」

といわれ、

「未曽有の危機管理をどうするか」

ということが問題になった。結局、

「宮家を内陸部に後退させよう」

ということになった。そこで那津に置かれていた大宰府を急遽、現在の大宰府跡にまで後退させたのである。新羅・唐の襲来予測が、そのまま蒙古・高麗連合軍の襲来の走りとなった。

新しくできた筑紫の大宰府は、北に大野城(おおののき)、南に椽城(さいのき)（基肄(きい)城）をつくり、北西を水城とよぶ大堤防を築いて防衛した。これは唐の都を模倣したものだといわれる。水城は、長さ約一キロ、高さ十メートル、基底の幅三十七メートル、頂上の幅四メートルの大土塁である。これが現在、「水城大堤」として、国の特別史跡になっている。『日本書紀』に、

「筑紫に大堤を築き水を貯えしむ。名づけて水城という」

と書かれているのが、今では正しい記述だとされている。水源は御笠川だ。

大宰府は、当初は九州諸国の行政管理や、外国使節や渡来人の接待、対外貿易の管理、海辺防備などを任務としていた。政庁は、長官を帥、次官が権帥、以下大弐、少弐ほか諸役人が階級的に任命されていた。帥は皇族が任命されることになっていたので、実権は権帥以下が握った。菅原道真がここへ来た時は権帥である。少弐景資は、ここの大宰少弐というポストに就いていた。ところがかれの時代には、ほとんどかれ以上の役職者がおらず、同時にかれは大宰府に新しく大宰府守護所という武官が管理する役所を置き、その長官を務めていたので、大宰府は中央政府から見ると、

「半ば独立した特別行政府」

になっていた。したがって蒙古軍が襲って来た時の少弐景資の立場は、事実上、

「九州全土の管理者」

だったといっていい。

一時期、九州の平松大分県知事が、

「もう一度、大宰府を九州府と改めて、設置してほしい」

と告げたことがある。これは、つまり、

「いちいち問題を中央政府にどうしましょうかと伺う今の地方自治制度を改めて、かつての大宰府のように独立した権限を持ちたい」

ということである。少弐景資はその権限を持っていた。だから日本防衛のための大将軍の任に就いたのである。そして少弐というのは役職名だ。景資の家はもともとは武藤家といった。

さて、前に蒙古軍の動きを、

「大陸的」

と書いた記憶がある。つまり、

「なぜ、この時にそのまま攻撃を続行しないのだろうか？」

と疑問に思うようなことを、平然と行なうからである。十月十九日の朝から、博多湾に迫った蒙古軍船は、将兵を上陸させなかった。じっと湾内から陸地を凝視していた。翌二十日になって、早朝から続々と上陸を開始した。実際に、

「どこに、どれだけの軍勢が上陸したか」

ということはわからないらしい。しかし、西の方から今津、麁原（そはら）、赤坂、百道原（ももちばる）などが上陸地点だったようだ。というのは、総大将少弐景資が主として赤坂方面に防衛軍を置いて蒙古軍と戦ったからである。この時の蒙古上陸軍は約二万だったといわれる。戦線は、海岸線に沿って長く広がった。日本軍は必死になって防戦したが、前に書いたような、

「個人の騎馬戦対歩兵による集団戦法と新兵器の利用」

によって、次第に苦戦状態に陥った。蒙古軍の使う弓矢は短弓だったという。そして、射程距離が長く矢の先には毒が塗ってあった。そのために、射られた日本側の将兵や馬がもがき苦しん

だ。その中をくぐり抜けながら、少弐景資は敵の大将の一人を傷付けた。景資に傷付けられた大将は、副元帥の劉復亨だったといわれる。雲霞のごとき大軍で、上陸後占領した地域を次々と火を掛けて焼き払う蒙古軍の猛攻に、日本軍はじりじりと追われた。やがて総大将の少弐景資も、

「已むを得ない。水城に退こう」

と全軍に撤退を命じた。日本側の将兵は、唇を噛みながら大宰府近くの水城に退いて行った。少弐景資にすれば、自分が守護所を置いた大宰府を敵に占領させることは忍びない。

「われわれの使命は、あくまでも大宰府を守り抜くことである」

と作戦を後退させたのである。

古い本に、

「博多・筥崎ヲ打捨テ、多クノ大勢、一日ノ合戦ニタヘカネテ、(水城)に落籠ルコソ口惜ケレ。アヤシノ民ニ至ルマデ、歎カヌ者コソナカリケレ」

と書いている。箱崎方面にも火の手があがった。炎と煙りは、夜を徹して空に上り続けた。筥崎八幡宮も焼け落ちた。いうまでもなく、筥崎八幡宮の祭神は軍神である。現在の筥崎宮内の伏敵門と呼ばれる門には、

「敵国降伏」

の大額が掲げられている。書いたのは、亀山上皇、後土御門上皇のいずれかだといわれている。

日本側は、少弐景資の指揮によって、その夜は交替で敵に備えた。ところが、敵は沿岸一帯を

焼き払っただけで、大宰府には攻め込んで来なかった。日本側は、アヤシノ民すなわち一般民衆までそれこそまんじりともせずに夜を送った。いずれもが、

「夜が明ければ、ムクリが必ずこの大宰府を攻めて来る」

とおののいた。さすがに少弐景資も、表情を険しくし、じっと炎上する沿岸地帯の炎を凝視していた。

三十

ところが、この夜大風雨が起こった。蒙古の軍船が次々と難破し、あるいは浅瀬へ乗り上げた。もともとモンゴルの大草原に育った蒙古軍は、海に弱い。泳ぎを知る者も少ない。次々と溺れた。高麗の左軍司令官金方慶も溺れ死んだ。高麗の記録によれば、

「蒙古・高麗連合軍の戦死並びに溺死した者は一万三千五百人」

と書かれているという。かろうじて、この水難から逃れた将兵は、十一月二十七日、すなわち一カ月以上もかかってようやく高麗の合浦に帰ることができた。忻都、洪茶丘、傷付いた劉復亨らの将軍たちが、蒙古に帰り得たのは翌年の一月初めだったという。

　大風雨が襲ったのは、大宰府近辺にいた日本側の将兵や一般民衆に対しても同じだった。日本側は、この大風雨によってまさか蒙古・高麗の軍船が散々な目に遭うとは思っていない。逆だっ

た。

「この風雨に乗じて、敵が攻めて来るのではないか」

ということで、いっそう警戒の構えを厳しくした。少弐景資自らが、あちこちの寺院を回っては、

「眠るな、ムクリが来るぞ」

と叱咤激励した。

ところが、一夜明けると沿岸地帯から兵が馬を飛ばして水城にやって来た。そして、

「ムクリの船がほとんど沈みました。溺れた者は数知れず、また助かった者が次々と岸に這い上がっております」

と報告した。少弐景資以下は、思わず顔を見合わせた。

「ほんとうか?」

と使いにきくと、使いは大きく頷いた。興奮して目が吊り上がっている。少弐景資は決断した。

「ただちに出撃する」

馬を飛ばして浜へ急いだ。浜に着くと日本の将兵は思わずあっと声をあげた。昨日はあれほど博多湾を埋め尽くしていた軍船の影がほとんどない。岸辺近くで、大破された船がゆらゆらと波間に揺れている。その船の残骸に、生き残った蒙古・高麗の将兵がつかまっている。岸辺に辿り着いた敵は、荒い呼吸をして助かった命を愛しむように、大きく肩で息をしている。少弐景資は、

「岸辺の敵を討ち取れ」

と命じた。

「捕らえるのではないのですか」

ときく部下に、景資は大きく首を横に振った。

「そんな暇はない。すべて殺せ」

そこで日本軍は、一斉に岸辺の敵に襲いかかった。手を上げて降伏する敵も容赦なかった。全部首を斬った。岸辺の敵を掃討した景資は、すぐ船を用意させた。そして、

「海に漂っている敵も殺せ」

と命じた。地獄図絵が描かれた。声をあげて泣き叫ぶ敵も、容赦なく船の残骸からもぎ離され、そして殺された。博多湾は敵の血で真っ赤に染まった。

大風が吹いた十月二十日は、旧暦だ。いまでいえば十二月の初めになる。旧暦の季節感では秋ではなく冬だ。研究者によれば、

「この季節に、この地方では大きな風は吹かない」

といわれている。したがって、

「この夜吹いたのは台風ではない」

とされた。となると、

「では一体何の風が吹いたのか」

ということになり、

「神風以外ない」

ということになった。つまり、京都の天皇や上皇が命じて、日本中の大寺大社に、

「敵国調伏（ちょうぶく）」

の祈りを捧げさせたことが、成功したというのだ。

「祈りが天の神に通じて、神が怒りの風を吹かせたのだ」

ということになった。

しかしそれにしても、蒙古・高麗の軍船は、なぜ脆（もろ）くもこの風によって破壊されたのだろうか。

有力な説として、

「それは、船の建造を命ぜられた高麗側に、十分に資金がなく、また突貫（とっかん）工事であったために、造られた船の多くが欠陥船だったのではないか」

といわれている。あるいは当たっているかも知れない。蒙古の支配に屈し、いやいや日本攻略のための軍船の建造を命ぜられた高麗国にすれば迷惑このうえない。そこで資金不足や労力不足によって、かなり手抜きが行なわれたという説である。そのために、

「劣悪な軍船は、たちまち風によって沈没してしまった」

ということになる。しかしそれにしても、蒙古の野望の手先とされて博多湾に沈んだ高麗の多くの将兵たちほど気の毒な存在はなかったろう。が、日本側にすればこの時蒙古軍と高麗軍の見

分けはつかない。いずれも、

「頼みもしないのに、日本国を襲った憎い敵」

　であった。したがって、岸辺に辿り着いてほっとした者も、あるいは博多湾内で船の残片にすがって漂流している者も、すべて情け容赦なく殺されてしまった。

　戦況の報告は、まず京都の六波羅探題にもたらされる。そして六波羅探題から早馬で鎌倉に伝えられる。

　その経過は、
　十月十七日――九州から京都へ早馬が到着。対馬での合戦と、蒙古軍の残虐さが伝えられた。

　十月二十八日――壱岐が蒙古軍に占領されたと報告される。この時は、すでに博多湾内では合戦が行なわれ、大風が吹いて敵はほとんど全滅に近い損害を受けていた。しかし、そんなことはまだ京都には伝えられていない。

　そのために十一月一日に、執権北条時宗は、

「中国以西の守護は、ムクリが来た時は鎌倉御家人のみならず、本所一円地（幕府の力が及ばない荘園領主の支配地）の住人も、防戦に加わるべし」

　という非常命令を発している。さらに、十一月二日には、亀山上皇が、

「敵国降伏」

　の宸筆の書を、主要な御陵に献じて、

「外敵撃退」

を祈願した。

そしてやっと、

「ムクリ軍、神風によって敗退」

の報がもたらされたのは、十一月六日のことであった。風が吹いてから、実に半月後のことである。こういうように、情報の伝達に時間がかかる時代は、行動がちぐはぐになる。そしてこのことは、幕末維新の時も同じだ。つまり、情報の伝達力は、人力か馬の力によるほかない。江戸から京都まで徒歩で約十五日かかったというから、九州までは当然倍以上の時間を必要とする。

このように、

「情報伝達のハンディキャップ」

があらゆることに起こる当時において、それでは、

「蒙古・高麗連合軍の襲来と、大風雨によるその敗退」

の報は、一体何時頃身延山(みのぶさん)の日蓮のところに届いたのであろうか。

上行菩薩再誕

三十一

鎌倉幕府に、この蒙古・高麗(こうらい)連合軍の敗退の報が届いたのは、十一月六日のことだった。その直後の十一月十一日に、日蓮はすでに檀越(だんのつ)の南条時光(なんじょうときみつ)に次のような手紙を出している。

「そもそも日蓮は、日本国をたすけようと思っていたけれど、ついに国がほろぶゆえであろうか、日本国の上下万人一同はどうしても日蓮のことばを用いぬ上、たびたび迫害まで行なったので、ついに力及ばず、身延(みのぶ)の山林に入ったのである。大蒙古国が攻め寄せたということだが、もしも日蓮の申していたことをお用いになっていればどうだったろうと、実にあわれである。日本国中の人が必ず今度の壱岐(いき)や対馬(つしま)の島民のようになるであろうと思うと、涙もとまらない」

鎌倉の弟子たちの何人かが、身延山に駆けつけた。そして、鎌倉における上下あげての騒ぎの様子を伝えた。

「鎌倉では、どのように騒いでいるのか?」

という日蓮の問いに、駆けつけた弟子たちは口々に、

「大寺・大社の祈禱が効果を現し、神風が吹いたと申しております」

「神風?」

日蓮は笑った。眼の底から鋭い光が放たれた。弟子たちは日蓮を凝視した。

「お上人様は、どのようにお捉えでございますか？」

弟子の一人がきく。日蓮はこう答えた。

「神風が吹いたのではない、ただの風だ。わたしが聞いたところでは、憐れにも日本の将兵は、蒙古軍に敗退している。これは、かねてから申したとおり、邪教はびこるこの国を善神・善仏が見捨てて、いずれかへ去られ、懲らしめのために隣国の軍を神兵としてお遣わしになったからだ。隣国の兵は、合戦では勝っておる。しかし、たまたま吹いた風によって敗れただけだ。あの風は神風ではない」

強気にそういった。実をいえば、弟子たちも鎌倉での騒ぎがあまりにも、

「神風が吹いた、神風が吹いた」

ということに帰着してしまっているので、何とも反論のしようがなかった。世論がそういうように定まって来ると、弟子たちの心の一部にも、

「ひょっとして吹いたのは神風かもしれない」

という気持ちが湧いて来た。そこで身延に駆けつけて、

「お上人様は一体どの様にお考えになっておられるだろうか」

と確かめたかったのである。日蓮は、

「吹いたのは神風ではなく、ちょっとした風に池の水が波を立てただけだ」

といった。弟子たちは思わずニコリとして顔を見合わせた。目で、

（お上人様は相変わらずだ）

と感じたからである。ほっとした。あれがもし神風であったら、日蓮のいっていたことはすべて崩壊する。鎌倉では、神風騒ぎの他に、

「日蓮上人の予言は当たった」

という世論も起こっていた。そして、

「ムクリはもう一度来るのかどうか、日蓮を呼び戻して尋ねた方がよい」

という意見も、幕府の中にかなりあるという。最早日蓮を、

「狂っている」

とか、

「無責任なことを言い散らしている」

と非難する者はだれもいなくなったという。弟子たちは熱っぽくそういう報告をした。日蓮は静かに微笑んだ。弟子の一人がきいた。

「ムクリは、再び日本を襲いましょうか？」

この問いに対し日蓮は大きく頷いた。

「蒙古はまた来る」

「本当に？」

「ああ、本当に再度来る。そして、日本は今度こそ壱岐や対馬のようになる。かねてこの日蓮が

唱えているように、正法（しょうぼう）をもって祈禱しなければ、大蒙古国より押し寄せる軍勢は、日本の男を打ち殺し、女を生捕りにし、京鎌倉に打ち入って国主並びに大臣、百官等を生捕りにした上、牛馬の前に蹴立てて強く攻めるに違いない。この時こそ、南無妙法蓮華経と唱えざるを得なくなるだろう」

そういった。弟子たちは目を輝かせて日蓮を見た。日蓮は一貫して、

「蒙古襲来は、幕府による念仏・禅・律・真言などの邪法の保護にあるのだ。一刻も早く改めて、日蓮が唱える法華経に諸宗を統一させなければ、次の時にこそ日本国全体が、壱岐や対馬のように侵略されてしまう」

という考えをさらに強めていた。

この直後、日蓮はしきりに檀越（だんのつ）や知人に対し、同じ考えを書いた手紙を発信している。

「壱岐や対馬、九州の兵士や男女の多くが、あるいは殺され、あるいは捕われ、あるいは海に沈み、あるいは崖より落ちた者が、一体どれ程あるだろうか。その数は夥（おびただ）しくて知ることができない。もう一度蒙古が押し寄せて来たら、今度のような程度では済まない。京都、鎌倉も壱岐や対馬のようになってしまう。どうか、そのつもりで前もって準備をなさり、いずこかへお逃げになるがよい。そしてその時は、かつて日蓮を見るもいや、話を聞くもいやといった人々も、必ず掌を合わせ南無妙法蓮華経と唱えるようになるはずだ。これは、一般の衆生（しゅじょう）だけではない、念仏者や禅宗の徒までも南無妙法蓮華経と申すに違いない」

同じ趣旨の手紙を次々と送っている。だからこの時の日蓮の頭にあったのは、いろいろと集めた情報の整理が一点に集中している。それは、蒙古・高麗連合軍の襲来を日蓮は、「壱岐、対馬における日本側の惨劇」

として受け止めている。さらに、

「日本軍は決して勝ってはいない。蒙古軍に追われて、大宰府近くまで敗退している」

と見ていた。かれの念頭には神風などない。

「善神が遣わした神兵ともいうべき軍は、合戦には勝った。風に負けただけだ」

と分けて考えていた。だから、

「蒙古軍がもう一度襲って来た時は、今度のようなわけにはいかない。日本全国が壱岐や対馬のようになってしまう」

と信じていた。そして、

「その時こそは、この日蓮が主張して来たように、念仏・禅・律・真言の唱え手や、その信者たちもこぞって南無妙法蓮華経と、唱題(しょうだい)するであろう」

と強気であった。これはかれが、蒙古襲来の二カ月程前に、

『異体同心事(いたいどうしんじ)』

と題した手紙を書いているが、その中で、

「さて、あなた方がずっと気にしておられる蒙古の襲来も、かなり近づいている。日本が滅びる

ことは情けないけれども、わたしが予言した蒙古襲来がそらごと（嘘）になるなら、日本国の人々はいよいよわたしの唱える法華経をそしって、万民が無間地獄に落ちるはずだ。しかし、蒙古が攻めてくれば、国はほろびるかもしれないが、正法を誹ることは少なくなるはずだ。たとえばやいと（お灸）をして病気を治し、はりたて（鍼治療）で人を治すようなものだ。蒙古に攻められて国がほろびそうになった時は嘆いても、正法がこの国のだれもが唱えるようになればそれは悦びである。

日蓮はその意味では法華経の御使いである。今の日本国の人々は大族王が一閻浮提の仏法をほろぼしたのと同じだ。蒙古国は雪山の下王のようなものであって、天の御使いとして法華経の行者を怨む人々を罰せられるのである。

今のうちに正法をそしった罪を悔い改めれば、阿闍世王が、仏に帰依して白癩の病を治して、四十年も命を延ばし、無根の信（仏を信じなかった人が起こす信心）と申す位にのぼって、現身に無生法忍（一切が無生無滅であることを悟る安らぎ）を得たがごとくなる」

こういう消息（手紙）をしきりに出したあと、この年十二月十五日に、日蓮は、

『顕立正意鈔』

を書いた。

この書では、

「日蓮が去る正嘉元年八月二十三日の大地震を見て、勘え定めて書いた『立正安国論』に、薬

師経の七難の内五難たちまちに起こって、二難がまだ残っていると告げた。二難とは他国侵逼難と自界叛逆難である。去る文永五年に蒙古から牒状がわが国に到来した時に、賢人がいればこれを怪しむべきだった。たとえその言を信じないとしても、去る文永八年九月十二日に御勘気を蒙った時に日蓮の吐いた強言が、次の年の二月十一日に見事に符号してしまった。すなわち、六波羅と鎌倉で北条氏内部の内乱が起こった。自界叛逆難だ。情ある者ならば、当然これを信ずべきだ。まして今年は既に蒙古国が日本を襲って、二カ国（対馬と壱岐）を奪いとられた。たとえ木石であっても、禽獣であっても、感ずべく驚くべきであるのに、その後何も起こらないのは偏に只事ではない。これはやはり天魔がこの国に入り込んで酔えるが如く、狂えるが如くだ。誠に歎くべく、哀しむべく、恐るべく厭うべきことである……。こういう状況が続くならば、日本の上下は法華経不信謗法の罪によって、無間地獄に落ちることは疑いがない。また、わが門家も日本全国に下ったこの総罰の連座から免れることはできぬであろうから、いよいよ信心を堅固に保って大難を克服し、現世の罪を消滅して霊山（浄土）を期するようにせよ」

という意味のことを書いている。そしてこの頃日蓮はいよいよ、

「日蓮は地涌の上行菩薩の再誕である」

という自覚を強めた。それは、

「日蓮は、上行菩薩の霊格を具有し、末法に妙法を弘通するこの肉身をもって、儒教・外道・仏教における歴史的人格者の聖人よりもさらに卓越した存在である」

と宣言した。聞いていた弟子たちは、互いに顔を見合わせ目を燃やして、日蓮の宣言に感動した。

佐渡島から戻って、鎌倉を去る直前の時の日蓮は、弟子たちから見て、

「流罪生活で心身がお疲れになり、覇気をお失いになったのではないか」

と心配した。ところが今の日蓮は、必ずしも健康体には見えなかったが、その精神は今までに見たことのないような燃え盛る炎の勢いを示していた。

「日蓮は、上行菩薩の再誕である」

という自覚を日蓮は、さらに「大曼荼羅」によって図顕した。

三十二

蒙古が日本を襲った翌年、すなわち文永十二年（一二七五）四月二十五日に改元された。新年号は「建治」である。この建治元年に、日蓮は『種種御振舞御書』と、『撰時鈔』の二大著を書きあげている。『種種御振舞御書』は、蒙古から再び使者が来て、日本国内ではまたまた、

「いつ蒙古は攻めてくるのか」

という騒ぎになっていた。そういう国民の不安状況をしっかりと見定めた上で書いたものだ。

日蓮は、

「かつて『立正安国論』で予言したことはすべて的中した」

と書きはじめ、自分が経験した竜ノ口の法難や、佐渡への流罪、身延隠棲と目まぐるしい数々の苦難を生き抜いた事を記述し、

「身延に入ってからは、懺悔滅罪の内省的生活の日々である」

などと書いた、いわば、

「日蓮の自叙伝」

といっていい書物である。

もう一つの『撰時鈔』は、年号が建治と改まった年の夏に書いたものである。

「それ仏法を学せん法は必ず先ず時をならうべし」

という書き出しで始まる。相当長文の著述だが、趣旨を辿ってみれば次のようになる。

「『立正安国論』に書いたように、予言者日蓮は幾多の法難を得た。しかし、この末法という時代に出現して、釈迦の本当の慈悲を現実化する仏の使いだという自覚がある。日蓮は法華経の行者であって、末法の導師である」

そして、

「いま歴史はじまって以来この国（日本）は、亡国の危機にある。これを救う教えは、唯一『法華経』以外ない」

とする。そして、そもそも現在日本を襲っている天変地異、内乱、他国の侵略などの国難は、

誤った諸宗すなわち念仏・禅・律・真言などの教説の流布が原因だ。特に真言宗は、念仏や禅に比べると、もっとも災いが大きい。したがって、

「真言僧による敵国調伏は逆に国を滅ぼすであろう」

と警告する。

『漢土、日本に智慧すぐれ才能いみじき聖人は度々ありしかども、いまだ日蓮ほど法華経のかたうど（味方）して、国土に強敵多くもうけたる者なきなり。まず願前の事をもって日蓮は閻浮（世界）第一の者としるべし』

と、自身が、

「閻浮第一のものである」

ということを強い調子で告げている。これは、何度も日蓮が繰り返すように、

「仏の真の教えを告げるのは法華経以外なく、またそれを弘通するのは日蓮以外ない。同時に、日蓮がその仏の真の教えである法華経を説くのは、この時をおいてない」

ということだろう。

このように日蓮は、文永の蒙古国来襲によって、予言的中を機に再び勢いを盛り返した。意気軒昂たるものがあった。しかし、身延山中における生活は苦しかった。

三十三

日蓮の小さな庵（あん）があったのは、鷹取山と身延山との谷間で、身延の沢がある近くだった。どんなに貧しい暮らしを送っても、水だけは確保しておく必要があった。

入山後まもなく、日蓮は、

「木の下に木葉（このは）打ちしきたるやうなるすみか」

と庵を表現し、

「天雨を脱（のが）れ、木の皮をはぎて四壁とし、自死の鹿の皮を衣とし、春は蕨（わらび）を折りて身を養ひ、秋は果（このみ）を拾ひて命を支へ候」

という手紙を檀越（だんのつ）に書いている。この庵は、四年ぐらいは持ったらしい。しかし、そのうちには完全に荒れ果ててしまった。灯火もない。そこで、

「月の光で聖教（しょうぎょう）を読んでいる」

と告げている。住居がこの様な有様であったのに加えて、衣食も非常に困窮を極めた。甲斐国はもともとは「山峡（やまかい）の国」から来た国名だという。山だらけで、農耕地が少ない。したがって、現在でもそうだが山梨県には、広域に亙（わた）る米作地は少ない。梨・葡萄・桃・りんごなどの果実が有力な産品になっている。

日蓮の檀越たちへの消息によれば、

「米や芋はない、また特に塩がないので苦労している」

といっている。筍や茸は自然のものが季節になればこの地帯にも生える。しかし採っても、塩がないため、

「味は土のようだ」

と書いている。そのため日蓮は、

「塩が米以上に価値を持っている」

と告げ、米一升を銭百で買ったり、今度は買った塩五合と麦一斗とを交換したりしている。

着る物も、

「木の皮を剝いで敷物にしたり、自死した鹿の皮を剝いで衣類にしたりした」

「苔は沢山生えているけれど、家の中の敷物にはならないので、草の葉を敷いている」

と告げた。特に、暖房がないため、

「寒さふせぎがたし、食絶へて命すでに終りなんとす」

とも書いている。

しかしこの頃は、鎌倉をはじめ各地で、

「日蓮上人の予言が的中した」

ということが大評判になっていた。鎌倉幕府の中でも、

「日蓮の予言が的中した」

ということで、

「かれを呼び戻して、今度また蒙古がいつ来るのか確かめた方がよいのではないか」

という武士もいた。さらに、

「その時は、日蓮に敵国調伏の祈禱をあげさせるべきではないか」

という積極論まで出て来た。こういう空気だったから、

「身延山中でお上人様はさぞかしご不自由なお暮らしをなさっておられるだろう」

と考えて、積極的に食料や衣料や、銭などを持って訪問する弟子や檀越が増えてきた。

甲斐の国は全体に気候の厳しい土地柄だが、特に日蓮が身延山入りした文永十一年（一二七四）の暮れから、翌建治元年（一二七五）の冬は、とりわけ寒さが厳しかった。十月にはすでに雪が降った。そして地域の人々によれば、

「四月にならなければ雪は解けません。草も生えません」

といわれた。日蓮はそのために、

「身延山は、知ろしめす如く、冬は嵐はげしく、ふり積む雪は消えず、極寒の処にて候間、昼夜の行法も膚うすにては堪え難く、辛苦にて候」

と書いた。時折尋ねて来る地域の老人の話によれば、

「われわれも長年この土地に住んでおりますが、こんなに寒い冬はございません」

と身を震わせながら話した。そして粗末な庵中を見渡しながら、

「いつまでもこのような処におられると、あるいはお命を失いますぞ。麓(ふもと)へ下りられたほうがよろしいのでは」

と勧めた。

この頃、日蓮の身の回りの世話をしていたのは、日高(にっこう)と日頂(にっちょう)だと思われる。他の弟子たちは何度も、

「お師匠様、どうかお身の回りのお世話をさせてくださいませ」

と願ったが、日蓮は首を横に振って許さなかった。

「それよりも、各地において法華経の教えを広めてほしい。日蓮は大丈夫だ」

と微笑んだ。日朗(にちろう)や日昭(にっしょう)たちは、残った日高や日頂に、

「我々の分も含めて、お師匠様のお世話を頼むぞ」

といった。

だから日高や日頂にすれば、

(お上人様にもしもの事があれば、それはわれわれの責任だ)

と考えていた。したがってたまに山を登って尋ねて来る地域の老人たちが、

「麓にお下りなされ」

と勧める時には、一緒になって頷(うなず)いた。目で、

「ぜひそうなさってくださいませ」

と必死な思いで頼んだ。しかし日蓮は聞かなかった。老人たちにも、

「日蓮は、すでに鎌倉の竜ノ口（たつのくち）で首を斬（き）られて死んでおります。いまここにいるのは日蓮の魂魄（こんぱく）でございますので、どうかご心労なきように」

といった。老人たちには何のことかわからず、顔を見合わせて訝（いぶか）しげな表情をした。

日高や日頂は、まめに兄弟子たちに連絡を取った。

「このような苦しい思いに堪えながら、お上人様は冬を越しておられます」

と書き送った。これが回し読みされ、檀越（だんのつ）たちも読んだ。そこで檀越の中には、

「直接身延をお尋ねしよう」

と思い立つ者が次々と出た。そして最初に尋ねて来たのが佐渡で日蓮をかばい抜いた、国府（こう）入道（にゅうどう）と呼ばれる檀越であった。佐渡に流された日蓮に帰依（きえ）し、その苦しい生活を守り抜いたのは国府入道とその妻、そして阿仏房（あぶつぼう）とその妻千日尼（せんにちに）たちである。国府入道の姓名はわからない。

しかし後に日蓮は、

「佐渡にいた時は、あなた方が身の危険をも顧みず勇気を持ってわたしを守り、時にはわたしの身に代わろうとまでしてくださった有り難い方々だ」

と感謝の念をあらわしている。

阿仏房は、本名を遠藤左衛門尉為盛（さえもんのじょうためもり）といって、京都御所の北面（ほくめん）の武士だった。承久（じょうきゅう）の乱の

時に、順徳上皇が佐渡へ配流されたが、やがて上皇が崩御された後、その菩提を弔うために念仏宗に入った。阿仏房というのは、

「阿弥陀仏房」

という意味だといわれる。千日尼はその妻だ。二人の間には、藤九郎盛綱という息子がいた。阿仏房が日蓮に帰依した時はかなりの高齢だった。しかし、日蓮の教義については高度の理解力を持っていたという。現在でいえば、

「最高のインテリ武士」

だ。国府入道夫妻、阿仏房夫妻ともに佐渡の国府近くに住んでいた。阿仏房も、佐渡から身延の日蓮を訪ねて来た檀越で、弘安二年に死ぬまで三度訪ねている。そのあとは息子の盛綱が父の遺志を引き継ぎ、二度身延を訪ねている。

最初の訪問者となった国府入道は、この時、

「妻の志でございます」

といって、現地で採れたあま海苔やワカメなどを持って来た。日蓮は喜んだ。入道が島に帰る時に、

「これをご妻女にお渡しいただきたい」

といって、手紙を書いた。

「日蓮が佐渡の島に流されていた時に、その流人を信用なされたことさえ不思議に思っていたの

に、こんな辺ぴな山の中まで入道殿をお遣わしになった御志を誠に有り難く思います。国も遙か遠くになり、また年月も随分と経ったので、最早日蓮のことなどお忘れかと思っていたにも拘らず、いよいよ信仰を強くなされて、劫をお積みなされることは、恐らく、過去一生、二生のことではなかったのではないかと思います」

と礼を述べている。そして、

「もし、蒙古国が再び日本を襲いこの国が滅びるようなことがあった時は、すぐこの身延の山に来て、難をお避けになるように」

と告げている。

国府入道の次に訪ねてきたのが、阿仏房だった。阿仏房はこの時八十七歳の高齢である。が、一心に日蓮の身を案じながら、荒海といくつかの山を越えてやって来た。やつれ果てた日蓮の顔を見た時、阿仏房は思わず声を呑んだ。

「これは、お上人様」

と、身延山中における日蓮の暮らしが、いかに艱難に満ちたものであるかを悟った。日蓮は静かに微笑み、

「ようこそお訪ねくださった。ご高齢の身で、さぞがし旅路は難儀でございましたろう」

と労った。そして、

「幾つにおなりになられた？」

ときいた。阿仏房はニコニコ笑いながら、

「八十七歳に相成りました」

と告げ、

「まだまだ息災(そくさい)でございます。これからも、度々お訪ね申します」

と元気一杯の意気を示した。死んだときは、九十一歳だった。息子の盛綱(もりつな)は、父の百箇日が済むと、父の遺骨を抱いて身延山中にやって来た。そして、

「お上人様の道場脇に、父の骨を埋めてくださいませ」

と頼んで埋葬した。翌年盛綱はまた身延にやって来て、日蓮に数々の差し入れ品を贈った後に、父の墓に詣でた。

盛綱と阿仏房の墓を詣でて帰ってくると、日蓮は佐渡流罪中のことが不意に蘇ってきた。

ここでしばらく、日蓮の佐渡流罪時代を回想してみよう。

佐渡回想

三十四

竜ノ口の難で奇跡的に死刑を免れた日蓮は、相模・依智（厚木市）の、本間六郎左衛門重連の館に入った。重連は佐渡の守護代もかねた地頭であった。ここで日蓮は二十日ほど留め置かれた。この間鎌倉では放火や殺人事件などが頻々に起きたという。これが日蓮の弟子たちの仕業であるという流言を起こされて、様々な迫害が弟子や信徒らに及んだのである。

文永八年十月十日（今の十一月）、日蓮は警護の武士とともに佐渡へ向かうため依智を出発した。この時日蓮五十歳であった。日蓮には弟子の日頂や日興らと富木常忍から遣わされた法師が付き添ったという。その日は武蔵野国久米川に泊まり、十二日間かかって二十一日に越後の国寺泊に着いた。

翌日弟子たちをはじめ、富木氏が付き添わせてくれた法師を帰し、それに託して常忍宛に手紙を書いた。

「……十二日をへて越後の国の寺泊の津に着きぬ。これより大海をわたりて佐渡の国にいたらんとほっするに、順風定まらざればその期を知らず。道の間のことは心も及ぶことなく、また筆にも及ばず、ただ暗に推しはかるべし。また本より存知の上なれば、始めて嘆くべきにあらずと、これを止む」

文面から十二日間の旅の厳しさが窺（うかが）える。十月二十七日、寺泊から船出したが、初冬の日本海は北西の風も強く、海は大時化（おおしけ）で角田（かくだ）崎に避難した。翌二十八日順風を得て、日蓮は佐渡の東南岸松ヶ崎に漸（ようや）く着いた。

二十九日、佐渡の中央小倉峠を越えて、新穂（にいほ）の本間六郎左衛門重連（しげつら）の邸（やしき）に入り、翌十一月一日六郎左衛門の家の後方の、塚原（つかはら）という荒れ野原に立つ一間四面の三昧堂（さんまいどう）の中に連れていかれた。塚原とは墓原の意味で、そこは死人の捨て場所であった。

三昧堂といっても、柱を立てて屋根を張り、羽目板をめぐらしただけの粗末な小屋で、雪は降り積り放題で、とても人間が住むべき住居とは見えなかった。

「ここが流人（るにん）の住家（すみか）なり」

と衣食の世話もない。まるで

「死んでしまえ」

といわんばかりの扱いであった。

日蓮は案内してきた本間の侍が去ると、この三昧堂の中に携えてきた釈迦像を正面の檀に安置し、敷物がないので床に皮を敷き、蓑（みの）を着て新しい生活の準備を始めた。ちなみにこの塚原三昧堂の跡が、今日根本寺となって参拝に訪れる人が多い。

日蓮は、

「我が住む小屋こそ法華経の霊場なり」

と、法華経の行者に徹して昼は経を誦し、夜になると、

「南無妙法蓮華経　南無妙法蓮華経」

と、題目を力強く唱えた。その声は吹雪の堂外へ響いていった。

来る日も、来る日も身の凍えるような北風が吹き、雪が降った。二、三日は雪を噛んで凌いだが、さすがに飢えは抗し難かった。

当時の佐渡は念仏者の勢力がことに強く、浄土宗徒は迫害の急先鋒になっていたから、念仏宗を破折する日蓮に対する風当たりは凄まじいものがあった。

「塚原の小屋に捨て置けば年内には死ぬだろう」

と、地頭の本間重連は一門の家来たちに笑っていった。

この締め付けが里人まで行き渡っている。幾分の金銀は、本土の檀越たちが心配してくれた布施があり、里へ出て米や油を買おうとしても、誰も相手にしてくれず売ってくれる者もいない。飢えによる凍死の紙一重の生活であったが、そのうちに流人の僧を哀れんで、堂の内へそっと握り飯などを差し入れてくれる村人も現れはじめた。

「ありがたや。御仏のお使いである」

と日蓮は手を合わせて祈り、握り飯を押し頂いて食べた。

この頃の心境を後年になって書いている。

「北国習いなれば、冬は殊に風はげしく、雪ふかし。衣薄く、食ともし。根を移されし橘の自然

にからたちとなりけるも、身の上につみしられたり。住にはおばな（尾花）かるかや（刈萱）おひしげれる野中の御三昧ばらに、おちやぶれたる草堂の上は、雨もり、壁は風もたまらぬ傍に、昼夜耳に聞く者は、まくらにさゆる風の音、朝暮に遮る者は、遠近の路を埋む雪也。現身に餓鬼道を経、寒地獄に堕ちぬ」

一方でこうした逆境にもかかわらず、

「日蓮が仏にならん第一のかたうど（味方）は、景信、法師には良観・道隆・道阿弥陀仏、平の左衛門の尉・守殿ましまさずんば、いかでか法華経の行者となるべきと悦ふ」

といって、東条景信、北条時宗、平頼綱、極楽寺良観（忍性）、建長寺道隆、道阿弥陀仏などの強敵がいたからこそ、悟りも開け、法華経の行者になれたのだと、むしろ今の境涯に感謝さえしているのである。

「我身命を惜しまず、但、無上道（仏道）のみ惜む」

法華経に命を預けたという日蓮の信条をここで正に体現していた。

ある夜、見知らぬ僧が堂前に立った。

「こんな夜更けに、どなたでしょうか」

と見れば、年の頃は八十ばかりか、身体かくしゃくとしてとても老人とは思えない風体である。

「拙者は念仏の信者である。念仏を冒瀆する流人の坊主がいると聞いてきた。佐渡は念仏一色の国にて、そのような世をたぶらかす不埒者をこの土地に置くことはならぬ。ことと次第によっては成敗してくれようぞ」

と、腰の太刀に手をかけて睨み付けている。

「さてもものものしい念仏者かな」

と、日蓮はひるむ様子もなく、笑って老人の方を見た。

老人の方は、痩せ衰えて飢え死に寸前の法華坊主とばかり思ってきたから、衰えるどころか体の大きな逞しい流罪人を眼前にして驚いた。

「ご様子から名のある武士と見うけますが」

と、日蓮が尋ねる。

「申し遅れたが、坊主のなりをしているが僧侶にあらず。世にあるときは北面の武者所、遠藤左衛門為盛と申すものでござる」

老人は刀の柄から手を離すと、腹に力の入った若々しい声で名乗った。

「都の北面の武士が、なんで佐渡におられるのです。よろしかったら上がられて仔細をお聞かせくださいませんか」

初対面でさえ人を惹きつけずにはおかない日蓮の優しい言葉に最初の気負いは萎えてしまって、気がつくと老人は堂の内に招じ入れられていた。

「遠藤為盛といわれたが、ひょっとして文覚上人のご縁の方か?」

「それがしの曾祖父でござる。仔細をお話し申そう」

と老人は佐渡に暮らすようになったいきさつを話した。

昔の名は遠藤為盛と称し、文覚こと遠藤為遠（ためとお）の曾孫である。順徳天皇に仕える北面の武士であったが、去る（いぬる）承久（じょうきゅう）三年七月に上皇の佐渡島配流の供奉（ぐぶ）をつとめ、以来仁治（にんじ）三年（一二四二）上皇崩御の後も、入道となり阿仏房（あぶつぼう）（日得（にっとく））と号して、島を離れずに女房と共に念仏を唱えてひたすら御陵をお守りしている。ここから二里ばかり離れた真野御陵（まののごりょう）の近くに庵を結んで三十有余年になる、というのだった。

日蓮は、出家する動機にもなった承久の変での三上皇が島に流された顚末（てんまつ）に、義憤を覚えた昔を思い起こして、不思議な因縁を覚えるのだった。

「今夜は念仏に帰依して御陵をお守りする者として、法華経の行者に問答をしかけに参ったのだ」

顔を赤くして再び勢い込む阿仏房を、軽く手で制して、

「日蓮は、承久の変の翌年に生まれ出（いで）たる者。少年の折に母から戦の話を聞いて、なぜ天子様が大寺院の名僧による浄土念仏の祈禱にもかかわらず、流罪に遭われたのか。そのご不幸から天子様をお救いできなかったのか、という不信感に陥りました」

と法華経の行者になった道程を語って聞かせ、浄土念仏が偽りの仏教であることを解き明かし、法華経が唯一無二の釈迦の教えであることを諄々（じゅんじゅん）と説いた。

夜明けも近くなっていた。

「お話身に染みて伺いました。改めて御意を得たく思います」

阿仏房は深く頭を垂れて一礼すると、雪の降り積もる塚原を出て行った。

次の日夕方、阿仏房は妻だという品のいい老女を連れてきて、夫は堂の掃除を、妻は食事の世話などをしてくれた。阿仏房の妻は尼になり、千日尼と号して夫と共に上皇の墓を守り、菩提を弔っていた。

日蓮はそんな千日尼に、

「罪深いとされる女人こそ、女人の身のままで成仏できる」

と、法華経の真髄を説いて聞かせた。

「これではお寒いでしょう」

阿仏房は容赦なくすきま風の入る堂内の壁に、板を打ち付けるなど、三昧堂の修理をしてくれた。

「ありがとう。これ以上お世話になって、お二人に難が及んではいけません」

日蓮は懸命に辞退するのだが、阿仏房夫婦は毎日一度は代わる代わる塚原の堂に通って来て日蓮の世話をしてくれるようになった。

ここにもう一組日蓮にとって嬉しい後援者が現れる。国府に住み、阿仏房夫婦とは一家のような親しい付き合いをしている国府入道とその妻だ。阿仏房に日蓮の話を聞いて、塚原の三昧堂で日蓮に一日会ってからすっかり日蓮の虜となったのである。国府入道夫婦も、何かと日蓮の食物などの世話をしてくれるようになった。ちなみに国府入道の来歴については詳しいことはわかっていない。

阿仏房、千日尼夫婦が法華経に帰依（きえ）したのに続き、国府入道とその妻も信徒となった。

佐渡で縁を得たこの四人の日蓮への献身的な厚情は、日蓮が身延に隠棲した後にも続くのである。

三十五

四人に続き日蓮を信奉する者が、一人、二人と増えてきた。そうなると、入信者への地頭の目も光りだした。

阿仏房や国府入道らが、流人の日蓮にたぶらかされて改宗したといいふらされるようになった。

一番騒ぎ立てたのは、土地に根を張っている念仏や戒律の僧侶たちであった。

このとき、佐渡の国は大仏（おさらぎ）武蔵守宣時（のりとき）が守護で、宣時が鎌倉極楽寺の良観房忍性（りょうかんぼうにんしょう）の熱心な信者であったから、念仏宗が隆盛になるのは当然であった。

それまでの阿仏房は、誰にも負けない熱心な念仏者として村の人々の信頼を受けていたのだから、

「裏切り者だ！」

と、唯阿、印性房、慈道房ら土地の老僧たちが烈火の如く怒った。

「日蓮は仏敵であり法敵である。だが阿仏房のような頑固一徹の念仏者を籠絡する日蓮は、恐ろしい坊主だ」

と憎しみが、憎悪となって日蓮退治に乗り出した。僧侶たちの予想を超えて騒ぎはだんだんと大きくなり、ついに、

「あんな坊主など打ち殺してしまえ。地頭の本間様もお許しくださるはずだ」

「流罪人の首を斬ったとてお咎めはないぞ」

などと過激な念仏僧の声も上がった。かれらに先導されて、百姓や商人や土地の念仏衆たちが結集して日蓮の塚原三昧堂に押し出す勢いになってきた。

「日蓮など飢え死にでもしてくれればいい」

と思っていた地頭の重連も、暴徒と化した群衆の手によって日蓮を殺したとなると、さすがに鎌倉の手前、地頭の責任が問われかねない。

「北条家幕閣の頼綱様や領主の大仏武蔵守様ならお見逃しくださるかもしれないが、それは執権殿のお考えではなさそうだ。何か知らぬが、日蓮の予言が当たったとの便りが依智から届いたばかりだ。日蓮に関しては迂闊なことはできない」

重連はにわかに慎重な姿勢に変わった。

そこで、

「日蓮をどう処置しましょう」

と伺いを立ててきた唯阿や印性房らに、

「日蓮を殺すなとの執権殿より副状をいただいている。僧侶ならば僧侶らしく、法門で責めたらよかろう」

と即座に返答し、打ち騒ぐ念仏宗徒らを直ちに鎮めるよう命じた。

そこで、唯阿ら念仏者たちは法論を開くことにした。かれらは自分たちの力だけでは足りずと、日蓮打倒のために、佐渡の国以外の、越後、越中、出羽、信濃、奥州などの国々の学識のある法師に応援を求めた。

この評判は佐渡国中に知れ亙り、この勝負をぜひ見てみたいという声が島の津々浦々から聞こえてきた。


文永九年（一二七二）一月十六日、諸宗の僧たちが塚原三昧堂の前の雪の野原に集まった。その日は好天に恵まれて、参集人の数は数百人という大人数であったという。地頭の本間重連も不測の事態に備えて、日蓮の警護に当たった。

集まった群衆は日蓮憎しの念仏者がほとんどで、かれらは口々に日蓮憎しの声を上げて罵っていたが、日蓮は一向に驚かず法論開始を待っている。しかし騒ぎがいっこうに収まらない。

日蓮はなおしばらく騒がせたままにして置いた。やがて立ち上がると、

「方々、静まりなさい。法門のためここに集まってこられたのであろう。悪口など何の益にもなりません」

と声高にいった。

それでも、悪口をいって立ち騒ぐ者がいる。

「静かにせよ」

と重連がたまりかねて立ち上がり、

「ここは法門の席である。自説が正しいと信じる者は、堂々と前に出て意見を述べよ。それでも騒ぐ者があれば引き立てるぞ」

と群衆に一喝した。群衆は鳴りを潜めた。

そこで問答が開始された。

しかし、法師たちにいくら学識があるといっても、日蓮にとって論理は児戯に類する愚問ばかりであった。諸国から集まってきた俊才も、日蓮の前では敵ではなかった。

「さて、止観・真言・念仏の法門一々かれらのいうことに反駁し、承伏させどうだどうだと問い詰めれば、かれらは一言・二言反論するにすぎなかった」

と、日蓮は当時を回想して書いている。

続けて、

「鎌倉の真言師、禅宗、念仏者、天台の者よりははるかに劣る田舎学僧であるから、その様は推量できよう。一言、二言の問答で問い詰められる有様は、鋭い剣をもって爪を切り、大風の草をなびかすが如くであった。仏法において愚かであるのみならず、あるいは矛盾したことをいう。知識の誤りをついて責めると、あるいは悪口し、あるいは口を閉じ、あるいは色を失い、あるいはその場で、念仏は間違っていたと悔ゆる者もある。あるいはその場で袈裟（けさ）・平念珠（ひらねんじゅ）を捨てて、念仏は申すまいと誓いを立てる者も現れた」

と書いてある。

法論の最初のうちは数百人もいたが、途中で半数近く減り、そのうち問答に来た者もいつの間にか姿を消し、日蓮が言葉を終わる最後には数人となり、残っていた聴聞の百姓たちも皆帰って行った。

地頭の本間重連（ほんましげつら）は、今日の問答の一部始終を聞いて、

「仏道の話はわからぬが、見事な弁舌には感じ入った。お声を聞いているだけで法華経を信じたくなる」

と畏敬の念に打たれていた。誰もいなくなるのを見届けて立ち去ろうとする重連を、

「お待ちなされ」

日蓮はうしろから大声で呼び止め、

「鎌倉へは何時上られますか」

と尋ねた。

「下人どもに農事をさせるので、それを見届けた七月頃であろう」

何でそんなことを聞くのかというように怪訝そうに答えた。

日蓮は、態度を改めて戒めるような語気でいった。

「それでは遅すぎますぞ。弓矢を取る者は、主君の大事に出合って所領を賜ることを、田畑を作ると申していいます。今にも鎌倉で戦が始まろうとしているのに、なぜ急ぎ鎌倉へ馳せ参じて手柄をお立てにならぬのか。貴殿は相模の国では名のある武士ではござらぬか。田舎で田を作って戦いの場に外れたとあっては、この上ない恥辱となりますぞ」

重連は、

「何を言い出すのか」

と、日蓮のいった意味がわからずキョトンとした。

「この太平な今日合戦など起こりようもないが……。日蓮め、遠い鎌倉での出来事をまるで目の前で見ているようなことをいう。祈禱師でもあるまいに、やはり少し頭がおかしいのではないか」

と独り言をいった。

「とはいえ、気になる言葉だ」

そう思いながら六郎左衛門重連は馬に乗り供の者を従えて帰って行った。

翌日の十七日、前日の法論に参加した印性房弁成が再度日蓮に問答したいといってやって来た。昨日の負けがよほど口惜しかったのだろう。

印性房は佐渡の念仏僧の中でも頭領といわれる人であった。今度の法論でも中心的役割を果たした僧侶であった。

「なんなりと」

日蓮は快く承諾した。

「ただ法論は個人的な問題ではないので、二人の議論の要点を書いてお互いに署名をしておきたい」

という日蓮の申し出に印性房も応じた。相当自信を持って来たに違いない。

しかし、問答を始めてみると、結果は昨日と同じで用意してきた三問も、たちどころに日蓮に論駁(ろんばく)されてしまった。印性房はすごすごと引き下がるしかなかった。

この二日間の問答は、「塚原問答」と称して後世に伝えられた。その記録が残り、日蓮、弁成二人の花押(かおう)がある。

三十六

塚原での問答の大勝利は評判になって、日蓮の徳を慕って帰依(きえ)する村人が増えてきた。

二月になって、日蓮に教えを乞いたいという坊さんが、塚原の三昧堂に訪ねてきた。

最蓮房日浄といい、天台僧であった。理由はわからないが、佐渡に流されて来ていた。

「よろしい。通ってお出でなさい」

と、日蓮は承諾した。この最蓮房日浄は、日蓮の言葉を後世に伝承していく上で、重要な役割を果たした人だといわれている。

佐渡で阿仏房、国府入道に続いて信頼できる仲間がもう一人できたことに、日蓮は何よりの悦びを感じていた。

梅の花が咲き出した二月十八日、島に船が着き、鎌倉と京都で合戦があったことを知らせてきた。

使者から仔細を聞いた地頭の本間重連は、正月十六日の法論が終わって帰ろうとしていたところ、日蓮に呼び止められていわれた言葉が蘇った。

「鎌倉で合戦が起きる。早く行かれるがよい」

と、日蓮はいった。

「この太平の世に、合戦など起ころうか。日蓮め！　見てきたような戯れ言をいう」

と、自分は相手にしなかった。今日の使者の口上は、

「鎌倉で合戦が起こった」

というではないか。

「執権殿が自ら兵を率いて、鎌倉の名越の時章・教時兄弟の邸を攻められた。また京でも戦が始

まった」

というのであった。

「あの時の言葉どおりではないか」

重連は日蓮の持つ底知れない神力に撃たれていた。

これが歴史上「二月騒動」と呼ばれるものであった。

事件は執権の家の兄弟争いであった。別名「北条時輔の乱」ともいわれる。京都南六波羅探題の北条時輔が、弟時宗の執権職就任を妬み、弟の下風に立つのを不平に思って、鎌倉名越の叔父の教時と通じ、時宗を滅ぼそうと企てた。これを事前に察知した時宗は、二月の十一日に兵を率いて時章と教時の邸を攻めて滅ぼした。同時に十五日、武蔵守長時の次子で京都北の探題となっていた義宗に命じて時輔の南六波羅の邸を攻めさせ、一族ことごとく討ち滅ぼした。

この時誅殺された北条時章には謀反の意志はなく後に冤罪が判明した。

時章は四条金吾頼基の主君、江馬光時の弟に当たり、本来ならばこの謀反に連座して、兄の光時も誅されるところであったが、運よく難を逃れた。

とにかくも、時宗の果断の処置で大事件にならずに治まった。

これが謀反のあらましであるが、重連に届いた知らせは、まだ事件の発端である。

「馬を引け」

重連は、この知らせを日蓮に伝えるため塚原の堂に急ぎ向かった。

重連は馬上で、念仏を捨て日蓮に帰依する決心をしていた。

「日蓮殿にお詫びに参った。執権さまより急ぎ上府せよとのご命令だ」

馬から下りると、重連は堂前に立ったまま、正月十六日の日蓮の予告どおり、鎌倉で合戦が起こったことを告げた。

「そうですか。やはり合戦が起こりましたか」

と、常になく激しい語気でいった。

「かねて日蓮が警告申してきた『自界叛逆難（じかいほんぎゃくなん）』の一つに当たるものでござる。日蓮の二度の警告にもかかわらず、幕府の方々はどなたもこれを無視されてこられた。日蓮がいかに申すとも、人が用いぬ限り、国が滅びるのはやむを得ないことだ。この上とも日蓮を用いなければ、蒙古国よりの来襲で日本国は滅びますぞ」

と、怒りを顕（あらわ）にしていった。

地頭の本間重連は国政批判にも及ぶ日蓮の凄まじい気迫に圧されて、身が縮む思いで聞いていた。

重連は日蓮に帰依すると言い残して、郎党を引き連れあわただしく鎌倉へ上った。

幕閣の中には、日蓮が佐渡に流される前の年に評定所で述べた次の言葉、

「百日、一年、三年、七年の内に、自界叛逆難とて同士討（どうしうち）し、他国侵逼難（たこくしんぴつなん）とて他国より攻めらるべし」

を思い出して、今度の事件が日蓮の予告どおりであったことに震撼(しんかん)した。執権の時宗もそのひとりで、特に心を動かされたが、この時は直ぐに日蓮の配流(はいる)を解かなかった。

佐渡島にも春がきて、凍っていた土の下から草が萌えはじめていた。

日蓮は塚原の問答の後、『開目鈔(かいもくしょう)』と名づけた著作を仕上げた。この書では、法華経の行者であるにもかかわらず、竜ノ口の法難に遭ったり、佐渡に流罪されたり、あるいは門下信徒らが難を受けるのはなぜなのか。仏は法華経の行者を守ってくれないのか。などの疑問や動揺が弟子たちや信徒らから起こってきたことに対して、これを解明し日蓮の信仰の正しさを説いたものであった。

「日蓮は去年の九月十二日の真夜中（子丑(ねうし)の時）に竜ノ口の刑場で、首をはねられた。いま佐渡にいる自分はその魂魄(こんぱく)（たましい）である。その魂魄が思うところを記し、縁ある弟子たちに送るのである」

と書き、さらに、

「此は、釈迦・多宝・十方の諸仏の未来、日本国当世をうつし給ふ明鏡なり、日蓮のかたみとみるべし」

といい、この書をもって一門への形見にするという、正に日蓮の「魂魄の書」であった。

日蓮は最初に「法華経」がなぜ他の経典よりすぐれているかの根拠を明らかにした。そして、二十余年来、数々の迫害を受けてきたのは、仏が法華経の中で、末法の時にこの経を弘通（ぐつう）する行者（ぎょうじゃ）は、難多きことを説かれ、

「あらゆる苦難にくじけず、三類の怨敵の迫害にも屈せずに法華経を広めよ」

といわれたことを、正しく自ら体現しているからなのだ。この大難を体験しなければ、法華経の行者にはなれない。この現証によっても、自分が釈尊から遣わされた法華経の行者であることが証明できるではないか、と述べたのである。

「本と願を立つ。日本国の位をゆづらむ。法華経をすてて、観経（かんぎょう）等について後生（ごしょう）を期せよ。父母の頸をはねん、念仏申さずわ。なんどの種々の大難出来（しゅったい）すとも、智者にわが義やぶられずば用いじとなり。その外の大難、風の前の塵（ちり）なるべし。我れ日本の柱とならむ、我れ日本の眼目とならむ、我れ日本の大船とならむ、等とちかひし願、やぶるべからず」

（日本の国を譲り与えるから「法華経」を捨てて、「観無量寿経」などを信仰し、後生を送れとか、念仏を唱えなければ頸をはねるぞなど、種々の法難が起ころうとも、智者によって私の教義が敗られない限り、決してそれに従わない。その他の大難は風の前の塵にすぎない。私は日本国の柱となり、眼目となって、この国と人々を安穏にしたいという、この三つの誓願は断じて破ることはできぬ）

日蓮はかつて三十二歳のとき、安房（あわ）の清澄山（せいちょうざん）で誓ったこの「三大誓願（せいがん）」を改めてこの書の中で表明したのだった。

「天台はいう、『時にかなうのみ』と。仏法は時によるべし。日蓮の流罪は今生の小苦であるから、なげかわしからず。後生には大楽を受けるであろうから、大いに悦ばしいのである」

という文章で、『開目鈔』は終わっている。

日蓮による内乱（二月騒動）の予言は、鎌倉に馳せ参じた本間重連によって鎌倉に詳しく伝えられた。さすがに幕閣らも無視できず、日蓮一門への弾圧を緩め、鎌倉長谷の土牢に閉じこめていた日朗ら五人の弟子たちを放免した。

鎌倉から戻ってきた重連は、これまでの待遇を改め、日蓮を塚原の三昧堂から一族の石田郷一ノ谷の地頭本間山城入道のもとに移した。

三十七

山城入道は、配下の近藤次郎清久、通称一ノ谷入道の家敷に日蓮の身柄を預けた。一ノ谷入道は念仏者であったから、最初は日蓮に敵意を示していた。しかし、重連からの、

「上から預かりし人なれば粗略あるまじ」

という達しが再々届くに及んで、態度を軟化させていった。そのうち日蓮の人柄に打たれ好意を抱くようになった。入道の妻はことに日蓮を尊敬し、日蓮のもとに集う弟子たちの食事の世話

もよくしてくれた。入道自身は法華経の信者にはならなかったが、妻は入信した。

日蓮は塚原にいたときに比べれば、よほどよい環境だと満足していた。それでも、隙を狙って日蓮に危害を加えようとする念仏宗徒は跡を絶たなかった。

日蓮が一ノ谷に移ってから後、日蓮を尊敬し慕う信者たちが次第に増えて、法華経の信仰は佐渡の国に広まっていた。

四月も半ば過ぎた頃、四条金吾頼基（よりもと）が来島した。

「おお、まことの金吾どのか」

日蓮は庭先に立つ頼基をまじまじと見ていった。

「夢ではない。まことの金吾どのだ」

と、大声を上げて頼基のところに駆け寄った。

「お上人様も、ご無事で何よりでございます」

頼基もそれ以上声にならず、どっと涙が溢（あふ）れ出た。

師と弟子は抱き合って喜びの再会に泣き咽（むせ）んだ。

日蓮は涙が乾かないままに、

「して、日朗（にちろう）たちはどうしているか」

と、鎌倉の弟子たちの安否を問うのだった。

「ご安心くだされ。宿屋（やどや）入道（にゅうどう）さまの手厚いご加護でみな無事におります」

と、日蓮不在中の鎌倉の様子をこまごまと報告した。

日蓮と頼基は夜明けまで語り合った。

頼基は、五日ほどの滞在の間に、阿仏房夫婦、国府入道夫婦ら佐渡での弟子たちも紹介されて、日蓮の佐渡での生活振りを知ることができた。

島を離れる頼基に、

「私に万一のことがあった場合には、日蓮の魂魄を、一門のみんなに伝えてくれるように」

と、『開目鈔』の著作を手渡した。

四条頼基が鎌倉に戻った後、五月には鎌倉から女人が一人の幼児を連れて日蓮を訪ねてきた。幼児の名は、乙御前といい、婦人はその子の母であった。鎌倉から佐渡まで百余里に及ぶといわれる。男の一人旅でも大変なのに、幼い子どもを連れた女人の旅がいかに難儀で危険なものであったかは想像がつく。

乙御前の母は夫の横暴に堪えかねて離別していた。時を経るに従い、離別の寂しさが身に染みた。その上子持ちである。幼い子どもの前途を思うと、

「なんと罪深い女だろう」

と、心が嘖まれた。そんな折に、鎌倉の松葉ケ谷の庵で日蓮の法話を聞いた。

「いかなる境遇の女人も成仏できる」

という法華経の女人成仏の道を、日蓮は説いていたのだった。乙御前の母はその話を聞いて、

急に心が明るくなった。その日から彼女は、日蓮の法話に励まされて生きてきたのだった。

ところが、その日蓮が佐渡に流されてしまった。彼女はすっかり落胆して再び迷いの日々を送るようになっていた。

乙御前の母は偶然に、佐渡から帰ってきた四条頼基に出会い、

「日蓮さまに会ってきた」

という話を聞いた。彼女は矢も楯もたまらず佐渡の日蓮を訪ねてきたのだった。

「あなたは、心根の正直な聖人のような人だ」

日蓮は彼女の一途な心に深く感嘆した。また、

「あなたは、日本第一に法華経の行者の女人です」

といって、名を日妙と与えた。日妙尼の経歴はわからないが、日蓮が身延に隠棲後も音信は続いた。女児の乙御前は長じて尼になったと伝えられる。

日蓮はこの一ノ谷で『如来滅後五五百歳始観心本尊抄』という著作を書いた。この書は略して『観心本尊抄』という。

この題名に即していうならば、釈迦が死んで五五百年、すなわち二千五百年後に初めて、心の本尊を観るというのである。二千五百年後とは、まさに日蓮が生きている末法の時代に当たるのである。

「法華経」によれば釈迦は末法の時代に、釈迦が正しく説いた真理を流布するために、長い間地

の中に住していた菩薩が地上に出現して、いかなる迫害にも堪えて法華経を流布するのだと予言された。日蓮こそ、ここに予言されている上行菩薩なのだと書いた。

そして日蓮は独自に、われわれ末法の凡夫は、「南無妙法蓮華経」と唱えることによって仏を見ることができるのだとする。無心に「南無妙法蓮華経」と七字の題目を唱えれば、心は清浄となり、あらゆる九界の惑いを払って、仏の功徳が得られるというのであった。

さらにこの永遠の世界は、死後の世界で実現されるのではないと書いた。

「今本時の娑婆世界は三災を離れ、四劫を出でたる常住の浄土なり。仏既に過去にも滅せず、未来にも生ぜず、所化以て同体なり。此れ即ち己心の三千具足、三種の世間なり」

つまり、この世界が永遠なのであり、この現実が浄土なのだと書いた。このあたりが、法然の浄土念仏の、来世教と違うところではないかと筆者は思うのだが。

日蓮は、「南無妙法蓮華経」を本尊とする法門を、この書で書いたのだった。

三十八

日蓮が大著『観心本尊抄』を書き上げた頃、佐渡の念仏者はじめ、禅僧、律僧、真言師たちが、日蓮排撃の談合を重ねていた。諸宗の僧たちは、塚原問答以来、日蓮の正法広宣流布の影響が佐渡島に広がっていくことに、危機感をつのらせていたのである。

「これは鎌倉へ申し上げるほかはない」

談合の座長、念仏者の唯阿（ゆいあ）らが、本間山城入道に訴え出た。本間入道はこの訴えに同意した。

「重連殿が知ると面倒だ。幸い依智（えち）に行かれて留守なれば今のうちに」

と山城入道は、声を潜（ひそ）めていい、

「重連殿を通さずに守護の大仏宣時（おさらぎのりとき）より下文（くだしぶみ）を申し受けて、日蓮を処罰するのがよいぞ」

と策を授けた。

やがて、唯阿を筆頭に律僧の生喩（しょうゆ）房と極楽寺良観の弟子道観（どうかん）の三人が、鎌倉に上り大仏宣時に訴状を差し出した。

宣時も熱心な念仏者だったので、これを簡単に聞き入れた。

「お上に申すまでもなかろう」

と執権北条時宗（ときむね）に報告せずに、私（わたくし）の御教書（みぎょうしょ）（公文書）を下した。御教書は、本来京の摂関家か、鎌倉の将軍ないしは幕府の政所（さむらいどころ）の発する奉書である。それを無視して、

「国中のものが日蓮房につくならば、或（あるい）は国を追放し、或は牢に入れよ」

と下知した。このような虚（にせ）御教書が、三度も下されたのだった。

日蓮の身辺が危なくなった。

信者が訪ねてくると、念仏の者が見張りを立てていて、道を遮るなど公然とした妨害が始まった。少しでも抵抗すると、暴力に訴えてきた。そのうち物を贈ったり、届けたりするだけで、牢

に入れられた者も出た。

阿仏房、国府入道にも危害を加えようとする者が出た。

「地頭の本間重連殿がまた勤番になって島に戻って来られる。それまでの辛抱」

と、二人が話していた同じ時分に、重連の元へ大仏宣時から手紙が届いた。

「佐渡の国の流人の僧日蓮、弟子たちを引率して悪行をたくむの由その聞えあり。所行の企て、甚だ以て奇怪なり。今より以後、かれの僧に相随伴輩に於いては炳誡を加えしむべし。なほ以て違反せしむる者は交名を注進せらるべきの由うかがふところ也。仍て執達件の如し」

という厳しい命令であった。

日蓮は、こうした事件の背景には、良観房忍性など鎌倉仏教界の策謀があったと、後に書いている。

一方鎌倉では、弟子や檀越らによる、師の日蓮の赦免運動が行なわれていた。特に富木常忍がこれに尽力し、幕府に嘆願する一方、佐渡の日蓮には従来のような厳しい折伏は控えるように進言した。

日蓮は弟子たちのこうした進言にも、

「日蓮の御免(赦免)を蒙らんと欲するの事を色に出す弟子は不幸の者なり。あえて後生を扶くべからず。各々この旨を知れ」

と、弟子たちの赦免運動を拒否した。

しかし、竜ノ口の事件の後、一ヵ月で蒙古の使者趙良弼が百余人の随員を従えて国書をもたらし、翌文永九年には「二月騒動」が起き、続いて高麗（朝鮮）や蒙古の使節が、返書を督促してきた。幕府内部でも、

「日蓮を赦免して、意見を聞くべきだ」

とする意見が出始めていた。

そんなとき、突然、時宗が日蓮を赦免する意向を持ち出して近臣の者を驚かせた。

「すみやかに、赦免せよ」

文永十一年（一二七四）二月十四日、執権北条時宗は日蓮の流罪を赦した。

思えば三年近くの佐渡の流罪生活であった。

（あのとき、日朗が迎えに来てくれたのだった）

日蓮は嬉し泣きで顔をくしゃくしゃにした日朗の姿を昨日のように思い浮かべた。

「身延のお山に入ってから、もう五年以上も過ぎたのか」

日蓮は佐渡の回想から我に返って、感慨深くつぶやいた。

頼基窮地

三十九

　ここ身延へは、佐渡以外の土地からも、次々と檀越や信徒たちが訪れた。最初の訪問者は、南条時光である。時光は、古くからの日蓮の帰依者南条兵衛七郎の息子だ。兵衛七郎は、前執権北条時頼に仕える御家人だった。鎌倉に勤めているときに、日蓮を知り帰依した。しかし、文永二年（一二六五）か三年頃に死んだ。時光はこの頃まだ幼かったが、父と母から植え付けられた日蓮への帰依心は、成人するにしたがっていよいよ強まって行った。日蓮が身延山中に入った文永十一年（一二七四）には、すでに十七、八歳の青年になっていた。

「お上人様が身延にお籠りになった」

　と聞くと、かれは日蓮が身延に落ち着いた直後の七月には、すでに第一回の訪問を行なっている。この時、

「せめてお暮らしの足しに」

　といって、白麦一俵、小白麦一俵、河海苔五帖（五十枚）を持参した。日蓮は大いに喜んだ。そして、

「礼の気持ちです」

　といって、火災の難を防ぐための棟札を書いて渡した。時光はなかなか幅の広い性格の若者で、

訪ねる度に、

「いま、このような遊びが流行（はや）っております」

といって、何かの遊戯をして見せた。日蓮は手を打って悦んだ。そして、

「心豊かな、頼もしき若殿御（わかとのご）よ」

と目を細めた。悦ぶ日蓮の姿を見るのが、時光の何よりの悦びになった。

日蓮と当初から深い信頼関係を保っていた下総（しもうさ）の富木（とき）入道胤継（たねつぐ）も、しばしば身延を訪れた。仕事のために訪れることができない時は、丁重な文書を何度も書き送った。建治（けんじ）二年（一二七六）二月に、富木入道の母の法日尼が死んだ。富木入道は、阿仏房の子藤九郎盛綱（もりつな）と同じように、母の遺骨を持って身延にやって来た。そして、

「道場の脇に埋めさせてください。母の希望です」

といって、遺骨を身延に埋めた。

しかし、これらの御家人武士や、御家人に仕える家臣たちが、身延山の日蓮を訪れることに対し、執権北条時宗（ときむね）は黙認した。もちろん、脇にいる侍所所司（さむらいどころしょし）の平頼綱（たいらのよりつな）は、しきりにこういう情報を耳にする度に、時宗の処に行って、

「三度諫言（かんげん）しても用いられないので、山中に入りますといった日蓮が、いまだに性懲（しょうこ）りもなく信者を集め、あらぬ教えを撒き散らしております。さらに御家人の中にも、わざわざ身延の日蓮を訪ね、米銭（べいせん）の差し入れをするような不届き者もおります。懲（こ）らしめたいとおもいますがよろ

しゅうございますか」

などときいた。が、時宗は、

「それには及ばぬ」

と首を横に振った。そして、

「それよりも、日蓮は蒙古再来を予告しているそうだが、一体いつ蒙古が再び日本を襲うのか、できれば確かめてほしい」

といった。平頼綱は拒んだ。

「二度とあの坊主の世話にはなりたくございません」

と険(けわ)しい表情をした。時宗は、

「そうか、それならばよい」

といってそれ以上自説を押し付けなかった。しかしこの頃の時宗の頭の中には、大きな不安が漂っていた。それは、

「もし蒙古国が再来した時に、果たして防ぎ切れるだろうか」

ということだ。時宗の憂慮を察知した頼綱は笑った。

「執権殿、大丈夫でございます。たとえ蒙古が再び襲うようなことがあっても、また神風が吹きます。日本は神国でございます」

そういった。時宗は苦笑した。

「また風が吹けばよいが」

「必ず吹きます」

頼綱は自信を持って言い切った。そして、

「そのためにも、日蓮がおとしめる真言・禅・律そして念仏の諸僧たちに、その際はあげて敵国調伏の祈禱を頼みましょう」

時宗は頷きながらも、

「その際は日蓮も加えた方がよいのではないかな」

といった。頼綱は首を強く横に振った。

「それはなりませぬ。日蓮に頼めば、どうせまた他の諸宗の祈禱を禁じ、法華経だけで祈禱をしたいと申すに決まっています」

「それはそうだが」

時宗の語尾は曖昧になった。頼綱は胸の中でチッと舌を鳴らした。そしてふっと、

(執権は、他の諸宗の祈禱を禁じても、日蓮に祈禱させるつもりでは)

と疑った。平頼綱は、自分でも、

「おれは筋金入りの念仏者だ」

と公言するように、古くからの念仏宗信者である。そしてかれは今、外様御家人の代表格である安達泰盛とほとんど互角に争う実力者に伸し上がっていた。つまり、

「北条得宗家の執事兼侍所所司」

として、北条得宗家に忠節を誓う鎌倉武士の代表格になっていた。そのために、

「頼綱殿のご機嫌を損じると、ろくな目に合わぬ」

という姑息な処世術から、われもわれもと念仏宗に帰依し、同時に自分の周囲の者にも、

「念仏宗を信じろ」

と強要する武士が沢山いた。

日蓮の忠実な帰依者四条金吾の主人、江馬光時もその一人であった。四条金吾の名は、正しくは四条中務三郎左衛門尉頼基という。日蓮の四大檀越の一人だ。父の代から、江馬朝時・光時の父子二代に亙って仕えた。父の官職が中務だったので、それを引き継いだ。左衛門尉というのは、武士の官職で、唐名の左金吾校尉に相当する。

頼基の日蓮への帰依は、かなり古く、建長年間に日蓮が鎌倉で辻説法を行なっていた時に、心を動かされて入信したという。

日蓮の松葉ケ谷の庵と、四条頼基の邸とはおよそ一里（約四キロ）程度の距離だったので、始終往来していたようだ。

かれの主人江馬光時は、正しくは北条光時で、北条氏の一門であり、また名越氏の流れだった。寛元二年（一二四四）四月二十八日に、時の征夷大将軍藤原頼経が北条氏の圧力によってその職を追われ、幼い息子の頼嗣に譲った。そして、寛元四年二月二十三日には、執権北条経時は病

のため、その職を弟時頼に譲った。この時、北条光時は時頼を歓迎せず、

「前将軍頼経様と手を組んで、自分が執権になろう」

という野望を立てた。この企てが事前に発覚して、藤原頼経は京都へ送還され、光時は厳しく糾問された。

結果、光時は伊豆の江馬に流罪となった。江馬という姓を名乗るのは、この時がきっかけになっている。企てに加わった連中のほとんどがその役を免ぜられた。

光時は当時越後守だったが、その職も領地も奪われた。

この時光時は時頼に、

「二度とこの様な企ては致しません」

と謝罪したという。四条頼基は、この光時に仕えてそれなりの領地を安堵されていた。ということは、光時はその後許されて、相応の扱いを受けたのだろうか。しきりに、四条頼基に対し、

「法華宗を捨てるように」

と迫っている。ところが頼基の方は反対に、師の日蓮が竜ノ口の法難に遭ったときに直ちに駆け付け、日蓮を乗せた馬の前に立ちはだかって刀を抜き放ち、

「ここで腹を切って、死出の旅路のご案内を仕る」

と叫んだ。それほどの帰依心を日蓮に持っていたから、いくら光時が、

「法華宗を捨てろ」

といってもいうことは絶対に聞かない。主従の間は毎日気まずい思いが続いていた。

この辺は推測でしかないが、もし光時がかつて企てた陰謀の罪を時頼・時宗父子から許されたとすれば、四条頼基のような家臣をそのままにしておくことは、得宗家や幕府に対しての憶えが悪くなる。それでなくても前科があるのだから、

「江馬光時は、依然として北条得宗家に逆心を抱いているのではないか」

と疑われる。北条得宗家の執事平頼綱は、そういう目で常に江馬一族を警戒している。そんな関係で、光時も四条頼基に改宗を迫ったのだろう。しかし頼基の信仰心はちょっとやそっとのものではなかった。師の日蓮が佐渡へ流された後も、流罪先の日蓮を訪ねている。また自分が行けないときは使いを送って、しばしば差し入れを行なった。かれは周囲の人々に、

「日蓮お上人は、親も同じだ」

と告げていた。細かい生活のこともすべて日蓮に相談した。その度に日蓮は、丁寧な返書を出している。また頼基には医術の心得があって、日蓮も健康を害したときはしばしば頼基から薬をもらって飲んだ。

日蓮は筆まめで、差し入れを受けたときや、手紙をもらったときには必ず礼状や返事を書いているので、消息と呼ばれる文書は夥しく残っている。その中でも、四条頼基に当てたものが最も多いという。

四十

身延山に入った日蓮は、

「この山中の庵に存在するのは、日蓮の魂魄である。肉体はすでに竜ノ口で斬られて死んだ」

という決意とともに、蒙古の襲来によって予言が的中したことに自信を持ち、

「残された魂魄によって、法華経の弘通をはかろう」

と固い決意をしたことはしばしば触れた。日蓮はそのために、門弟や信徒に頼んで、

「日蓮の決意をさらに完全なものにするために、経論や典籍を多く集めてもらいたい」

と門弟や信徒に依頼した。身延山の小さな庵に弟子や信徒たちが運んでくれた経典が次第に堆く積まれた。日蓮はそういう連中に丁寧に礼をいうとともに、

「いずれは、諸宗に口上の対決を挑むつもりだ」

と告げた。聴いた弟子や信徒たちは顔を見合わせニッコリ笑った。

「お上人様は、昔以上の強いお気持ちをお持ちだ。頼もしい」

と感じたからである。そうなると、鎌倉にあってもあるいは各地域にあっても、弟子や檀越や信者たちは、

「お上人様のお教えを、自分たちもできる限り広めよう」

と勢いづくのであった。

これは前にも書いたが、

「弾圧と抵抗とは相対関係にある」

ということと、

「弾圧が強まれば強まるほど、抵抗も強まる。それは、弾圧される側に殉教の精神が湧いて来るからだ」

とも書いた。これが、日蓮なきあとの鎌倉や各地における、日蓮宗徒達の行動をさらに活発化させた。特に四条頼基はその先頭に立っていた。そして頼基は、自分が行なった活動を克明に身延山の日蓮に報告した。その中に文永十一年（一二七四）のこととして、

「この度、主人江馬光時が、法華経に怨（あだ）する者を供養しようとしたので、そのようなことをなさると地獄に落ちますぞとお諌（いさ）め申しあげました」

と報告した。これに対し日蓮は、返書を書いた。

日蓮は四条頼基が主人に、

「法華経を罵（ののし）るような邪宗徒たちに、寄付や寄進をなさるとかならず地獄に落ちますぞ」

と法華経への改宗をすすめる勇気ある発言をしたことは大いに認める。

「が、その発言によってこれからはさらに憎まれ、場合によっては命まで狙われるだろうから、今後は口を慎んで、十分に注意した方がいい」

と助言している。頼基には前々からかなり直情径行的なところがあったのだろう。一直線に、自分の信じた道を歩いて行くので、日蓮にすれば心配なところがあったのにちがいない。なにしろ、日蓮が竜ノ口で斬られるということを聞いた時に、まっしぐらに飛び出して来て、その馬前で腹を切ろうなどと叫ぶくらいだから、主人の江馬光時にしても、普段から、

「頼基め」

と憎悪の念を持っていたことはまちがいない。日蓮は、自分が身延の山中に入ってしまっているのでそんな頼基の危機に際し手が出せないから、そんな心配をしたのである。しかし頼基は日蓮の心配にも拘らず、その行動をさらにエスカレートさせて行った。それが主人の江馬光時との人間関係をいよいよ険悪なものにした。頼基はそのことを身延の日蓮に書き送った。それに対し日蓮は今度は角度を変えてやんわりと頼基を諭している。

「貴殿がお手紙に書かれたことの中に、多少不心得な面がある。それは、日蓮を日本国の人々が迫害するのは、ひとえに執権殿が日蓮を迫害なさるからだ。それが正しくないことは、その迫害にあう前から、そうなるだろうということを知っていたために、日蓮は今どんな目にあおうとも、人を怨んだりしてはならぬと思って来た。この心が祈りとなったためだろう、すべてそれらの難を逃れ、今は何ごともなくなっている。日蓮が佐渡の国に流された時も、飢え死にすることなく、またこれまで身延の山中で平穏に法華経を読んでこられたのも、一体だれのおかげだろうか。ひとえに貴殿のおかげなのだ。そして、貴殿のお助けはなにゆえかと尋ねれば、それは貴殿の主君

江馬入道殿のおかげなのだ。このことははっきりとおわかりにはならぬであろうけれども、かならずそれは入道殿のための御祈りともなると、やがてはまたかえって貴殿の御祈りともなろう。貴殿の父母への御孝養も、また江馬入道殿の御恩である。いかなることがあろうとも、このように御恩のある方にそむいて出て行ったりしてはならない。主人から度々捨てられるようなことがあっても、またいかなることにあって命を捨てるようなことがあっても、主君を捨ててはならない。

先に引いた経文に、恩を知らない者は横死するとあったが、孝養の者が横死するはずはない。鵜という鳥が食べる鉄は溶けても、腹の中の子は溶けない。石を食う魚はあっても、また魚の腹の子は死なない。栴檀の木は火に焼けず、浄居天の火は水に消えない。仏の御身は、三十二人の力士が火をつけても決して焼けない。仏の御身から出た法の火は、三界の竜神が雨ふらしても絶対に消えない。

貴殿は日蓮の功徳を助けたお人だ。悪人に破られることは絶対にあるまい。もしものことがあれば、それは前世に法華経の行者を迫害したのが今生に報いられたのだ。この報いは、いかなる山の中、海の上にいてものがれがたい。不軽菩薩が杖木に責められ、目連尊者（釈迦十大弟子の一人）が竹杖に殺されたのもそのためだ。少しも欺くことはない。しかし災難は用心してさけるに越したことはない。この手紙をお読みになった後は、百日の間、とくに同僚や他人とは、わが家以外で夜中の酒宴をなさってはならぬ。主君に召されたときは、昼ならば急いで参られよ。

夜なら、三度までは急病でございますといって断りなさい。それでもなおお召しになるならば、部下か他の人に頼んで、道を警戒させながらおいでになるがよい。そのように慎んでいるうちに、蒙古の軍勢が押し寄せ来るようなことになれば、人の心も前と同じになるし、かたきをうち心もとどまるはずだ。主君から暇をとりたいとおっしゃるが、たとえ貴殿にあやまちがあろうともみだりにそんなことをしてはならない。ましてあやまちがないのなら、人が何といおうと構わぬではないか。思いのままに入道となることも先々ならばよいが、今そんなことをなされば心にあわぬことが数多く出来する。かえって悪縁がたびたび訪れることになるだろう。このごろは、女性は尼になって人をだまし、男性は入道となって大悪を作っている。したがって断じてそのようなことがあってはならない。身に病なくても、灸を一、二箇所据えて病があるように見せ、騒ぎがあっても、しばらくは人を出して様子を探らせるがいい。くわしいことは書きつくしがたい。このゆえにこの度は法門についてはとくに書かない。お経のことは涼しくなったら書いてさしあげよう」

日蓮がこんな返書を書いたのは、四条頼基が、

「主人との間がいよいよ気まずくなったので、領地を返上して出家しようかと思っております。その方が、いまのような不愉快な日々から逃れることが出来ると思いますので」

というような書き方をしたためだ。これもまた、頼基の直情径行ぶりを示すものだ。日蓮はいよいよ心配した。だから前の手紙よりもさらにわかりやすく、また懇切丁寧に、

「短気を起こしてはならない」

と諭したのである。とくに、

「日蓮が今のように無事に経が読めるのも、すべては頼基殿が救ってくださったからだ。しかし頼基殿も考えてみれば、給与をくださるのは江馬入道殿なので、その意味では頼基殿も江馬入道殿に御恩があるはずだ。そして、その御恩がめぐりめぐって、日蓮を救ってくれている。そうなれば御恩のある江馬殿に対しいきなり領地を返上して、自分だけ出家するというのはいかがなものだろうか。が、頼基殿のそのような振舞いは、かならず家中に知れているので、命を狙うような者がさらに出るだろう。警戒して、酒宴は一切断り、また江馬入道殿から至急お召しがあっても、仮病を使って断り、どうしても行かなければならないときは、江馬殿のお屋敷までの状況をつぶさに調べた上で出掛けられた方がよい。いずれにしても、ご自重あれ」

と、ほとんど子どもに言い聞かせるような細かい指示まで与えている。

こういう慎重さは、身延山に入ってから植え付けられたものだろうか。あるいは、鎌倉で辻説法をしていた時からすでに日蓮にはそういう体質があったのだろうか。単に伊豆に流され、あるいは佐渡に流されたから、その期間中に、こういう警戒心が湧いたとは思えない。日蓮には初めから、

「こういうことをすれば、かならずこういう反応がある、報いがある」

ということをつぶさに想定し、それに対する対処の方法を持っていたように思える。そうでな

ければ、何度も受けた襲撃を切り抜けることはできなかっただろう。日蓮が、

「あらゆる暴力に対し、自身もそれに力をもって対抗して行った」

とは思えないのである。日蓮は、相当に警戒心が強く、自分と自分の信者たちの生命の安全を守るということにかけては、かなり慎重な対応をしていたと考えたい。

が、四条頼基には、日蓮のいうことはわかっても、柔軟に主人に対し仕えて行くような器用な真似はできなかった。依然として、

「法華教を譏るような邪宗徒に、供養（寄付など）をなさると、かならず地獄に落ちますぞ」

と強諫し続けた。

四十一

家臣の頼基が、頑になればなるほど、主人の江馬光時もいよいよ躍起になった。二人の争いは、鎌倉中の話題になった。

「江馬殿は頼基をどうなさるおつもりか」

あるいは、

「四条殿も、御主人にいつ屈服するか」

と興味津々の態度で二人を見守った。江馬家中でも、光時を煽り立てる者が次々と出た。光時

はついに頼基に対して、

「領地替えを命ずる」

と告げた。領地替えといっても実は、

「保有の土地を大幅に減らす」

という宣告であった。進退谷まった頼基は、このことを身延の日蓮に書き送り、

「わたくしはどのようにすればよろしゅうございますか」

と尋ねた。読んだ日蓮は、今まで送った返書がほとんど役に立たなかったことを知った。しかし、だからといって日蓮は、四条頼基に対し、

「なぜそなたも、わたしの言い付けに従わないのだ?」

というような咎め立てや詰問は絶対にしなかった。さらに根気強く、

「こうした方がよい」

という対応策を書いて送った。


そこで、この度のお尋ねだが、主君への御返事はこうなされ。「今病気なので、遠い国に行くことはできません。世間はすでに一大事になろうとしております。自分は、時に臆病にならないとはいえませんが、今はいかなることが起こっても、御主人としての貴方様の御前にて命を捨てようと覚悟しております。そういう時に、今領地替えがあって越後のような遠

い国に土地をいただいても、道が遠いうえにまた、起こっていることが本当なのか嘘なのか、なかなか確かめることができないと思います。したがって、今もっている土地を召し上げられても、今は貴方様のお側を離れることはできません。これ以外はどのような仰せをこうむっても恐れは致しません。なお、このことよりも大事なことは、わたくしはやはり日蓮御房の御事と、すでに亡くなった父母のことであります。たとえわたしをお見限りになろうとも、わたくしは貴方様に命を献上いたします。そして後世のことは、日蓮御房におまかせしておりました」と声高らかに申しあげなされ。

日蓮がこの返書を書いたのは、四条頼基からきた訴えの中に、

「主人が、わたくしの領地を遠い越後の国に移し、しかも大幅に面積を削りました」

という一項目があったからである。つまり頼基は、

「領地を削られ、遠くの国に設定される命令にそのまま従うべきでしょうか？」

と問い掛けたのだ。それに対し日蓮は、

「たとえ領地は移されても、あなた自身は鎌倉を離れてはならぬ」

と言い切っている。そしてその理由として、

・目下病気であること

・しかし、たとえ病気であっても一命は常に主人に捧げる覚悟を持っていること

・世の中は今不穏で、内乱がいつ起こるかわからないし、また蒙古がいつ攻めて来るかわからない危機にあること
・そういう大事な時に、遠い越後の領地へ赴くということは、自分の忠誠心を発揮できなくなること
・そのため、どんなにお咎めがあっても、また領地を削られ移されても、自分の身だけは絶対に御主人のお側に置いておきたい
という五項目を上げている。筋が通っている。普通なら、こんな返事をもらえば、たいていは主人の方もホロリとするだろう。

「頼基は、そこまでおれに忠誠心を持っていたのか」

と考えるはずだ。しかし、自己保身のためにいろいろと意地悪をして苛めにかかっているこのときの江馬光時に、そんな殊勝な心があるはずはない。

というのは、この頃、四条頼基をどう扱うかという問題は、すでに主人の江馬光時と家臣としての頼基との問題ではなくなっていたからである。鎌倉幕府の大いなる関心事になっていた。そして誇張していえば、この問題はすでに、

「北条得宗家を代弁する執事 平 頼綱と、日本全国の御家人を代表する安達泰盛との熾烈な争い」

の一つとして、世間の注目を集めはじめていたからである。世間は、

「江馬光時は、四条頼基をどの様に扱うのか」

という一点に集中していた。そのため江馬光時も、個人的には四条頼基の気持ちがわかったとしても、あくまでも自分の指示命令を守らせなければならない。一方の四条頼基は、

「どこまで自分の志を通し、武士の意地を貫き通すか」

という見方をされている。その意味では、江馬光時も四条頼基もそういう視線を意識して、行動せざるを得ない立場に追い込まれていた。だからこそ四条頼基は身延の日蓮に、

「どうすればよろしいでしょうか」

ときいて来たのである。

これに対する日蓮の返書案に筋が通っていると、先に書いた。

「〝いざ、鎌倉〟の布告が出た時は、日本のどこにいてもすぐ駆け付けなければならない」

というのが、主人の、

「御恩」

に対する御家人たちの、

「奉公」

になる。四条頼基に、日蓮が、

「越後のような遠い土地に領地をいただいたのでは、いざ鎌倉の時にもすぐ駆け付けることができません」

といわせるだけでなく、

「いざ鎌倉がほんとうに起こっているのかどうかさえ確かめることができません」

といわせるのは、やはり、

「遠国では、情報が得にくいし、また得た情報も真偽が定め難い」

という意味がある。これはあるいは佐渡での日蓮自身の経験かもしれない。佐渡島にいた時も、おそらくいろいろな情報が入って来ただろう。しかし日蓮にすればその情報の一つ一つについて、

「これは本当のことなのだろうか」

と真偽を疑うようなことも沢山あっただろう。そういう経験からして、

「御家人は、絶対に鎌倉の近くに住むべきだ」

というのが日蓮の信条であった。

だから日蓮が頼基に対して、

「自分はあくまでも主人のお側にいたい」

といわせたことは卓見(たっけん)だった。

四十二

四条頼基(よりもと)からこの願書を受けとった江馬光時(えまみつとき)は読み終わって渋い顔をした。ジロリと頼基を睨(にら)

み、

「また、身延の坊主がよけいな知恵をつけたな」

と罵(ののし)った。頼基は自分の願書の中に、日蓮のことははっきり書いたのだから、悪びれるところは少しもなかった。目をあげて、昂然(こうぜん)と頷(うなず)いた。

「仰(おお)せのとおり、日蓮の御房のお知恵を拝借いたしました」

「日蓮御房のお知恵か。身延の坊主は、悪知恵ばかりつける」

とせせら笑った。そして、

「一応、この願書は預かる」

といった。光時にすれば、すぐ平頼綱(たいらのよりつな)と相談するつもりである。侍所(さむらいどころ)に行って光時はこのことを報告した。四条頼基の願書も見せた。読み終わった頼綱はニヤリと笑った。

「身延もなかなかやるな」

身延というのは、日蓮のことだ。頼綱は江馬光時の顔を見た。

「それで、お主(ぬし)はどうなさるおつもりか?」

まがりなりにも江馬光時は、北条一門なので、頼綱も乱暴な言葉は使えない。一応敬語を使う。

光時は、

「わたくしも一応は家臣を抱える身、主人として出した指示命令を撤回することはできませぬ。そんなことをすれば、わたしの権威が損(そこ)なわれます」

「では、あくまでも四条に対する領地替えを実行するおつもりか？」

「そうです」

「結構だ」

頼綱は満足そうに頷いた。そして、

「改めてこういう嫌味をいうのは本意ではないが、ご貴殿はもともとは得宗家に対し一時謀反を企てられた方だ。発覚した直後に、前非を悔いて謝罪状を入れ、あの時は頭を丸めて出家なされた。その誠心はおそらく真実であろうと、わたしが執権殿にお願いをして、本来なら斬罪にもされるべきところを伊豆への流罪ですませた。しかも、流罪もわずかな期間で赦免され、再び執権殿から領地を与えられたのは、すべてわたしの仲介による。そのことをお忘れなきように」

とクギを刺した。光時は嫌な表情になった。眼の底に思わず、

（なにをこの！）

という憤りの色が走ったが、光時はすぐ抑えた。頼綱のいうとおりだったからである。確かに、光時は時頼が執権になる時に、これを不満に思い、

「時頼が執権になるくらいなら、俺の方が適任者だ」

と考え、追放された将軍頼経と結託して時頼の足を引っ張った。それが発覚して、伊豆流罪になったのである。だからといって、頼綱のいうように、

「本当は首を斬られるところだったのを、俺がとりなして伊豆への流罪ですませたのだ」

ということは本当かどうかはわからない。頼綱は頼綱なりに、自分の権勢をひけらかし、いいように周りをたぶらかしている。光時の感じでは、

(斬罪でなく伊豆流罪にし、またその伊豆流罪からすぐに赦免してくれたのは、おそらく頼綱ではなく時頼殿だ)

と思っている。しかしそんなことを口に出しても何の得にもならない。光時は頷いた。

「いわれるまでなく、過去の罪はいまだに夜ごと思い出しております」

そういった。頼綱は満足そうに頷いた。

「そのお心掛けが何よりも肝要です」

こうして、光時は、またまた自分の責任で、何としても四条頼基を越後の減封地へ追いやらねばならなくなった。

一方、四条頼基は安達泰盛の邸に呼ばれていた。すでに泰盛の邸には何度か来ている。光時が頼基を苛めはじめてから、泰盛は異常にこの問題に関心を持った。泰盛はいつもと変わらぬ磊落な態度で、気軽に頼基と接した。

「胡座をかけ」

かしこまる頼基にそういった。そのとおりにすると、泰盛は、

「身延は達者か」

といきなりきいた。身延というのは日蓮のことだとわかっているので、頼基は頷いた。

「御健在でおいでです」

「何よりだ」

頷くと泰盛は、顔の皮膚だけに微妙な笑いをにじませながらきいた。

「江馬殿の申し状には従うのか？」

「いえ」

頼基は首を横に振った。泰盛は、

「ほう」

と眼を細め、

「どうする気だ？」

「身延の日蓮御房にお教えをいただきました」

「身延はどんなことをいって来た」

「越後のような遠い土地に行くと、今何が起こるかわからないこの世の中で、武士としてのご奉公を欠くことになる。たとえ領地を減らされ、遠国に移されても、自分の身だけはしっかりと御主人の側に置いて、いざという時の御用に立つようにすべきだとお答えせよと仰せられました」

「うまい事を思いつくものだな」

泰盛は突然はっはと笑い出し、感に堪えたように膝を叩いた。

「なるほど、領地は遠くへ移されても、身は主人の側に置く、ということか。考え付きもしなかったな。僧の身で、よくそういう武士仲間の処世を考えつくものだ。身延はなかなかの苦労人だな」

そんなことをいった。安達泰盛はしたたか者だ。そして、御家人の代表者だけに、わずかな土地で苦しい生活に耐えている御家人の感情を完全に掴んでいた。したがって、日蓮のいうことが、貧しい武士たちの気持ちにぴったり添うものであることを見抜いた。胸の中で舌を巻いた。

(日蓮坊主め、大変なしたたか者だ)

と思った。それだけに、

(油断がならない)

と持ち続けている警戒心をさらに強めた。

江馬光時が北条一族であり、かつて日蓮のいう、

「自界叛逆」

を起こした一因であることは泰盛も知り尽くしている。そして脆くも得宗家に屈服し、頭を丸めて謝罪したみっともなさも覚えている。伊豆へ流されても、やがて赦された。泰盛から見れば、

「意気地のない奴だ」

と唾を吐きかけたい気がする。しかしだからといって、泰盛がその光時に盾突く四条頼基を後ろから応援するのは、そのまま日蓮を応援しているということではない。泰盛もまた日蓮が嫌いだ。

「自分の宗旨を広めるために、他の宗旨を全部弾圧しろというのはとんでもないことだ」

と思っている。泰盛はとりわけどの宗旨を重んずるかということにはあまり関心はない。

泰盛のようなタイプの人間は、おそらく、

「無宗教人間」

といった方が正しいだろう。だから日蓮が、時宗や頼綱やあるいは鎌倉幕府の首脳部たちに、

「他宗をすべてやめさせて、法華宗だけを国教として扱うように」

と言い出したことに、半ば興味といっていいような関心を持っていた。つまり、

「執権や執事や幕府首脳部が、どう対応するか」

と、いってみれば、

「ひとごと」

として見守っていたのである。泰盛自身は、

「一度くらい、日蓮のいうとおりにしてみたらどうか?」

と思っている。他宗をピタリと沈黙させ、日蓮だけに、

「南無妙法蓮華経」

と唱えさせた時に、果たして日蓮が予告した、たとえば、

「二つの難、すなわち自界叛逆(ほんぎゃく)と他国侵逼(しんぴつ)」

が、食い止められるかどうかということにも関心があった。また、雨乞いの祈禱をさせれば雨

が降るのかどうかも実験する価値はある。それで何も起こらなければ、今度は日蓮が間違っているということになる。泰盛はそういうクールな人間だった。だからこそ、御家人同士の土地争いに対しても、比較的公正な判断を下すことができるのだ。それが現在、

「われわれの気持ちをわかってくれるのは、執権殿ではなく、評定衆の安達殿だ」

という評判を、全国的に高めている所以だ。特に九州は、泰盛が肥後守護をも務め、蒙古の再来に対応して、息子の盛宗を守護代として派遣していることもさらに好感を深めていた。泰盛自身は、今度の、

「江馬光時の四条頼基に対する嫌がらせ」

を、拡大解釈して、

「北条得宗家の、御家人対策の一つのあらわれ」

と見ていた。つまり江馬光時は、一時期は叛逆者であったかも知れないが、現在は完全に屈服して、北条一門の中に溶け込んでいる。むしろ光時は、過去の過ちをそういう形で拭い去ろうとしている。だから、

「江馬光時は北条一門だ」

ということを殊更に強調している。泰盛から見れば、

「笑止千万だ」

と嘲笑の対象にするだけだ。しかし光時の立場に立てば、

「この一件が、自分の北条一門としての勢威を回復できるかどうかの分かれ目だ」

ということになる。

それに対し、身延山にいる日蓮の後ろ盾を得て、四条頼基は果敢に抵抗している。あの手この手と、絶妙な返書を出して切り抜けている。

「その知恵は、すべて身延山の日蓮がつけている」

ということは周知の事実だ。そうなると、この争いは、江馬光時の背後には、平頼綱がおり、その背後には北条得宗家と当主である執権時宗がいることになる。さらに四条頼基の背後には、安達泰盛がいて、安達泰盛の背後には日本全国の御家人がいるということになる。さらに四条頼基の背後には、日蓮がいる。そうなると、勢い平頼綱側にしても、あるいは安達泰盛側にしても、一点集中的に関心の標的になるのはやはり日蓮だ。

「今後、身延がどう動くか」

ということが、最大の問題だ。

四条頼基の報告を聞いた泰盛は、さらに思い出し笑いをした。特に、日蓮からの、

「土地は遠くへ移されても、体だけは主人の側に置きなさい」

という言い方が非常に気に入ったらしい。何度も口にしては、はっはっはと高く笑った。泰盛はやがて笑いを収めると、こういった。

「身延のいうとおり、絶対に江馬の側から離れるな。これは俺の願いでもある」

そういった。安達泰盛にすれば、四条頼基が江馬光時の命令に屈服して、越後の国に行ってしまったのではおもしろくも何ともなくなる。やはり、頼基が鎌倉にいて頑張り抜いてこそ、この争いの楽しみがあるのだ。そして頼基が理由の一つにしている、

「近く、蒙古国が再び日本を攻めてくる」

ということを日蓮の予言として理由にしているのならば、

「本当に蒙古国が日本にやって来るのか来ないのか」

ということを確かめることによって、日蓮の予告性がまた別な場所で問題となる。

四条頼基は、直情径行的な性格だから、やはり持って回ったような屈折した言い方をする平頼綱よりも、安達泰盛の方が付き合い易い。また、

（世間の評判どおり、安達殿はわれわれ下級武士の気持ちをよく理解してくれている）

と思えた。身延の日蓮は、確かに知恵者であり自分の信仰の対象ではあったが、佐渡島から放免になった後に、さっさと身延山に入ってしまった。その意味では、今までのようなすぐ出掛けて行って身近な指導を得ることはできない。頼基にすれば、心の一隅に穴が空（あ）いたことは確かだ。その空隙（くうげき）を安達泰盛は巧妙に埋めてくれる。となると頼基の気持ちも、多少は安達泰盛に傾いて行く。平頼綱と比べれば、当然安達泰盛の方が頼り甲斐がある。それに外様（とざま）代表の大実力者だ。

「鎌倉幕府内で、もっとも下級武士の気持ちをわかってくださる方だ」

という噂に間違いはなく、頼基は泰盛に会う度にその噂が正しいことを確かめていた。しかし

安達泰盛の胸の底に、

「この争いを一つのきっかけに、北条得宗家が専断する現在の鎌倉政治に、根底から揺さぶりをかけてやろう」

と企んでいることはさすがに見抜けなかった。そういう政治問題は、四条頼基の関知することではないし、また関心もない。四条頼基がとにかく切り抜けなければならないのは、現在主人の江馬光時から強要されている、

「越後の滅封地へ一日も早く赴け」

という命令を、どうやってのらりくらりと躱すかである。直情径行型の武士である頼基は、この一点に標的を絞っていた。

四十三

頼基は突然思いついて、泰盛にこんなことをきいた。

「日蓮お上人様からいただいたお知恵がうまくいかずに、主人があくまでもわたしに越後へ行けと申された時は、どうしたらよろしゅうございましょうか？」

この問い掛けに対し泰盛は事も無げにこう答えた。

「訴えを起こせ」

「は？」

頼基はびっくりした。

「訴え？」

「そうだ。今の幕府には、門注所がある。引付の役所もある。そしておれはその引付衆の頭人だ。同時に、引付衆や問注所で片の付かない問題が、評定に掛かった時には、おれも評定衆の有力な一員だ。訴え出れば、悪いようにはしない」

「なるほど」

頼基は沈黙し目を宙に上げて考え込んだ。やがて視線を泰盛に戻し、ニコリと笑うと、

「わかりました。それはよい手立てでございます」

とお辞儀をした。泰盛はそんな頼基をちらりと見て、

「いい手立てだろう？」

と頷いた。思いつきだった泰盛自身も、

（もし、このごたごたが、問注所に持ち込まれたら、いよいよ大事になっておもしろい）

と思っていた。いや思っただけではなく、

「ぜひ、その方向に赴かせよう」

と問題の拡大化を策した。泰盛にすれば、

「この問題は、単に江馬光時とその家臣である四条頼基の給与問題ではない。幕府全体の問題で

もあり、北条得宗家が存続し得るかどうかの問題でもある」

と考えていた。四条頼基は明るい顔になって、安達泰盛邸を辞去した。

「安達様は、いつもわれわれ武士の立場に立ってものを考えてくださる」

とまた、泰盛への信頼感を深めた。頼基が泰盛邸を訪ねた時には、一抹の不安があった。それは、

「お上人様のおっしゃったことを、主人が拒んだ時はどうしたらいいだろうか」

ということだ。頼基は日蓮思いの信者だったから、日蓮がせっかく出してくれた知恵がうまく行かなくて、光時がさらに悪辣な手を講じた時には、

「お上人様に対して申し訳ない」

という気持ちを持っていたのである。頼基はすでに竜ノ口の法難以来、

「自分の心身は、すでにお上人様に差し上げている」

と思っている。ということは、

「自分はお上人様の手足の一部なのだ」

ということである。だから、日蓮が頭の部分として考え出したことを、うまく手足が実行しなかった時は、その責任は手足にあると思い込んでいた。身延の日蓮から、

「今度の件については、こうなさい」

と懇切丁寧な指示をもらった時は、

「これで窮地を乗り切れる」

と思った。しかし主人の光時は意外と態度が硬かった。そしてはっきり、

「身延に知恵をつけられたな」

といった。見抜かれている。それは頼基の方も承知していたから、願書の最後に、

「自分の唯一信頼するお方は日蓮上人以外ありません」

と念のため書き加えたのである。光時の態度が硬かったので、頼基は一瞬動揺した。その時、

(もしも、主人が自分の願書を拒むようなことがあった時はどうするか)

という気持ちが湧いた。それは怯(ひる)んだのではなく、

「お上人様がせっかくおっしゃってくださったことを、貫(つらぬ)けなかった自分の無力さ」

が悔しく、同時に日蓮に対する責任を感じたのである。そうなると頼基にすれば、

「この問題は、今後自分の方で処理をして、身延のお上人様にはご迷惑をおかけすることをやめよう」

と思うようになる。しかし頼基一人の力で、果たしてこの危機を乗り切れるかどうかは自信がない。そんな時に、泰盛がいとも簡単に、

「江馬がさらに理不尽なことをした時は訴えろ。おれはその訴えを受ける側の有力者だ。必ずおまえに有利なように裁いてやる」

とまでいってくれた。その泰盛の保障が、頼基の不安をたちまちかき消したのである。だから

頼基は明るくなったのだ。

その後、光時は何もいわなかった。頼基は緊張した日々を過ごした。そのために、日蓮への消息も欠いた。が、ある日また頼基は光時に呼び出された。そして、こういわれた。

「おまえの領地を越後に移そうと思ったが、おまえがこれを拒んだ。家中はもちろんのこと、幕府内部でもおまえのそういう態度を主人への不忠だと見て、罰として領地を取り上げろという意見が出てきている。わたしもそこまではやりたくない。しかし、このままでは済まないぞ」

と暗に脅しをかけた。頼基は、

(やはりそういうことになったか)

と感じた。前に光時に願書を出した時に、ちらと胸の中をかすめた一抹（いちまつ）の不安は、このことだった。つまり、

「主人が日蓮上人が授けてくれた知恵に基づく願書を拒み、さらに強い態度に出た時にどうするか」

ということである。領地没収ということは、君臣の主従の関係も断ち切るということだ。つまり、

「おまえを召し放す」

という宣告であり、頼基は浪人することになる。それはちょっと苦しい。特に、身延山の日蓮に対してでも申し訳が立たない。頼基はここでもまた、

「お上人様が授けてくださったお知恵を、こんな形で御報告することは身を切られるようにつらい。自分はどうなってもよいが、お上人様を落胆させることはできない」

と思った。やむをえず、頼基は、

「考えさせていただきます。しばしご猶予を」

といった。光時は、

「よかろう。事態がここまで悪化した以上、黙って越後に行くのが一番いいことだぞ」

光時はクギを刺した。

頼基はそのまま安達泰盛のところに行った。そして今いわれたことを細かく報告した。泰盛は、前と同じように無造作に、

「訴え出ろ。前にいったはずだ」

そう告げた。そして、

「江馬も、今度は引かぬぞ」

と付け加えた。頼基は思わず、

「は？」

と泰盛を見返した。泰盛の言葉の裏に、何か重大な意味が含まれているような気がしたからである。しかし泰盛は、はっはっはと例によって笑い捨て、

「お主(ぬし)が深く考えるほどのことではない。明日にでも訴え出ろ。楽しみに待っている」

といった。頼基は邸に戻ると、身延の日蓮に手紙を書いた。

「先般は、せっかくのお知恵を頂戴し、そのご指示にしたがって主人に願書を提出いたしました。時を置いた今日、越後の領地も没収するかも知れぬと申し渡されました。ことここに立ち至っては、わたくしも引くわけにはまいりません。そこで、安達泰盛様のご厚意にしたがって、門注所へ訴え出ようと思います。安達様は、引付衆の頭人であり、また評定衆のお一人でもありますので、わたくしにとって決して不利益な裁きはしないと保障してくださいました。告訴してもよろしゅうございましょうか？」

やがて、日蓮から返書が来た。長い返書であるが、前段を省略して結論の部分だけにする。

——今度の所領替えについても、訴訟を起こしてはいけません。またひとを恨んでもいけません。前にも申したように、主君のお側を離れることなく、あくまでも鎌倉にとどまることが大切です。ただ、毎日出仕をすることなく、ときどきお勤めになるほうがよいでしょう。そうすれば、あなたの願いが叶うこともあるでしょう。決して悪びれた振舞い（訴訟のことか）があってはなりません。

四十四

身延の日蓮からの返書を受け取った頼基(よりもと)は、

「上人様の指示に従い、当面は訴えを見合わせよう」

と思った。そこで主人の江馬光時(みつとき)のところに行ってこういった。

「越後への領地替えは承諾致します。しかし、いつ何が起こるかわからないような大切な時でございますので、御主人の側を離れたくありません。このまま鎌倉にいて、忠節を尽くさせてください」

といった。これは、日蓮の助言によって一歩後退したわけだ。今までは、

「越後への領地替えなどとんでもない。そんな遠くへ行ってしまったら、何もできなくなる」

と思っていたのを、

「越後への転勤は承知する。しかし、自分自身は鎌倉からは動かない。あなたのお側にいる」

とある程度、相手のいうことを飲みながら、こっちのいいたいことを貫くという方法に切り替えた。江馬光時は渋い顔をした。

頼基が何かいって来る度に、光時はその内容をそっくり平頼綱(よりつな)に伝えた。

「領地替えは承知するが、任地へは赴かない。このまま鎌倉にいて、主人に忠義を尽くしたい」

と頼基がいったことを伝えると、平頼綱はせせら笑った。

「そんなことは詭弁だ。そうはさせぬ。頼基から、日蓮と法華宗を捨てるという起請文を取れ」

そう命じた。光時は憂鬱になった。頼綱を訪ねるたびに、光時の負担も重くなる。その分だけ心が暗くなる。

ほんとうのことをいえば、光時は四条頼基を憎んではいない。心の底に地下水脈のように横たわっている頼基の自分への忠誠心を信じている。また信じられる人物だった。それだけに、次々とああしろこうしろといって、頼基の日蓮への帰依心に傷をつけるようなことは本当なら光時はしたくなかった。光時も器量ある人間だから、

「頼基の日蓮への帰依心は、別に自分への忠誠心を損なってはいない」

と分けて考えている。ところが平頼綱は、

「そんな生温いことではだめだ。江馬殿がそういう優柔不断な態度をとると、わが北条得宗家のほうまで悪い影響がある。御家人を背景にする安達泰盛の姦計をよりたくましくさせるだけだ」

と政治的なことをいう。

光時は北条一門だから本当なら平頼綱にそこまでいわれる筋合いはない。問題はかつて一度謀反を企て、頭を丸めて得宗家に全面的に降伏してしまったことにある。それが一種の後ろめたさとなり、あるいは、

(まだ疑われているのではないか)

という疑心暗鬼の心が依然として根付いていることだ。それは根雪のように心の一角にこびりついていて、まだ解けない。一種の引け目である。

邸に戻った光時は頼基を呼び出し、平頼綱から指示されたことを自分の命令として伝えた。頼基は何もいわずに暗い表情をした。眼の底に怒りの色が走った。頼基にしても、心の底から光時を憎んでいるわけではない。恨んでもいない。頼基も光時が感じているのと同じように、

「この主人は、根っこのところでは自分を良く理解してくださっている」

と思っている。しかしその光時もついに追い詰められた。頼基に起請文を書かせろと命じたのは平頼綱にちがいない。その頼綱に対し、

「そんなことはできぬ」

と突っ張れるだけのものを光時は持っていない。それはやはりかつて得宗家に謀反を企てたためだ。頼基もそのことは良く知っていた。したがって、光時の苦しみはよくわかる。が、だからといって同情心だけで起請文を書く訳にはいかない。頼基はきっぱりと断った。

「そのような起請文は書けません。もし書くとすれば、わたくしはあくまでも日蓮上人と法華経を捨てぬという内容になりましょう」

「なに」

光時はあまりにも強い頼基の言葉にかっとなった。が、自分を押さえた。そして、

「即答しなくてもよい。邸に戻って再度考えよ」

と告げた。頼基は屋敷に戻って来てすぐそのことを日蓮に手紙を書いた。
手紙は二日後に身延の日蓮のところに届いた。やがて日蓮から返書が来た。

　あなたが先月二十五日に書いてくださったお手紙は、二十七日の午後六時ごろ届きました。主君の江馬殿からの御状と、また起請文は絶対に書かぬという貴殿の御誓状を見て、まことに優曇華の花の咲いたのを見、赤栴檀の双葉になったのを得たごとく、めずらしく、こうばしい思いで受け止めました。

　三明・六通を得て、法華経において初地・初住に上られる証果の大阿羅漢であり、無生法忍を得た菩薩である舎利弗・目連・迦葉でさえも、この娑婆世界の末法に法華経を弘めることの大難には堪えられぬことなので、できないと辞退したのです。まして三惑いまだに断たぬ末代の凡夫が、どうしてこの経の行者となれましょうか。たとえ日蓮一人は、杖木瓦礫・悪口王難を忍んでも、妻子を持つ無智の俗人にどうしてそれができましょうか。

　そんなことならかえって信じない方がよいのです。最後まで徹底できずに、しばし信じてやめるようなら、人に笑われ、不憫なことよと思っていたのに、あなたはたびたびの難にも、二度の御勘気にも志をあらわされたことさえ不思議であるのに、このように主人に威され、二カ所の所領をすてて法華経を信じ通そうという起請文をわたしに書かれたことは、なんとも申しようがありません。

仏は普賢・文殊等でさえ、末代においてはどうであろうかと思われて、妙法蓮華経の五字を、地涌千界の上首である上行菩薩等の四人におおせつけられました。このことを思うに、日蓮の道を助けようとして上行菩薩が貴殿の身に入れ替わられたのでしょうか。あるいは教主釈尊のおんはからいなのでしょうか。

主君の御家中の人々が、寄ってたかってあなたに起請文を書かそうと躍起になっているのは、かならずや良観・竜象などの悪巧みでしょう。あなたが日蓮を捨てるという起請文を書かれたら、いよいよかれらは驕り高ぶって、方々に触れまわるにちがいありません。そうなれば、鎌倉中に日蓮の弟子は一人もいなくなってしまいます。

凡夫というのは、とかくじぶんのことがわからないものです。これをよくよく知る人を賢人・聖人というのです。遠い昔のことはさておいて、最近では武蔵守殿が領地を捨てて入道になり、多くの所領や男女の公達・御前をすてて遁世なされたと承りました。

あなたにはお子もなく、たよりとなる兄弟もなく、わずか二カ所の所領しかありません。一生は夢のようなもので、明日を期することもできません。たとえどのような乞食となっても、法華経に傷をつけてはなりません。同じことならば、嘆いている様子を見せず、この手紙に書いたように少しもへつらわずに振舞い、しっかりものをいうようにしてください。へつらったりすれば、かえって事態は悪くなります。

たとえ所領を召し上げられ、追い出されたとしても、十羅刹女のおはからいであると、深く頼みにしてください。日蓮がもし流罪にされず、鎌倉にでもいたならば、さきの戦で必ずやうち殺されたにちがいありません。あなたもまた御家中にいてはよくないので、釈迦仏がそうおはからいになったのであろうと思うべきです。

主君への陳状はできているけれども、またそれを持参する僧もいることはいるけれども、あまりに頼りにならないので、三位房を遣わそうと思います。本当ならわたしが行くべきなのでしょうが、体の具合がおもわしくないので、三位房を遣わすことにしました。大学の三郎殿か、滝の太郎殿か、富木殿かにひまのおりに書いてもらって、それを主君に差し出してください。これを差し出せば、裁判落着となるはずです。しかし決して急ぐことはありません。内々に認めておいて、また他の連中にも十分騒がせておいて差し出せば、この文章のことは鎌倉中に知れわたり、執権殿の耳にも届くこともありましょう。

災いが転じて幸いになるということです。法華経のことは以前にもたびたび申しあげました。小さな事では、幸いは善事から起こります。しかし大事となれば、必ず大いなる騒ぎが大いなる幸いとなるのです。この陳状を人ごとに見るならば、かれらの恥があらわれるはずです。

ただ一口に申しあげてください。「自分から御家中を出たり、所領をさしあげたりはいたしませぬ。上から召し上げられて所領をさし出すのは、法華経の御布施でありますから、幸いと思っております」と大声でおっしゃい。かえすがえすも申しておきますが、決して奉行人たちにへつらうようなことをしてはなりません。「この所領は、主君よりたまわったものではありません。主君の大事な御病気を法華経の薬によって、お助け申してたまわった所領であるから、これを召し上げるならば、その御病気はまた御自身に返ることになります。その時になって頼基にわび状を入れられても、決して受け入れるわけにはまいりません」ときっぱりいいきってください。そして憎々しい態度でお帰りなさい。あなかしこ、あなかしこ。

ただ、今は他人の家での寄り合いに出たりしてはなりません。夜は警戒を厳しくし、夜廻りの人々に警護させてください。常にそれらの人々と一緒にいるようにしてください。今度御家中を出されなかったならば、十に九は家中の者がねらうでしょう。その時も決して見苦しい死に様をしてはなりません。

日蓮

この文章を読んで、目を瞠ることがある。それは日蓮の、

「鎌倉における諸状況の把握の的確さ」

である。文中に、しばしそのことを物語る指摘が出て来る。たとえば、

「この文のことはやがて鎌倉中に知れわたり、執権殿の耳に届くこともあろう」

というような箇所だ。

俗に、

「岡目八目」

という言葉がある。岡目は「傍目」とも書く。つまり、碁や将棋などの場合、対局者よりも脇にいて観戦している人物の方が却って、

「八目先を読むことができる」

という、客観的な状況把握と分析、そして、

「きっとこうなる」

という予測ができるということだ。日蓮はまさにこの、

「八目先を読む的確な状況把握」

をしていた。しかし岡目八目というのは、単なる素質だけでできることではない。やはり情報を集め、分析し、判断し、問題点を摘出し、それに対して、

「このことは、必ずこうなる」

という、解決策をいくつか用意する能力がなければならない。日蓮は身延山中にいても、決して鎌倉と無縁で暮らしていたわけではない。むしろ今まで以上に、情報を集め、自分なりの判断を下していた。

日蓮はついに起請文を書かなかった頼基を褒め、しかしだからといって油断せずに、なるべく多くの人と居合わせるようにし、夜は番人を雇って警戒をせよと、再び今までと同じような注意

を与えている。おそらく日蓮にしても、四条頼基の立場に立ってものを考えるから、

「かれはいよいよ命を狙われる」

と考えていた。そしてその命を狙うのも、

「四条家の家来たちだ」

と断定した。

旃陀羅の子

四十五

日蓮が身延に入山してから、檀越や弟子や信者たちが、時間を作っては差し入れ品を持って日蓮を訪ねた。そして、ぐらつきそうになる自分の信仰についてさらに教えを請うた。

ところがこの頃の日蓮は、身延の庵に同居している人々が、

「四十人から六十人いた」

と書いている。そして、

「これらの人々は、必ずしも法華経の純粋な信者というわけではなく、いろいろなことをわめきあったり叫んだり、あるいは好き勝手なことをしている。どうも困ったものだ」

というような、いわば訪れた人々の中にも、

「迷惑な連中」

がいたことを正直に吐露している。これらの人々は一体なんだったのだろうか。おそらく動乱の世の中で、生活苦に襲われた人々の間に、

「身延の日蓮上人のところに行けば、ただ飯が食える」

というような噂が流れたのではなかろうか。これは、いつでもあることで、生活に窮した民衆にとって、鎌倉の大きな寺の有名な高僧たちは、

「今日の飯を恵んでください」

といってもは相手にはしてくれない。高邁な教えを一言垂れて、

「もっと努力せよ」

というのがおちだろう。鎌倉は京都と並んで、当時日本の有数な大都市だ。幕府の所在地でもあり、商工業者で賑わってもいる。しかし、繁栄する都市の裏には必ず陰の部分がある。落伍者が出る。こういう連中が、その日の生活に窮して叫びをあげても、なかなか救いの手は延びて来ない。極楽寺の住持、良観房忍性は、

「生き仏様」

といわれて、こういう生活困窮者や病人のために、悲田院や施薬院を造った。確かに立派な僧だ。ところが救いを求める民衆達の頭の一角に、こういう悲田院や施薬院に収容されたとしても、どこかに、

「自分は哀れまれている」

という意識が残る。つまり悲田院や施薬院などの福祉施設側の役人にすれば、こういう困窮者や病人達に対し、

「お上からお慈悲をたれてやっているのだ」

という意識が前に出る。役人側にはそういう気持ちはないのかもしれないが、何といっても武士や権力側の連中が運営をしているのだから、民衆と同じ気持ちになった扱いはしない。文句を

いえば、

「嫌ならば出て行け」

といわれる。困窮する民衆達にすれば、

「もう少し自分達の立場に立ってものを考えてほしい」

という気持ちがある。まして、貧しく自立できないのだから、初めから劣等感があり自分に自信が持てない。その欠点をつかれて、

「恵んでやっているのだ」

といわれると、屈辱感が今度は怒りに変わって来る。そうなると、

「誰がこんなところにいてやるものか」

という自暴自棄の心が起こって、飛び出してしまう。しかし鎌倉の市中をうろついても、こういう社会の落伍者に対する救いの手はない。野垂れ死にするか、あるいは強盗などに身を落とす以外ない。そんな時に、

「身延の山中に、日蓮上人が生活困窮者のための収容施設をつくった」

という噂が流れた。どうしてそんな噂になったのかわからないが、その噂は日々広まって行った。身延は鎌倉の近くではない。しかし多少遠くても、

「誰からも馬鹿にされずに、平等な扱いで自分たちを救ってくれる」

という場所があり、しかもそういう指導者がいれば、鎌倉で落伍した人々にとっては、まるで

地獄の底にある血の池で、仏にあったようなものだった。

「身延に行こう」

という声が起こり、鎌倉の落伍者たちは一斉に身延山中をめざした。鎌倉だけでなく、身延へ向かう道の沿道に呻吟(しんぎん)していた落伍者たちも、これに加わった。日蓮が、

「突然、身延に居を置く者が四十人にも六十人にも増えた」

というのは、こういう人々が押し寄せて来たからである。しかし日蓮は拒まなかった。

「共に、南無妙法蓮華経を唱えよう。そうすれば、生きる道は必ず開ける」

と告げた。押し寄せた連中は、口先だけで唱題する者も多かった。そして、食にありつくと、目と目で、

「うまく行ったな」

と、賤(いや)しい笑いを浮かべ合う。こういう連中もいたことは確かだ。しかし日蓮から見れば、どんなに根性の卑(いや)しく志の低い人間も、一人ひとりが、

「情報のもたらし手」

であった。つまり、ここに集まって来た落伍者たちは、自分たちが鎌倉で落伍しただけに、特別な角度から鎌倉のできごとを見ていた。自分の劣等感や怨念や憎悪の感情を含めて、

「こういうことがございました」

と日蓮に告げる。日蓮にすれば、頭の中に優秀な濾過(ろか)機を持っているから、引っ掛かる情報と

流れてしまう情報もある。あるいは引っ掛かった情報もゴミみたいな場合がある。日蓮は、正確に役立つ情報をその中から取り出すことができる。

この頃身延山中で、日蓮の世話をしていたのが日高、日頂、日向たちだった。この弟子たちは、少年時代から日蓮に仕え、まめまめしく日蓮の世話をやいた。そのため、日蓮の気質もよく知り抜いていた。最近は、三位房というのが加わった。下総八幡の檀越曽谷教信の弟子だったという。叡山に上って学んだこともある。また尊成という法号を自分で付けたりした。日蓮がそういう三位房を見て、

「おまえは少し俗気が多過ぎる。宗教を、出世のために利用してはならない。もう少し、慎んで生きるように」

としばしば注意した。叱られるたびに三位房は、

「わかりました」

というが、必ずしも本心で納得したわけではない。すぐ悪い癖が出る。そういう三位房を見て、日蓮は他の弟子たちに、

「世の中には、すぐわかりましたという人間に、本当にわかったためしはない」

と苦笑しながらぼやく。しかし、三位房の学才は愛していた。密かに、

（この三位房なら、鎌倉のいかなる学僧と議論をしても、わたしの代わりが務まるにちがいない）

と、そういう期待はしていた。日蓮は心が広い。どこかに欠点があるからといって、すぐ、

「だからこの人間はだめなのだ」

と決め付けるようなことはしない。逆にどこかいいところがあれば、

「この長所を生かすためには、他の短所も我慢して認めていこう」

と思っていた。

日蓮に身近に仕える弟子たちは、数十人に膨れ上がった居候たちの存在に眉をひそめた。弟子たち同士でひそひそ話をする時は、

「この分だと、やがて食べる物がなくなってしまう」

とか、

「これ以上、居候を増やすわけにはいかない」

というような切実な話になる。三位房が、

「お上人様に申しあげて、本当の信者でないものは出て行ってもらおうか」

と提案する。日高、日頂、日向は顔を見合わせる。日蓮にそんなことをいっても、おそらく日蓮は、

「冷たいことをいうな。置いてやれ」

というに決まっているからだ。弟子たちがこの頃感ずるのは、

「お上人様は、こういう落伍者連中の中にむしろ導くべきものがあるとお思いになっているので

はないか」

ということだ。

四十六

この頃の日蓮は活気がある。毎日必ず庵にいる人々を集めて話をする。ある日こんなことをいった。

「わたしは長い間、水は方円の器に従うという言葉を信じて来た。水というのは柔軟な存在だから、方（ほう）すなわち四角い入れ物、円（えん）すなわち丸い入れ物に入れれば、それぞれその容器に合わせて姿を変える。そしてさらに、重箱のような四角いものに入れてあった水をすぐ丸い桶（おけ）に入れ替えると、水は四角かった姿をためらう事なく丸く変える。これは水がいかに柔軟であり、同時にまた容器の形に自分の形を合わせるという性格を持っているかということだ。一時期、わたしは水を人間、そして方円の器を環境と考えた。したがって人間の置かれた環境さえ変えれば、人間の気持ちも変わると思って来た。が、今はそうは思わない。水は柔軟な存在のようでいても、己の意思をきちんと持っている。ということは、水は方円の器に従うだけでなく、場合によっては方円の器を従わせることもあるのだ。つまり、水の意思によって環境も変わるのだ」

居候（いそうろう）たちには何のことかわからない。

「俺たちのことをいっているのかな？」

と顔を見合わせる。が、日蓮がいわんとするところは理解できない。若い三人の弟子たちも、

「お上人様は、何がおっしゃりたいのだろうか」

と顔を見合わせてはひそひそ話をする。

日蓮の身の回りの世話をしなくても、鎌倉では日朗と日昭が、駿河方面では日持が、同じく駿河方面で日興たちが、それぞれ教宣の拡大をはかってしきりに法華経を広めていた。そして、折々身延山にやって来る。

ある日山を登って来た日昭と日朗と日興たちの先輩弟子に、若い三人がこの話をした。日朗たちは顔を見合わせた。

「それは、お上人様が新しいお考えをお持ちになったということだ」

と頷き合った。そこで日興たちは日蓮を囲んで身内同士の親密な雰囲気になると、日興がきいた。日興はすでに五十数歳になり、日蓮とほぼ年齢が近いから、その意味では日蓮の方も親近感を持っていた。同時に、お互いに敬意も抱いている。

「お上人様は、水は方円の器に従うという古い言葉を例にとりながら、新しいお教えを賜ったそうでございますが、わたくしどもにそのお教えの意味をお示しください」

そういった。日蓮は微笑んだ。そして頷いた。

「確かにその様な話をしました。この日蓮は、かつて鎌倉で辻説法をしていた時は、一言でいえ

ば方円の器をつくることによって、水をどうにでもできると考えておりました。つまり、方円の器というのはこの国のことです。国家の形を整えれば、その国家という容器の中に住む日本人の意識も変えることができると考えていたのです。この考えはいまでもある面で正しいとは思いますが、近頃はそれだけでは済まないという気がしてきました。それは、容器に支配されると思って来た人間の方が、逆に容器の形を変えることがあるということです。いってみれば、日本人が日本の国家を変えることがあり得るのです。この考えをさらに強めたいと思います」

日蓮は高弟たちに対しては、敬語を使う。この時もそうだった。また、これだけの門人たちが一つの場所に集まったことは最近あまりない。それが嬉しかったのだろう。年長の日興に敬意を表しながらも、日蓮はこういう丁寧(ていねい)な言葉遣いをした。

しかしこれだけの説明では、弟子たちにはまだよくわからない。そこで、

「日蓮の赴くところ、必ず日朗あり」

といわれた、形影(けいえい)一体の評判を高めて来た日朗がきいた。

「お上人様、私どもは頭のできが悪うございますので、まだよく理解できません。もう少し詳しくお示しください」

これを聞くと日蓮は笑って、

「あれだよ」

と、今度は日朗に親しい言葉を使って目を庵のやや下方に向けた。庵の下に大きな小屋が建っ

た。そこに、日蓮のいう、

「四十人から六十人の人々」

が雑居していた。同じ人間がずっと住んでいる場合もあれば、中には出て行った者もいる。そして新しく入って来た者もいる。日蓮を身近に世話をする弟子たちから見れば、

「ただ生活の資を求めるだけで、法華経に対する信仰心などかけらもない」

という輩(やから)である。夜になってもまだわいわい騒いでいた。何がおもしろいのか、時々どっと笑声が上がった。日蓮が、

「あれだよ」

といったのは、その騒いでいる連中のことだ。弟子たちは訝(いぶか)しげな表情になった。日蓮が続けた。

「鎌倉にいた頃のわたしは、正直にいってあの人々の存在がそれほど意識にはなかった。目は上ばかり向いていた。この国をどうするか、鎌倉幕府をどうするか、あるいはどうあるべきかということに目が向いて、あの人々の存在は、この日蓮たちの努力によって日本国をよい方に導けば、必ず黙ってついて来るだろうと思っていた。ところが近頃は、あの人々がこの山に押しかけて来て一緒に暮らすようになってからは、そんな考えがいかに尊大なものであるかを知らされた。わたしがこの身延で居ながらにして、鎌倉の出来事や成り行きを詳しく知ることができるのは、実をいえばあの人達のお陰なのだ。あの人々は、自分の立場でこの世のできごとを見つめている。

もちろんそのために、偏りもある。しかし同じ偏りでも、そこには強い思い入れがあって、通りすがりの人間の受け止め方とはちがう。もたらす小さな情報の中に、しっかりと根を捉えている。だから、あの人達のいうことが、他の人間から見ればおかしいと思っても、あの人達にとっては真実なのだ。あの人達がもたらしてくれるいろいろな話には、そういう強さがある。わたしにとっては、いまあの人達はなくてはならない存在になっている」

「……？」

弟子たちはまた顔を見合わせた。とりわけ、毎日日蓮の世話をしている若い弟子たちは殊更そんな表情になった。日蓮はそんな弟子たちを見て微笑んだ。

「かつて『立正安国論』で予言したことが次々と的中している。近く蒙古国は再び日本を襲う。その時こそ、この日蓮が身延を出て、鎌倉を中心に南無妙法蓮華経の唱題を行なうことによって、蒙古国を調伏することができる」

そういった。一座はピッと緊張した。日蓮は続けた。

「そのときわたしと共に歩むのはあの小屋にいるような人々だ」

「えっ」

弟子たちは一斉に驚きの声を上げた。中には、

（あんな無宗教で、ならず者に等しいような連中となぜお上人様は共に歩もうなどとおっしゃるのだろうか？）

と大きく疑うものもいた。日蓮はその疑いに答えるようにこういった。

「皆もよく知っているように、この日蓮は旃陀羅(せんだら)の子である」

弟子たちは思わずあっと声を上げげそうになった。日蓮が、

「自分は旃陀羅の子である」

といったのは今日が初めてではない。今までにもしばしば聞いて来た。しかし弟子たちにすれば、

「それはお上人様が、自分のことを遜(へりくだ)っておっしゃる時のお言葉なのだ」

と受け止めてきた。ところが今日蓮がいった言葉の調子は、今までとはちがう。日蓮自身が、心の底からそれを信じているのであった。旃陀羅というのは賤民(せんみん)のことだ。日蓮は阿波(あわ)の漁師の子として生まれたので、そういう言い方をしたのだろう。

日蓮は、下の小屋にいる連中が、身近に使える弟子や檀越(だんのつ)たちのいうように、

「眉を顰(ひそ)めるような人間たち」

ではないことを見抜いていた。かれらは、単に居候や寄食者と決めつけるような存在ではなかった。そういう者もいたが、多くの者が日蓮にまめまめしく仕えた。季節になれば、山や谷の間を飛び回って、食べられる野草や、あるいは川で魚を捕って来た。そして、

「お上人様、どうぞ召し上がってください」

と差し出す。春になれば、タラの芽や、ワラビや、菜(な)の花を持ってくる。川に巧妙な仕掛けを

して、イワナやヤマメを摑み捕って来る。

「塩をふって焼くと香ばしゅうございますよ」

そんなことをいう。若い弟子たちが、跳ねる魚を持て余すと、

「だめだなあ、そんなことではお上人様にせっかくの新しい魚を差し上げることもできない。貸してみなさい」

といって、巧妙な包丁捌きで魚のはらわたを抜き、塩を振って大きな串に刺し、火で焼く。焼き上がると、ちょっと端を摘んで食べ、

「うまい！」

と舌鼓を打つと、そのまま器に乗せて日蓮に差し出す。

「どうぞ」

「ありがとう」

日蓮も喜んで差し出された魚に箸を付けた。

「そんなお上品に箸でお食べになるよりも、魚を手で握ってくらいついた方がおいしゅうございますよ」

そう告げる。そして、日蓮がそのとおりにすると手を叩いて囃立てる。みんな嬉しそうだ。日蓮はそういう日々を過ごしているうちに、

（鎌倉では、こういうゆとりを持つことができなかった）

としみじみと感ずる。そして、

（これが本当の人と人との出会いではないか、結び付きではないのか）

と思いはじめた。連中も、日蓮の生活の苦しさをよく知っている。だから、魚にふりかける塩の按配も気を遣う。脇の者が、

「身延の山では塩は宝だぞ。そんなにふりかけるな」

と文句をいう者もいた。

若い僧たちも、そういうことを知っていた。しかしかれらはかれらなりに、

（お上人様は、こういうがさつな連中をお好みにならないのではないか）

と思っていた。心の中では、素朴なこういう行為を有り難いと思いつつも、顔をほころばせて大仰な礼をいうことは控えてきた。ところがいま日蓮は、

「自分は旃陀羅の子だ」

と改めていったのは、おそらく、下の小屋に群れている四十人から六十人の居候たちを、自分の仲間だと思っていらっしゃるにちがいない。と弟子たちは感じ取った。

日朗がきいた。

「では蒙古国が再び日本を襲った時には、お上人様は山を下りて、南無妙法蓮華経の唱題をもってこの敵国を調伏なさるおつもりでございますね？」

「そのとおりだ」

日蓮は大きく頷いた。そして微笑みの影をさらに深めると、

「その時、わたしと共に南無妙法蓮華経の大合唱をするのは、まずあの小屋に住む人々だ」

「なるほど」

日朗は周りの弟子たちの顔を見回して、大きく頷いた。弟子たちも頷き返した。日蓮の、

「水と方円の器」

の輪が、今では。

「水が方円の器を変え、支配するのだ」

と、百八十度転換したことを知った。そして、

「その方円の器をつくるのは、まず身延のあの小屋で居候をしている民衆なのだ」

ということを知った。日蓮はさらに続けた。

「鎌倉幕府は、源頼朝公が創始なされた時は、京都の公卿の・公卿による・公卿のための政府が、いつの間にか民衆から遠ざかってしまったために、新しくおつくりになったものだ。その時のお気持ちは、武士の・武士による・武士のための政権だった。しかしこの日蓮は、頼朝公のつくられた政権が、少なくとも、東国における民衆の暮らしの苦しさを頭の中に置いておられた上でのことだと考えた。あるいは、頼朝公の時代にはそういうお考えがあったかもしれない。しかし、その鎌倉幕府の初心や原点を、北条一族は著しく覆した。源氏三代が滅びた後は、北条一族が鎌倉幕府を牛耳った。しかし時を経るにしたがって、北条一族の中でも、得宗家が勢力を深め、

現在では、北条得宗家の・北条得宗家による・北条得宗家のための政権に変わってしまった。暮らしに苦しむ民衆の存在などどこにも頭にない。まして、それを精神面で救うべき僧たちも、その得宗家に擦り寄って、大寺を建ててもらい、贅沢な暮らしを続けている。済度されるべき民衆の暮らしはいよいよ追い詰められている。だからこそ、この日蓮を慕って、あの小屋に多くの人が群れているのだ。日蓮は、いまはあの人々と共に生きようと思う。そしてあの人々と共に、敵国調伏の唱題を行ないたいと思う。それには、蒙古国が日本を再び襲って、神の遣わされた神兵として、この国に巣くっている悪鬼たちをすべて滅ぼさねばならぬ。形の上においては、一旦はこの日本国は滅びるだろう。しかしその時こそ、日蓮が身延の山を下りて、鎌倉に行き南無妙法蓮華経の唱題によって、敵国を調伏する時なのだ。あの人々は日蓮の同志である」

そう言い切った。日頃日蓮の身近な世話をしている三人の若い僧たちは思わずうつむいた。自分たちはそこまで考えていなかったからである。しかし、この日身延の小庵に集まった弟子たちはだれもが感動した。ことに、

（もう一度身延の山を下りて、敵国調伏の先頭に立つ）

という日蓮の宣言が、幕府の弾圧を受けつつも怯むことなく教宣の拡張に努力している日興や日昭、日朗たちを大きく励ました。そして、

（お上人様は、昔と全く変わっていない）

と感じた。頼もしかった。

四十七

が、厳しい身延山中の四季を体験して来ただけに、だれの目にも日蓮の衰えぶりは明らかだった。一様に、

（お体は大丈夫なのだろうか）

と思った。その気配を敏感に感じ取った日蓮はいった。

「前々から申したとおり、日蓮はすでに竜ノ口で死んでいる。今ここにいるのは、上行菩薩であり、日蓮の魂魄なのだ。日蓮の魂魄が、上行菩薩に宿っているのだ」

確認するようにそういった。つまり弟子たちの怯みや躊躇に対し、

「躊躇するな。この日蓮を信頼せよ」

という宣言である。弟子たちは日蓮の鋭い言葉に、揃って手をついた。

鎌倉にいて、幕府の婉曲な迫害を巧妙に躱しながら、布教を続けている日昭がいった。

「例の、四条頼基様の領地の問題でございますが、近頃の鎌倉では、あの争いが単に四条様の主人江馬光時様との争いではなく、北条得宗家の執事で侍所所司である平頼綱殿と、評定衆筆頭の安達泰盛殿との争いだと見る空気が強まっておりますが」

「存じている」

日蓮は頷(うなず)いた。そして、

「それが、日蓮が予言した自界叛逆難(じかいほんぎゃくなん)のあらわれの一つなのだ」

「そうだと思います」

日昭は頷いた。そして、

「蒙古国が襲うという目前の時期に、鎌倉幕府内のそういう争いは、この国を防ぐうえで非常な差(さ)し障(さわ)りになると思いますが」

「そのとおりだ。しかし、自業自得だ」

日蓮は厳しく言い切った。そして眼の底に燃えるような光を噴き立てると、

「だからこそ、日蓮は前々から、念仏・禅・真言などをやめ、日蓮のいう法華経によって敵国調伏(ちょうぶく)を行なえばよいと申しておるのだ。それを幕府は聞かぬ。世間も聞かぬ。ましてや、この国難の時期に、勢力争いにうつつを抜かすような平頼綱や安達泰盛のような存在が、いかに民のことを考えていないか、如実にわかる」

「仰せのとおりでございます。そのために、四条殿もかつてない心労を背負っておられます」

「四条殿はよく頑張っておられると思う。近く、四条殿に代わって陳情書を江馬殿にお届けするつもりだ。その時は、この三位房(さんみぼう)に遣(つか)いをしてもらおうと思っている」

日蓮の言葉に、弟子たちは驚いた。弟子たちの多くが、三位房を、

「出世欲の強い、また自己顕示欲の強い人間だ」

と見ていたからである。日蓮もしばしば、そういう三位房を戒めた。したがって、いま日昭がいったように、

「頼基と主人江馬光時の争いは、すでに鎌倉の武士を二分する大きな問題に発展してしまっている」

という状況下において、最も要となるような四条頼基の陳状案を、だれが鎌倉にもたらすかということは重大な関心事だった。ここに来ている高弟たちの中にも、

（あるいは、自分がその役を命ぜられるかもしれない）

と、半ば期待していたものもいる。それを日蓮ははっきり、

「三位房を遣わす」

と言い切った。

あけすけにものいえる日朗が、

「それはなぜでございますか？」

ときいた。明らかに不満の色が目に浮いている。日蓮は日朗を見返した。そして静かに微笑み、

「近頃鎌倉には、京から来た竜象房という者が、いろいろな説を撒き散らしていると聞いたが」

「さようでございます。よく御存じでいらっしゃいますな」

日興が声をあげた。そして、

「竜象房は、京から鎌倉にやって参りました。極楽寺の良観房の庇護を受け、大仏門前の西、

桑ケ谷で、日夜説法を行なっております。なかなか能弁者でございまして、鎌倉中の人が集まります。竜象房はいよいよ自信を持ち、常に説法の最後には必ず、自分の説に不審があればこの公の場で質問せよ、必ず論破するからと公言しております」

と説明した。日蓮は頷いた。

「その噂はこの日蓮も耳にした。そこで、これはいよいよ日蓮が今まで主張して来た公場対決の機会が来たと思う。そこで、本当なら日蓮が赴きたいのだが、目下健康上の理由でそれが叶わぬ。そこで代わりに、この三位房を代理として遣わそうと考えた」

「……?」

弟子たちはまた顔を見合わせた。日蓮との関わりが昨日今日ではない、日昭、日朗、日興たちは、

(そういう時こそ、わたくしたちがお役に立てるのでは)

と自信に満ちた目の輝きを見せた。が、日蓮は静かに首を振った。

「考えたすえ、この三位房が適任だと考える」

師僧の決定だ。気鋭の日朗もそれ以上文句はいえなかった。日蓮にすれば、三位房にはいろいろ欠点がある。出世欲、自己顕示欲の強さなど、鼻持ちならない面もある。しかしそれだけに三位房は気鋭で、何者をも恐れない。さらに叡山に登って修行したこともあるので、学識が深い。総合的に考えれば、

「竜象房と公場対決ができるのは、三位房を措いてない」

と思った。そこで、四条頼基に渡す陳状を持たせると同時に、

「竜象房に公場対決を挑め」

とすでに命じていたのである。三位房は高まる気持ちを抑えつつ、一日も早くその日が来ることを待ち望んでいた。それが自分より先輩である弟子たちに対しても、日蓮がはっきり宣言してくれたことが嬉しかった。

(この上は、身命を懸けて竜象房を論破してみせる)

と、今日までさらに勉学を続けて来た。しかし三位房にしても、前に日蓮から、

「そなたは少し、出世欲が強過ぎ、また自己顕示の欲が深すぎる。慎むがよい」

と戒められていたから、今日のように馴染みの深い先輩弟子たちが多数集まると、あるいは日蓮の気が変わるかもしれないと半ば恐れていた。しかし今の日蓮の宣言を聞いて、三位房は天にも上るような気持ちになった。日朗などは、そんな三位房にチラリと敵意のある視線を投げて来た。

日蓮はすでに、四条頼基に渡す「陳状」の文案を完成していた。が、その文中にあるように、

「この陳状は、受け取ると同時に主人の江馬殿にお渡しにならぬ方がよい。それよりも、少し時間をかけて近くこういう陳状を出すつもりだということと、同時に陳状の内容を、鎌倉中に触れ回ることが大切だ。そうすれば、噂が立って、やがては陳状の内容が執権殿のお耳に入ることも

あろう。江馬殿に渡すのは、その時でよい」

と助言している。これは日蓮が、下の小屋にいる四十人から六十人の居候たちから聞き込んだ情報に基づいて、そうした方がよいと判断したのだ。これは今の言葉を使えば、

「ことの解決を有利に導くために、世論を喚起(かんき)する」

ということである。四条頼基からの訴えによって、日蓮も頼基が次第に追い詰められていることを知った。こういう時の解決策として、

「対立する者同士の関係だけで解決しようとすれば、道はいくつもない」

ということを日蓮はよく知っていた。したがって、

「点と点を結んだ形での解決策」

といういわば直線的な発想を角度を変えて、

「もう一つ、別な角度を設定してものを考えよう」

という発想方法を採(と)った。その発想方法とは、今流にいえば、

「三角形にしてみよう」

ということだ。江馬光時という点をAとし、四条頼基をBとする。今までの解決策は、単にAとBを結ぶ線上で行なって来た。そこに新しくCという点を設けるということだ。そうなると、A、B、C、は、それぞれ線で結べば、三角形になる。新しく設けるCが、すなわち世論である。そして日蓮はこのCの設定を、下の小屋でわいわい騒いでいる居候たちから発見したのだ。つま

り、居候たちがもたらす情報は、

「同じ事柄についても、いろいろな角度から見詰め、結論を出している」

ということだ。ということは、

「一つの事件、あるいは人物に対しても、東西南北の三百六十度方向から光を投げて見ることができる」

ということになる。日蓮はこの考え方を非常におもしろいと思い、また、

「世の中のことは本当はそうでなければならぬのだ」

と悟った。そう思うと、

「佐渡に流される前の自分は、やや直線的な発想にこだわっていたかもしれない」

という気になった。その意味では下の小屋にいる無頼や居候たちの存在は、いまの日蓮にとっては、

「貴重な肥料源」

であった。

この夜、久しぶりに集まった弟子たちは夜を徹して日蓮の話を聞いた。こもごも得るところがあった。特に、

「民衆が、この国の形を変えて行く」

という宣言は、布教活動で苦労している高弟たちに大きな力を与えた。

（自分たちも、常に民衆の存在を頭の中に置きながら、教宣の拡大をはかろう）

と心を固めた。何かまた新しい拠り所ができたような気がした。弟子たちはこもごも、今日の日蓮の話から、

（お上人様は、いまの鎌倉幕府に心を寄せてはおられない。日本の民衆のためには、むしろ一日も早く滅亡した方がよいとお考えになっておられる）

と感じた。事実そのとおりだった。日蓮は弟子たちに話したように、今の北条政権を、

「民衆を頭の中に置いた政権」

とは思っていない。見限っていた。語ったとおり、

「かれらは、単に北条得宗家の利益を守るために存在しているだけだ。民衆の存在など、頭の片隅にもない。しかも、そういう政権を私物化している北条得宗家に擦り寄って、大寺を建ててもらい、贅沢な暮らしを保障されているような真言・律・禅などの僧は、全くこの世にあってはならない存在なのだ」

と告げた。かつては、

「法華経だけが、仏の唯一の教えであり、これをないがしろにするような宗教はすべて邪教である」

と言い切った姿勢は今も変わらない。しかしその言い切り方の背景に、今は新しく民衆の存在が大きな力となって立ち上がっている。これが強い。身延の山に集まった弟子たちは、そのこと

を改めて確認した。そして一様に感じたのは、

「お上人様は、蒙古国の再来を心から待ちわびておいでだ」

ということだ。日蓮は、

「蒙古国の日本再侵略」

によって起こる諸現象をふまえた時に、初めて、

「自分の出場がやって来た」

と思っておられるのだ。そして蒙古国が再度日本を襲った時は、今度は前のようなことではなく、つまり風も台風も吹かず、日本国は神兵である蒙古国軍によって完膚なきまでに蹂躙されるであろう。その時は、京都の朝廷も鎌倉の幕府も完全に潰される。そういう状況にあって初めて政権の座にいた者や、その政権に寄生して大寺の中にぬくぬくと住んでいた僧も、あるいは日蓮を罵り、石を投げた一般民衆も、

「日蓮上人の言葉は正しかった。すべてが的中した」

という思いにかられ、一斉に、

「南無妙法蓮華経」

と唱題するはずだ。その時にこそ日蓮が先頭に立って、南無妙法蓮華経の唱題のもとに、

「敵国調伏」

の祈りをあげるのだ。この祈りは必ず成功する。そして日本国内を跳梁している悪鬼の類が、

すべて退散させられる。

「その日の来ることを、お上人様はこの身延でじっと厳しい暮らしに耐えて、お待ちになっていらっしゃるのだ」

弟子たちはそう思った。

この受け止め方は正しい。日蓮もそう思っていた。しかし日蓮の場合には、

「しかしそのためには、自分にもたらされる訴えの一つひとつを、丹念に見極め、よりよい方向への解決策を示さなければならない」

と考えていた。つまりそういう積み重ねが、

「よりよい世論を生むための積み石になる」

と考えていたのである。中でも目前の解決すべき事件は、いうまでもなく四条頼基(よりもと)とその主人江馬光時(えまみつとき)との争いである。

四十八

日昭(にっしょう)が告げたように、四条頼基と江馬光時の争いは、

「鎌倉中が注目する大きな課題」

に発展している。日蓮はそんなことは百も承知だから、今まで打った手は、

「そういう差し迫った状況に対する的確な対応策」

を告げて来た。四条頼基はやや直情径行的なところがあるから、何でも直線的に考える。自分という点と、江馬光時という点との間で解決しようとする。それを日蓮は新たに、

「民衆という点を設けて、三角関係で解決していこう」

ということにしたのだ。そのためには、多少の時間が必要であり、また同時に根気が必要になる。日蓮は、

(そういう根気を、金吾殿にも持ってもらいたい)

と心から願った。

丁度、鎌倉桑ヶ谷に拠点を構えて極楽寺良観(忍性)の後ろ盾を得ながら、竜象房という京都から来た僧が、しきりに、

「自分のいうことに疑問があれば、いつでも論戦をしよう」

と公場対決を叫んでいる。これは日蓮にとっては願ってもない機会である。

日蓮が身延山に入ってから間もなく、甲府あたりに拠点を持つ強仁という僧が、身延山の日蓮のところへ問難状を送って来た。内容はいうまでもなく、

「貴僧は、法華経だけを仏の唯一の教えとし、他の宗旨をすべて非難されておられる。その根拠を改めて伺いたい」

というものだ。日蓮は丁重な返書を送った。

「申し出の件は、わたしも年来問題としているところなので、すぐにお尋ねの件についてお答えをお書きしたいが、差し控える。というのは、この日蓮は常に他宗との論争を行うことは、公場対決によるべきだと考えて来た。しかし、あなたもご存じのとおり、鎌倉においては国主をはじめ要路におられる方々が、これを認めてくださらなかった。ために日蓮も、いわば不完全燃焼状況でこの問題をいまだに胸に抱えている。あなたがもし、この際改めてこの問題を天下に示したいとお考えならば、すぐ朝廷と幕府に奏聞(そうもん)していただきたい。そして勅宣か下文(くだしぶみ)を賜って、是非を糾明(きゅうめい)したい。そうすれば、上一人は咲(わらい)を含み、下万民は疑いを晴らすにちがいない。世間・出世間の邪正を決断するのは、必ず公場でなければならない。今ここであなたの納得のいくような返書を書いたとしても、結局はそれは暗中に錦をきて遊行し、澗底(たにそこ)の長松の匠(たくみ)に知られないような結果に終わる。そしてまた、無用な喧嘩の起こる基になる。その意味で、貴僧のお尋ねに対する返書は控えたい」

と書き送った。強仁は、甲府に住んではいたが、実際には京都や鎌倉の間を往来する天台密教の学僧であったという。強仁はこの日蓮の返書に対して、その後何もいって来なかった。日蓮のいうことをもっともと思ったのか、それとも、

「自分との対決を避けて、こんな逃げ口上を書いて来た」

と受け止めたのか、よくわからない。しかしその後甲府近辺から、

「強仁がこういう悪口をいっている」

という情報は全く入って来ない。そうだとすれば、強仁も、日蓮の返書をもらって、

「なるほど、日蓮はそういう考えなのか。しかし今の自分には、鎌倉で公場対決を行なうような気持ちは毛頭ない」

と考えて、日蓮への挑戦をあきらめたと見た方が自然だろう。

そういう経緯があったので、日蓮は鎌倉から聞こえて来た、

「竜象房がしきりに公場対決を叫んでいる」

という話を聞いて、

「これこそ千載一遇の機会だ。今まで得られなかった自分の主張を堂々と天下に示すことができる絶好の時である」

と思ったのである。しかし日蓮は、

「そうはいっても、今の自分の体力では、健康上の理由で対決に破れることも考えられる。対決が長引けば長引くほど、体が衰弱して、長時間の論争には耐えられなくなる。そうなったときは、もはや日蓮の完全な敗北になってしまう」

と考え、

「代理を立てよう」

と思い立った。そして代理には、

「三位房がもっとも適している」

と考えた。だから、三位房にはかなり前からこのことを告げ、同時に四条頼基に渡す陳状の文案の内容も告げて、

「すぐ四条殿に渡さずに、この内容を鎌倉中に吹聴せよ。極力、執権殿の耳に入るように仕向けよ」

と秘策を授けていた。こういう策の数々は、やはり日蓮が下の小屋にいる四十人から六十人もの居候や無頼たちから学んだ処世の知恵だ。

「何か事を為そうと思ったら、いきなりそれを相手にぶつけるよりも、回り道をして時間と根気をかけ、多くの人々の支持を得てから打って出た方が得策だ」

居候たちはしきりにそんなことをいった。かれらは単に、徒食していただけではない。前に書いたように、季節折々の自然の生む果実を届けてくれる。植物や魚を持って来る度に、

「お上人様、鎌倉ではこんなことが起こっているそうでございますよ」

と情報をもたらしてくれる。そしてその時に、

「その事件を、この方はこういうような解決をなさったそうです。なかなか、知恵者ですな」

などと話す。出世欲や自己顕示欲に満ち溢れている三位房には、こういういわば、

「処世の知恵」

はなんの抵抗もなくすんなりと頭に入る。まるで砂が水を吸うようなものだ。こういう才覚は、他の弟子たちには稀簿だ。他の弟子たちは、日蓮を信ずるあまり気負いの方が強い。そのために、

自分をあくまでも正しいと信じ、相手は絶対に間違っていると決め付ける。つまり、直線的な対決を好む。身延山中にいるうちに、日蓮は次第に自分にあったこの性癖に疑問を持った。下の小屋にいる居候たちを見ていると、かれらは学問もなく、理論も持たないが、本能的に、

「こういう時には、こうすべきだ」

と経験から来る知恵を持っていた。

しかしそれにしても、四条頼基に対して、

「陳情の文案は自分が書いた」

と、一方的に頼基が主人の光時に差し出すべき陳情を押し付けるのは初めてだ。今までは、

「このことはこういう風に考えるが、どうだろうか」

と、一拍間を置くような距離を保って来た。それを今回は、

「このとおりの文章を、大学三郎か滝太郎か富木殿かに書いてもらって、しかもすぐ光時殿に提出せずに、事前に散々鎌倉中に内容を振り撒いた後に、そのことがほとんどの人が知った後、光時殿に提出しなさい」

と、陳状の扱いについてのきめ細かい助言もしている。ということは、この陳状に対する日蓮の思い入れが深く、

「この陳状は、四条頼基が江馬光時に出すという形をとっているが、実はそうではなく、日蓮が執権北条時宗殿に出す陳状なのだ」

という心入れがあった。そうなると、陳状に書くべき内容は、

「光時の命じた新領地赴任に抵抗する家臣としての四条頼基の申し状」

で終わらせるわけにはいかない。つまりそのように、問題を限定したものではなくなる。

「鎌倉で辻説法をして以来、日蓮が望んだことは何なのか」

ということを、改めてこの際天下に知らせる必要があった。そして、

「執拗に主人の指示を拒む四条頼基の根底には、実はこういう日蓮の教えがあるのだ」

ということを明らかにする必要がある。その意味で、日蓮は三位房に託す『頼基陳状』と後に名付けられる文章の案には、今までにない熱と力を注いだ。それだけに、満足の行く脱稿に時間が掛かった。身延の庵に集まった弟子たちに対し、

「公場対決の身代わりとして、三位房を派遣する。その三位房には、頼基殿が主人の江馬殿に出す陳状文も持って行かせる」

とはいったが、実をいえば『頼基陳状』は、まだ完全に出来上がっていなかった。

四十九

鎌倉や駿河や房総方面で教宣の拡大に努力している弟子たちが、また身延の山を下りて去った直後、日蓮はこんな噂を聞いた。それは、

「鎌倉で、竜象房(りゅうぞうぼう)が、日蓮よ、早く来い、一体何時になったら自分と公場対決をするんだ、と高らかにわめいている」

というものだ。日蓮は眉を寄せた。心の中に波が立った。その日蓮の心中を察して、三位房(さんみぼう)がいった。

「お上人様、この際は、問題を二つに分けて、対応したらいかがでございましょうか」

「問題を二つに分けるとは？」

「四条様にお渡しになる陳状は暫(しばら)く時間をお掛けいただいて、ひとまずわたくしが鎌倉に参り、大口を叩く竜象房を論破して参ります。そうすれば、お上人様が今お書きになっていらっしゃいます四条様の陳状にも、また箔(はく)が加わることになりましょう」

大変な自信だ。日蓮は苦笑した。しかし三位房のいうことにも一理ある。日蓮は考えた。

やがて、

「なるほど、それがいいかも知れぬ」

と頷(うなず)いた。三位房は自分の意見を日蓮が承諾してくれたので嬉しかった。

「では、早速明日にも鎌倉へ参ります。そして、竜象房を徹底的に叩きつけて参ります」

そういった。日蓮は頷いた。

「頼む。しかしくれぐれも、そなたの増長心を抑えるように」

「お教えに従います。十分に心得ております」

三味房は頷いた。こうして日蓮が当初考えていた、

「三位房に、竜象房論破と、四条頼基に渡す陳状の内容を、事前に鎌倉中に広めさせる」

という作戦は、二分裂した。つまり四条頼基に渡す陳状は、もう少し時間を掛けるということになった。というよりも、

「鎌倉における、三位房と竜象房の公場対決の結果」

を待って、そのことを陳状の一要素として考えようということにしたのだ。

三位房は、日行という法号を貰っていた身延を下って鎌倉に向かった。まず訪ねたのが、先輩弟子の日朗である。日朗も竜象房のことを気にかけていたから、

「よく来た。そなたが竜象房を論破しに来なければ、わたしが代わりに行なおうと思っていたところだ」

と励ました。三位房は、四条頼基の屋敷にも行った。そして、

「明日、竜象房に公場対決を挑みます」

と告げた。頼基は嬉しそうに笑った。日蓮の弟子の中でも、三位房が最も先鋭的であり、また最も肝が太く、

「どんな高僧であろうと、絶対に負けない」

という激しい気迫を持っていたからである。頼基は三位房を見る度に、

（まるで、自分の若い頃のようだ）

と密かに支持していた。そこで頼基は、

「わたしもご一緒しよう」

といった。三位房はためらった。

「いや、坊主同士の対決ですから、武士がおいでになるのはいかがかと思います」

と渋った。が、頼基は、

「今の鎌倉の空気は非常に険悪だ。身延山からそなたが公場対決にやって来たという噂で持ち切りだ。そのため、竜象房を庇護する忍性（良観）などが先頭に立って、あくまでも竜象房を守り抜こうと企んでいる。場合によっては、そなたに乱暴を働くかも知れない。用心のために、わたしがそなたの身を守ろう」

確かに四条頼基のいうように、鎌倉内の空気は険悪だった。特に三位房に対しては、

「日蓮の代わりに遣わされた坊主」

ということで注目の的だ。日蓮が今まで経験した法難からいっても、三位房そのものの生命も損なわれるかもしれない。三位房は、頼基の申し出を受けることにした。しかしこれがのちに問題になる。三位房は身延を下りる時に日蓮から、

「これを脇に置いて、論戦を行なうように」

と、書状を貰っていた。

『教行証御書』

である。三位房は日蓮が自ら、いわば、

「論戦の参考書」

を書き与えてくれたことに、自信を深めた。

（これさえあれば、怖いものは何もない。まさに鬼に金棒だ）

と思った。三位房は頭が鋭いから、鎌倉へ着くまでに日蓮から与えられた『教行証御書』の内容をほとんど諳（そら）んじた。

（お上人様は、さすがにいい知恵をお授けくださる）

と感謝した。

この論争の内容は今日詳しく伝えられていない。しかし、結果として、

「竜象房は論破され、この対決に敗れ、桑ヶ谷（くわがやつ）の庵から忍性（良観）の極楽寺へ逃げ込んだ」

と伝えられている。これが〝桑ヶ谷の対決〟といわれるものだ。

鎌倉では、

「さすが日蓮の弟子だけのことはある」

と三位房の名が高まった。三位房は得意だった。すぐ身延の日蓮にこのことを詳しく書いて報告した。そして、

「しばらくは、日朗先輩と共に布教に努めます」

と付言した。三位房にすれば、

「竜象房を論破した法華経を、この際さらに弘通しよう」

と勢いづいたのである。一方論戦に敗れた竜象房は、庇護者の忍性と共に幕府へ訴え出た。それは、

「公場対決の日に、江馬光時の家臣四条頼基が、兵杖を携えて、竜象房の法席へ乱入し、悪口、乱暴した」

というものであった。侍所所司の平頼綱は、訴状を受けとるとこれをそのまま付箋をつけて、頼基の主人江馬光時に渡した。

「こういう訴状が来た。おぬしの扱いにしてもらいたい」

と告げた。頼綱にすれば、

（いよいよ、江馬光時と四条頼基との問題の、解決の時が来た）

と思ったからである。今度こそ光時の四条頼基に対する処分がどの様なものか、頼綱は意地の悪い気持ちで見守った。

（おれが処理する案件ではない。光時の北条得宗家に対する忠誠心を試す格好の案件だ）

と判断した。

光時は、回された訴状を見て、

（いよいよ決断の時が来た）

と思った。かれにとっても、四条頼基をこのままには出来ない。なんだかんだと、身延の日蓮

に知恵を付けられては、のらりくらりと切り抜ける頼基に対し、基本的には信頼しているものの、しかし世間に対してはこれでは済まないと考えていた。放っておけば、今度は自分の身が危うい。一度は、謀反を企んだ光時だ。平頼綱は依然としてそういう目で見ている。その疑いを晴らすためにも、ここで思い切った処分を頼基に加えなければ、自分の立場が危うくなる。時間切れだ。

そこで光時は、頼基を呼び出した。

「今日は、公式にそなたに申し渡すことがある」

「はい、承ります」

頼基は悪びれたところはない。頼基自身も、腹を括っていた。

(どんなことをいわれても、自分はお上人の数えを守り抜く)

と心を固めている。光時は文書にした二カ条の詰問条項を伝えた。

一、竜象房説法聴聞の時に、そなたは徒党を率いて竜象房に乱暴を働いた。

二、自分(江馬光時)や、多くの人々が、生き仏、あるいは生き阿弥陀仏として崇敬の念を持っている忍性上人や、竜象房を誹謗した。

改めて告げられただけで、基本的には今までと何も変わらない。ただ一項目めの、

「公場対決の場に、四条頼基が兵を率い、武器を携えて乱入し、竜象房に乱暴した」

という項目が付け加えられただけだ。しかしこれは事実ではない。確かに頼基はあの日、三位房日行を護衛するために部下を率いて、武器を携え法堂に入った。しかしあくまでも隅で、神

妙に控えていただけで竜象房に襲いかかったことは全くない。が、竜象房とその庇護者である忍性は、

「四条頼基が、竜象房に乱暴した」

という事実をでっち上げて、幕府へ訴え出たのである。頼基は、光時からの詰問状を読み終えると、顔を上げた。

「しかと承りました。いずれも覚えはございませんが、改めて陳状を提出いたします」

とその場は引き下がった。そしてすぐ、この主人からの達しと、自分の経過報告書を添えて身延の日蓮に送り届けた。主人の江馬光時は、詰問状を渡した時に、

「この一件については、幕府も異常な関心を持っている。そなたの身命にも関わるかも知れぬ。この際どうだ、日蓮のような悪坊主とは一切縁を切って、法華経を捨てるという起請文を書け。そうすればすべて丸く収まる」

と、また、

「棄教の起請文」

を求めた。頼基は首を横に振った。

「それはできません。わたくしが帰依しているのは日蓮上人です。これは、いまさら申し上げるまでもありません」

と、自分の日蓮への帰依心の強いことを改めて強調した。光時は鼻白んだ。

「何が起こっても知らぬぞ。最早、わしの力では支え切れぬ」

「その点はよくわかっております」

頼基はうなずいた。事実、窮境のギリギリの場で、七転八倒している主人の苦しみは頼基もよく理解していた。しかしだからといって、同情心で日蓮への帰依心を棄てるわけにはいかない。

「主人を選ぶのか、それとも日蓮を選ぶのかときかれれば、自分は日蓮を選ぶ」

頼基はそう決意している。

法華宗に対する弾圧は、四条頼基に対するものだけではなかった。早くからの帰依者であり檀越である池上郷の池上兄弟にも起こっていた。池上兄弟は、兄が嫡子の宗仲であり、弟が宗長だ。二人はかなり古くからの檀越である。ところが父の康光は、鎌倉武士の多くがそうであったように忍性に帰依していた。日蓮の勢いが強くなったのを恐れたためかどうか、忍性の手が回って、兄弟の父・左衛門大夫康光は、息子たちに、

「法華経を棄て、忍性上人に帰依せよ」

と迫った。しかし気の強い宗仲は、

「法華経は棄てません。それよりも父上こそ、真言律を棄てて、日蓮上人に帰依してください」

と言い返した。間に立った弟の宗長ははらはらした。宗長は温厚な性格だったので、

「信仰の問題は、別にこうでなければいけないということはございますまい。父上は真言律をお信じになり、兄上は法華経を信ずるということでよろしいではありませんか」

と妥協案を出した。しかし父の康光も兄の宗仲も聞かない。父は怒って、

「おまえを勘当する。家督は宗長に継がせる」

といった。弱った宗長はこのことを身延の日蓮に相談した。日蓮は、兄弟に手紙を書いて、

「改宗の勧めには絶対に従ってはならない。あくまでも法華経信仰を貫くように」

と励ました。この時の日蓮の手紙に胸を打たれたのだろうか、父の康光は少し考えを緩めた。

そして、暫(しばら)く経って宗仲の勘当を許した。やがて康光も、

「日蓮殿に帰依しようかな」

と考えを変えはじめる。兄弟は喜んだ。この父と子の宗教上の争いも、当時大きな話題になった。

「とかく法華経は、いろいろと悶着(もんちゃく)を起こす」

と世間は見た。

頼基陳状

五十

日蓮の高弟のひとり日興（にっこう）は、日蓮が身延山に入山した後は、駿河で教宣の拡大に努めていた。かれは、説得性の強い論法で、天台系の寺を次々と改宗させた。そして、拡大された教勢はグループをつくり、周辺の農民たちを次々と折伏（しゃくぶく）して檀越（だんのつ）とした。こうなるとこの地域にある他宗の寺が脅威を感ずるのは当然だ。危機感を持ったことはいうまでもない。その中で、侍所所司平頼綱（よりつな）の親族だといわれる平左近入道行智（ぎょうち）という人物がいた。平左近入道は、滝泉寺（りゅうせんじ）の院主代（いんじゅだい）を務めていた。かれは後盾として、いま北条得宗家きっての実力者といわれる頼綱がいるので、居丈高（いたけだか）に日興によって折伏された日秀（にっしゅう）、日弁（にちべん）、日禅（にちぜん）らに対して、

「法華経を棄てて、今までどおりの阿弥陀教を信ぜよ」

と迫った。近くの四十九院（しじゅうくいん）や実相寺（じっそうじ）でも、同じような迫り方をした。やがて日興は、弘安元年（一二七八）に四十九院から追放されてしまう。

このように、四条頼基（よりもと）が迫られている改宗の弾圧は、各方面に広がって行った。平頼綱が本腰を入れて、

「法華宗の追放」

を前面に出して来たことは明らかであった。こういう報告は次々と身延山の日蓮に伝えられた。

日蓮は目を燃やした。そして、

（今が決戦の時である）

という気持ちを強めた。日蓮は書きかけの、

『頼基陳状』

の仕上げを急いだ。

四条頼基を通して鎌倉幕府に提出する陳状ではあったが、それは単に四条頼基の主人の江馬光時に提出するという性格のものではない。日蓮の意気込みは明らかに、

「鎌倉幕府、特に執権北条時宗殿に提出する改めての『立正安国論』である」

という思いを込めていた。そして、日蓮の予感では、

「蒙古が間もなく日本を再び襲う」

という思いがあった。したがって四条頼基に与える陳状と、蒙古の再度襲来とは大きな点と点であり、これが激突することによって、日蓮の考えている、新しい時代状況が展開する。いうまでもなくそれは、

「蒙古国によって日本が酷い目に遭い、その時にこそ初めて鎌倉幕府をはじめ日本国中が、南無妙法蓮華経と唱えるのだ」

という自覚である。さらに、

「その時こそ、この日蓮が唱題の先頭に立つ」

ということである。そう思うと日蓮の胸は燃えた。陳状を書く筆から墨がほとばしる。しかし、この陳状は次に掲げるようにかなり冷静で、理を追い、同時に具体的な事実を述べたわかりやすいものである。この時の日蓮の考えを知る上で、欠くことができない書状なので、全文を多少筆者自身の頭の整理も兼ねてわかりやすいものにしながら掲げる。

さる六月二十三日の御下文を島田左衛門入道殿と山城民部入道殿両人の取り次ぎで、同月二十五日に慎んで拝見いたしました。

右の御下文にいう「竜象房御説法の時に、兵杖を携えた徒党の者どもを引き連れて乱入し、おだやかならぬ振舞いを行なったと、見聞の人々がいずれもみな異口同音に申し合っていた」ということに驚き入っております。これは何の証拠もないいつわりです。だれがそんなことを申し入れたのか知りませんが、御哀憐をこうむってその者とわたくしと御前に召し出され、実否を究明していただきたいと思います。

およそこの事の根源は、さる六月九日に、日蓮上人のお弟子である三位公が、わたくし（頼基）の宿所に来て、こう申されました。

「このごろ竜象房と申す僧が、京より下り大仏の門の西桑ヶ谷に宿泊して、日夜説法をしてこういうことをいっているそうです。『現世や来世のことについて仏法に不審のある人は、ここへ来てどんなことでも問答されよ』と」。鎌倉中の人々は、上下を問わずこの竜象房をまるで釈尊の再来のごとくに尊んで、その威光におそれ問答をする人はだれもいないということです。そこで、三位公は、「桑ヶ谷に出掛けて行って、竜象房と問答を遂げようと思います。一切衆生(しゅじょう)の後生の不審をはらそうと考えています。あなたも一緒に来てお聞きになりませんか」と申されたのであります。

しかしその折は務めに忙しくて、行くことができませんでしたが、法門のことでありますので、その後はたびたびお供をして参りました。しかしわたくしは在家の者でありますから、一言も問答に口出しはいたしません。悪口など申すはずがないことは、御賢察いただきたいと存じます。

このとき竜象上人は説法の途中で、「この見聞満座のなかで、御不審の法門があれば申し出られよ」と申されたときに、日蓮上人の弟子三位公がこう問いました。「生を受ければ死をまぬかれることのできない理(ことわり)は、ここにはじめて驚くべきことではありませんが、ことさら今の日本国の災難で死亡する者はその数を知りません。眼前の無常は人ごとに思い知らぬということがありません。そういうときに京都から上人がお下りになって、人々の不審を晴らされるよしを承って参りましたが、説法の最中に問うことも失礼と存じ、ひかえておりました。しかるに、上人の方から説法の途中でも問うべきことがある人は、憚(はばか)らずに問いなさいというお言葉を聞いて嬉しく存じております。

そこでまず不審に思うことは、末法に生を受けて辺土の卑しい身ではありますが、中国の仏法がさいわいに日本に渡って参りました。なにをおいても信受すべきでありますが、しかし経文は実に五千、七千と沢山あります。しかも一仏の説であれば、しょせんは一経であるべきであるのに、実際には華厳、真言、ないし八宗、浄土、禅と十宗までも分かれております。これらの諸宗も、その門は異なっていると申しましても、しょせんは一つであろうと推察しておりますのに、弘法大師はわが朝の真言の元祖『法華経は華厳経や大日経に相対すれば門の異なるのみならず、その理は戯論の法（無益な言論）、無明の辺域である』と申され、また法華宗（天台宗）の天台大師は『争って醍醐を盗む』とおっしゃり、法相宗の元祖である慈恩大師は『法華経は方便にして、深密経は真実であり、無性有情は永不成仏なり』とおっしゃっております。華厳経の澄観は『華厳経は本教であり、法華経は末教である』と申され、あるいは『華厳は頓頓であり、法華は漸頓である』とおっしゃっております。三論宗の嘉祥大師は『諸大乗経のなかには般若第一なり』とおっしゃっております。浄土宗の善導和尚は『念仏は十即十生・百即百生、法華経は千中無一なり』と申されております。法然上人は『法華経を念仏に対して捨閉閣抛といい、あるいは『行者は群賊』とおっしゃっております。禅宗は『教外別伝・不立文字』と申されております。

教主釈尊は法華経を『世尊の法は久しくしてのちに、かならずまさに真実を説きたもうべし』と申され、多宝仏は『妙法華経はみなこれ真実なり』と証明し、十方分身の諸仏は『舌相梵天にいたる』とされているのに、弘法大師は法華経を戯論の法と書かれております。釈尊・多宝・十方の諸仏はみなこれ真実と説かれておられます。いったいいずれを信じたらよいのでありましょうか。

善導和尚・法然上人は法華経を千中無一・捨閉閣抛と申され、釈尊・多宝・十方分身の諸仏は一として成仏せずということなし。みな仏道を成ずといわれています。三仏と善導和尚、法然上人とは水火、雲泥の相違であります。なにを信じ、なにを捨てるべきでありましょうか。なかんずく、かの善導、法然両人の仰ぐところの双観経の法蔵比丘四十八願のなかの第十八願にいうには、たとえわれ仏を得るともただ五逆と誹謗正法とを除くと。たとえ弥陀の本願が実であって往生することができたとしても、正法を誹謗した人々は阿弥陀の往生には除かれるべきでありましょうか。また法華経の二の巻には、もし人信ぜざれば、その人命終して阿鼻獄に入らんとあります。念仏宗をもっぱらとする善導、法然のお二人は、経文が実ならば阿鼻大城（阿鼻地獄の真ん中にある、鉄の城）をまぬがれぬでありましょう。この上人らが地獄に堕ちるとすれば、その末流の学者や弟子・信者などは自然に悪道に堕ちることは疑いのないところであります。これらこそ不審に思われます。上人はどのようにお考えですか」と。

竜象上人はこう答えられました。

「古の賢哲たちをどうして疑うことができようか。竜象のような凡僧は、ただ仰いで信じるばかりだ」と。

そこで三位公はこれを押し返し、「いまの仰せこそとても智者の仰せとも思えません。誰が時代に仰がれる人師等を疑いましょうか。ただ涅槃教(ねはんぎょう)に仏は最後の遺言として、法によって人によらざると説いておられます。人師にあやまりがあれば経によれと仏は説いておられるのです。御房はけっして誤りはないとおっしゃいましたが、御房の私のことばと仏の金言とをくらべてみれば、三位は如来の金言についていこうと思います」と申されました。

そこで竜象上人は、「人師にあやまりが多いといわれるがそれはいずれの人師であるのか」と問われました。三位公は、「さっきお話しした弘法大師や法然上人らの義のことであります」と答えました。

竜象上人は、「ああ、それはできぬことだ。わが朝の人師のことは恐れ多いから問答はしたくない。満座の聴衆はみなそれぞれの流派の人々だからだ。鬱憤(うっぷん)を起こす人が出てきたら、さだめし騒ぎになる。恐れあり恐れあり」とおっしゃいました。

そこで三位公が申されるのには、

「人師のあやまりはだれであるかといえば、経論にそむく人師のことをいったのであります。それがはばかりあり、問答ができないということであれば、もはやそれまでであります。法門と申すものは、人をはばかり、世を恐れて仏の説かれたとおりに経文の実義を申せないのでは、愚者の至極であります。智者、上人とは思えません。悪法が世に弘まり、人は悪道に堕ち、国土はまさに滅びようとしているときに、法師の身としてどうして諫(いさ)めずにいられましょうか。それゆえ法華経には、われ身命をおしまずとあり、涅槃経にはむしろ身命を失うともあります。まことの聖人であれば、なんで身命を惜しみ世間や人間を恐れるのですか。外典（仏教以外の古典）のなかにも、龍蓬という者や、比干と申す賢人は、頸をはねられ胸を裂かれましたけれど、夏の桀王・殷の紂王を諫めたからこそ、賢人の名を得たのでありります。仏典には不軽菩薩は杖木をこうむり、師子尊者は頭をはねられ、竺の道生は蘇山に流され、法道三蔵は、面に火印を押されて江南に放たれましたが、正法を弘めてこそ聖人の名を得られたのではないでしょうか」

これに対し竜象上人がいわれるのには、「いまお話に出たような人はこの末代にはなかなかおらぬ。われわれは世をはばかり人を恐れる者だ。いまいわれたような人も、実際には決してそういうことばどおりの人ではなかったのではなかろうか」。

これを聞いた三位公は、

「この御房がどうして人の心を知られましょうか。わたくしはこのごろ日本国に名高い日蓮上人の弟子であります。師である上人は末代の僧ではありますが、ちかごろの名僧のごとく名誉を望むようなことは全くなく、人にもへつらわず、いささかの悪名も立たぬお方であります。ただこの国に、真言宗・禅宗・浄土宗等の悪法ならびに謗法の諸僧が充満していて、上一人より下万民にいたるまで、これらの法に帰依するゆえに、法華経の教主釈尊の大怨敵となり、現世には天神地祇にすてられ、他国の責めにあい、後生には阿鼻地獄に堕ちるべきことは、すでに経文にまかせて見きわめられたのでありますが、このことを申せばかならず大難が来るであろう、しかし申さなければ仏の責めはのがれがたい。

いわゆる涅槃経にいう、もし善比丘あって、法をやぶる者を見て、置いて責めるならば、まさに知るべし、この人は仏法のなかの怨なりと。世を恐れて申さなければ、わが身は悪道に堕ちるであろうとおっしゃって、去る建長中より今年（建治三年）に至るまでの二十四年の間、あえて怠ることはありませんでした。

それゆえ師の難は数を知らず、国主の勘気は二度におよびました。この三位も文永八年九月十二日の勘気の時は、供奉の一人でありましたから、やはり罪を得て頸をはねられるところでありました。これでもわたしが身命を惜しむ者とお思いですか」

これを聞くと竜象上人は急に口を閉じて顔色を変えられたので、三位公はさらにこう申されました。

「これくらいのお智慧では、なにごとでも問え、不審があれば晴らそうなどという高言は今後無用にしてください。苦岸比丘・勝意比丘などはわれは正法を知っているゆえに人をたすけてやると慢心したために、その身はもちろんのこと弟子や信者等も無間地獄に堕ちたのであります。御房程度の法門の分際で、多くの人を救おうなどと説かれたら、師も信者もともに無間地獄に堕ちることは間違いありません。今日からのちはこのような説法はおやめになるがよろしいとおもいます。こんなことは申したくありませんが、悪法より人を地獄に堕とす邪師を見ながら、それを責め顕わさなかったならば、かえって仏法のなかの怨となる、という仏のいましめはのがれがたいうえに、聴聞している上下の人々はみな悪道に堕ちられるであろうことを不憫に思うために、このように申すのであります。

智者と申す者は、国の危うきを諫め、人の邪見をとどめてこそ智者となります。しかるに御房は、いかなるひがごとがあっても、世間が恐ろしいから諫めない、と申されるのではもはやどうしようもありません。それがしに文殊の智慧や富楼那（十大弟子の一人、能弁の人）の弁説があったとしても、どうにもなりません」

といって、座を立たれました。聞いていた人々は歓喜して顔を見合わせ、三位公に合唱して、

「もう少し法門をお話しください」

と引きとめましたが、三位公はすぐお帰りになったのであります。

あの日のことはこれ以外の別の仔細はありません。これによってご推察くだされますようにお願いをいたします。法華経を信じ、仏道を願う者が法門を説くときに、どうして悪行を企てたり、悪口をほしいままにいたしましょうか。よくよく御詮議くださいますようお願いいたします。

またわたしもすでに日蓮上人の弟子であると名のったからには、帰りましてすぐ殿の御前に参り、法門の問答のありさまを詳しく御報告申しあげました。その席に同席していた人は

すべてわたくしを知っております。したがって、仰せのむきはわたくしを妬む者のつくりごとだろうと思われます。ぜひ早々にその人間をお召しになって、わたくしと対決させてくださいませ。そうすれば真実は必ず明白となります。

また仰せ下しの状にありました、極楽寺良観長老（忍性）を世尊の出世として仰ぎたてまつるべきことについて申しあげます。この条はまことに忍びがたいことであります。なぜなら、日蓮上人は経に説かれているごとくであれば、久遠実成の如来の御使い、上行菩薩の垂迹、法華本門の行者、五五百歳の大導師であります。それなのに良観長老は、その聖人の頸をはねよという申し状をお書きになり、死刑に処そうとなされました。ところがどうしたことでありましょうか。急にその死罪はとり止めとなり、佐渡島に遠流されたのであります。これは良観上人の所行ではございませんか。その訴状は別紙に書いてあります。

いったい生きている草をさえ伐ってはならぬと、六斎日の説法に申されながら、法華正法を弘める僧を死罪に処すべしと申し立てられるのは、自らおっしゃっていることと相違することではありませんか。この点はいかがでございましょう。この良観長老は天魔の入れかわった僧ではないかと思われます。

もともと事のおこりは良観長老が法門に負けた怨みからであります。良観長老の常々の説法に私は日本国の一切衆生をみな持戒者とみなして、八斎戒をたもたせ、国じゅうの殺生や天下の酒を止めさせようと思っているのに、日蓮房の謗法に邪魔されてこの願いが叶えられない、と嘆いておられたので、日蓮上人はこのことを聞き、良観こそ人をたぶらかす大慢心の僧である。日蓮はかならずこの良観を倒し衆生を無間地獄の大苦から助けよう、と仰せられたのであります。

わたくしどもはこの仰せは、法華経の行者である者の大慈悲の仰せでありましょうけれども、今の日本国、特に鎌倉の武士の方々の尊敬する良観上人でありますから、そのように簡単におっしゃるのはどうでしょうか、少し御遠慮なさってはいかがでしょう、と他の弟子たちと異口同音に申しあげておとどめしたのであります。

ところがさる文永八年六月十八日の大旱魃のときに、良観上人が祈雨の法を行ないました。それによって万民を助けようといいだされたことを日蓮上人が聞かれて、これは小事であるけれど、この際日蓮の法力を万人に知らせたいとおっしゃって、良観房のところに使いを出していわれたのに、七日のうちに雨をお降らせになったら、日蓮はこれまで念仏無間と申してきたが、その考えを捨てて良観上人の弟子となって二百五十戒をたもちます。しかしもし雨が降らなければ、御房はさも持戒者のように振舞っておられるが、実は大のまやかし者であることが明らかになる。上代にも祈雨によって勝負を決した例は多数あるので、いわゆる護命と伝教大師、守敏と弘法とがその例です。

こうして、良観房のところには周防房・入沢の入道と申す念仏者をつかいにだされたのでありますが、この両名はともに良観房の弟子でありまた念仏者であります。そこで日蓮上人はこの両人に、御房らはいまだに日蓮の法門を用いることがない。これをもって勝負としよう。七日のうちに雨が降ったならば、もとの八斎戒や念仏によって往生すると思われるがよい。しかしもしも雨が降らなければ、たちどころに法華経の信者になりなさい、といわれたところ二人は喜んで極楽寺の良観房にこのことを報告したのであります。

良観房は大いに喜び、七日のうちにかならず雨を降らせて見せると、弟子百二十余人が頭より煙を出し、声を天にひびかせて、あるいは念仏を、あるいは請雨経を、あるいは法華経を、あるいは八斎戒を唱えて種々に祈禱をいたしました。しかし、四、五日をすぎても雨の気配は全くなく、やがて良観房は魂を失って、多宝寺の弟子たち数百人を呼び集めて共に力をつくして祈りましたが、七日のうちには露ばかりの雨も降りませんでした。

日蓮上人はこの有様を見て使いを出すこと三度におよびました。いかに和泉式部という婬女や、能因法師と申す破戒の僧であっても、狂言綺語の三十一文字によってたちまち雨を降らせた。ところが持戒、持律の良観房は、法華・真言の義理をきわめ、慈悲第一と聞こえる上人でありながら、数百人の衆徒を率いて七日のあいだにどうして雨を降らせることができないのか。

これをもって思われよ。一丈の堀を越えることのできぬ者が、どうして二丈、三丈の堀を越えることができようか。易い雨を降らすことさえできないのに、どうしてむずかしい往生成仏ができるのか。今日からは日蓮を怨まれる邪見をひるがえしていただきたい。後生がおそろしく思われたら、約束をしたようにすぐ日蓮のもとへ参られよ。雨を降らす法と仏になる道をおしえてさしあげる。七日のうちに雨を降らせられぬだけでない、旱魃いよいよ盛んに八風ますます吹きかさなって、民の嘆きはさらに深まっている。ただちにその祈りを止めなさいと。七日の午後四時ごろ、使いはそのことをありのままに報告すると、良観房は涙を流し、弟子や信者も声をあげて悔しがったのであります。

日蓮上人は、このことは日蓮が御勘気をこうむったときに、お尋ねによってありのままに申しあげたことだ。だから良観房がおのれの恥を思うならば、跡をくらまして山林に入り、あるいは約束したように日蓮の弟子にでもなっていれば、道心が少しはあったということになる。ところが逆に無数の讒言をつくりあげて、日蓮を死罪に処するような訴状を書いたりしたのは、これでもかれは尊い僧といえるのか、と仰せられました。わたくしもこのことを詳しく見聞いたしました。ほかのことでは、主君のおんことゆえどのようなことでも畏れ入りますが、このことだけはどう考えてもできません。

また仰せ下しの文に、自分も竜象房や極楽寺の良観長老に見参してのちは、お二人を釈迦あるいは弥陀と仰ぎたてまつる、とあります。この条もまた恐れ入りますが、この竜象房は、京都にいては人の骨肉を朝夕の食物としていたことが露見し、比叡山の衆徒が蜂起し、世が末になったので、悪鬼が国じゅうに出現している。山王のお力によってこの悪鬼を退治しようと、その住家を焼き払い、その身に誅罰を加えようとしたところ、いつの間にか逃げ失せて、行方も知れなくなったのに、ところもあろうに今度は鎌倉に現われて、また人の肉を食らうということなので、こころある人々はみな恐れておりました。そのような者を仏菩薩と仰せられるのでは、家来の身としてどうして主人のあやまりをいさめずにはいられましょうか。家中の正しい人々は、このことをいったい何と思っておられるのでしょうか。

同じ下し状に、是非いずれにつけても、主と親との考えに随(したが)うことこそ、仏や神のこころに叶い、世間の道にも手本となることだ、とあります。このことは最も大事なことでありますから、私の申し状では恐れ入りますので経の本文を引いて申しあげます。孝経には、子はもって父に争わずんばあるべからず、臣はもって君に争わずんばあるべからず、とあります。鄭玄(じょうげん)は、君父(くんぷ)不義あらんに、臣子いさめざるは、すなわち亡国・破家の道なり、といっています。晋書には、主の暴をいさめざれば忠臣にあらざるなり。死を畏れていわざるは勇士にあらざるなり、と書いてあります。

伝教大師は、およそ不誼(ふぎ)にあたってはすなわち子はもって父に争わずんばあるべからず。臣はもって君に争わずんばあるべからず。まさに知るべし、君臣、父子、師弟はもって師に争わずんばあるべからず、といわれております。法華経には、われ身命をおしまず、ただ無上道を惜しむ、とあります。涅槃経には、たとえば王の使いよく談論し、方便に巧みにして、命を他国に奉ずるに、むしろ身命をうしなうとも、ついに王の所説の言教(ごんきょう)をかくさざるがごとし。智者もまたしかり、とあります。

章安大師は、むしろ身命をうしなうとも教えをかくさずとは、身は軽く法は重し、身をころして法を弘むとおっしゃっております。また仏法を壊乱するは仏法のなかの怨なり。慈なくして詐り親しむはすなわちこれかれが怨なり。よく糺治する者はかれのために悪を除く。すなわちこれ、かれが親なり、といわれております。

このように申しあげますと、わたくしのことを傍輩は無礼であると思うでしょうが、世間の道においては是非ともに、父母、主君の仰せには随います。しかし重恩ある主君が悪法の者にたぶらかされて、悪道に堕ちられるのを見ては嘆かずにはいられません。阿闍世王は、提婆達多や六師外道を師として、教主釈尊を敵としたので、摩竭提国はみな仏教の敵となって、阿闍世王の臣下五十八万人すべてが仏弟子を敵とするなかで、耆婆大臣ばかりは仏の弟子でありました。

大王は上が日蓮上人に帰依するわたくしを心よく思わぬように、耆婆が仏弟子たることを心よく思わなかったのでありますけれども、最後には六大臣の邪義をすてて、耆婆の正法に従ったのであります。このように上の御最後はこのわたくしが必ず救いまいらせるでありましょう。このように申させていただければ、阿闍世は五逆罪の者であり、上も阿闍世王に匹敵するとお考えあるべきであります。恐れ多いことではありますが、かれより百千万倍の重罪であると経文には明らかに書いてあります。

いわゆる、今この三界はみなこれわが有なり。そのなかの衆生はことごとくこれわが子なり、とありますが、この文(もん)のようであれば、教主釈尊は日本国の一切衆生の父母であり、師匠であり主君であります。阿弥陀仏にはこの三つの義はありません。しかる三徳の仏をさしおいて、他の仏を昼夜・朝夕に称名(しょうみょう)し、六万、八万の名号を唱えておられます。これこそ不幸の御所作と申すべきでありましょう。

弥陀の願いも釈迦如来の説かれたところでありますが、のちに自らこれを改めて、ただわれ一人(いちにん)のみ、と定められたのであります。そののちはまったく二人、三人と見えてはおりません。したがって人にも父母にも二人はないのであります。いずれの経に弥陀はこの国の父であるといい、いずれの論に母であると説かれておりましょうか。観経(かんぎょう)などの念仏の法門は、法華経を説かれるための一時の方便であります。塔を組むための足場のようなものであります。

しかるに仏法であれば、始めとあるうちのどれでも得道できると思う人は大いなるあやまりであります。たとえていえば塔を立ててのちに、足場を貴ぶほどのばかげたものでありましょう。またこれは日よりも星は明るいと申すようなものでありましょう。この人を経に説いていうのに、また経詔(しょう)すといえども、しかも信受せず。その人命終(みょうじゅう)して阿鼻獄(あびごく)に入らん、とあります。今の世の日本国の一切衆生は、釈迦仏をなげすてて阿弥陀仏を念じ、法華経をなげすてて観経等を信ずる人、あるいはこのような謗法(ほうぼう)の者を供養する俗男・俗女等、また意外にも、五逆・七逆・八虐の罪を犯している者を、智者とあおぐもろもろの大名僧ならびに国主等であります。経に、かくのごとく展転（てんでん）して無数劫（こう）にいたる、というのがまさしくこれであります。この身はわかりもしない者でありますが、このようにまちがったことがあるのだと日ごろ承って参りましたので、ついでをもって申しあげさせていただいたのであります。

　つとめをする者には、身分の上下がありましても、それぞれの立場にしたがって主君を重んじない者はおりません。主君にとって現世や後生が悪くなるであろうことを、ひそかに知っておりながら、傍輩や世間をはばかってそのことを申しあげないというのでは、わたくしも同罪となります。

　わたくしども父子二代が、命を君に捧げましたことはご存じのとおりであります。亡き父中務（なかつかさ）は、先君ご勘気をこうむられた時に、数百人の御家中の家臣らが心変わりした時も、中務一人最後のお供をして伊豆の国まで参ったはずであります。わたくしはさる文永十一年二月十二日の鎌倉の合戦の時には、おりしも丁度伊豆国におりましたが、十日の午後四時にこのことをうけたまわり、ただ一人箱根山を一気に馳せ越えて、御前にて死のうと決意した八人の中にいたのであります。

　その後自然に世の中もしずまり、今はご主人も安泰であらせられるので、あれ以来大事や小事何ごとにつけても、わたくしのことをご主人は心許した者の中に入れてくださっております。そのわたしがどうしていまさら主君を疎遠に思うことがありましょうか。かならず後生までも随従して、わたくしが成仏できるならば君をもお救いし、君が成仏なされれば、わたくしもお助けくださるであろうと思っているのでございます。

それについて諸僧の説法を聴聞して、いずれが成仏の法であるかとうかがっていたところ、日蓮上人御房は、三界の主であり、一切衆生の父母であり、釈迦如来の御使上行菩薩であることが法華経に説かれているのを信ずるようになったのであります。今、真言宗と申す悪法が日本国に渡来してより四百余年たちました。延暦二十四年に伝教大師が日本国にお伝えになったのでありますが、大師はこの国にふさわしくないと思われて、宗の字を使うことをゆるさず、ただ天台法華宗の方便とされたのであります。

その後、伝教大師の御入滅をうかがって、弘法大師は伝教大師に偏執し、あらたに宗の字を加えました。叡山が用いることがなかったものを、慈覚（じかく）や智証（ちしょう）は短才であり、この二人は身は比叡山におきながら、その心は東寺の弘法に同意して、わが大師にはそむき、はじめて叡山に真言宗を立てたのであります。日本亡国のおこりはすなわちこれであります。それ以来三百余年、あるいは真言がすぐれ、あるいは法華がすぐれ、あるいは同一であるという論争が続いたので、王法もしたがって急には尽きなかったのであります。

人王七十七代の後白河法皇の御代に、天台の座主明雲（みょううん）は一同に、真言の座主となったために義仲に殺されましたが、経に頭破作七分（ずはさしちぶん）とあるのがこれであります。第八十二代隠岐法皇（後鳥羽天皇）の御時に、禅宗、念仏宗があらわれてきて、真言の大悪法に加えて国土に流布しましたので、天照大神、正八幡の百王百代の誓いもやぶれて、王法はすでに尽きました。

天照大神・正八幡のはからいとして、関東の権大夫北条義時に国務をおおせつけられました。ここにさきの三つの悪法は関東に落ち下って、非常な帰依を得たのであります。ゆえに梵天・帝釈・日月・四天は大いにいかり、前代未曽有の天地変異をもって、諫めても用いなかったので、隣国におおせつけて、法華経誹謗の者を治罰なされたのでありますから、いまとなっては国の神たる天照大神、正八幡も力の及ばぬことになりました。日蓮上人ただ一人がこのことをご承知であります。

かようにいかめしく重い法華経でありますから、主君をも法華経にお導きいたしたいと思うゆえに、無量の小事をわすれて、今もお仕えしているのであります。このようなわたくしを讒言する人間は、逆に主君のために不忠な者ではないでしょうか。わたくしが御家中を去れば、主君はたちまち無間地獄に堕ちます。そうなってはわたくしが仏となってもかいのないことであると嘆いているのであります。

そもそもの小乗戒は、富楼那という大阿羅漢が、諸天のために二百五十戒を説いているのを、浄名居士が非難して、穢食をもって、宝器に置くことなかれ、と申されたといいます。鴦崛摩羅は文殊を呵責して、ああ蚊蝄の行は大乗空の理を知らず、と申されたといいます。また小乗戒にたいしては文殊は十七の咎をいいだし、如来は八種のたとえによってこれをそしり、驢乳と説き蝦蟆にたとえられました。鑑真の末弟子は、伝教大師を悪口の人として、嵯峨天皇に上奏しました。しかし、このことは経文に説かれていることであったために、力及ばなかったのであります。南都の奏状がやぶれて、叡山の大戒壇が立ったからには、すでに小乗は捨てられたのであります。

わたくしが良観房を蚊、蚋・蝦蟆の法師と申しても、このことは経文にはっきりと書かれていることですから、別にお咎めを受けるいわれはないと思われます。

それなのに、法華経を捨てよという起請文を差し出せと仰せられるのは、あまりのことと嘆き入っております。わたくしが所領を惜しみ、頸を斬られるのを恐れて起請文を書いたりしましたら、主君はたちまち法華経の罰をお受けになるでありましょう。

良観房の讒訴によって、釈迦如来の御使日蓮聖人を流罪にしたため、聖人の申されたごとく百日のうちに合戦が起こり、多くの武者が死んだなかに名越の公達は横死されました。これもひとえに良観房のせいではありませんか。いままた竜象や良観に同心して、わたくしに起請文を書かせたりなされば、主君もまたその罪をまぬかれないことになります。

このような道理を知らないためか、また君に怨をしようと思うためか、わたくしにことよせて大事を引き起こそうとたくらむ人々にお尋ねあって、ぜひここにお召しになり、対決をさせていただきたいと思うものであります。恐惶謹言。

建治三年丁丑六月二十五日

四条中務尉頼基成請文

この『頼基陳状』には添書（そえがき）がある。それによると、日蓮は四条頼基に対し、

「この陳状は、大学三郎殿か滝太郎殿、あるいは富木（とき）殿に暇の折に書かせて上（たてまつ）りなさい。この書を上ればかならず結末がつくはずです。あまり急がずに周りの人々にいろいろ噂を立てさせてから差し出せば、場合によってはこの陳状が鎌倉中に知れ互（わた）り、執権殿の許に届くこともあるでしょう。そうなれば禍（わざわい）の幸いというものです。しかし返すがえすも奉行人に諛（へつら）うような態度をとってはなりません。この所領は主人の重病を法華経の薬でお助けして、その恩賞に賜ったものだから、もし召し上げられることがあれば、またご病気がぶり返すに違いありません。そのときになって頼基に謝罪されても、受け入れることはできませんと、当てつけに、憎らしげにいって、帰りなさい」

と書いている。つまり陳状の周知と、その効果を推し量っての、いわばPR作戦である。

五十一

『頼基陳状』の内容は、次第に鎌倉中に広まって行った。この陳状を最も気にした人物が三人い

る。一人はいうまでもなく頼基（よりもと）の主人江馬光時（えまみつとき）だ。そして二人目も日蓮に異常な憎悪の念を持っている侍所所司平頼綱（よりつな）である。そしてもう一人は、執権北条時宗（ときむね）であった。

この陳状に書かれているように、四条頼基がいま持っている所領は、かれが主人の病気を治した功績によって貰（もら）ったものだ。陳状の中には、

「それをまた取り上げようとすれば、もう一度主人は病気になるだろう」

と予告している。これが当たった。陳状を受け取ってから間もなく、主人の江馬光時は本当に病気になってしまった。まだ医術がそれ程発達していない時代である。にもかかわらず、家臣の四条頼基には医術の心得があった。特に、薬草を煎じて薬をつくることに巧みだった。已（や）むを得ず光時はまた頼基を呼んだ。そして、

「薬を煎じてほしい」

と頼んだ。頼基は、陳状に書いたように、

「法華経を捨てよといわれれば拒みますが、他のことは一切忠実にご奉仕致します」

と誓っているのだから、すぐかしこまりましたと薬を煎じて差し出した。飲むと光時はたちまち快癒（かいゆ）した。光時もさすがに考えたようだ。

「頼基には不思議な力がある。しかしその不思議な力は、日蓮聖人への帰依によって生まれたものだ」

と思うようになった。そうなると、次第に頼基の日蓮への帰依心を見つめる角度が変わって来

た。和らぎが出た。

（放っておいてもいいのではないか）

という気持ちが湧いた。そこで光時は、前にも増して頼基を信頼するようになった。とにかく、日蓮への帰依心以外は、非の打ち所がないからだ。周りで頼基の事を悪し様（あしざま）に讒言（ざんげん）する家臣たちよりも、よほど信頼できる。

ところが、このことを頼基が身延山の日蓮に報告したときに、日蓮は、

「時を稼ぐように」

と微妙な戦略を授けている。つまり、

「主人が病気になったから薬草を煎じてくれといっても、すぐ応じてはならない」

ということだ。まず、

「お召しがあってもすぐ出仕するな」

と注意している。それでも、

「どうしても出仕してくれ」

といってきたら、着る物もあまり目立たぬ物を着、髪も櫛（くし）けずらずに、病気あがりのような姿をして出て行きなさいといっている。芸が細かい。つまり、それだけ用心しろということである。日蓮が恐れていたのは、江馬光時よりもむしろ、かれの短絡しがちな家臣の群れだったろう。かっとなって何をするかわからないから、控え目にしろという注意である。頼基はこれを守った

のかどうかわからないが、とにかくどうしてもと懇望されて、薬を煎じ主人の病気を治した。光時は喜んで、さらに信濃の国内の三カ所の土地を加増してくれた。頼基はすぐこのことを身延山の日蓮に報告した。日蓮は喜んだ。次のような返書をくれた。

鷹取ガ岳・身延ガ岳・七面ガ岳・飯谷と申すところは、木の下、萱の根、岩の上、土の上とどこを尋ねても、贈ってくださった若布の生えているところはありません。やはり海でなければ若布はなく、山でなければ茸は生えません。そして法華経でなければ仏になる道もありません。

それはさておき、なによりも承ってすがすがしく思われたことは、あれほど主人から憎まれたご貴殿が、主君の御出仕にお供として、お供の中に選ばれて、毎日暇もないようなありさまとうかがい、うれしさはたとえようがありません。池上右衛門大夫が親に勘当されていたのが、主君の一言によって許されたこといい、ご貴殿が数年の間主人や朋輩に憎まれ、去年の冬にはもはやこれが最期かと思われたのに、かえって今は日々の御出仕にお供をなされているとうかがって、これはいかなることでありましょうか。ひとえに天のはからい、法華経のお力ではないかと思います。

先日円教房が来たっていうのに、

「江馬の四郎殿の御出仕に、お供の侍二十四、五人がおり、その中に主君の江馬殿はさておき、身長の高さといい、面(かお)・魂・馬・部下までも中務(なかつかさ)の左衛門尉が第一だ。実にあっぱれな男だと、鎌倉の市民は四条殿のお姿を見る度にいいあっております」

とありました。それにしてもあまりの変わりようが実に不思議に思われます。孔子は九思(くし)一言(いちごん)、周公旦(しゅうこうたん)は浴(ゆあみ)する時は三度さぐり、食する時は三度試食なさったという。いずれも古(いにしえ)の賢人であり、今の人の鏡です。

そこでこれからは特に身を慎んでいただきたい。夜はどんなことがあっても、一人で外出してはなりません。たとえ主君のお召しであっても、かならず部下をまず御所（江馬の館のことか）へつかわして、内緒で本当かどうかを聞きただしなさい。真実のお召しであると分かれば、腹巻きを着て鉢巻をし、前後左右に部下を従えてお出掛けなさい。そして、安全をたしかめたうえで御所近くの知り合いの家か、あるいは自分の家に身につけたものを脱いで御出仕なさい。

家に戻る時は、先に人を入れて、戸の脇、橋の下、厩(うまや)のうしろ、高殿(たかどの)などの暗いところを調べてからお入りなさい。火事の時には、わが家からでも人の家からでも、財を惜しんであわてて火を消しているところへ、不用意に近寄ってはなりません。まして走り出すことは禁物です。出仕して主君のお供をして帰る時は、門で馬を下りたら、要件のあることをかかりの者に申して急いでお帰りなさい。たとえ主君の仰せであっても、夜に入ってから御所に永くとどまっていることは危険です。帰りがけには一層の用心をなさい。このような時こそかならず敵はうかがいます。人が酒を飲もうと申しても、辞退して飲まぬ方がよろしいとおもいます。

また貴殿の弟たちに対しては、常に憫(あわ)れんで湯銭や草履代などの心づけを与えておくことが大事だと思います。もしものことがあれば敵は許しておきません。場合によっては自分のために命を失うことになるものであると思って、普段からたとえ失敗があっても少々の過失は見て見ぬふりをした方がよろしいと思います。また、女性たちはいかなる過失があっても注意など絶対になさらぬように、まして言い争いをしてはなりません。

涅槃経(ねはんぎょう)に、「罪きわめて重しといえども女人に及ばざれ」とあります。この心は、いかなる過失があっても女人の過失を咎(とが)めてはならない、それでこそ賢人であり仏の弟子だという意味です。そしてまたこの文は阿闍世王(あじゃせおう)が父を殺したばかりでなく、母をも亡き者にしようとした時に、耆婆(ぎば)や月光の両臣が王を諫めた経文でもあります。

わが母がつねに気づかい、臨終まで心にかけていた妹たちでありますから、その過失を許し、不憫であると思えば母の心も安まり、孝養となることを深く思ってください。他人をさえ不憫と思うのなら、いわんや弟たちに対してはなおさらのことです。もしものことがある時は、かならず一所において運命をともにする人達です。これらの人達こそ、貴殿の亡きあと、残って嘆き悲しむ者でありますから、思い出につねに深く愛してください。

こんなことを申すのも、他の例を多くあげるまでもありません。双六(すごろく)は二つ並んだ石はかけられず、鳥は一つの羽では飛ぶことができません。平将門（たいらのまさかど）や安倍貞任（あべのさだとう）のような勇将も、一人では敵にかなうことができませんでした。ご貴殿も弟たちを子とも家臣とも思って、頼りにしておられれば、もしも法華経が弘まり世にあらわれた時には、法華経にとって一方の味方となるに違いありません。

すでに京の内裏（だいり）・院の御所・鎌倉の御所ならびに後見（うしろみ）の御所（執権の邸）と、一年のうちに正月と十二月と二度も火災に遭いました。これはただごとではありません。謗法（ほうぼう）の真言師らを御師（おんし）と頼み、法華経を怨（あだ）みたもうたために、天が責め、法華経の十羅刹女（じゅうらせつにょ）が諫められているのです。今こそ、大懺悔（ざんげ）をすれば助かる道もあります。天がいたくこの国を惜しまれているからこそ、大いなる諫めがあるのです。

すでに他国がこの国を攻め、国主や国民を亡ぼすばかりか、仏神の寺社百千万が亡びようとしているのを、天眼（てんげん）をもって見下ろして歎かれているのです。また法華経の御名（みな）をゆっくりと唱えている者たちを、誹謗正法の者どもが威すゆえに、天が憎まれているのです。あなかしこ、あなかしこ。

今年は一層の御注意をされて、世のありさまをごらんなされよ。また山・海・空・市（まち）のいずれの所でも、災いを免れる所があればそこに行って、今年を過ごされるがよろしいと思います。安私陀（あした）仙人が仏の生まれられたのを見て、先立つ命を惜しんだのと同じです。

恐々謹言

自分が住んでいる身延山の周りの山々の姿から書きはじめ、

「山には絶対にあなたの贈ってくれるような美しい若布は生えない」

と書き出すあたり、かなりのゆとりが感じられる。ということは、それほど日蓮は頼基の身になってその心配をしていたのだ。主人江馬光時の勘気が解けて、前以上に信頼心が厚くなり、幕府へ出仕するときも数少ない供の中に加えていると聞いて、日蓮がどれ程安心したかわからない。

それは、頼基の身そのものを心配することもあるが、やはり、

「法華経の弘通（ぐつう）」

に、好影響を与えると思ったからだ。

しかしそれでもなお、

「身の危険に自ら飛び込んで行くな」

ということで、

「安全な場所があれば、そこに行って年を過ごした方がいい」

というような忠告を与えている。日蓮にとって、鎌倉にいない自分の立場から考えて、帰依者（きえ）や弟子たちが自分を信ずるために、命まで狙われているような状況は身悶えするほど心配だった。

四条頼基が主人から許されたのは、建治（けんじ）三年（一二七七）のことだったが、建治四年二月二十九日に改元され、年号は弘安（こうあん）と変わった。その元年になると、四条頼基が身延山の日蓮をたずね

て来た。その前に、主人の光時から新しく加えられた信濃の領地から、いろいろな品物を贈った。この時の礼の手紙が残されている。

「今年十二日、信濃からわざわざ贈ってくださった品物の日記、銭三百貫文、白米一俵、餅五十枚、酒大筒一つ、小筒一つ、串柿五把（たば）、柘榴（ざくろ）十」

と書き出している。手紙はこう続く。

　それ、国王は国民によって生き、国民は王によって生きています。衣は寒暖を防ぎ、食は身命を養います。たとえば油があってはじめて火は燃え続き、水があって魚は生きられるがそれです。

　鳥は人に捕らえられることを恐れて梢に巣をつくります。しかし食のために地上に下りては、時に罠に掛かってしまいます。魚は淵の底に住んでいて、淵の浅いのを嘆き、穴を水の底に掘って住みますが、餌にばかされて釣針を飲み込んでしまいます。人間にとって飲食（おんじき）と衣薬以上に大切な宝がありましょうか。

　日蓮は他の人と異なり、こんな山奥に住んでいます。そのうえ今年から、春から夏にかけて疫病と飢渇に悩まされ、秋から冬にかけてはそれ以上に苦しみました。体の病気の方もすっかりひどくなっていたのですが、いろいろな薬といい、小袖やさまざまな治療法のおかげで、ようやく効験（ききめ）があらわれて、今は病気も癒（なお）り、昔より気分がよくなったほどです。

弥勒菩薩の瑜伽論、龍樹菩薩の大智度論を見ると、過去に悪行を犯した者は薬変じて毒となる、と書かれています。日蓮は不肖の身で法華経を弘めようとしたので、天魔が競って食を奪おうとするのであろうと思い、嘆かずにこれを甘受しようとしました。しかしこのたび助かったのは、おそらく釈迦仏が貴殿の身に入れかわって助けてくださったのであろうと思います。

このたびの貴殿の御帰還には、もしものことがあってはと、気が気でなく案じていましたが、事故もなく鎌倉にお帰りになったと伺い、悦びはいかほどのものか知れません。あまりに気がかりだったために、鎌倉からやって来る人がいる度に、貴殿の消息を問いました。ある人は湯本で行き合ったといい、ある人は国府津で会ったといい、さらにある人は鎌倉でお会いしたというので、ようやく心が落ち着きました。

これからのちはよくよくの用事がなければ絶対にお出でになってはいけません。大事のことであればお使いによって承ります。返すがえすも申しますが、このたびの道中はたいへんに気がかりでしたよ。敵と申す者はこっちを油断させてそれを狙うものです。これからのち、もしも旅に出るようなことがあるときは、絶対に馬を惜しんではなりません。それもよい馬に乗ってください。また供の者には、いざという時に役に立つ者を連れて、胴丸をつけて乗っても堪えられるほどの強い馬に乗ってください。

魔訶止観第八の弘決にこうあります。必ず心の固きによって神の守りすなわち強しと。神の護るというのも人の心の強きによると見えています。法華経はよき剣でありますけれども、物を切るのは使い手によります。それゆえ末法にこの経を広める人々としては、舎利弗と迦葉、観音と妙音、文殊と薬王などの人があげられます。二乗は、見思の惑を断じて六道を出、菩薩は四十一品の無明を断じて十四夜の月のごとくであります。

しかるにこれらの人々には譲られずに、地涌の菩薩にお譲りになりました。さればこの菩薩はよくよく心を鍛えられたのでありましょうか、李広将軍と申す兵は、虎に母を食われて虎に似た石を射たところ、その矢は羽ぶくらまでも射通しました。のちに石とわかってからは矢の立つことがなく、のちに石虎将軍と申しました。

貴殿もまたこのように敵は狙うでしょうが、法華経の信心が強盛であれば大難も先に消えます。それにつけてもよくよく御信心なさい。くわしくは書きつくせません。恐々謹言。

弘安元年戊寅後十月二十二日　　日蓮（花押）

四条左衛門殿　御返事

これまた、実に金吾思いの手紙だ。金吾だけではない。日蓮は弟子たちのすべてにこういう手紙を出している。優しさに溢れて、実に心配で心配でたまらないという身悶えの様子がありありと目に浮かんで来る。ふっと涙ぐむような感動さえ覚える。

日蓮入寂

五十二

日蓮がこれほどひたむきに、弟子の身を心配したのはやはり、ある一点に意識が集中していたからである。一点とはすなわち、

「先般広めた『頼基陳状（よりもとちんじょう）』が、鎌倉幕府に対しどのような影響を与えたか。特に執権（しっけん）北条時宗（ときむね）は、どの様に受け止めたか」

ということであり、もう一つは、

「蒙古はいつ日本を襲うのか」

ということだ。この二点が合体して初めて、日蓮の、

「南無妙法蓮華経」

の唱題（しょうだい）がものをいう。日蓮はその日に賭けていた。そして、

「その日のために、自分は今必死になって生きている」

と思う。

侍所所司（さむらいどころしょし）の平頼綱（たいらのよりつな）は、意外にも江馬光時（えまみつとき）が四条頼基を許してしまったので、落胆した。

「あの男は、おれの期待を裏切った」

と思った。そうなるとよけい身延山（みのぶさん）の日蓮が憎くなる。ところが最近の日蓮には迂闊（うかつ）なことが

できない。鎌倉にいたときは、自らの危険をも顧みずあの手この手と戦闘的な態度をとってきた。身延山に入ってからは絶対にそういうことをしない。帰依者に対しても、

「身を守るべく、なるべく自ら危険の場に踏み込むな」

と、こと細く注意を与えている。特に今度の、

『頼基陳状』

を事前に宣伝し、

「『頼基陳状』の内容はこういうものである」

と世間に撒き散らした。これが相当な効果を生んだ。いってみれば、江馬光時は、この事前宣伝によって湧いた世論に負けたといっていいだろう。

「全く悪知恵の働く坊主だ」

と頼綱は思う。それだけに、迂闊なことはできない。つまり日蓮は、現在でいう、

「事前の情報公開」

を行なってしまうからだ。あるいは事後にも、

「こういう事が行なわれた」

と事実を市民に発表してしまう。それによって新しい世論が起こる。身延山にいる日蓮は徒手空拳だ。にもかかわらず、鎌倉にいたとき以上の力を発揮している。

「一体、どこにそんな力があるのか?」

頼綱には不思議で仕方がない。日蓮の打つ手は的確だ。ということは、相当正確な情報が身延山に集まっているといっていい。それを選り分け、

「こういう問題点に対してはどう対応すべきか」

ということを日蓮は考え、弟子たちにその指示を出す。弟子たちは手足のごとく動く。それがピタリピタリと当たるから、鎌倉市中の住民たちが、こぞってその話に耳を傾ける。

(まったく危険な坊主だ)

頼綱はしみじみとそう思う。特にかつての謀反を種に、脅しをかけていた江馬光時でさえ、今は次第に日蓮の教えに傾いていると聞く。あれだけ世間を騒がせた四条頼基の処分も結局は行なえずに、許してしまっただけでなく、この頃では幕府へ出仕するときにも、選りすぐった部下の中に加え、しかも自分の脇にピタリと従わせている。

(あの信頼ぶりは全く納得がいかない)

頼綱のような猜疑心の強い男にすれば、当然そう思う。

頼綱のもう一つの心配は、執権の北条時宗だった。日蓮が期待したように、『頼基陳状』は、北条時宗のところにも届いていた。時宗は丹念に読んだ。そしてかつて父の時頼の元に日蓮から出された『立正安国論』と引き比べて読んだ。時宗は、

「書かれている事は全く同質のものだ」

と感じた。つまり日蓮の主張は一貫している。しかし時宗の胸に響くものがあった。それは日

蓮の主張の中には、私利私欲が全くないことである。日蓮が頭の中に置いているのは、すべて、

「日本国」

のことだ。こういう発想で、ものを語る宗教家が今までいただろうか。確かに、

「民衆の救済」

ということについては、どの宗旨も同じだ。しかし、日本という国家的規模で、自分の教えを説いた僧は一人もいない。日蓮は日本のことを心配している。それがわかると、時宗は次第にいたたまれなくなった。忸怩（じくじ）たる思いがして、

「自分の今やっていることは果たして正しいのだろうか？」

という大きな疑いが湧いて来る。特に時宗が気にしているのは、いわゆる、

「政権の移動」

のことであり、さらにそれが北条得宗家（とくそうけ）に帰一（きいつ）している現状についてであった。時宗の頭に解けない根雪のようにこびりついていることがある。それは、

「北条得宗家は、政権を私しているのではないか？」

ということである。

鎌倉幕府の実権は、次々と移った。初めは源頼朝（よりとも）自身が征夷大将軍であり、いうところの、

「武士の・武士による・武士のための政府」

を実現した。しかし源氏は三代にして絶え、その後の征夷大将軍は公卿や皇族を京都から迎え

て擁立した。そのため実権は、執権職の北条氏に移った。ところがその北条氏の中でも、得宗家と呼ばれる家に限って、執権職を独占するようになった。そうなると、家臣団にも変化が起こった。御家人というのはもともとは征夷大将軍の直臣である。これを今、外様などと呼ぶようになったのは、北条得宗家の家臣団が勢いを得たからだ。現在その代表が、執事の平頼綱である。本来執事というのは、

「北条家の家宰」

であって、北条家の細々とした仕事を行なう。それが今、平頼綱は侍所所司という鎌倉幕府の正規の高級ポストに就いている。

　将軍の直臣団である御家人たちから見れば、北条家の執事をはじめとする家臣団はすべて、

「陪臣（臣下の家臣）」

だ。御家人は直参であり、北条家の家臣団はその下位に位置付けられる。ところが今は逆転してしまった。北条得宗家の家臣団のほうが、直参面をし、御家人を外様と呼んでないがしろにしている。この変化に対し、御家人団の間に大きな不満が起こっていることは確かだ。また、全国の守護職や諸枢要ポストも北条得宗家がその人事をすべて握ってしまった。御家人の不満はさらに増している。

　この状況を巧妙に利用しながら、自己勢力を伸ばしているのが御家人代表の安達泰盛だ。当然、北条得宗家の直臣団を代表する平頼綱とは正面衝突する。両者の対立は、現在鎌倉っ子の注目の

的だ。

「いつ激突するか」

という野次馬根性を交えた関心を持って見つめている。

日蓮の予告によれば、蒙古国が再び日本を襲う。

（そんな時に、こんな内輪もめをしていていいのだろうか？）

というのが時宗の心配であった。

『頼基陳状』を手にして以来、すっかり考え込んでしまった時宗を見て、平頼綱は心配した。

ある日問い掛けた。

「近頃、ご気色がすぐれませせぬが」

「そう見えるか」

「見えます。何か大きな屈託事（くったくごと）がおありのように伺えます」

「これだ」

時宗はその時も机の上に置いてあった『頼基陳状』と『立正安国論』を摑（つか）んで見せた。頼綱はジロリと二つの書類を見て、ふんと鼻を鳴らした。

「そんなものは、無視なさった方がよろしゅうございます」

「そうはいかぬ」

時宗は頼綱を見返してそう告げた。頼綱はちょっとびっくりした。時宗の態度がいつもと違っ

たからである。まじまじと時宗を見返した。心の中で、

（執権は、日蓮坊主の書き付けを真剣に受けとめておられる）

と感じた。そこで頼綱はいった。

「蒙古がやがて来るという時期に、このような世迷いごとに耳を傾けていたのでは、執権としての示しがおつきになならぬでしょう。この際、この頼綱にどうぞ忌憚（きたん）のないお考えをお聞かせください。それがし自身も、江馬光時の背信に腹を立てているところでございますので」

そういった。後半は時宗に対するちらりとした皮肉の意味もあった。つまり頼綱が江馬光時に対して、

「四条頼基（しじょうよりもと）（金吾）に、棄教の誓詞を書かせろ」

と命じたことは、時宗も知っている。しかし頼基はついに誓詞を書かず、また主人の江馬光時もそれを認めてしまった。いってみれば、頼綱の命令に対する違反である。このことを時宗に報告し、

「江馬光時に対してもしかるべき処分を行なうべきです」

といったが、時宗は苦笑して、

「別にその必要はあるまい」

と聞き流してしまった。頼綱には不満だ。頼綱は今、

（幕府の最高幹部の間で、意見が違っていたのではどうにもならない。せめて、執権と自分との

意見の相違をこの際はっきり確かめよう）
と考えたのである。

五十三

時宗は日蓮の書いた、『頼基陳状』と『立正安国論』を机の上に戻すと、きちんと膝の上に手を置いていった。

「私の考えを率直に話す」

「ぜひ」

「本心をいえば、今のわたしは不安だ」

「なにが、でございますか？」

「幕府のあり様だ」

「幕府のあり様とは？」

「今のように、北条得宗家が政権を握っていることが、果たして正しいのかどうか自信が無くなった」

「気弱なことを。一体何がおっしゃりたいのでございますか」

時宗は、源頼朝以来の政権の移動を語った。今の言葉を使えば、源頼朝時代の鎌倉幕府はマクロに日本全体を見ていた。ところが今は、北条得宗家という自分の穴の中に入ってしまって、ミクロにしかものを見ていない。時宗が悩むのは、

「果たしてそういう政府に公の論理が存在するのだろうか」

ということである。結局は、

「北条得宗家の・北条得宗家による・北条得宗家のための政権」

にすぎないのではないかということだ。聞いて頼綱は笑い出した。

「そのとおりでございます。何か悪いところがありますか?」

「つまり、公に対して今の政権は私の立場に立っているのではないかということだ」

「であったとしても別段差支えはございますまい。結果として、そうなってしまったのですから、われわれはそれを守り抜くのが務めでございましょう」

頼綱はそう言い切った。確かにそのとおりなのだが、時宗には相当引っ掛かるところがある。

というのは、日蓮の、

「日本国単位での発想」

には、明らかに公の論理がある。今の北条得宗家が牛耳(ぎゅうじ)っている鎌倉幕府はまさに私の論理によって動いている。公の論理には国益がある。しかし私の論理にあるのは私益でしかない。特に日蓮の説く、

「日本国民」

という民衆の存在が明らかに忘れ去られている。鎌倉政権はもともと、

「武士の・武士による・武士のための政権」

であることは確かだ。百歩譲ってそれを認めたとしてもいい。ところが今の政権は、北条得宗家の独占物であって、御家人をすら排除してしまっている。だからこそ全国の御家人が、いろいろと文句をいい不満の声を上げるのだ。時宗はそう語った。そして、

「このような不安定な態勢で、果たして再び日本を襲う蒙古国を迎え撃つことができるかどうか心配なのだ」

そう本心を告げた。頼綱は笑った。

「逆です」

そういった。

「逆とは？」

「全国の御家人どもが不安定だからこそ、ここで蒙古国を迎えて挙国一致の体制をとるべきなのです。考えようによっては、蒙古国の再来は今の我々にとっても、むしろ災いを転じて福となすいい機会かも知れません。わたしはそう前向きにとらえております」

「…………」

時宗は多少呆れながら頼綱を見返した。

（この男の強気は、そういうところに原因があったのか）

と改めて気がついたからである。秘密主義の頼綱は、自分の生年や年齢も明かさない。聞けば、

「見てのとおりでございます」

と笑ってごまかしてしまう。まじまじと頼綱を見つめながら、時宗の頭の中にいろいろなことが走り回った。考えてみれば、この不思議な男の不思議さについて、それ程追究したことはない。ごく自然に接して来た。しかし、久し振りに二人だけで話してみると、頼綱という人間がいよいよわからなくなる。時宗は今二十八歳だ。自分を凝視している時宗の眼の底に、何かを感じたのだろう。頼綱は突然こういった。

「頼綱は、こうなった以上、その状態をよりよい形で守り抜くことが、われわれの務めだとしか考えておりません。そしてそれを実行しております。怯(ひる)んではならぬと常に自分に申し聞かせております。執権も、どうぞそのようなお覚悟を持つことがこの際最も肝要でございましょう」

「そなたのいうことはよくわかる。しかし心に迷いが生じている」

「そのようでございますな。執権は、なにせ良心的であらせられますから。おそらく、日蓮坊主のいうことにも、心を動かされたのでございましょう」

「そのとおりだ。日蓮が、日本国という発想でものを考えているのに、われわれは北条得宗家という立場からでしかものを見ていないのではないかと反省している」

「改めるわけには参りませぬ。もしも、執権がそのようなことでお悩みになるのなら、いっそのこと政権を京都に返上なさったらいかがでございますか」

「政権を返上？」

「はい」

頼綱はじっと時宗を見返した。頼綱自身本気でそう思っていた。つまり、今の状況に満足せず、疑いを持つのなら、それ以外手はないではないかということである。しかし、政権返上が嫌なら、今の北条得宗家を軸にした幕府を守り抜くより道はない。頼綱は複雑な発想が嫌いだ。したがって、選択肢は常に二つしか用意しない。

「こっちがだめなら、こっち以外ない」

という決断だ。見ていると時宗にはどうもそれがない。近頃はよけい迷いが多くなった気がする。そうなると、もしも蒙古国が襲って来るようなことがあれば、これは容易ならざる事態になる。国の総指揮者が、そんな弱気では困るのだ。それならいっそのこと、京都朝廷に政権を返上して、

「天皇の指揮によって、蒙古国を撃退するような方策を講じていただきたい」

というべきだろう。この選択は、明治維新直前に起こった、

「攘夷か開国か」

あるいは、

「尊皇か佐幕か」

という図式によく似ている。幕末に論議されたのは、

「外交権は一体京都朝廷にあるのか、それとも徳川幕府にあるのか」

という争いだ。この淵源(えんげん)は、やはり源頼朝が樹立した鎌倉幕府の権限問題にある。頼朝が鎌倉を成立させた時は単純に、

「日本国の主権は、武士政権に移動した」

と考えられた。しかしこの頃は、外交問題はそれ程大きな政治課題ではなかった。幕末は、諸国列強が恫喝(どうかつ)を含めて日本に開国を迫った。そうなると、

「天皇が源頼朝に委ねた政権の中には、内政権だけでなく外交権も入っていたのか」

ということが論議される。尊皇攘夷派は、

「武士政権に委ねたのは、内政権だけであって外交権は含まれていない。その証拠に、徳川幕府は外国と条約を結ぶ時には必ず天皇の許可を求めている。このことは、徳川幕府が外交権は依然として天皇の手元にあるということを自ら示すものだ」

と主張した。徳川幕臣の一部には、

「勅許を求める必要はない。外交権も源頼朝が受け取った政権の中に含まれている」

という強硬論者もいた。が、これは平行線だ。立場を明らかにすることによって、どの論も成立するからである。

平頼綱は現実主義者だ。今鎌倉幕府が政権を返上しても、おそらく京都朝廷が蒙古国に対してやれることは、

「敵国調伏」

というような、寺社による祈禱以外大したことはできまい。ましてや日本全国の武士を指揮して、自ら先頭に立ち、外敵に立ち向かうことなどありえない。頼綱はそう見ている。そうなれば、

「鎌倉幕府が先頭に立って、この国を守るより方法がないではないか」

ということになる。そしてその鎌倉幕府が時宗のいうように、

「実権の移動、しかもマクロからミクロへ」

という現象があったとしても、結果としてすでにそこに辿り着いている。そうであれば、今そのことをひっくり返して、ああでもないこうでもないと論議しても始まらない。

「現実の政権が、責務を感じてこの国難を乗り切るより仕方がないではないか」

ということになる。ましてや日蓮のように、

「南無妙法蓮華経」

と日本国民がこぞって唱題を行なったとしても、果たして蒙古国を撃退できるのかどうか。

（そんなことはあり得ない）

頼綱はそう思っている。そしてそれは、鎌倉で幕府が保護をしている大寺にしても同じなのだ。雨一つ降らせられないような連中に、国を守れるはずがない。頼綱はそういう点では、自らは念仏者だといいながらも、本心では念仏の効果を期待してはいない。

「国難に対しては、あくまでも武士がこぞって力を合わせ、武器を取って戦うより他に方法はな

いのだ」

と思っていた。同時に、

「武士は、そのために生きているのだ」

と思っている。

頼綱は、時宗の迷いをさらに掻き回すようにこんなことをいった。

「執権は、ひょっとして日蓮にそのいうことを実験させてみようと思っておいでなのではありませんか？」

「どういうことだ？」

時宗は眉を寄せた。頼綱はいった。

「つまり、他宗を一切押さえ込んで、日蓮の主張どおり唱題をさせてみようと思っておいでではないのですか？」

これを聞くと時宗は考えた。頼綱の言葉を頭の中で反芻(はんすう)した。やがて小さく頷(うなず)いた。

「一つの方法だとは思っている」

「やってみますか？」

「…………」

時宗はさすがに黙った。頼綱は踏み込んだ。

「他宗を一切沈黙させ、日蓮をこの鎌倉に呼んで南無妙法蓮華経と唱えさせて、敵国調伏を祈らせますか？」

「実は、そのことで迷っている」

時宗は正直にいった。頼綱のいったことを、実は時宗も考えていたからだ。しかしそれは時宗にすれば、一種の言い訳のようなものだった。つまり、自分の政権が私的独占物になってしまったので、そのことに対する罪の意識が、

「場合によっては、日蓮にそのいうところを実行させてみようか」

などとも考えたのだ。頼綱はそんな時宗の心をよく知っていた。頼綱は時宗を憎んでいるわけではない。逆だ。この年若い執権をなんとかして守り抜かなければいけないと自分に言い聞かせている。その意味では、時宗にとって頼綱の忠誠心は疑いようがない。純粋無垢（むく）である。

頼綱は常に、

「何か事が起こった時は、おれが執権の前に立ちはだかって、これを塞（ふさ）がなければだめだ」

と考えていた。いわば、源義経（よしつね）の前に立ちはだかる弁慶のような役割を果たそうと考えていた。それには、今日がいい機会だ。徹底的に論議して、時宗の迷いを吹き飛ばし、来るべき蒙古国との対戦に勇気を持って立ち向かうような執権になってもらおうと考えた。時宗にはその素質が十分にある。しかし、それを掻き乱すのがあの日蓮坊主なのだ。頼綱はそう思うと、身延山にいる日蓮に対しいよいよ敵対心を燃やした。頼綱は胡座（あぐら）をかきなおしていった。

「執権、一つひとつ整理いたしましょう」

「とは？」

「まず、今の鎌倉政権が執権のおっしゃるように、北条得宗家の私的独占物であることは確かです。では、そのことに対する後ろめたさを払拭するために、改めて伺いますが、この際思い切って政権を朝廷に返上致しますか？」

「それはできない。ご先祖に対しても申し訳ない」

「結構です。そのとおりです。わたくしも、そのようなことをすれば時政（ときまさ）公以来の北条家のご先祖に対して申し訳が立たないと思います。では、政権は返上致しませぬな」

「返上はしない」

「そうだとすれば、執権がおとりになる道は、このままの体制をお続けになるか、それとも思い切った改革をここで行なわれるか、そのどちらかでございますが？」

「改革といっても急にはできぬ」

「そのとおりです。なまじっか手をつければ、あの安達泰盛（やすもり）が有卦（うけ）に入（い）って、どのような苦策を巡らすかわかりませぬ」

「安達泰盛殿は、わたしの妻の実兄であり、同時に父親代わりのお人だ。また泰盛殿の妻女は、わたしの子どもの乳母（うば）でもある。いわば、身内同様だ」

「その身内同様の安達殿が、この頼綱憎さのために、全国の御家人、特に九州の御家人たちによからぬ知恵をつけております。つけていることは執権もよくご存じのはずです。しかも、九州には息子の盛宗（もりむね）殿を守護代として派遣し、いろいろと煽（あお）り立てております」

「必ずしもそうではあるまい。時宗が無力なゆえに、安達殿は九州方面を特に心配されて、わたしのために力を添えてくれているのだ」

「お人のよいご解釈だとは思いますが、それはさて置きましょう。そうなると、二つの問題は解決いたしました。そこで、この頼綱の私見を申し上げます」

「聞かせてくれ」

「ものごとの改革は、じわじわと小さな積み重ねによって行なうことが一番望ましいと思います。それは、普遍の改革であって、何時から何時までという期間を限って行なうものではございません。組織というのはそういうものでございましょう。しかし、これには時間がかかります。今はそういう時ではありません。場合によっては日本国が滅びるか滅びないかという瀬戸際に立っております。そういう際は、ある意味で改革にも賭けが必要でございます」

「それはよくわかる」

「蒙古国の再来は、その賭けです。もしも、挙国一致してこの国難に当たることができれば、執権がご心配になっている北条得宗家による実権の独占も、違った輝きを見せるようになりましょう」

「それは私も考えている」

「結構です。執権」

「何だ？」

「わたしが異常に身延山の日蓮を憎むのは、反面においてかれの理を認めるからでございます」

「なに！」

時宗は驚いた。まさか頼綱がそんな事を言い出すとは思わなかったからである。時宗は眉をひそめた。訝しげな表情になってきいた。

「というと？」

「もしも日蓮のいう事が一笑に付すべきことであるなら、わたしはこれほど躍起になってかれに対抗は致しませぬ。確かに執権のいわれるとおり、日蓮の考えは日本国という発想から出たものが全てです。確かにかれに私利私欲はありません。その意味では、他の坊主どもがいうのに比べて、国思い、民思いの真実が貫かれております。執権がお悩みになるのは、おそらく矮小化してしまったわが鎌倉政権の奥底にあるものを、日蓮がみごとに言い当て、それを世に吹聴しているからでございます。執権も、日蓮のいうことに理を認めておいででしょう。が、われわれにとっては逆にそれが危険なのです。日蓮の考えが民の間に広まり、民もそうだと思うようになれば、執権が今お悩みになっている鎌倉政権の矮小化を、われら幕府に籍を置く者自身が認めてしまうことになります。それはできません。今、執権がお話しくださったように、朝廷への政権返上もしない、このままの体制を続けるのならば、やはりこの体制の中に理を立てることがわれわれの責務だと思います。その意味で、たとえ日蓮のいうことに理があり、正しかろうとも、わたくしはあえて、これを粉砕せざるを得ないのです」

「………」

時宗は頼綱を凝視した。まさか頼綱がそこまで考えているとは思わなかったからである。つまり、頼綱は念仏者であり、宗教上の相違点や、あるいは常に問題を起こし、世の中を攪乱(かくらん)する日蓮を憎んで、今まで弾圧を加えて来たと思っていたからだ。まさか、

「日蓮の言説には、理があり、正当性がある」

などと頼綱が思っているとは夢にも思わなかった。時宗は肩を落として大きく息をついた。

「頼綱、それは誠か」

「誠です。日蓮は恐るべき僧です」

「なるほど、そういうことだったのか」

不思議なことに、時宗の頭の中で厚くかぶさっていた雲が動き出した。やがて雲の割れ間から一条の光が差し込んだ。雲の上には日輪があった。その日輪が、時宗の迷妄を覚(さ)ましはじめたのである。そしてそうさせたのは平頼綱だった。北条時宗は、この日平頼綱を再認識した。その気持ちが伝わったのだろう、頼綱は微笑みを浮かべてこういった。

「執権は、あるいはさらに将軍家の直参(じきさん)である御家人たちが正当な武士団であり、北条得宗家の家臣は、この頼綱を先頭に陪臣(またもの)の立場なので、現況はその立場を逆転させているのではないかとお考えかも知れません」

「そんなこともふと思った」

「それは間違いでございます。陪臣であるわれらが、鎌倉幕府を牛耳ることに、何の差し障りがございましょうか。つまり、われらがこの幕府を牛耳るということは、それだけ直参である御家人たちに力が無くなったということでございましょう」

「面白いことをいう」

「頼綱は固くそう信じております。したがって、ここまで前に出た以上、もはや後へ退くことはできませぬ。どうか、お気を強くお持ちください」

「わかった。今日は率直な話を聞いて、時宗の頭の中の霧も晴れた」

「それは重畳、誠に喜ばしきことでございます。執権」

「うむ」

「これからは、国の内外の事件については、すべて断の一字でございます」

「わかった。そうするつもりだ」

「ぜひ」

時宗は頷いた。平頼綱も頷いた。二人の眼に笑みの色が湧いた。頼綱は、

(今日は執権とまさしく心が一体化した)

と手応えを感じた。時宗も同じだった。実をいえば時宗は孤独だった。まるで山の上の一本松のように、風当たりばかり強く、どう身を支えていいかわからなかった。しかし自分には、強力

な平頼綱という支え手がいるという自覚が、この日実感として湧いた。頼綱のいうとおりなのだ。どんなに風当たりが強かろうと、自分の身を支えるのは自分の根しかない。それには、頼綱のいう、

「断の一字」

以外ない。考えることはあらゆる面に及ぶことがある。しかし、その考えたことすべてを、

「よりよい結論」

として引き出すことはできない。いずれかを選ばなければならない。選ぶには、勇気がいる。選ぶということは他を捨てるということだ。捨てられた側には当然怨念が湧く。しかしそれも振り切らなければ、やはり組織の頂点に立つ者とはいえなくなる。時宗は、そのことを頼綱との会話から学んだ。

五十四

実をいえば、蒙古は建治元年（一二七五）四月に、五人の使者を送って来た。依然として、「朝貢」を促した。大宰府は、五人の使者を鎌倉に送った。幕府の評定衆はいろいろ論議したが、結局は、

「使者は生きて返さない」

ということに決定した。生きて返さないというのは斬るということだ。時宗はこれを許可した。

蒙古から来た使者五人は竜ノ口で首を斬られた。このことを聞いた時、日蓮は、

「何という無謀なことをするのだ」

と憤った。日蓮の考えは、国際信義とかそういう人道的なものではない。この頃の日蓮にとって蒙古軍はまだ、

「神兵」

である。日本はすでに、悪鬼が跳梁する国になってしまったので、善神善仏はすべて日本を見捨ててどこかへ行ってしまった。そして、その怒りを表すために、蒙古国を差し遣わし、自分たちの代わりにこの国を懲らしめようとした。一回目は失敗した。しかし二回目はおそらく成功するであろう。そしてその時こそ、

「この日蓮が先頭に立って、南無妙法蓮華経の唱題を行ない、敵国を調伏する時なのだ」

と思っている。だから、

「その善神の遣わす神兵の使者を斬るとは何ごとか」

と思ったのである。蒙古国（この頃は元と国名を変えていた）は、それでも懲りずにまたもや弘安二年（一二七九）の七月に使者を送って来た。大宰府は、鎌倉へ送ることなく時宗の命により、これを博多で斬った。鎌倉では建長寺の開山道隆が死に、代わって宋から無学祖元が来日

した。時宗はこれを建長寺に迎えた。祖元も南宋人なので、やはり

「中華思想」

を持っている。中華思想というのは、

「自分の国は世界の中で最も文化がすぐれている。周囲の東西南北に存在する国や、その国民は、わが国に比べると文化の程度が遅れている」

というものだ。したがって祖元から見れば、今南宋を滅ぼし、中国全体を支配するようになった元（モンゴル）は、北狄（ほくてき）か東夷（とうい）になる。その意味では、力には屈しても文化度においてはまだまだ宋の方が程度が高いと信じていた。したがって、元に支配されたことは憤懣（ふんまん）やるかたない。日本に亡命した後も、その無念さは折に触れて火を噴くように燃え出る。祖元は、

「元は、今年中にもやって来る」

と時宗に告げた。これは日本に亡命する前から集めていた情報を分析し、そう判断したのである。日蓮の『立正安国論』のことを話すと、祖元は感心した。

「日本にもその様に予知力にすぐれた僧がおられたのか」

と関心を持った。しかしかれの態度はやはり、

「中華思想」

に貫かれているから、異民族である元に好意を示すはずがない。

「日本を襲うようなことがあったら、国力を一致させてぜひとも撃退していただきたい。それに

は、何度使者が来ようとも断の一字をもって対応すべきだ」

と助言した。助言だけではない。祖元は建長寺に来る信徒たちにも、公然とこの話をした。そのために、

「蒙古再来襲」

の話は、鎌倉中に広まった。九州方面ではすでに、

「蒙古国は、まもなく日本を襲う」

という情報がしきりに飛び交っていたから、鎮西奉行を総大将に、いよいよ沿岸の防備を堅くしていた。この指揮者の中には、当然安達泰盛の息子盛宗も入っていた。

鎌倉中に広まった、

「蒙古国再来襲近し」

の噂は、身延山の日蓮の耳にも入った。日蓮は緊張した。

（いよいよ、先に提出した頼基陳状と、蒙古国再来襲の二つの点が、激突して交わり、ひとつになる）

と感じたからである。

蒙古が国名を元と変えたのは、文永八年（一二七一）のことだ。フビライは即位し、世祖となった。年号を中統とした。そして文永元年には年号を至元と改めた。そして、弘安二年（一二七九）には、ついに南宋を滅ぼした。元の年号では至元十六年に当たる。世祖フビライの頭の中

には依然として
「日本征服」

の野望があったから、かれはこの南宋の滅亡と日本征服とを結び付けた。つまり、

「降伏した南宋の軍勢を、そのまま日本侵略に利用しよう」

ということだ。南宋が滅びたのは、正確には弘安二年（一二七九）二月六日のことだが、その翌日に世祖はただちに中国の江南四省に対し、

「日本遠征のための戦艦六百艘を建造せよ」

と命じている。そして、この年六月には高麗(こうらい)に対しても再び、

「日本遠征のために、戦艦九百艘を建造せよ」

と命じている。したがって、二回目の日本侵略は、元・高麗・旧南宋の三ヶ国連合によって編成されることになった。


弘安三年（一二八〇）の八月、元の世祖は、

「征東行省(せいとうこうしょう)」

を設置した。范文虎(はんぶんこ)、忻都(きんと)、洪茶丘(こうちゃきゅう)らを最高幹部に任命した。征東行省は次のような日本への侵略計画を立てた。

・侵略軍は、東路軍と江南軍とで編成する。東路軍は、モンゴル、漢、高麗の三軍の連合軍とする。高麗の合浦(がっぽ)から出航し、日本へ向かう。指揮官は、忻都と洪茶丘とする。そのうち、

高麗軍の司令官は金方慶とする。これは前回の文永の役の時と同じだ。
・江南軍は、降伏した南宋の軍十万をもって編成する。指揮者は范文虎とする。
・両軍は、壱岐で合流し、日本に上陸する。
大雑把にいえばこんな作戦であった。

五十五

蒙古・高麗の民族による東路軍は、高麗の忠烈王の閲兵を受けた後に、五月三日に戦艦九百艘で合浦を出港した。しばらく巨済島に停泊していた。これは、風待ちもあったが、六月の中頃に壱岐で江南軍と合流しようという約束があったので、時間稼ぎをしたのだ。

六月初めに、東路軍の一部は対馬に上陸した。主として高麗軍である。ここを侵略した後に、壱岐へ向かった。しかし、上陸したのかどうかは記録にないようである。

この近辺で十日近く日時を送った軍は、六月六日に博多の志賀島に達した。江南軍が約束の日にちにやって来ないので、業を煮やしたのかもしれない。

しかしそうだとしてもこれはすでに世祖フビライが心配していた、

「混成軍の中で絶対に不和を起こしてはならない」

と戒告した命令が、一部で綻びはじめたということだ。

「功名争い」

は、軍内部においては統制を乱す不和行為だったからだ。

日本軍側はすでに、箱崎近辺に集結していた。総大将の立場にあった小弐経資とその父資能や、経資の子資時をはじめとして、薩摩の島津久経・長久兄弟、また松浦党・彼杵・千葉・高木・竜造寺などの大将が兵を率いて緊張していた。そしてさらに、安達泰盛の息子で肥後守護代として九州にいた安達盛宗が、軍勢を率いて参加していた。安達盛宗が率いる軍勢は、関東の将兵である。

また、草野次郎、河野通有などの御家人が肩を怒らせて参加していた。戦意は高く、

「蒙古軍を必殺する！」

の戦意に燃えていた。

六月六日の夜、これらの武士群はそれぞれ思い思いに小舟を仕立てて、敵船へ殴り込みを掛けた。勇猛な御家人武士たちは、敵船に飛び移り、あわてふためく敵兵を散々に斬り殺した後、船に放火した。驚いた蒙古軍は、船と船とを繋いで、警戒を厳重にした。以後、なかなか日本の小舟は近付くことができなくなった。蒙古軍は、近付く日本の小舟を石弓で撃ち沈めた。日本側は甚大な被害を受けた。河野通有も、石弓で負傷した。

小競り合いは六月十三日まで続いた。特に、六月八日、九日の二日間に亙る激戦は、目を覆うほどだった。八日にはすでに蒙古軍が志賀島に上陸していた。これを海の中道から、日本軍が攻

撃した。志賀島と箱崎地域とは、細長い砂洲でつながっていた。満潮時や、波が高いと隠れてしまう。日本側はこのことを知っていたので、猛将大友貞親は二十騎の部下を引き連れてこの道を利用して攻め立てた。蒙古軍は敗走した。この時、大将の洪茶丘も馬に乗って逃げ出したという。

六月九日には、安達盛宗たち関東勢が、志賀島に達してしきりに蒙古軍を悩ませた。

そして、日本軍の思わぬ抵抗に遭った蒙古軍はついに六月十三日には、船を連ねて肥前の鷹島近海に退いてしまった。

この頃、東路軍の一部が長門を侵略したという。

しかしそれにしても、江南軍はなぜ遅れたのだろうか。ひとつは、主将に任命された阿剌罕が出発間際に病気になったために更迭され、新しく阿塔海が大将軍に任命されたためだという。つまり総指揮官の交替が軍の出発を遅らせたのだ。六月二十六日にようやく、江南軍が進発しはじめた。そして、六月末に平戸から五島列島一帯の海上に到着した。そして、その一部は東路軍と合流して壱岐を侵略した。六月二十九日から七月二日にかけて、壱岐島では凄絶な戦いが展開された。六月二十九日に、守護の少弐経資と父資能は傷を負った。子の資時は戦死してしまった。薩摩の島津久経・長久兄弟や、先に集結していた松浦党・彼杵・千葉・高木・竜造寺などの軍数万人がこれに参加したといわれる。

壱岐島での凄絶な戦いを経験した後、やっと江南軍本隊が東路軍と合流した。ところがなぜか、その後二十日間に亙って、この合流軍は平戸から五島方面の近海に船を浮かべていた。そして六月二十七日に、肥前の鷹島へ移動した。これは、鷹島を基地として、一挙に博多湾へ侵入し、九州本土に上陸するためだったといわれる。ところが、これから閏七月に入るまで、日本攻略軍は全軍が集結したまま、約一カ月間、無駄な日を送る。理由はよくわからない。

そして——運命の日がやって来た。弘安四年（一二八一）閏七月一日、前夜から吹きはじめた北西の風が夜に入ってからいよいよ勢いを増した。海は波立ち、一斉に立ち上がって日本攻略軍の船に襲いかかった。遠征軍の軍船は次々と沈没した。そして、乗っていた数万の軍勢が次々と波にのまれた。かろうじて、近くの島や岸辺に漂着した者が数千人いた。

総大将の范文虎など蒙古軍の諸大将は、それぞれ沈まなかった船を捜し出して乗り移り、真っ先に逃げ出した。フビライが心配した、

「軍内部の不和」

どころの話ではない。最高指揮官たちが、先を争って、

「敵前逃亡」

を行なったのである。さすがに、部下は呆れた。部下たちは集まって相談し、

「われわれの選挙で指揮者を選び、沈まなかった船を集めて故国に戻ろう」

と相談した。そして、合意どおり実行した。

『元史』「日本伝」には、

「十万の衆、還ることを得たる者三人のみ」

と書かれているというが、そんなことはない。

しかし高麗から参加した軍四万のうち、生還できた者は一万九三九七名だと『高麗史』は記している。『元史』「世祖本紀」には、「阿塔海伝」で、

「師を喪うこと十に七、八」

と書かれている。いずれにしても、再び吹いた強風によって、日本遠征軍は壊滅的な打撃を受けたのである。

これを知った九州北岸に集結していた日本軍は、一斉に残敵掃討にかかった。次々と北九州の浜に漂着する敵兵は、たちまち斬られた。指揮者が、

「捕虜にしておいても意味はない。すべて殺せ」

と言明したからである。この指揮は、少弐景資が執った。博多から今津、さらに鷹島の対岸の御厨の千崎から平戸にかけて、敵兵の遺体が累々と積み重なった。現在、今津北方の砂浜の松原内にある「蒙古塚」は、これらの敵兵の遺体を埋めた塚であるという。

しかし日本軍の将兵のどれだけの人間が、

「挙国一致の戦い」

という意識があったかどうかは疑問だ。それよりも、

「一所懸命の思想」

に則って、この際、

「自分の領地を一坪でも二坪でも増やすような恩賞を得たい」

という土地所有欲の方が前面に出ていただろう。中世の武士たちにとって、

「土地とそれを耕す農民の確保」

が、至上の願いであったからである。しかし動機はともあれ、この時の日本軍の将兵が善戦したことは確かだ。

「敵兵の数など頭の中になく、遮二無二（しゃにむに）敵に襲いかかった」

という勇猛ぶりを示した。

五十六

「蒙古軍壊滅」

の報告は、閏七月十四日に京都にもたらされた。すぐ、同じことを伝える使者が馬を駆って鎌倉へ走った。

これより前の閏七月九日に、幕府は京都朝廷に対し、

「現在幕府の支配の及ばない寺社権門領や、本所領家一円地の荘官（しょうかん）に対しても、兵力動員の下知（げじ）（命令）を出すことをお許し願いたい」

という要望書を出していた。朝廷は渋った。しかし、

「蒙古に対し圧倒的勝利」

という報がもたらされたので、朝廷は沸きたち、

「閏七月九日にさかのぼって、前に願い出た件を許可する」

と幕府の要望に勅許を与えた。

執権北条時宗政権にすれば、これによって、御家人以外の支配地に対しても、

「一旦緩急ある時は、幕府の支配外の土地に対しても、軍勢の動員ができる」

ということになる。いってみれば、どさくさに紛(まぎ)れて幕府権力の拡大を計り、これが成功した
ということである。しかし、

「敵国絶滅」

の勝報に沸く京都朝廷は、そんなことは深く考えなかった。いずれにしても、

「執権北条時宗の国防力は見事である」

と評価された。しかし時宗側では八月になっても警戒の手は緩めなかった。さらに、

「異国征伐」

の命令を九州の御家人たちに下した。少弐、大友を総大将として、筑前(ちくぜん)、豊前(ぶぜん)、豊後(ぶんご)の御家人
に、

「高麗征伐」

を命じたのである。つまり、

「守っているだけが能ではない。蒙古の手先となって、日本に攻め込んだ高麗を懲らしめよ」

ということで、こっち側から海を渡り高麗を滅ぼそうと企図したのである。つまり、日本側から高麗への殴り込みを命じたのだ。この時興味ある一事がある。それは、

「高麗征伐軍には、山城（京都府）と大和（奈良県）の悪徒を加える」

と告げたことだ。当時悪党・悪徒と呼ばれる連中の跳梁が激しく、かれらは幕府、朝廷、公卿、諸寺社などに納める年貢の強奪を行なっていた。群れをなしてこういう行為を行なうので、世間では、

「悪党」

と呼んで恐れた。幕府では、

「高麗征伐の時に、この悪徒どもを全部まとめて遠征軍に参加させよう」

と考えたのだ。しかし、この、

「高麗征伐」

は行なわれなかった。

元の世祖フビライの元に、

「日本遠征失敗」

の報告がもたらされたのは、閏七月二十九日のことであったという。世祖は驚いた。

「そろそろ日本服属の報告が来るはずだ」

と、例によって大陸的で鷹揚な考えを持っていたフビライは、思わず、

「なに！」

と目を瞠った。しかしその原因が、

「強い風が吹いたためです」

といわれると、フビライは渋い顔になった。そして、

「日本近海では、よく都合よく風が吹くものだ」

と苦笑した。しかしさすがにフビライは、

「場合によっては、日本が報復のために高麗を侵略するかもしれない」

と読んだ。そこで、済州島の警備兵を増強したり、高麗の金州に「鎮辺万戸府」を設置して、日本軍の襲来に備えた。さらに、日本遠征軍に後続させるつもりで集めていた軍勢を、慶元(寧波)、上海、合浦に分けて駐屯させた。また、日本から続々と帰還して来た軍勢を、大陸沿岸に配置して、日本の襲来に備えた。

しかし、やがてフビライは征東行省（日本行中書省）を廃止する。数年間は、この役所を復活して、三度目の日本遠征を考えたようだが、そのころから次第に高麗や中国本土において、元に対する反乱や紛争が続発した。結局、内部の鎮静のために、フビライは三度目の日本遠征を実行することはできなかった。そして、永仁二年（一二九四）、フビライは死ぬ。これによって、元の日本遠征計画は完全に終止符を打たれた。その後約八十年経って、元は消滅し、中国では新し

く明（みん）が建国される。日本との間に国交は開かれなかった。

しかし、この頃からいわゆる倭寇（わこう）が活躍しはじめ、主として中国大陸の沿岸を荒らしはじめる。いってみれば、倭寇の活動は、

「頼みもしないのに、日本を襲った蒙古・南宋・高麗連合軍に対する報復」

といえないことはない。そしてその倭寇の主体になったのが、弘安の役で勇敢に戦った松浦党や、瀬戸内海などの水軍だったというのも、蒙古の日本来襲との関わりが深いと見ていいだろう。

しかし北条時宗は、油断をせずに、依然として、

「異国警固番役」と「石築地役」を設け、継続した。九州北岸の防衛には、御家人たちの番役勤務と、労役負担を命じ続けた。

「蒙古来襲」

に際して、寺社関係では、揃って、

「異敵降伏（ごうぶく）」

の祈願や祈禱が行なわれた。京都や鎌倉の寺社が中心になった。中でも有名なのが、奈良西大寺の思円上人叡尊（しえんしょうにんえいぞん）の祈禱である。叡尊はすでに八十歳を過ぎた高齢だったが、弘安四年の閏七月一日に、舞殿（まいどの）の高座（こうざ）にのぼって、神に祈った。

「異国が襲来したために、日本の貴賤男女のすべてが嘆き悲しんでおります。もはや、神明（しんめい）もこの神国をほろぼし、仏陀も見捨てたもうたのでありましょうか。たとえ、皇運は末になり、政道

に誠がなくても、他国よりはわが国、他人よりはわれわれ日本国民を、神仏はどうして捨てさせたもうのでしょうか。昔、八幡大菩薩が、天皇の勢いがおとろえ、人民の力がなくなったときこそ、と誓わせたもうたのも、実にこのような時のためでありましょう。そもそも、異国をわが国土と比べれば、蒙古は犬の子孫、日本は神の末裔でありますす。その蒙古がすでに他国の財宝を奪い、人民の寿命をほろぼす殺盗非道の輩であります。わが国が仏法を守り、神祇をうやまい、正理を好む国であるからには、かならず仏陀も知見したまい、神々を照覧したもうはずであります」

高齢の叡尊は、まるで人間に語りかけるようにこういう祈りを捧げ、数珠を数時間揉みに揉んだという。そして、まさに声涙くだる祈禱に、舞殿の前に集まった多くの群衆は、すべて感動した。口々に、

「お上人のあのご祈禱には、かならず神仏はお応えくださるだろう」

と囁き合った。そして、この時社殿の奥で幡（飾り布）がかすかに揺れたかと思うと、大きな音を立てて鳴った。善男善女の群れは驚き、一斉に目を輝かせた。

「大菩薩が、お上人様のご祈禱をお受け入れになった」

と喜んだ。

やがて、その数日後に、栂尾の大明神が、ある神子にのりうつって、託宣をこう伝えた。

「思円上人の法味によって、神明は威光をまし、大風を吹かせて異賊を滅ぼすであろう」

そのとおりになった。間もなく、九州から早馬が到着して、

「去る閏七月一日に、大風が吹いて異国船はすべて沈没し、漂流した。多くの日本遠征軍が滅亡した」

と告げた。京都や奈良は大騒ぎになった。

「思円お上人がご祈禱なさった時に、舞殿の奥で幡が鳴った時が、九州で大風が吹いた時刻と一致する」

さらに、

「栂尾大明神が、神子にのりうつって、大風が吹いて異敵が滅亡する、というお告げがあったのも、このことを示すものだ」

と、いよいよ、

「神仏の御利益」

が強調された。そして、だれいうとなく、

「日本は神国なので、神風が吹いたのだ」

という声が高まった。神風が吹いた、神風が吹いたという噂は、都だけでなく日本全国に広まって行った。叡尊が祈禱を行なったのが石清水八幡宮であったために、よけいこの噂が信憑性を得た。

五十七

「異敵滅亡」

の報は、身延山の日蓮のもとにも伝えられた。この話を聞いた時、日蓮は一瞬、

「なに！」

という声を発した。納得できなかった。

「一門にとってどう対処するか」

と問う富木常忍(ときつねのぶ)に対して、日蓮は、

「今の日本で、神風など吹くはずがない。九州の秋風に、わずかな水が出て、敵船が破損しただけだ。これが、祈願成就などといえようか。叡尊(えいぞん)の祈願など、取るに足らぬ。また蒙古の大王の頸が届いたかどうか問い質しなさい。その外はどんなことをいってきてもご返事なさってはなりません」

と告げた。

『立正安国論』

を書いた時から日蓮はすでに、

「他国侵逼難(しんぴつなん)」

を予告して来た。文永十一年（一二七四）の、第一次蒙古襲来の約半年前に身延山へ退いた日蓮は、この時にも吹いた大風を、決して、

「神風」

などとは認めなかった。それが二度も吹いた。

日蓮は考え込んだ。それは、日蓮の考えによれば、

・今度こそ、蒙古軍は日本を蹂躙（じゅうりん）するであろう。

・しかし、このことは日本の国内が乱れ、悪鬼どもが跳梁（ちょうりょう）しているために、善神善仏が、日本を見限って、いずれかに去ってしまわれたことによる。

・したがって、蒙古軍は善神善仏の遣わすいわば神兵であって、日本を懲（こ）らしめにやって来たのだ。

・善神善仏の怒りが強ければ、おそらく神兵となった蒙古国軍によって、日本は相当な被害を受けるであろう。

・しかしその時こそ、日蓮が立ちあがって日本国民の先頭に立ち、一心不乱に「南無妙法蓮華経」と唱題すれば、善神善仏も再び日本に戻り、この国と国民は救われる。

・日蓮は、滅びんとする日本国を救う国僧である。

と考えていた。いってみれば、この国が被る危難を逆用して、

「法華経の正しさ」

を一挙に打ち出そうとしたのだ。

「そうすれば、あの頑迷な平頼綱をはじめ、その背後にいる執権北条時宗も心を入れ替えるであろう。少なくとも、自分が攻撃して来た禅・浄土・天台などの諸宗に帰依することをやめ、法華経こそこの国を守る唯一の宗教だと思うにちがいない」

と思って来た。いってみれば、蒙古襲来は日蓮にとって、

「日本国民を救う、よりよき機会」

だったのである。その予測がはずれた。また大風が吹いた。敵国は、完全に覆滅し、生き残った者はまとまって故国へ逃げ帰って行った。

(これは、一体何を物語るのだろうか)

日蓮は考えに考えた。やがて思い当たったのは、

「善神善仏は、この日本から去ったのではない」

ということであった。

「善神善仏は、地下に逃れられたのだ」

という思いがした。そうなると再び、

「地涌の菩薩」

といわれる、上行菩薩の認識が再燃した。

身延山に入って以来、日蓮は「他国侵逼」にどう対応するかをずっと考えて来た。かれは、

「釈尊入滅後、二千年を経たのちの五百年間に、上行菩薩が世に出現して、初めて弘宣（ぐぜん）したもうた大曼荼羅（だいまんだら）がこれである」

と告げて、自ら署名した新しい大曼荼羅を書いた。

「これをわが宗の本尊とする」

と告げた。そして、弘安の役が起こるまでの数年間に、『撰時鈔（せんじしょう）』『教行証御書（きょうぎょうしょうごしょ）』『諫暁八幡鈔（かんぎょうはちまんしょう）』『三大秘法稟承事（ぼんじょうじ）』などの著作をあいついで書いた。『諫暁八幡鈔』は、題名どおり、日蓮が、

「八幡に諫言を行なう」

という意味のものである。つまり、日蓮にすれば、

「八幡が、正法（しょうぼう）を唱える日蓮を迫害した為政者を守護したために、梵天（ぼんてん）や帝釈天（たいしゃくてん）らの罰を受けたのだ、と八幡大菩薩を訓戒する。しかし、日蓮が日本にある以上、八幡も必ずや日蓮の頭に宿って守護するはずだ」

この前提で、日蓮の頭の中にはいつも、蒙古軍に侵略されて破滅に瀕する日本国の中で、たったひとり巌（いわお）のごとく立って、

「南無妙法蓮華経」

と高らかに唱題する自身の姿が、強烈なイメージとなって浮かんでいた。

そしてこういう発想をした時の日蓮は、蒙古と日本の対置を逆転させた。今までは、蒙古を大

国と考え、日本を小国と考えて来た。しかし、

「唱題によって、この日蓮がこの国を救う」

という決意を持った途端から、日蓮は逆に日本国を「大国」と考え、蒙古を「小国」と考えた。

つまり、

「大日本国の国僧日蓮が、唱題によって小蒙古国を覆滅させる」

というものだ。そして、この逆転の発想を心に固めた時、日蓮は弟子たちに回状を回した。内容は、

「小蒙古の人、大日本国に迫り来ることについて、門弟らはいっさい論議してはならぬ。もし違反した時は、破門する」

という厳しいものであった。弟子たちは戸惑った。思わず顔を見合わせた。

「お上人様は、一体どうなされたのか」

と疑問を持った。今までの日蓮は、

「日本におられた善神善仏は、日本の現状に愛想を尽かされ、いずれかへ去られた。そして、遣いとしての蒙古軍をこの国に差し向け、懲らしめようとなされている。その時、日本はかなりの被害を受けるだろう。が、その時こそこの日蓮が立ち上がって、おまえたちの先頭に立ち、南無妙法蓮華経と唱題する。それによって日本は救われる。国民も救われる」

と、法華経の正法である所以を説いて来た。日蓮はさらに、

「その時には、この御本尊を掲げる」

といって、自身が署名した例の大曼荼羅を高く示した。

しかし、この予測は大きく外れた。再び大風が吹き、日本侵略軍が敗走したために、国民のほとんどが、

「神風が吹いた。思円お上人のご祈禱が神仏に届いた」

ということで、国中沸きたっている。となると、

「日蓮上人の予測は大きく外れた」

ということになる。それは当時の短絡しがちな民衆からすれば、

「日蓮は、大きなことばかりいっている嘘つきだ」

という声をあげる。身延山にいても、そういう声はヒタヒタと日蓮に聞こえた。しかし日蓮は怯まなかった。日蓮はここで再び、

「自分は上行菩薩の生まれ変わりである」

という考えを強く固めた。この国の乱脈ぶりにあきれて、いずれかの天に去ったと思った善神善仏は、まだ日本にいるのだ。地中にいる。地底深く身を潜めて、この国の乱れぶりを凝視している。

自分は、地底におられる善神善仏の期待を受けて、ひとり地涌し、正法を伝える使者として、この世に現れたのだ」

日蓮はそう考えた。このことは、さらにいえば、
「日本の末世状況は、まだまだ続く。自分が唱題を行ない、正法を弘宣すれば、たちまちにしてこの日本が正常な状態に戻ると考えたのは誤りだった。まだまだ、末法状況は続くし、それがいつ終わるかは計り知れない。したがって、日本国が正しい状況に戻るまで、自分は上行菩薩として、南無妙法蓮華経の唱題を続けなければならない。そして、自分が死んでも、この正法弘宣は末法の世が終わるまで、続けられなければならないのだ」

日蓮はそう考えたのである。そう思うと、九州の地で国防のために奮戦努力した武士たちの活躍ぶりも、日蓮には涙が出る程高い評価の対象になる。

「かれらが善戦したのは、地底におられる善神善仏の志を受け止めたものなのだ」

いまはそう思えた。すべてが執権北条政権のいいなりになって、ただ恩賞ほしさのために戦ったとは日蓮は思わなかった。

「地底におられ善神善仏の志を、まがりなりにも受け止める日本人がこの国の諸所にいる」

そう思えば、今後果てしない、

「正法の弘宣」

に身を燃やすことも、決して苦にはならない。日蓮はこの時点において、

「自分一代にて、この国を正法に導くことは不可能だ」

と考えた。この頃の日蓮の健康状態は甚だしく悪くなっていたのだ。よけいそういう気がした。

この時の日蓮は、

「わが志を、この国に正法が完全に広まり、定着するまで門人に引き継いで行こう」と思った。スパンの取り方を、果てしてないうねりの彼方においたのである。

これは筆者の私見であるが、もう一ついうならば、日蓮という人は現実肯定主義者であった。従って刻々と変わる時勢に対して、臨機応変に対処する術を知っていた。例えば、法然の「南無阿弥陀仏」の称名念仏に対して「南無妙法蓮華経」という題目で対抗するという戦法にしても、これは卓越したプラグマニストとしての才能がなくては叶わないことだと思う。

また日蓮は予言的な発言の多い人ではあったが、決して世にいう予言者ではなかった。かれは今流にいえば、優れた政治外交評論家の資質を持った人であったと思う。日蓮という人は一種独特の鋭いカンを持っていて、当時の国際情報のデータに多分に通じている人であったから、蒙古国についての情報の収集により、元の世界征服の意図も察知してやがて日本に焦点を合わせてくることは予見していたと思うのである。

蒙古が再度襲って来るという予見は当たったわけである。しかし日本が壊滅的な打撃を蒙（こうむ）るという予言は最後の段階で外れた。それも「神風」という幸運による理由であった。

人は何といって責めようが、日蓮自身には広宣流布による「世直し」をしなければならない現実は少しも変わっていなかったのである。しかし、自らそれに当たるにはもう、体の衰弱が限界に来ていた。弟子たちに後を託す以外になかったといっていい。

日蓮の傷心と体を気遣う弟子や、檀越（だんのつ）たちの身延訪問の数は、減るどころか増えるばかりで、小さな庵では、とうに対応仕切れなくなっていた。

「そろそろ広いお堂をお建てになったらどうでしょう」

と進めてくれる檀越に、

「佐渡の塚原でのことを思えば何ということはありません。住める間はこのままで結構」

とずっと断り続けてきていた。

嵐の日には冷たい雨風が、冬ともなれば雪も吹き込む荒れ寺では、衰弱した体には堪（こた）えていたのも事実だった。

「みなさまのご厚志に甘えましょう」

と折れて、日蓮は檀越らのすすめに従った。

富木常忍（ときつねのぶ）の寄進や波木井実長（はきいさねなが）ら檀越の援助で、十間四面の法華堂が立派に完成した。当時の有名寺院が幕府や時の権力の庇護を受けて建てられた贅沢な伽藍（がらん）に比べれば、簡素なお堂であったが信徒らの心の籠（こも）った美しいお堂であった。

「見事なお堂を建ててくだされた」

日蓮の感激はひとしおであった。

弘安四年（一二八一）十一月二十四日、天台大師講に併せて日蓮は落慶（らっけい）供養の法会を行なった。

山中では珍しい法会ということで、

「人の参ること、洛中・鎌倉の町の申酉のときの如く」

と遺文にあるとおり、身延山中は時ならぬ賑わいであったと伝えられる。身延山久遠寺の始まりである。

法華堂の落慶法要の後十二月に入ると、いよいよ厳しい寒気が身延山を襲った。

「生まれて已来いまだ覚えず」

という有様で、持病の胃潰瘍と下痢はひどくなるばかりであった。

この頃、南條時光の母尼から米一駄、清酒一筒、ひさげ二十、かっ香（薬名）が送られてきた。

日蓮は早速礼状に、

「志の酒を暖め、薬草のかっ香を食い切って一息に飲んだところ、この十日余り何も食事が食べられず、冷え切っていた腹の中に薬酒がしみ通り体中が火を焚いたように熱くなり、まるで湯に入ったような心地で、汗で顔の垢が洗われ、雫で足もすすがれた」

と喜びと感謝の気持ちを伝えている。それにしても山中での生活のみじめさは想像するに余りあるものがある。

日蓮は弘安五年の正月を迎えた。

「春の始めの御悦びは、月のみつるが如く、しをのさすが如く、草のかこむが如く、雨が降るが如し」

とか、

「木に花が咲くが如く、山に草の生ひ出づるが如し」

と新春を迎えることのできた喜びを歌っている。

その年の秋も深まりはじめた頃、日蓮に中風（ちゅうぶう）の兆しありと伝え聞いて、

「お体が心配でなりません」

と、四条頼基と波木井実長の二人が急いで山に登ってきた。

「この体で冬を越すことは無理なのか」

と、山に留まることに執着する日蓮に、

「自分たちでさえ、身にこたえる寒さ。到底ご高齢の病のお身には堪（た）えません。一日も早く湯治にお出かけになりご養生なさるのが一番かと存じます。弟子一門みんなが望んでいることでございます」

二人は涙ながらにかきくどいた。

「身延のお山に入って九カ年。二度と山から出ぬつもりであったが」

と、信念を貫き通せない悔しさが滲み出たが、最後は、

「私には聊（いささ）かの思う仔細もあります。常陸（ひたち）の湯にでも行って療養し、健康を取り戻して、再度正法（しょうぼう）の弘宣（ぐせん）につとめましょう」

と柔和に笑って弟子たちの願いを聞き入れた。

弘安五年（一二八二）九月八日に、日蓮は数名の門弟を連れて、九カ年住み慣れた身延の山を

下りた。途中波木井の館に寄り実長に別れを告げた。

「これが最後のお見送りになるかもしれぬ」

と実長は日蓮に栗毛の愛馬を贈り、息子の実継を供につけ数人の従者を従わせたという。

その日の夜は下山に泊まり、九日は道を北にとって、甲州大井荘、十日は曽根、十一日は黒駒、十二日は河口湖畔の河口、十三日は富士の麓を辿って都留山中の呉地、十四日は足柄山中の竹ノ下、十五日は相模の関本、十六日は平塚、十七日は瀬谷に泊まり、十八日は武蔵の国荏原郡千束郷池上に着いて、池上兄弟に迎えられて館に入った。

十九日に日蓮はさっそく波木井実長に礼状を書いている。

「畏み申候。道の程別の事候はで、池上まで着きて候。道の間、山と申し、河と申し、そこばく大事にて候ひけるを、公達に守護せられまいらせ候て、難もなくこれまで着きて候。おそれ入候ひながら悦び存じ候。さては、やがて帰り参り候はんずる道にて候へども、所労の身にて候へば不定なる事も候はんずらん。さりながらも、日本国にそこばく持て扱ひて候ふ身を、九年まで御帰依候ぬる御心ざし、申すばかりもなく候へば、いづくにて死に候ふとも、墓をば身延の澤にさせ給ふべく候。又、栗鹿毛の御馬は、あまりに面白く覚え候程に、いつまでも失ふまじく候。常陸の湯へひかせ候はんと思ひ候が、若し人にもぞ取られ候はん。又その外いたはしく覚えば、湯より帰り候はんほど、上総の藻原殿のもとに預け置き奉るべく候に、知らぬ舎人をつけて候ては、おぼつかなく覚え候。まかり帰り候はんまで、この舎人をつけ置き候はんと存候。その様を御存

知の為に申し候　恐恐謹言」
文面は後半で、十一日の間、私を乗せてくれた栗鹿毛の馬があまりに可愛いので、常陸の温泉まで連れていきたい。けれど、もし誰かに盗まれでもしたら痛わしいので、温泉から戻るまで上総の藻原氏に預けて置きます。その時知らない世話人を付けては、馬がかわいそうなので、実長殿がつけてくれた世話人をお借りして付けて置くのでよろしくお願いします、という内容である。いかにも人間的な優しさの溢(あふ)れ出た手紙であるが、これが日蓮最後の書簡となった。

しかし常陸の温泉に行く前に、日蓮の病状はいよいよ重くなり、池上の館に滞在するままに、ついに床につく身となった。

日昭、日朗なども鎌倉から駆けつけ、四条頼基、大学三郎能本、富木常忍、太田乗明など多くの門人や壇越(だんのつ)らが池上へ見舞いに馳せ参じた。そういう人たちに日蓮は一々機嫌よく会った。

特に若い弟子たちを集めて、日蓮は法座にしゃんとして座ると、『立正安国論』の講義をして聞かせたと伝えられている。

「今度はおまえだよ。その続きを読んで」

と、弟子の一人一人に原文を読ませて、その後で講釈する。

衰弱した体のどこにそんな力があるのかと思えるほどに、いつしか日蓮の声には昔ながらの火のような情熱がたぎる響きと気迫が籠(こも)っていたという。後進に未来万年の広宣流布を託す日蓮の情熱が最後の最後まで窺(うかが)える話である。

十月八日、日蓮は臨終の近いことを知った。

日蓮は六人の弟子を集めて、

「おまえたちが本弟子である」

と宣言し、弘安の役の終わった直後に、自分が立てた〝新しい志〟の伝承を命じた。六人の本弟子は、日持（蓮華房）、日頂（伊予公）、日向（佐渡公）、日興（白蓮房）、日朗（大国阿闍利）、日昭（弁阿闍梨）である。

十月十日、弟子や檀越に形見分けを行なった。

十月十一日、日蓮は枕元に十四歳の門人平賀経一丸（後の日像）を呼び寄せて、

「王城の都（京都）に法華経の法門を打ち建てよ」

と、最後の力を絞って告げた。

そして、日蓮自筆の曼荼羅を掲げさせて、

「南無妙法蓮華経」「南無妙法蓮華経」「南無妙法蓮華経」

と、自らも唱え、弟子、檀越らが法華経の題目を誦し唱えるうちに、十月十三日の午前八時頃、日蓮は悠々と入寂した。

遺体は、十四日に焼かれ、遺骨は十九日に池上を出発し、遺言どおり身延へ向かった。そして二十三日に身延に到着し、二十六日に納骨された。

日蓮は六十一歳であった。

「地に潜む善神善仏を、一日も早く地上に呼び戻せるような日本国にしたい」
という日蓮の悲願は、いまも続いている。

（完）

あとがき

ライフワークに一応のカンマ

作家を志したとき、ひとつの悲願を立てた。内村鑑三さんの『代表的日本人』に登場する人物を、順次小説化したいというねがいだ。この本で扱われた人物は、西郷隆盛、上杉鷹山、二宮金次郎（尊徳）、中江藤樹、日蓮である。政治家・藩主（殿様）・農民思想家・地方学者・宗教家などの類別である。

西郷・上杉・二宮・中江と、巨象のシッポをつかんでの小説化は、天を恐れぬ所業だが、しかし、ぜひそうしたいという熱情があった。わたしは歴史上の人物を、

「円筒型の存在」

と考え、

「人物それぞれが、三百六十度方位からの光の照射をうけとめる許容力」

をもっていると思っている。したがっていままでに書いたこれらの人物のみかたは、

「わたしの角度からの光のあてかた（みかた）」であって、全方位にわたるものではない。だか

ら扱った人物の描写についても、それぞれ違った角度からのご指導を多々得た。しかし最後まで書くことをためらったのが日蓮である。

正直にいって、

「手が出ない」

と思っていた。それを、

「そんなことはない、あなたの日蓮を書けばいいのだ」

と叱咤激励し、わたしに「代表的日本人」最後の人物を小説化させたのは、学研の白倉紘一さんだ。いままでに書いた人物はすべてそうだが、わたしの基本的角度は、

「その人物とアップ・トゥ・デイト（今日的）な関係」

である。だからある意味では歴史小説と銘打ってはいても、実体はホットな現代小説だ。それも社会小説だ。

現在の日本が遭遇している状況は、日蓮が生きた時代と酷似している。内紛・外圧・日本人として生きる価値観の喪失――この小説の主題のひとつは、

「もし日蓮が生きていたら、この国家的・国民的危機にどう対応するか」

ということである。外圧（とくに経済政策）・政治家の腐敗・この国をどうするかの理念の喪失・非行少年を善導し得ないオトナの無力さ・そして自然災害など、日蓮が生きたころのもろもろのマイナス現象は、そのまま現代にオーバーラップする。こういう状況下に生き、苦しむ、

「迷える小羊（民衆）を救いたい」

という念願は、鎌倉宗教の特性だ。つまり貴族や権力者の独占物だった宗教の対象を、ひろく民衆にひろげた。しかしそれを国家的見地に立って、「日本国の危機管理」的発想に立ったのは日蓮だけである。そこでタイトルもあえて「国僧」とした。

こういう角度から、日蓮という巨象のシッポの毛を一本つかんだだけなので、先学のご高導を得たい。とくに教義方面での勉強不足は論を俟たない。しかしあの国難のときに、

「日本を救いたい」

という日蓮の至情は、いまの日本にとってもっとも必要だ、という気持ちはつよい。モチーフはその一点に集中した。国家の危機管理にあたる責任者は、いうまでもなく政府だ。日蓮の生きた時代でいえば鎌倉幕府だ。この鎌倉幕府が当時は〝機能停止〟寸前にあった。主因は北条得宗家の、

「政権の私物化」だ。日蓮の民衆救済の策は、腐敗した政権を〝国民のための政権〟に変革しようとする。モンゴル（元）の来襲をさえ、そのための衝撃剤として活用しようとさえする。多宗否定・唱題に統一の論も、そういう角度から見て、当時の異（非）常時で考えれば肯定面も出てくるだろう。事実、幕府改革を志す鎌倉武士（とくに地方武士）の中にも、日蓮信奉者は多かった。後半で四条金吾頼基への消息に力点を置いたのも、日蓮の日本救済策が、

「まず鎌倉幕府の改革から」

と読めるからだ。

いずれにせよ、この本を書いたことでわたしのライフワークは、一応カンマ（ピリオドでなく）を打つ。これからは、さらに生命の持ち時間があれば、世に出した五人の代表的日本人のリニューアルに努めたい。

白倉紘一さんには実に親身なお世話になった。この出会いは、わたしにとってかつてない事件である。いくら感謝してもしつくせない。

童門冬二

この本を書くために勉強させていただいた主な先学の著書

『日蓮』　紀野一義　廣済堂出版
『日本の名著　日蓮』　紀野一義　中央公論社
『日本思想大系　日蓮』　戸頃重基・高木豊　岩波書店
『日蓮』　尾崎綱賀　世界書院
『人物叢書　日蓮』　大野達之助　吉川弘文館
『日蓮辞典』　宮崎英修編　東京堂出版
『日本の仏教思想　日蓮』　田村芳朗編集　筑摩書房
『法華経の行者日蓮』　姉崎正治　隆文館
『人間日蓮』　石川教張　学陽書房人物文庫
『日蓮』　大佛次郎　田園社
『日蓮』　川口松太郎　講談社

時代背景については『日本の歴史』中央公論社、モンゴルについては『中国史3　五代▼元』山川出版社、鎌倉幕府については『鎌倉将軍執権列伝』秋田書店、『鎌倉幕府』新人物往来社（ともに安田元久編・著）など。厚くお礼申しあげます。

※本書は二〇〇〇年十月に学習研究社より刊行した『国僧日蓮』（上下）を改題し全一巻としたものです。

童門冬二（どうもんふゆじ）

歴史作家。1927年（昭和2年）東京生まれ。東京都庁に勤務しつつ作家活動を行い、1960年に発表した『暗い川が手を叩く』で第43回芥川賞候補となる。1979年、退職し専業作家の道へ。在籍中に蓄積した人間管理と組織の実学を歴史の中に再確認し、小説・ノンフィクションの分野に新境地を拓く。『小説 上杉鷹山』をはじめ、著作多数。1999年、勲三等瑞宝章を受章。

小説日蓮［全一巻］決定版

2024年10月15日　第1刷発行

著　者　童門冬二

発行人　土屋 徹

編集人　滝口勝弘

発行所　株式会社 Gakken
〒141-8416　東京都品川区西五反田 2-11-8

印刷所　中央精版印刷株式会社

この本に関する各種お問い合わせ先
●本の内容については、下記サイトのお問い合わせフォームよりお願いします。
https://www.corp-gakken.co.jp/contact/
●在庫については　Tel 03-6431-1201（販売部）
●不良品（落丁、乱丁）については　Tel 0570-000577（学研業務センター）
〒354-0045 埼玉県入間郡三芳町上富 279-1
●上記以外のお問い合わせは　Tel 0570-056-710（学研グループ総合案内）